KB152322

扶摇皇后

부요황후 3

ⓒ천하귀원 2020

초판1쇄 인쇄	2020년 6월 26일
초판1쇄 발행	2020년 7월 14일
지은이	천하귀원 天下歸元
옮긴이	김지혜
펴낸이	박대일
편집	이문영 · 박지해 · 인유리 · 시지연 · 곽현주
마케팅	임유미 · 손태석
일러스트	리마
디자인	박현주
펴낸곳	파란미디어
출판등록	2004년 9월 14일 제313-2004-00214호
주소	03992 서울시 마포구 동교로23길 14 국제빌딩 6층
전화	02.3141.5589 영업부 070.4616.2012 편집부
팩스	02.3141.5590
전자우편	paranbook@gmail.com
카페	http://cafe.naver.com/paranmedia
페이스북	http://www.facebook.com/paranbook
ISBN	978-89-6371-773-9(04820)
	978-89-6371-770-8(전13권)

* 이 책의 한국어판 저작권은 대니홍 에이전시를 통한 저작권사와의 독점 계약으로 파란미디어에 있습니다.
저작권법에 의해 한국 내에서 보호를 받는 저작물이므로 무단 전재와 복제를 금합니다.
* 잘못된 책은 구입하신 서점에서 바꾸어 드립니다.

부요황후

천허귀원天下歸元 지음 | 김지혜 옮김

파란

차례

FU YAO HUANG HOU(扶搖皇后)

Copyright ⓒ 2018 by Tian Xia Gui Yan
All Rights Reserved.
Published in agreement with Xiaoxiang Academy(Tianjin) Culture Development
Co., Ltd. c/o The Grayhwak Agency Ltd., through Danny Hong Agency
Korean translation copyright ⓒ 2020 by Paran Media

고통스러운 선택

영원의 왈츠.

세상을 경이로움에 떨게 한, 보는 이의 마음을 한순간에 앗아 버린 무도.

창 너머, 전율과 매혹의 정경은 그 순간부로 요성 소년 소녀들의 기억 속에 영원토록 각인됐다. 훗날, 축구와 왈츠가 오주전역을 휩쓸며 격조 높은 취미로 대륙 귀족들의 사랑을 한 몸에 받게 된다. 누구나 왈츠를 출 줄 알게 되고, 해마다 경연 대회를 열어 왈츠의 왕과 여왕을 선발하는 날이 오는 것이다.

하지만 요성 사람들은 정녕 16년 정월, 눈발 그친 화원에 꽃송이가 흐드러진 밤, 그때 본 세상에서 가장 아름다운 왈츠를 잊을 수 없었다. 그들은 그날을 뛰어넘는 춤은 이전에도 이후에도 없었노라 단언키를 서슴지 않았다.

그러나 극치의 아름다움은 결코 오래갈 수 없는 것이 이치이 던가. 세상을 전율시킨 춤은 마지막 순간까지 이어지지 못했다.

그날 밤, 금琴과 죽竹으로 은은하게 연주되는 〈아름답고 푸른 도나우〉가 시공을 건너, 수세기를 넘어, 명곡의 영원불변한 매력을 유감없이 발하고, 화원에는 억눌린 숨소리만이 조용한 밤바람처럼 떠돌던 때. 다급한 말발굽 소리가 밤의 고요를 깨뜨렸다.

외침도 기별도 없이 관아 앞에 당도한 기병이 말을 세우자, 담벼락 위에 사람 그림자가 휙 스치더니 다부진 모습의 흑의인이 기병 앞에 나타났다. 흑의인을 향해 두 손 모아 공손히 서신 한 통을 전한 기병은 곧장 말을 달려 왔던 길을 되돌아갔다.

서신 겉봉에 찍힌 독특한 형태의 봉랍인을 내려다보며 잠시 망설이던 흑의인은 이내 뒤로 돌아 화원으로 향했다. 처마를 스치며 바람처럼 몸을 날리던 흑의인이 멈춘 곳은 왈츠가 한창인 방의 지붕 위.

똑똑똑, 세 번의 가벼운 두드림이 이어졌다.

일순 어깨를 흠칫 굳힌 원소후가 눈을 들었다. 아련하게 일렁이던 눈빛이 삽시간에 또렷한 날카로움을 되찾았다.

신호 세 번은 긴급 군사 첩보가 들어왔다는 뜻.

심상치 않은 낌새를 챈 맹부요도 무의식적으로 멈칫했다. 발놀림이 꼬여 버리는 건 금방이었다.

이때, '팅' 하고 칸막이 너머에서 악기 현이 끊어지는 소리가 났다. 맹부요가 휘청하는 순간, 넋 놓고 두 사람을 쳐다보던 악사들도 '헉' 하고 숨을 들이켜면서 손가락을 삐끗 잘못 짚었고, 졸졸 흐르던 시냇물에 느닷없이 돌덩이가 날아든 양 곡의 흐름이 끊겨 버리고 만 것이었다.

한숨을 내쉰 맹부요가 원소후의 손을 놓고 물러서면서 연주를 멈추라는 손짓을 보냈다. 그녀가 원소후를 올려다보며 미소 지었다.

"중용의 도리라는 것도 있잖아요. 무릇 정점을 찍고 나면 내리막이고, 뭐든 지나치게 완벽한 건 오래가지 못한다고 하니까. 여기서 그만 멈추는 것도 좋겠어요."

가만히 그녀를 바라보던 원소후가 한 박자 늦게 입을 열었다.

"언젠가 이 곡을 마무리 지을 날을 기약하겠소."

맹부요는 웃음으로 답을 대신했다.

세상사 변화무쌍한 급류에 휩쓸려 살면서 누가 감히 앞일을 장담할 수 있을까. 예고 없이 당도한 급보가 이 밤의 아름다운 평온을 깨뜨린 것만 봐도 그러하지 않은가.

창문을 닫고 서신을 펼쳐 본 원소후가 미세하게 표정을 굳혔다.

원소후에게서 저 정도 반응이 나왔으면 보통 일은 아닐 것이었다. 그러나 맹부요는 아무것도 묻지 않고 그에게 홀로 생각에 잠길 시간을 줬다.

잠시 후, 손가락을 한 번 놀려 서신을 가루로 만든 원소후가 자리에서 일어났다.

"부요, 고라국 군사 50만이 해로를 통해 진격해 오고 있다

하오. 급히 중주에 다녀와야겠소."

맹부요는 아연실색했다. 남쪽에 전쟁이 한창인데 다른 쪽에서까지 적의 침략을 받다니. 어느 나라가 당했어도 재앙이라 불릴 상황이었다.

원소후가 팔을 뻗어 그녀의 어깨를 다독였다.

"고라국은 오랫동안 우리 무극의 속국이었소. 본래는 딴마음을 먹을 배짱도 없던 자들이었으나, 최근 권력 교체 과정에서 전에 없던 야심가들과 신예 장수들이 등장했지. 중주에 기루를 열었던 고라국 상인 탁리는 사실 그들이 보낸 세작이었소. 역시, 춘심각을 폐쇄할 때부터 조만간 마수를 드러내겠거니 했지. 중주에 한번 다녀오기는 해야겠지만, 니무 걱정할 필요는 없소."

머릿속에서 상황이 정리된 맹부요가 말했다.

"고라국이 쳐들어올 가능성을 미리 계산하고 있었다는 거네요? 그런데도 중주를 비워 두고 왜 여기까지……."

비스듬히 고개를 튼 원소후가 엷게 웃음 지었다. 등불을 받은 눈동자가 형형하게 빛나고 있었다.

"그럴 가치가 있는 일이라고 생각했으니까. 내 판단에 따른 것뿐이오."

문간 쪽으로 몇 걸음을 옮기던 그가 다시 돌아섰다.

"부요, 미안하오. 가인의 곁을 지키기 위해서라면 집도 나라도 버릴 수 있는 사내가 되기를 원하였으나 결국은 그러지 못하였소."

맹부요가 그를 보며 눈을 깜빡였다.

"책임감 있는 사내야말로 진짜 사내 아니겠어요? 그 책임에 어디 친구만 들어가나요? 집하고 나라도 포함이죠."

"번번이 감탄을 금할 길이 없군."

원소후가 지긋이 눈빛을 보냈다.

"누구든 무조건 밀어내려고만 하는 데에는 물론 그대만의 고충이 있겠지. 그러나 어떤 이에게는 그대의 존재 자체가, 그대가 무심히 행하는 모든 것이 거부할 수 없는 흡인력으로 작용한다오."

묵묵히 듣고 있던 맹부요가 쓴웃음을 지었다.

"존재 자체가 잘못이기 때문이겠죠."

"하여튼 바보같이 고집은……."

퉁명스러운 대답에도 빙긋이 미소 지은 그가 홀연 다가와서는 맹부요의 이마에 깃털처럼 가벼운 입맞춤을 남겼다.

"그래도 나는, 그대를 만났기에 이번 생이 헛되지 않았다 생각하오."

그가 몸을 움직일 때마다 은은하게 배어나는 향기가 동틀 무렵 차가운 밤바람에 실려 번져 나갔다. 빛이 찬란한 방 안을 나른한 평온으로 채웠다.

일찌감치 일어나 날갯짓을 시작한 새가 밤을 장식했던 곡조를 이어 가려는 것처럼 멀리서 작게 지저귀고 있었다.

"부요."

"네?"

"오늘 밤, 눈부시도록 아름다웠소."

＊

원소후 일행을 태운 말이 총총히 요성을 떠났다.

그가 남기고 간 편지를 읽고 잠시 생각에 잠겼던 맹부요는 이내 종이를 불살라 없앴다.

원소후는 편지 말고도 한 가지를 더 남겨 두고 떠났다. 바로 박복한 원보 대인이었다.

백팔 번째 실연이 남긴 상처를 가까스로 극복해 내고 뿔뿔 주인을 찾아 돌아온 원보 대인은 초승달 같은 눈을 흰 채 히죽 웃고 있는 연적과 마주하고 말았다.

연적은 고소해 죽겠다는 표정으로 통보했다.

네 주인이 원보, 너를 나한테 넘겼다고.

원보 대인은 청천벽력 같은 소식에 비통함을 이기지 못하면서도 후닥닥 관아 밖으로 뛰쳐나가 말에 올라탔다.

하지만 재깍 연적의 손아귀에 붙들려 핀잔을 먹어야 했다.

"남의 말 괴롭히지 마라. 지난번에 네가 녀석 목덜미 다 물어 뜯어 놓은 것도 아직 안 나았구먼."

고백 실패에 '강제 양도'의 충격까지 겹친 결과 원보 대인의 그날은 이제 한 달에 세 번으로 늘었다. 그러나 생쥐 녀석이 얼마나 훌륭한 회복력을 소유한지 잘 아는 맹부요는 크게 괘념치 않았다.

보라, 꼴이야 초상 당한 꼴로 죽네 사네 하고 다녀도 실상 밥 한 끼 굶는 법이 없지 않은가.

기본적으로 맹부요는 식욕에 영향을 주지 않는 슬픔은 모조리 가짜 슬픔이라고 생각했다.

근래에는 가끔 축구를 보러 나가는 걸 빼면 대부분 관아에서 시간을 보냈었다. 그런데 무도회 날 불가피하게 성별이 탄로 난 이후, 행사에 참석했던 젊은이들 상당수가 그녀에게 홀딱 빠져 관아 앞에 줄을 서는 사태가 발생했다. 성가신 구애자들을 견디다 못한 맹부요는 변장을 하고 밖으로 나도는 일이 잦아졌다.

그간 요성 개발 사업에 열과 성을 다해 온 그녀는 문득, 자신이 언젠가는 떠나야 할 몸이라는 사실을 상기해 냈다.

이곳저곳 남의 나라를 떠돌아다니려면 주머니부터 두둑해야 했다. 앞날을 위해서 재산을 축적해 둘 필요가 있었다.

그녀는 성안 부호들을 찾아다니며 무도회장 건립을 위한 출자를 제안했다. 운영은 현대식 클럽에서 아이디어를 얻어 회원제로 할 생각이었다.

뭐든 희소가치가 있어야 눈이 번쩍 뜨이는 법. 일단 회원제 클럽으로 입맛을 돋운 후 요성 전역에서 유흥업을 차근차근 육성해 나간다는 게 그녀의 계획이었다.

맹부요는 기루를 뒤져 몸매 좋고, 몸 잘 쓰고, 습득력 빠른 아가씨들을 골라 무희로 고용했다. 계약 내용에는 공연만 하되 몸은 팔지 않는다는 조건과 함께 각종 직원 복지 혜택이 포함

되어 있었다.

개업과 동시에 손님들이 벌 떼처럼 몰려들자 맹부요는 한술 더 떠 무도회장 간판에 홍보 문구까지 커다랗게 써넣었다.

사랑의 춤, 귀족의 왈츠, 당신은 자격이 있습니다!

본인에게 '자격이 있다'고 생각하는 이들이 무도회장 문지방을 문대 없애 버릴 기세로 꼬리에 꼬리를 물고 밀려들었다.

하루하루가 평화롭게 흘러갔다.

업계 거물 맹부요의 댄스 스포츠 보급 사업은 나날이 번창하는 중이었다. 돈 세느라 손가락에 쥐가 날 그날만 상상하며 단꿈에 젖어 있던 그녀는 소리 없이 가까이 오는 위협을 미저 김지하지 못했다.

어양漁陽에서 천지를 뒤흔드는 북소리 들려오니,
예상우의곡霓裳羽衣曲 연주가 놀라 끊기누나.[1]

무극 정녕 16년 정월 스무여드레, 이날도 요성은 언제나처럼 평온했다. 짙푸른 하늘에 아침 햇살이 막 들기 시작한 가운데, 마차를 몰고 성문을 나서던 비단 가게 주인 류劉 씨가 한기 섞

---

1 백거이白居易의 〈장한가長恨歌〉에 등장하는 구절로, 곧 전투가 시작되리라는 의미로 쓰였다.

인 아침 바람에 목덜미를 잔뜩 움츠렸다.

그는 이웃 현으로 옷감을 사러 가는 길이었다. 최근 요성에 불어닥친 무용복 열풍은 비단 품귀 현상으로 이어졌다.

약삭빠른 류 씨는 이 기회를 놓칠세라 새벽같이 일어나 물건을 떼러 나선 참이었다. 오늘 그는 1등으로 성문을 통과한 주인공이었다.

성문 밖으로 10리쯤을 달렸을 때였다. 저 멀리서 시커먼 그림자가 천지를 집어삼킬 기세로 몰려오는 게 보였다. 흡사 거대한 매가 두 날개를 쫙 펴고 지면을 덮쳐 오는 듯한 모습이었다.

류 씨는 눈을 왕방울만 하게 뜨고 한참을 노려보고 나서야 앞쪽에 갑작스럽게 등장한 진열을 분간해 낼 수 있었다.

울긋불긋한 옷 위에 걸친 가죽 갑옷, 바람에 휘날리는 쌍두사 깃발, 햇빛을 받아 번뜩이는 곡도가 눈에 들어왔다.

부르르, 류 씨의 손이 떨리자 채찍이 바닥으로 떨어졌다. 잠시 후, 멍하니 굳어 있던 그의 입에서 비명이 터져 나왔다. 그는 미친 사람처럼 소리를 질러 대면서 성 쪽으로 달리기 시작했다.

"융족이 쳐들어왔다!"

정월 스무여드레, 새해맞이 명절 분위기가 갓 가신 때.

철기의 말발굽이 일으킨 흙먼지가 아무런 예고도 없이 요성 앞 지평선을 뒤덮었다. 수수에서 서로 합세해 덕왕과 결전을 준비하던 남융과 북융이 은밀하게 강을 건너와 돌연 요성을 포위한 것이다.

한창 축구 경기를 관람하다가 보고를 받은 맹부요는 일찰나 얼어붙었다. 한순간도 경계를 늦추지 않았건만. 척후병을 보내 날마다 전황을 정탐하기까지 했다.

대체 융군이 10리 밖까지 접근하도록 어떻게 아무런 기별이 전해지지 않았던 걸까?

하지만 지금은 그걸 캐고 있을 때가 아니었다. 맹부요는 즉시 두 무리의 인마를 성 밖으로 내보내 덕왕과 30리 밖 백정촌에 주둔 중인 도호장군에게 각각 지원을 요청했다. 또한 성문을 굳게 닫아걸고 현시점에 동원 가능한 군졸 전원을 성곽 수비에 배치했다.

그나마 무기고가 각종 병기로 가득 차 있는 건 다행이었다. 부임 직후 융족이 소란을 일으킬 때를 대비해 무기를 모조리 거둬들인 덕분이었다.

그간 축구 경기를 이용해 부자들의 주머니에서 털어 낸 돈으로 녹슨 무기와 곰팡이 핀 갑옷을 미리 교체하거나 손봐 뒀다. 공성전에 대비해 성곽을 방어하는 데 쓸 장비까지 갖춰 둔 상태였다.

문제는 너무 빈약한 성내 수비군의 규모였다. 고작 1천 명이 전부인데, 그마저도 결원이 포함된 숫자였다. 실제 인원은 싹 싹 긁어모아 봐야 8백 명이나 될까.

비단 가게 주인 류 씨가 보기로 융족 군대는 족히 5만은 되는 것 같다고 했다.

8백 명이 무슨 수로 5만을 상대한단 말인가? 일단 죽자고 성

16

안에서 버텨 봐?

싸움 잘하는 융족들을 끌어모아다가 성벽을 지키게 한다면 지원군이 올 때까지 버틸 수 있을는지도 모른다.

하지만, 성을 통째로 융족 손에?

맹부요가 제 몸을 빗장과 함께 성문에 질러 두지 않는 이상에야, 어떤 놈이 오밤중에 살그머니 '형제님, 들어오시라.' 하고 문을 열어 주지 않는다는 보장이 없었다.

소식을 듣고 달려온 철성이 가슴팍을 우렁차게 치며 말했다.

"무기만 넘겨주면 성은 내가 사람들 모아다가 알아서 지켜 준다!"

심기 불편한 맹부요는 놈을 한 방 걷어차 문밖으로 날려 보냈다.

철성을 처리한 뒤 그녀는 세수부터 하고 화사하게 치장을 한 후 관아로 출근했다.

안달복달은커녕 평소보다도 훨씬 아리땁게 꾸미고 나타난 성주의 모습은 뒤숭숭하던 민심을 안정시키는 데 상당한 효과를 발휘했다.

요성 인구의 한 축인 한족들이 혹여라도 성이 함락될까 노심초사인 건 당연한 일이었다. 나머지 한 축인 융족들은 그나마 근심이 덜했다.

하지만 칼 든 군인들이 어디 점잖은 집단이던가. 피를 보고 눈이 홱 돌아 버린 '형제'가 칼질하는 김에 성안 융족들의 머리통까지 날릴 수도 있는 일이었다.

사람 죽이는 데 한족인지 융족인지 물어 가며 죽이겠느냐는 게 그간 맹부요가 융족 백성들에게 주입해 온 사상이었고, 덕분에 '형제'가 성을 점령해 주길 고대하던 융족들의 열망은 많이 사그라든 뒤였다.

성안 분위기가 가까스로 차분함을 유지하고 있는 가운데, 기어코 전투가 시작되고야 말았다.

첫날, 융군은 진지 구축이 끝나자마자 공성을 개시했다.

선봉대 3천을 이끌고 출진한 올합兀哈은 융군 중에서도 손에 꼽히는 괴력의 소유자였다. 호방한 성품에 기가 드셌다.

그는 출진 직전 군령장[2]을 쓰고 나왔다. 반드시 단번에 성을 함락할 것이며, 요성 성주의 머리를 들고 돌아오지 못한다면 대신 자신의 머리를 바치리라 맹세했다.

색이 화려한 의복과 갑옷, 허리에 찬 칼과 손에 거머쥔 활, 검푸른 먹구름 같은 3천 융군이 어슴푸레하게 번쩍이는 번개를 몰고 짓쳐들어왔다.

맨 앞에 선 대머리 장수의 손아귀에 들린 것은 금강저[3] 형태의 육중한 병기로, 가볍게 휘두르기만 해도 땅이 한 꺼풀 벗겨지면서 흙먼지가 자욱이 일었다.

군의 사기를 결정지을 첫 전투는 양쪽 모두에게 중요했다. 성루 위 수비병들이 바짝 긴장해 있을 때, 늘어지게 자고 일어

---

2 軍令狀. 전투에 앞서 작성하는 일종의 서약서로, 지는 경우 책임을 진다는 내용을 쓴다.

3 절굿공이처럼 길게 생겨서 양 끝이 뾰족하게 여러 갈래로 갈라진 무기이다.

난 맹부요가 뒤늦게 생글거리며 모습을 드러냈다.

웬 목수들을 대동하고 나타난 그녀는 대뜸 성루 위에 높다랗게 관람대를 세우라는 명을 내렸다. 주변인들은 당혹스러울 따름이었다.

그거 짓는다고 적이 물리쳐지나?

올합은 관례에 따라 성벽 아래에서 큰 소리로 선전포고를 했다. 공성전 개시 전에 하는 선전포고는 호전적인 융족들이 절대로 빼놓지 않는 절차였다.

얼마 후, 선전포고에는 콧방귀도 뀌지 않고 있던 맹부요가 쏟아지는 눈길을 받으며 완성된 누대 꼭대기에 올라 팔을 휘둘렀다. 수신호가 떨어지자 말끔하게 차려입은 축구 선수들이 옆구리에 공을 끼고 등장해 경기를 시작했다.

이 무슨……. 축구로 성을 지켜?

어디 가서 듣도 보도 못한 방어 전술. 전투에 힘을 보태러 왔던 한족 백성들이 성곽을 올려다보며 입을 쩍 벌렸다.

호각 소리가 시끄러운 성루 위에서는 치열한 공방전이 한창인 가운데, 성벽 아래의 올합은 넋이 빠진 얼굴이었다.

저건 대체 무슨 진형이란 말인가? 동그랗게 날아다니는 물건은 또 뭐고? 혹시 술법?

축구공이 여기저기서 현란하게 허공을 가르고, 선수들의 쩌렁쩌렁한 외침이 하늘을 뒤흔들었다. 3천 융군은 혼미한 정신으로 그 광경을 지켜보는 중이었다.

올합은 심지어 자기가 지금 어디 서 있는지조차 혼란스러울 지경이었다. 처음에는 무슨 신식 무기인가 하고 긴장했건만, 한참을 기다려도 공은 오로지 성루 위에서만 왔다 갔다 할 뿐이었다.

병사들을 우르르 끌고 출전한 올합은 완전히 찬밥 신세였다. 성벽에다 대고 아무리 목이 터져라 소리를 질러 봐도 누구 하나 거들떠보는 것 같지가 않았다.

그렇다고 이대로 돌아가면 병사들의 사기가 바닥을 칠 테니, 올합은 그저 하염없이 공만 쳐다보고 있을 수밖에 없었다.

기습적으로 공을 가로챈 철성이 눈속임용으로 주춤 자세를 낮췄다가 곧장 상대편 문을 향해 공을 걷어차는 순간, 상대 선수가 다리를 걸었다. 철성이 철퍼덕 넘어지는 것과 동시에 붕 떠오른 공은 성벽을 벗어나 허공으로 날아갔다.

발끈한 철성이 고래고래 소리쳤다.

"반칙! 반칙!"

올합이 그 꼴을 보고 껄껄 웃음을 터뜨렸다.

"멍청한 녀석, 완전히 방심했구먼!"

뱅그르르 회전하며 성벽 아래로 떨어지는 공을 보고 순간적으로 발이 근질근질해진 올합이 소리쳤다.

"이 몸이 어디 실력 한번 보여 주마!"

지면을 박차고 올라 날렵하게 휘리릭 돈 그가 날아오는 공을 향해 다리를 뻗었다. 넋을 놓고 보고 있던 융군 병사들이 입을 모아 외쳤다.

"멋지십니다!"

펑!

그런데 공이 느닷없이 폭발했다!

올합의 다리 한 짝이 날아갔다. 허벅지 부근이 너덜너덜하게 잘리면서 피가 폭포수처럼 뿜어져 나와 황토를 적셨다. 지면에는 금세 소름 끼치는 피 웅덩이가 고였고, 올합은 비명 한 번 내지르지 못하고 그대로 혼절했다.

멀찍이 있던 융군들 사이에서 소란이 일었다. 공격을 개시해 보기도 전에 지휘관이 저 꼴을 당하다니, 살다 살다 이런 경우는 처음이었다. 융군 진영에서는 재깍 퇴각 신호가 울렸고, 병사들은 올합을 들어 옮기면서 성을 향해 욕을 퍼부었다.

성루 위에서 선수들과 함께 박장대소하던 철성이 소리쳤다.

"바꿔치기한 거였는데, 맛이 어떠냐?"

이때 그의 뒤에서 검푸른 색의 사내 옷을 입은 맹부요가 걸어 나왔다. 시원하게 뻗어 올라간 눈썹 아래로 맑은 눈동자가 빛나고 있었다.

떡하니 한 발을 성벽에 걸쳐 놓고 벽돌을 치며 깔깔거리던 그녀가 아래쪽 융군을 향해 몹시도 모욕적인 손동작을 해 보였다. 바람결에 긴 흑발이 흩날렸다. 마노처럼 새카만 소녀의 눈에 겁먹은 기색 따위는 한 점조차 없었다.

그녀의 눈이 저 멀리 융군 장수의 눈길과 맞부닥쳤다. 두려움을 모르는 소녀의 형형한 눈빛은 흉악하고도 음침한 상대의 눈을 빤히 들여다보면서도 전혀 주눅 들지 않았다.

아래를 굽어보는 맹부요의 입가에 냉소가 맺혔다. 융족의 특성에 대해서라면 빠삭하게 파악을 마친 그녀였다.

기본은 공격적이고 포악하나, 강한 상대 앞에서는 벌벌 기고, 은근히 우유부단한 구석이 있는 자들.

기선 제압에 이어 노골적인 모욕까지 끼얹었으니 다른 군대였다면 아마 발끈해서 즉각 공격을 개시했을 테지만, 그게 융족이라면 이야기가 달라진다. 그들은 고민하고, 재 보고, 상대편의 실력부터 다시 파악해야 할지 망설일 것이다.

하물며 맹부요가 알아본 바로 이번 전투의 총사령관은 과거 북융에 잠입해 왕의 아우가 옥좌를 찬탈하는 걸 도왔던 남융 세작 출신이었다. 벼슬이나 권세야 그때와 생판 달라졌을 테지만, 세작으로 활동했던 자의 몸에 밴 소심성은 그럴수록 더 날이 서기 마련이었다.

아니나 다를까, 그날 융군의 공격은 더 이상 없었다.

성안은 축제 분위기였다. 그렇게나 마음을 졸였건만, 설마하니 축구 경기로 상대 장수를 처치해 융군의 첫 공격을 가볍게 물리칠 줄이야!

백성들은 환희에 들떠 있었다. 집 안에 숨어 있던 사람들이 다시금 거리로, 찻집으로, 주루로 쏟아져 나와 '공 하나로 적의 대군을 물리치다.'를 골자로 하는 최신 무용담을 침이 튀길 정도로 떠들어 댔다.

"크으! 철성 도련님의 그 한 방, 진짜 환상이었다니까! 그런데 계속 차던 공 아니었나? 왜 경기 중에는 안 터졌지?"

"으이그, 괜히 멍청하다는 소리를 듣는 게 아니구먼. 슬쩍 허리 숙이는 거 못 봤어? 그때 바꿔치기한 거지. 그래야 융군 장수가 괜찮은가 보다, 하고 공을 찰 거 아니야!"

"여하튼 다행이지 뭐야. 오늘 첫 공격이 고비였는데, 이제 걱정 없겠어. 백정촌이야 지척이고 덕왕군도 멀지 않은 곳에 있으니까 하루 안에 당도할 거야. 내일이면 덕왕 전하의 깃발을 볼 수 있을지도. 으하하⋯⋯!"

거리 가득 흥분에 찬 인파가 넘실거리는 가운데, 차례차례 켜지기 시작한 등불이 번화한 성안을 화려하게 장식했다.

사람들은 바쁘게 이곳저곳을 드나들다가 밤이 깊어서야 각자 돌아가야 할 곳으로 발길을 돌렸다. 그즈음이 되자 색색의 등불도 하나둘 불씨가 꺼졌고, 주인의 조심스러운 손에 들려 실내로 사라졌다.

요성 우각항牛角巷에서 행화다관杏花茶館을 하는 왕王 씨도 등불을 끄러 나온 참이었다. 어두컴컴한 담 모퉁이에서 사람 그림자를 발견하고 기겁을 한 그는 등불을 들고 가까이 가 보고 나서야 멍하니 하늘을 올려다보고 있는 맹 성주의 얼굴을 확인할 수 있었다.

"성주 어른⋯⋯. 여기서 뭐 하십니까?"

왕 씨가 의혹의 눈길을 보냈다.

성주 어른⋯⋯. 어째 좀 이상해 보이는데⋯⋯.

"아, 아무것도 아니에요. 그냥 좀 걷다가."

꿈에서 퍼뜩 깬 사람처럼 고개를 돌린 맹부요는 왕 씨에게 씩 한 번 웃어 주고서 얼른 자리를 피했다.

그녀의 손아귀에는 전황 보고서가 있었다. 잔뜩 힘이 들어간 손아귀 안에서 꺼끌꺼끌한 종이가 여린 피부를 긁었다.

그녀가 목적지도 없이 거리를 헤매기 시작한 건 보고가 손에 들어온 직후부터였다. 그렇게 한참을 배회하다가 찻집 왕 씨의 목소리에 겨우 정신이 든 것이다.

백정촌에 있던 병력은 벌써 며칠 전에 덕왕의 부름을 받고 수수로 이동해 호분영虎賁營에 합류했고, 호분영은 현재 수수를 떠나 진주鎭州에 주둔 중이라고 했다. 융군을 전 방향에서 포위하겠다는 작전이라나.

보고는 백정촌으로 지원을 요청하러 갔던 병사가 보내온 것이었다. 덕왕 쪽은…….

어렴풋하게나마, 원군은 오지 않으리라는 예감이 들었다.

활기로 가득 찬 성안 풍경을 며칠이나 더 볼 수 있을까? 아무것도 모른 채 들떠 있는 백성들은 하루하루 깊어질 실망감을 어찌 감당해 낼 것인가?

달도 없는 밤, 오래도록 어둠 속에 홀로 서 있던 맹부요는 밤이슬에 온몸이 다 젖고 나서야 느릿하게 손에서 힘을 풀었다. 잘게 짓이겨진 종잇조각이 손가락 사이로 나비처럼 날아 흩어졌다.

예상대로 지원군은 오지 않았다. 그날 밤 이후로 요성은 고된 버티기에 들어갔다.

그래도 맹부요 정도면 대단히 치밀한 성주라 평가받을 만했다. 근방에 친왕이 이끄는 대규모 병력이 주둔 중이고, 바로 지척에도 방어군이 있었다. 다른 성주였다면 분명 전쟁 대비에 소홀했을 것이다.

하지만 맹부요는 그러지 않았다. 그간 평온한 나날들이 이어지던 중에도 그녀는 절대 군비 관리와 성곽 방어를 게을리하는 법이 없었다. 짧은 재임 기간 사이에 벌써 성벽과 옹성까지 새로 보강해 뒀을 정도였다.

융족의 거주 지역과 내륙 사이를 연결하는 완충 지대의 성격을 띤 만큼, 요성에는 내륙에서 보기 힘든 옹성이 만들어져 있었고, 이는 맹부요에게 아주 유용한 시설이었다. 그녀는 성벽과 옹성 사이 30미터가량 되는 간격에 무려 오중으로 방어선을 설치해 놓았다.

뾰족한 마름쇠, 말의 다리가 걸리도록 지면에 묻어 둔 목제 장애물, 말이 빠지도록 커다랗게 파 둔 구덩이, 말이 진입하지 못하도록 세워 둔 울타리, 거기에 해자까지 지나야만 마지막으로 성벽에 도달할 수 있는 구조를 만든 것이다.

병력 보충이 쉽지 않은 융군에게 기병은 귀한 존재였다. 두 번째 공격이 밀어닥쳤을 때, 맹부요는 융군을 옹성으로 끌어들여 양쪽 출입구를 틀어막았다. 옹성 위쪽 성벽의 여장[4] 빗면에 설치된 쇠뇌 발사대에서는 화살이 비처럼 쏟아졌다. 아래쪽에서는 겹겹이 친 방어선이 위력을 발휘했다.

옹성 안으로 들어섰던 3천 기병 중 무사히 살아서 나온 인원

---

4 女墻. 병사들이 몸을 숨길 수 있도록 성벽 위쪽에 낮게 쌓아 올린 담장을 가리킨다.

은 채 2천이 되지 않았고, 이때 입은 치명적인 타격은 융군을 며칠간 잠잠하게 만들었다.

세 번째 공격으로 융군은 풍향을 계산해 화공火攻을 준비했으나, 맹부요가 날린 어마어마한 숫자의 가짜 축구공에 질겁해 불을 붙이려다 말고 퇴각할 수밖에 없었다.

사실 공의 정체는 물을 가득 채운 돼지 방광이었다. 공이 터지면서 장작이 다 젖는 바람에 융군의 화공 작전은 허무하게 막을 내렸다.

네 번째로는 어느 용맹한 장수가 갈고리와 사다리를 든 부하들을 이끌고 기세도 좋게 출진해 성벽을 타고 오르려다가 맹부요가 30미터 밖에서 쏜 화살에 꿰여 성벽에 못 박혔다. 그 결과, 융군은 또 한 번 걸음아 날 살려라 하며 퇴각했다.

오지 않는 지원군을 기다리며 공황 상태에 빠져 있던 요성 백성들도 적이 연이어 나가떨어지는 모습을 보고는 조금이나마 기세가 오르는 듯했다.

잘하면 융군이 이대로 물러날 수도 있지 않겠느냐는 철성의 질문에 맹부요는 고개를 들어 머나먼 하늘가 저 끝을 바라봤다. 그녀의 입술 사이에서 담담한 목소리가 흘러나온 건 한참이 지난 뒤였다.

"아니, 아직 멀었어……. 이제부터가 진짜 힘겨운 시간이 될 거야."

불행하게도 그녀의 예상은 또다시 적중했다.

융군은 요성이 결코 만만한 먹잇감이 아니라는 사실을 깨달

앉다. 그리하여 융군은 비록 비열하지만 이 상황에서라면 누구라도 했을 전략을 채택했다. 주변을 포위해 성을 완전히 고립시킨 것이다.

요성의 식량 보유고는 아슬아슬한 수준이었다. 물론 원래부터 이랬던 건 아니었다.

며칠 전 덕왕이 서신을 보내 군량미 보급을 맡고 있는 화주華州 등지의 수로가 가뭄으로 인해 말라붙어 보급선을 운항할 수 없는 상황이라며, 최전방에 군량이 끊기는 일은 하루라도 좌시할 수 없으니 우선 요성의 식량을 끌어다 쓰겠다고 했다. 그러면서 덕왕은 화주에서 군량이 도착하는 대로 갚겠다는 약조도 했다. 하지만 그때 식량을 돌려받아 봤자 먹을 사람이 남아 있지 않을 것이었다.

남은 식량으로는 열흘 정도나 버틸 수 있을까. 식량 보유고야 그렇다 치더라도, 그보다 더 위험한 폭탄은 성안 융족들이었다.

지금 요성은 불씨를 안고 있는 화약통 꼴이었다. 잠깐만 다른 데 정신을 팔아도 안에서부터 폭발할 수 있는.

밖에서 시도 때도 없이 들이닥치는 적의 공격을 막아 내는 것만으로도 이미 기진맥진한 상황에서, 고작 8백 명밖에 안 되는 수비병이 무슨 수로 내부의 위협까지 감당해 내겠는가.

원소후에게 도움을 청해?

지금쯤 그는 동부 전선 바닷가에 있을 터였다.

무극국을 이 끝에서 저 끝까지 가로지르려면 못해도 보름이

걸릴 것이다. 전령이 오고 가는 사이에 상황이 끝나 버릴 공산이 컸다.

게다가 그쪽은 뭐 전쟁터가 아니던가. 그에게 기대를 거는 건 부질없는 짓이었다. 그녀의 요성은, 그녀가 직접 지켜 내야했다.

맹부요는 그새 많이 수척해졌다. 광대뼈가 도드라지고 안색도 창백했다. 그래도 눈동자만은 여전히 샛별처럼 빛나고 있었다.

식량 배급제를 지시하면서 그녀는 제일 먼저 자기 몫부터 줄였다. 그녀의 입에 들어가는 음식이라고는 하루에 찐빵 두 개가 전부였다.

철성에게도 음식을 가져와 관아에 드나들지 말라고 단단히 일러뒀다. 딱 하나, 과일 절임만은 빼고.

실연당하고 내팽개쳐진 것만도 불쌍한 원보 대인에게 체중 감량까지 강요할 수는 없지 않은가.

맹부요는 까맣게 몰랐지만, 그녀 곁에는 원소후에게 도움을 청하는 방안을 놓고 일찌감치 치열한 논쟁을 벌였던 사람들이 있었다. 바로 원소후가 남겨 놓고 간 암위들이었다.

호위 절반을 요성에 두고 가면서 그가 내린 지령은 오로지 하나였다.

맹부요를 보호하라!

암위들의 의견은 둘로 나뉘었다.

한 측은 당장 말을 달려 주군에게 급보를 알리자 했고, 다른 쪽은 군사력에서 절대적 우위를 점한 융군이 언제 성을 함락할지 모르는 상황이니, 만일의 사태가 발생할 걸 대비해서라도 호위대가 분산되어서는 곤란하다는 의견이었다.

최종적으로 힘을 얻은 것은 후자였고, 흑의인들은 조용히 맹부요의 곁에서 몸을 숨긴 채 격랑의 도래를 기다리기로 했다.

기다림에 지친 요성 백성들은 원군이 와 주리라는 희망을 버렸다. 매일 관아 앞에 줄을 서서 묵묵히 음식을 배급받고, 그걸 입에 밀어 넣는 사람들의 얼굴에는 표정이란 게 없었다.

골목골목에서 음식을 뺏고 뺏기다가 시비가 붙는 풍경이 눈에 띄기 시작했다. 멀쩡하게 걷던 행인이 절박한 압박감에 발작하듯 자기 머리통을 후려갈기는 일도 있었다.

세상으로부터 버림받았다는 절망이 소리 없이 내리는 비가 되어 성안을 질펀하게 적셔 갔다.

맹부요는 관아에 틀어박혀 아무도 만나지 않았다. 정기적으로 성곽에 나가 수비 현황을 점검하는 것 말고는 바깥출입을 하는 일이 거의 없었다.

그녀의 표정에 떠돌던 초조함과 불안감은 이제 결연한 각오와 냉정으로 바뀌어 가고 있었다.

9일째 되던 날, 느닷없이 음식을 대령하라는 분부에 요신이 맹물과 찐빵을 들고 들어오자 맹부요가 손을 휙휙 내저었다.

"고기, 고기를 먹어야겠어!"

요신의 눈이 휘둥그레졌다.

여태 수도승처럼 살던 사람이 갑자기 무슨 바람이 불어서 저러나.

맹부요는 아무런 부연 설명 없이 음식을 뚝딱 해치운 후 입가를 쓱 훔치면서 자리에서 일어났다. 출입문으로 향하던 그녀가 문득 멈춰 서서 요신을 돌아봤다.

"요신, 요즘 안색이 별로던데 무슨 걱정 있어?"

딴생각 중 갑자기 날아든 질문에 당황한 요신이 더듬거리며 답했다.

"어, 없는데요……."

"나 따라다니느라 고생 많았어."

눈을 요신의 얼굴이 아닌 다른 곳에 둔 채, 맹부요가 말했다.

"그래도 명색이 신장방 방주에 도둑질이 본업인 인물을 데리고 다니면서 집사 노릇이나 시켰으니 새능 낭비지. 요성은 당장한 치 앞을 모르는 상황이야. 괜히 붙잡지 않을 테니까 떠나고 싶으면 떠나."

말을 마친 그녀는 어버버하는 요신을 뒤에 남겨 놓고 성큼성큼 밖으로 향했다.

청명한 하늘에서 아침 햇살이 선명하게 쏟아져 내리고 있었다. 손바닥으로 햇살을 가리며 부신 눈을 깜빡이던 맹부요가 홀연 웃음을 머금었다.

손을 위쪽으로 더 뻗자 얄팍한 손바닥이 순백의 빛을 받아 투명하게 빛났다. 그녀는 천천히 주먹을 쥐었다. 마치 햇살을 잡아 보려는 것처럼.

순수한 아름다움으로 반짝이는 이 광채를 보는 것도 어쩌면 오늘이 마지막일는지 몰랐다. 이제부터 할 일이, 이제부터 갈

곳이 시커먼 무저갱처럼 그녀의 미래를 모조리 집어삼켜 버릴 수도 있으므로. 게다가 그 무저갱까지 도달하는 과정 자체만도 절대로 호락호락하지 않을 터였다.

하지만, 그게 뭐 어때서?

자신이 옳다고 믿는 일을 하고, 자신만의 신념과 자신만의 고독 속에서 역경을 헤치며 앞으로 나아가는 것도 유쾌하고 멋진 인생 아니겠는가?

세상 모두가 막아선들 나는 나의 길을 가리니!

쾅!

관아 정문을 걷어찬 맹부요가 성큼성큼 밖으로 걸어 나갔다. 문 앞에는 한족 백성들이 남녀노소 할 것 없이 모여 그녀가 나오기만을 눈이 빠지게 기다리고 있었다.

식량이 거의 밑바닥을 드러낸 시점, 백성들은 성주가 뭔가 참신한 전략을 짜내 주기를 고대했다. 축구, 왈츠, 무도회장을 비롯해 온갖 신기한 오락거리를 이곳에 들여온 성주였다. 언제나 상식을 뛰어넘는 행보를 보여 왔던 그녀라면 특유의 영민함으로 적을 물리칠 강력한 묘안을 찾아내고야 말 것이다. 그렇게 다들 굳게 믿고 있었다.

사람들의 간절한 눈빛, 굶주림과 두려움에 찬 눈을 앞에 둔 맹부요는 갑자기 가슴이 콱 틀어막히는 기분이었다. 입술을 달싹여 봤지만, 본래 하려던 말은 도저히 입 밖으로 나오지를 않았다.

그녀는 눈을 감았다. 하늘을 향해 고개를 들었다.

스쳐 지나는 미풍에 싱그러움이 배어 있었다.

머지않아 봄이 찾아오리라…….

봄의 방문이 아무리 늦어진들 들판의 야생화는 반드시 꽃을 피우기 마련…….

고개를 바로 한 맹부요가 눈을 떴다. 눈꺼풀 아래에서 투명하고도 결연한 눈빛이 드러났다.

"여러분, 더 버티기는 무리입니다. 조만간 저들이 밀고 들어올 거예요. 현명한 사람은 시류를 읽는다고 하죠. 끝끝내 저항하다가는 성이 뚫렸을 때 모두가 재앙을 맞을 겁니다. 수만에 달하는 요성 분들을 융군의 칼날 아래로 밀어 넣을 수는 없습니다. 성을…… 포기하겠습니다!"

누구도 예상치 못한 발언이었다. 인파 한가운데에 벼락이 떨어진 듯, 충격에 휩싸인 백성들 사이에서 신음 소리가 흘러나왔다.

급히 달려온 요신과 철성도 경악한 눈으로 맹부요를 쳐다보기만 했다.

그녀의 입에서 저런 말이 나오다니, 믿을 수가 없었다.

한편, 맹부요는 누구에게도 눈길을 주지 않고 그저 입을 꾹 다물고 있었다.

잠시 후, 쇠칼처럼 날카롭게 터져 나온 울부짖음이 멍하니 굳어 있던 사람들을 부르르 떨게 했다.

"저밖에 모르는 파렴치한 것! 비겁하고 악독한 계집 같으니! 우리 요성을 팔아먹겠다는 거냐!"

누군가 퍼부어 댔다.

"미쳤어! 미쳤어! 저만 살겠다고 요성 한족들을 다 사지로 내몰겠다는 거잖아!"

누군가는 돌멩이를 집어 던졌다.

"너 이 쌍년! 죽여 버릴 거야!"

엉엉거리며 통곡하기 시작한 사람들이 우르르 뛰어와 애원했다.

"이길 수 있어요! 같이 싸웁시다! 우리 집을 헐어서 성루 위에 쌓기라도 할게요! 성주님, 이대로 성을 내어 줄 수는 없어요……. 덕왕 전하께서 와 주실 거라고요!"

어린아이들까지 훌쩍거리며 기어와서는 사람들 사이로 손을 뻗어 맹부요의 옷자락에 매달렸다. 그들은 필사적으로 다리를 끌어안고 눈물을 쏟았다. 눈물방울이 그녀의 신발을 점점이 적셨다.

"성주님……, 성주님……, 안 돼……. 그러지 마요……. 성주님이 항복하면 우리 다 죽어요……. 제발요! 제발요……."

창백하게 말라비틀어진 손을 맹부요 쪽으로 뻗던 노인들은 인파 사이에서 비틀비틀 넘어졌다가 겨우 몸을 일으키기를 반복하면서도 눈물 젖은 눈을 그녀에게서 떼지 않았다. 앙상한 손을 부들부들 떨면서.

"성주님……."

혼란에 빠진 사람들은 무작정 한곳으로 몰려들어 폭풍이 만들어 낸 소용돌이처럼 끓어오르고, 떠들어 대고, 서로 밀치고,

뒤엉켰다.

그 소용돌이의 중심에는 맹부요가 있었다.

해일처럼 밀어닥치는 인파의 압력을 고스란히 견뎌 내야 하는 것도, 폐부를 찢는 애원과 눈물을 모조리 받아 내야 하는 것도, 결국은 맹부요였다. 인파 사이에 낀 그녀의 가냘픈 몸은 성난 파도가 몰아치는 바다에 위태위태하게 떠 있는 조각배처럼 보였다.

맹부요는 줄곧 꼿꼿한 자세를 유지하고 있었다. 핏기 없는 얼굴에 눈물 자국 같은 건 보이지 않았다. 심지어는 표정조차도 없었다. 살짝 고개를 든 채로 아주 먼 어딘가를 바라보던 그녀가 한참 후, 뒷짐 지고 있던 오른손을 앞으로 내밀었다.

그 손에 들려 있는 것은…… 보따리였다.

맹부요가 느릿느릿 보따리를 풀자 울음소리, 왁자지껄한 말소리, 광기 어린 외침이 뚝 그쳤다. 쥐 죽은 듯한 정적이 인파를 뒤덮었다.

성주 직인, 호적 장부, 재판 문건……. 보따리 안에는 요성 관아의 통치권을 상징하는 모든 것이 들어 있었다.

맹부요는 무표정한 얼굴로 보따리를 빙 돌려 가며 사람들에게 보여 줬다. 이미 선 결심, 바뀔 건 아무것도 없다.

한족 백성들의 마지막 희망이 산산이 허물어지는 순간이었다. 그들은 마치 누군가의 칼에 잘려 나간 제 머리를 보듯 보따리를 뚫어져라 응시했다.

이를 끝으로 한족 백성들에게서 눈길을 돌린 그녀가 허겁지겁 달려온 융족 우두머리들을 향해 말했다.

"방금 한 말, 들으셨겠지요? 바로 오늘, 융군 군영에 가서 투항 의사를 밝히고 성을 내놓을 생각입니다. 함께 가시죠."

그녀의 눈빛을 보고 가슴이 덜컥 내려앉은 우두머리들은 무의식중에 고개를 끄덕였다. 이에 웃음기 없이 입꼬리를 당겨 올린 맹부요가 보따리를 들고 천천히 계단을 내려가기 시작했다.

외부로 방출된 진기가 차고도 예리한 칼날처럼 그녀 주변에 휘몰아치고 있었다. 성주에게 달려들던 한족 몇몇이 가까이 붙어 보지도 못하고 진기에 밀려 나가떨어졌다. 맹부요가 한 걸음을 내디딜 때마다 백성들은 어쩔 수 없이 한 걸음씩 뒤로 물러나야만 했다.

느릿느릿, 그녀의 앞에 길이 열렸다.

뒤늦게 합류한 한족들이 거리에 좌우 두 줄로 기다란 행렬을 만들었다. 융족에게 에워싸여 걸어오는 맹부요를 아무 말 없이 지켜보면서, 한족 백성들은 독기 오른 눈으로 주먹을 틀어쥐었다. 그들이 화살처럼 쏘아 보낸 증오가 한 발 한 발 맹부요의 심장을 관통해 피와 살점을 덕지덕지 묻힌 채로 소슬한 겨울바람 사이를 가로질러 갔다.

그것은 아주 길고 긴, 치욕의 길이었다.

맹부요의 걸음걸음마다 어김없이 뒤쪽에서 욕설이 날아들었다. 사람들은 손에 잡히는 물건이 있으면 그게 뭐가 됐든 맹부요를 향해 집어 던졌다.

시들어 빠진 채소, 딱딱하게 굳은 반쪽짜리 찐빵, 진흙탕에서 건져 올린 돌멩이…….

맹부요는 등을 꼿꼿하게 세우고서 뒤돌아보지 않고 걸었다. 묶어 올렸던 머리는 돌멩이를 하도 많이 맞아서 우스꽝스러운 모양으로 비뚤어졌고, 겉옷은 금세 얼룩투성이가 됐다.

그것도 모자라 꼬마 아이들까지 달려와서 침을 뱉고 코를 푼 덕에 옷깃에는 누렇고 희끄무레한 것들이 잔뜩 들러붙어 있었지만, 그녀는 눈길조차 주지 않았다.

아무리 기나긴 길에도 끝은 있는 법…….

"그만!"

등 뒤에서 누군가 일갈했다. 철성이었다.

그는 이 순간 자신을 짓누르는 질식감을 더는 견딜 수가 없었다. 맹부요가 사람들의 손가락질을 받으며 걸어가는 모습을 더는 보고만 있을 수가 없었다.

그녀의 온몸을 뒤덮은 얼룩과 오물, 한 걸음씩 멀어져 가는 가녀린 뒷모습을 보며, 그는 세상이 엉망진창으로 뒤집혔다고 생각했다. 바람을 가르는 소리와 함께 날아드는 더러운 돌멩이와 다 문드러진 채소에 얻어맞고 있는 게 자신의 심장인 양, 스치는 것만으로도 가슴이 갈기갈기 찢기는 듯했다.

철성이 미친 사람처럼 소리쳤다.

"아니야! 그럴 리가 없어! 아니! 아니라고!"

두서없이 외치던 그가 분노한 사람들의 앞을 결사적으로 막아섰다.

"그럴 사람이 아니야, 아니라고, 아니, 아니야!"

"미색에 빠져서 정신 못 차리는구먼!"

누군가 큰 소리로 빈정거렸다.

"눈이 멀었냐? 아까 그 도장 못 봤어?"

다른 이의 싸늘한 비웃음이 이어졌다.

"혼인한다면서? 실은 일찌감치 둘이 붙어먹은 거지? 가증스러운 융족 놈, 너도 저년하고 같이 죽어!"

상대가 던진 돌이 정확히 철성의 이마에 명중했다. 새빨간 피가 사방으로 튀었다.

손을 뻗어 축축한 피를 훔쳐 낸 철성이 돌을 던진 청년을 멍하니 쳐다봤다. 며칠 전까지만 해도 같이 축구 경기를 뛰던, 누구보다도 가깝던 동료였다.

피가 흥건하게 묻은 손을 내려다보던 철성은 문득, 이 순간 맹부요의 심정이 어떨지를 생각했다. 그와 동시에 근래 봤던 맹부요의 모습이 뇌리를 스쳤다.

그토록 활달하고, 밝고, 대담하고, 용기 있고, 반석처럼 굳세던 여인이었다. 그랬던 그녀가 흑백이 분명한 눈동자에 근심을 담은 채로 유독 자주 수수 방향을 바라보거나, 늦은 밤까지도 불 켜진 방에서 고민에 잠겨 있곤 했다.

그녀가 홀로 중얼거리던 말이 떠올랐다.

'죽고자 하면 살 것이니……'

머릿속에 번갯불이 스치는 일찰나, 철성은 비로소 맹부요의 의중을 읽어 냈다.

위장 투항!

자신을 향해 쏟아지는 요성 백성의 분노와 공격을 증거물 삼아 적들의 신뢰를 얻으려는 것이다.

하지만 투항 후에는? 5만 대군을 상대로 혼자 무엇을 할 수 있어서…….

그 자리에 굳어 부르르 몸서리를 치던 철성이 돌연 방향을 틀어 맹부요를 쫓아갔다. 그러나 조금 전 실랑이로 이미 분노가 극에 달한 백성들에게, 맹부요를 두둔하는 자는 누가 됐든 그녀와 함께 치욕의 기둥에 묶여 분노의 화염에 불살라져야 마땅한 요성의 원수였!

우르르 몰려든 사람들이 철성을 잡아 찢고, 물어뜯고, 들이받았다.

맹부요에게 가까이 갈 수 없지만, 철성은 백성들의 손이 닿는 곳에 있었다. 인파에 파묻힌 그는 발버둥을 쳤다. 사방에서 표독스럽게 날아드는 주먹질과 발길질, 돌맹이와 진흙 덩어리 속에서 죽기 살기로 맹부요를 향해 팔다리를 뻗었다.

"아니야! 아니야, 아니야, 진짜 아니라고! 맹부요, 하지 마, 하지 마, 그러지 마! 안 돼!"

길고도 길게 터져 나온 마지막 음절이 피가 뚝뚝 흐르는 여운을 끌고 인파 사이를 관통했다.

존경과 숭배의 대상이 파멸의 길로 향하는 걸 보면서도 그 무엇도 할 수 없는, 스스로 제물이 되고자 하는 이가 아무것도 모르는 세인들에게 물어뜯기고 미움받는 걸 보면서도 진실을 밝힐 수 없는, 절망과 무력감으로 뭉쳐진 목소리였다.

동족에게 버림받은 이리가 홀로 벼랑 꼭대기에 서서 달을 향해 울부짖듯, 철성은 처절하기 이를 데 없이 절규했다.

그 소리는 인파가 만들어 낸 소란을 뚫고 맹부요의 귀에까지 똑똑히 전해졌다. 하지만 그녀는 돌아보지 않았다. 한 걸음 한 걸음, 정해진 길을 걸어갔을 뿐.

성문 앞에 멈춰 선 그녀가 융족들에게 문을 열라는 손짓을 보냈다. 내내 굳게 닫혀 있던 성문이 묵직하게 울며 열리는 순간, 성루 위에서 화살이 날아들었다. 분노한 한족 수비군이 결국에는 자신들의 지휘관을 향해 활을 쏜 것이었다.

맹부요는 화살을 모조리 잡아채 우지끈 부러뜨린 뒤 땅으로 내던졌다. 흙바닥을 뚫고 들어간 화살대가 지면에 한 자 깊이에 달하는 균열을 새겼다.

고개를 든 그녀를 향해 햇살이 쏟아져 내렸다. 두꺼운 성문에 동굴처럼 뚫린 통로 안은 암흑, 한 발 바깥쪽은 찬란한 광명이었다.

맹부요는 바로 그 흑과 백의 교차점에 서 있었다.

그녀는 고개를 곧게 세우고 지면에서 가볍게 발을 들어 올렸다. 되돌리지 못할 걸음이었다. 이 한 걸음으로 영영 요성에 돌아올 수 없게 될지도, 더 나아가 그간 미련을 뒀던 그 어느 곳으로도 돌아갈 수 없게 될지 몰랐다.

그렇게 되면, 그녀를 기다려 주겠다 약속했던 이들의 인내는 어떠한 보상도 받지 못한 채 그저 허망히 스러지리라.

자학하듯 세게 앙다문 입술에서 금세 홧홧한 통증이 느껴졌지만, 심적 고통에 비하면 이 정도는 아무것도 아니었다.

그녀가 아주 가벼이, 주저 없이, 한 걸음을 내디뎠을 때였다. 등 뒤에서 누군가의 외침이 들려왔다.

"부요!"

극도로 날카롭고도 세찬 부르짖음이 흡사 철판을 두른 몸체에 선혈을 잔뜩 뒤집어쓴 공성용 전차처럼 몰아쳐 왔다. 그 목소리는 내내 위태롭게 흔들리고 있던 그녀의 인내와 결심을 거칠게 들이받았다.

기어코, 눈물이 흘러넘쳤다.

물러설 수 없는 대치

거대한 성문 밖으로 가냘픈 그림자 하나가 천천히 걸어 나왔다. 우뚝 솟은 암청색 성벽을 배경으로, 검푸른 의복의 소녀는 바람 한 점에도 날아갈 버들잎처럼 여려 보이기만 했다.

그 가녀린 몸 안에 사실은 세상 무엇도, 누구도 절대 꺾지 못할 서릿발 같은 굳건함이 내재되어 있음을 아는 이는 없었다.

고개를 든 맹부요가 햇살에 눈을 살짝 찌푸렸다. 그녀는 내내 눈꺼풀을 깜빡이지 않고 겨울날의 따스한 햇살에 눈물이 말라붙도록 내버려 뒀다. 벌겋게 부은 눈으로 융족 군영에 발을 들였다가는 당장에 다진 고기 신세가 될 터였다.

폐부를 찢는 듯하던 철성의 마지막 절규에서 알 수 있었다. 그가 자신의 속내를 읽어 냈음을.

맹부요는 적지 않은 위로를 받았다. 뭇사람의 지탄이 쏟아지던 그 길에서는 아무리 꼿꼿한 그녀라도 서러움이 북받쳤건만, 거세게 밀어닥치는 적의와 증오 속에서 그래도 한 사람만은 자신의 마음을 알아 줬다는 사실이 그녀에게 온기가 되었다.

요성의 행정권을 상징하는 물건들을 싸 들고, 맹부요는 융군 군영으로 향했다. 5만 군사의 주둔지. 진회색 파도처럼 굽이치며 끝없이 이어진 막사의 행렬, 그 거대한 규모 앞에 선 맹부요는 금방이라도 드넓은 바다에 휩쓸려 흔적 없이 사라질 수 있는 작은 물방울처럼 보였다.

그러나 그녀는 전혀 겁먹은 기색 없이 성큼성큼 야영지로 다가갔다. 인기척을 감지하고 순식간에 솟아오른 날붙이의 숲을 향해, 노골적인 적의와 경계심을 드러내는 융족 병사들을 향해, 그녀가 손에 든 보따리를 흔들어 보였다.

"요성 성주다. 투항하러 왔다."

'착' 하는 소리와 함께 창칼이 아래쪽으로 내려갔다. 얼떨떨하게 그녀를 쳐다보던 한 병사가 보고를 올리러 들어갔다.

잠시 후, 장수 하나가 걸어 나와 군영 정문 너머로 맹부요를 예리하게 살폈다. 그녀의 엉망진창인 꼬락서니를 특히 주의 깊게 훑어보던 장수가 걸걸한 목소리로 물었다.

"투항할 생각이면 성문이나 활짝 열어 놓고 기다릴 것이지, 왜 여기까지 온 거냐?"

"성문 열고 기다리면, 들어올 배짱은 있으시고? 매복이 두렵지 않나?"

맹부요가 눈썹을 까딱했다.

"하물며 성주가 혈혈단신으로 군영까지 찾아오는 것보다 더한 성의 표현이 있을까."

장수는 말문이 막혔다. 번번이 상식을 뒤엎는 패를 내는 요성 성주의 무서운 수완은 그간 수차례 충돌을 통해 익히 경험해 본 바였다.

고작 8백 명밖에 안 되는 병력으로 5만 대군을 상대했다. 첫 공격에 무너지기는커녕 융군 장수를 무려 셋이나 연달아 해치운 인물이었다. 성문을 활짝 열고 영접을 나온들 거길 무슨 배짱으로 들어가겠는가.

하지만 이제는 상황이 달라졌다. 제 발로 여길 기어들어 오다니.

달랑 혼자 나타나서는 5만 대군을 상대로 뭔가 수작질을 부린다? 불가능한 일이었다.

"따라와라!"

잠시 생각에 잠겼던 장수가 거칠게 말했다.

융군 원수 도첩목이圖貼睦爾를 만나기에 앞서, 맹부요는 도합 세 차례의 검문을 받아야 했다.

마지막 절차로 도첩목이의 친위병이 손으로 온몸을 샅샅이 훑고 나서 말없이 물러서자, 얌전히 몸을 내맡기고 있던 맹부요가 상대를 돌아보며 꽤나 정중하게 물었다.

"이만하면 되었나?"

움찔, 눈을 치뜬 친위병과 맹부요의 눈이 마주쳤다. 친위병의 가슴속이 서늘하게 얼어붙는 사이, 맹부요는 찬바람을 날리며 막사 안으로 사라졌다.

햇볕이 강렬한 실외에 있다가 갑자기 어두침침한 곳으로 들어오자 맹부요는 실내 풍경에 적응하기 위해 눈을 가늘게 떴다.

막사 한구석에서 바늘처럼 예리한 눈빛이 날아드는 게 느껴졌다. 그녀가 반사적으로 고개를 돌리자 구석에 앉아 있던 자는 얼른 반대편으로 얼굴을 틀었다.

맹부요의 눈이 막사 안을 쭉 훑었다. 울긋불긋한 옷을 걸친 장수들이 제각각인 덩치로 실내를 꽉 채우고 있었다.

의젓하게 정좌한 인물은 오로지 도첩목이 하나였다. 나머지는 고기를 뜯고 있거나, 뭔가를 마시고 있거나, 대놓고 발가락을 후벼 파는 중이었다. 유차, 소고기, 양털 냄새와 사내들의 땀 냄새가 뒤섞여 사방에 고약한 잡내가 진동했다.

총사령관 막사에서 발가락을 후벼?

세상에 이딴 식으로 군기 빠진 집단이 존재할 리가. 우리가 너를 아주 업신여기고 있다, 그걸 보여 주기 위함이리라.

맹부요가 실내를 다 둘러보기도 전에 정면에 앉아 있던 인물이 가소롭다는 양 입을 열었다.

"요성 성주라고?"

그와 동시에 좌중의 싸늘한 눈빛이 한곳에 모였다. 살기가 휘몰아치는 막사 안, 무형의 압력이 피에 굶주린 야수처럼 콧

김을 뿜고 있었다.

고개를 정면으로 돌린 맹부요가 말없이 느릿느릿, 보따리를 풀어 보였다. 금빛 찬란한 황동 인장이 망막에 맺히자 장수들의 눈이 번쩍 뜨였다.

여기저기서 흘러나오는 수군거림 속에서 맹부요가 또렷한 목소리로 말했다.

"나, 요성 성주 맹부요, 성을 넘겨주고자 왔다. 너희가 요성으로, 더 나아가 무극국 중심부까지 진군할 수 있도록 이 성주직인이 길을 터 줄 것이다."

"큰소리는 떵떵 치는군!"

누런 얼굴빛에 눈이 움푹 들어간 융군 원수 도첩목이가 맹부요를 노려봤다. 착 가라앉은 말투와 표정이 자못 위협적이었다.

"그까짓 코딱지만 한 성쯤이야 손만 뻗으면 내 것이거늘, 넘겨준답시고 생색을 내? 뭐? 길을 터 줘?"

"그쪽이야말로 큰소리는 떵떵 치시네!"

맹부요가 입꼬리를 비틀어 올렸다.

"수비군이라고 해 봐야 고작 8백 명에 식량은 열흘 치가 전부. 까마득한 성벽도, 위력적인 대포도, 정예 군사도 없는 코딱지만 한 성이 귀하의 용맹한 5만 대군을 보름 가까이 묶어 둔 것은? 손만 뻗으면 가질 수 있다면서 손을 너무 힘겹게 뻗고 있는 거 아닌가?"

"건방진!"

"헛소리 집어치우고!"

맹부요가 손에 든 보따리를 흔들면서 눈을 치떴다.

"성이나 받으라고. 계속 시간만 가는데 남북융 두 왕한테는 뭐라고 하게? 세 갈래 병력 중에 요성을 맡은 네놈만 빼고 나머지 둘은 연전연승이잖아. 거기 사령관들은 무슨 낯으로 볼 건데? 무너져 가는 병사들 기강은 어떻게 다잡을 거지? 남은 전투에서도 목숨 내놓고 적진으로 뛰어들게 하려면 뭔가 대책이 있어야 할 거 아냐. 이 상황에서 군의 사기를 올리는 최고의 방법은 요성 성주가 제 손으로 성을 넘기는 거라고. 지금 내가 도와주고 있는 거란 말이다, 알아들어?"

우레와도 같은 마지막 한마디가 장막을 뒤흔들자 짐짓 거드름을 피우던 장수들이 화들짝 놀라서는 먹던 고기와 유차, 붙들고 있던 발가락까지 모조리 팽개치고 맹부요를 쳐다봤다.

바로 이때, 맹부요가 갑자기 보따리를 다시 둘둘 싸서 어깨에 둘러메더니 막사 밖을 향해 걸음을 옮겼다.

"이 몸은 네놈한테 한 번도 져 본 적 없는 영웅이다! 중간에서 장난질 친 인간만 아니었어도 지금쯤 내 앞에 있는 건 네놈들 시체였을 터! 내 잠시 의기소침해져서 차라리 다른 주인을 찾아 주는 게 백성들한테 좋은 일이려나 하고 와 봤더니만. 비계만 덕지덕지 붙었지, 머리는 텅텅 빈 야만족 놈들이 감히 날 업신여겨? 집어치우자, 그래! 성벽 앞에서 우리 궁수들의 손에 고슴도치가 될 날이나 기다려라!"

보따리를 짊어진 맹부요가 허겁지겁 뜯어말리는 요성 융족 우두머리들을 밀치고 미련 없이 밖으로 향하던 찰나였다.

"잠깐!"

등 뒤에서 묵직한 외침이 날아들었다.

맹부요가 걸음을 멈췄다. 융족 장수들을 등진 그녀의 입가에 만족스러움과 서글픔이 어렴풋하게 뒤섞인 미소가 서렸다.

이럴 줄 알았지. 세게 나갈수록 꼼짝 못 하는 놈들이니까.

여기까지 오기 전 그녀는 오랜 시간을 고민하며 보냈다. 무슨 치욕을 당하든 끝까지 납작 엎드려서 융족 원수의 신임을 얻어 내고야 말 것인가, 아니면 한 치도 물러서지 않고 패악을 부려 놈들의 기를 꺾어 줄 것인가.

마지막에 이르러 선택한 건 후자였다. 자신이 아는 융족이라면, 생각할 여유를 주지 않고 벽력같은 기세로 몰아붙이는 '강대 강' 전략이 분명 먹히리라 믿었기에.

현 상황이 증명해 주고 있었다. 자신이 옳은 선택을 했다고.

자리에서 일어난 도첩목이가 옷자락을 추스르며 다급하게 단상 아래로 내려왔다.

"맹 성주, 잠깐, 잠깐 좀 서 보시오! 장군들이 멋모르고 큰 결례를 범했소이다……."

맹부요는 거들떠보지도 않고 걸음을 마저 옮겼다.

"성주, 오늘 이리 와 주어 얼마나 기쁜지 모른다오. 여봐라, 어서 성주님 앉을 자리를 마련해 드려라! 자, 자, 맹 성주, 일단 소개부터……."

도첩목이가 아까와는 180도 달라진 태도로 맹부요를 붙잡고 늘어졌다.

그는 줄곧 맹부요를 면밀하게 관찰하던 참이었다. 생각 외로 어린 나이이긴 했지만, 주변을 압도하는 기개를 타고난 인물이었다. 투항하러 왔다는 자가 비위 상하는 소리 좀 들었다고 그대로 짐을 챙겨 돌아서다니.

그가 주는 위압감에도, 장수들이 내뿜는 살기에도, 젊은 성주는 얼굴색 하나 변하지를 않았다. 게다가 이쪽 사정은 또 얼마나 훤히 꿰뚫고 있는지, 입 여는 족족 아픈 데를 정곡으로 찌르는 말만 하는 것이었다.

이 정도로 빼어난 인물이라면 성을 짊어지고 온 게 아니라 맨몸으로 귀순하겠다고 왔어도 반겨야 할 판국이었다.

대왕께서도 만나 보면 분명 흡족해하실 터, 그때는 자신도 어느 정도는 공이 있다 인정받지 않겠는가.

혹시 위장 투항이 아닐까 하는 의심은 그저 뇌리를 반짝 스쳐 지나가는 정도에 그쳤다.

웃기는 소리! 거짓 투항을 하러 온 자가 켕기는 기색은커녕 저렇게 미련 없이 돌아서?

그간 몇 차례 맹부요와 맞붙어 본 경험상, 차라리 굴욕을 삼켜 가며 살살 기었다면 경계했을지언정 지금 저 모습에는 의심의 여지가 없었다.

"맹 성주."

도첩목이가 정중하게 손을 내밀어 맹부요를 안으로 이끌었다.

"아까는 이쪽의 불찰이 컸소. 내가 사과할 테니 자, 그러지 말고……."

그러자 맹부요가 돌아서서 눈썹을 치켜세웠다.

"이제야 믿음이 가시나?"

도첩목이가 곤혹스러운 양 웃으면서 답했다.

"믿다마다, 당연한 말씀을!"

느릿느릿 보따리 안에서 성주 직인을 꺼내 제 손바닥에 올려 놓고 무게를 재듯이 들었다 놨다 하던 맹부요가 마침내 도장을 도첩목이에게 건네며 빙긋 웃었다.

"하면, 장군들에게 이걸 똑똑히 구경시켜 주시오. 나중에 내가 가짜 도장 들고 와서 사기 쳤다느니 하는 소리 안 나오게."

"그럴 턱이 있겠소?"

도첩목이가 도장을 넘겨받았다.

"그래도 맹 성주가 원한다니, 어이, 눈깔 삔 것들! 성주님의 성의를 잘 봐 둬라!"

직인이 손에서 손으로 차례차례 전달되는 걸 보며, 장막이 만들어 낸 그늘 속에 뒷짐을 지고 선 맹부요가 입꼬리를 희미하게 말아 올렸다.

개중에는 물건을 아주 꼼꼼하게 살피는 자가 있는가 하면 건성으로 훑어보고 휙 넘기는 자도, 불퉁하니 이렇게 꿍얼거리는 자도 있었다.

"한족 오랑캐들이란, 형편없는 겁쟁이 같으니."

상대를 흘깃 쳐다본 맹부요가 미소 지었다.

"한족의 용맹함을 다시 볼 기회는 아마 없을 테지."

도장은 어느덧 처음 막사에 들어오면서 그녀가 눈빛을 느꼈던 바로 그 구석까지 전달됐다. 조금 전 바늘 같은 시선을 보냈던 남자가 도장을 앞에 두고 손을 멈칫하는 모습이 눈에 들어왔지만, 맹부요는 아무것도 못 본 척 눈길을 거두었다.

"이쪽 성의는 이만하면 충분히 보인 것 같으니."

도장이 한 바퀴를 돌고 나자 맹부요가 차분히 운을 뗐다.

"이제 원수 쪽도 성의 표시를 해 주실 차례가 아닐는지?"

짧게 망설이던 도첩목이가 부하를 향해 손짓을 보냈다.

"여봐라, 맹약을 맺을 터이니 도구를 들여라."

부하가 금방 회양목 쟁반을 받쳐 들고 왔다. 맹물이 담긴 사기그릇이 하나, 옆에는 단도 두 자루가 올려져 있었다.

맹부요의 눈동자에 싸늘한 웃음기가 맺혔다. 아무런 감정도 담겨 있지 않은 웃음이었다.

보통 맹약이라고 하면 손가락을 베지만, 융족은 변치 않는 마음의 상징으로 심장 근처를 찔러 피를 낸다.

쟁반이 들어오자 맹부요가 한 걸음 앞으로 나섰다. 규칙대로라면 이때 두 사람은 어깨를 나란히 하고 서야 하나, 주저하던 도첩목이는 맹부요보다 살짝 뒤쪽에 자리를 잡았다. 그 즉시 막사 밖에서 호위병 둘이 들어와 그의 곁에 붙었다.

맹부요는 그에게 눈길도 주지 않고 서슴없이 칼을 들어 가슴을 찔렀다. 살갗에서 뽑혀 나온 칼날에는 한 줄기 선혈이 묻어 있었다. 칼끝을 사기그릇 위로 가져가자 방울져 떨어진 피가 물속으로 아스라하게 번져 나갔다.

할 일을 마친 맹부요는 빙긋이 웃으며 한 발자국 물러나 도첩목이와 거리를 두고 섰다. 그제야 한숨 돌리고 앞으로 나서 칼을 집어 든 도첩목이가 칼끝을 돌려 자기 가슴팍에 얕게 찔러 넣었다.

칼날이 살갗에 막 닿은 그때였다. 돌연 그의 눈앞에 맹부요의 손이 나타났다!

조금 전까지 맹부요는 분명 한 팔 정도의 거리를 두고 멀찍이 서서 호위병들에게 가로막혀 있었건만, 느닷없이 '까득' 하고 관절이 꺾이는 소리와 함께 그녀의 팔이 쑥 앞으로 치고 나온 것이다.

칼을 잡은 도첩목이의 손을 감싸 쥔 맹부요가 슬쩍 힘을 주자, 본래 살갗을 스치듯 긁기만 하려던 단도가 칼자루째로 쑥 가슴 깊이 밀려 들어갔다.

피가 뿜어져 나왔다. 막사를 뚫고 하늘까지 닿을 기세로, 도첩목이의 목구멍에서 비명이 튀어나왔다.

손을 떼지 않은 채로 서슬 퍼렇게 웃고 있던 맹부요가 다음 순간, 칼자루 끄트머리를 인정사정없이 비틀었다. 뼈와 살이 단숨에 짓뭉개지는 소리가 모두의 귀에 똑똑히 전달됐다.

엄청난 양의 피가 살점 부스러기와 함께 뿜어져 나와 맹부요의 얼굴을 피 칠갑으로 만들었다.

도첩목이의 두 번째 비명은 미처 입 밖으로 나오지 못했다. 목 안쪽에서만 '꺽꺽' 소리를 끓이던 그는 꿈틀꿈틀 사지를 뒤틀면서 바닥에 널브러졌다.

곧이어 맹부요가 살갑게 미소 지으며 단도를 뽑아내더니 그대로 칼날을 휘둘러 도첩목이의 목을 쳤다. 그녀는 마침 곡도를 뽑던 호위병들까지 한꺼번에 처치한 뒤, 피가 뚝뚝 떨어지는 도첩목이의 머리를 집어 들어 허리춤에 묶고는 웃음을 터뜨렸다.

"이게 바로 한족의 용맹함이다. 죽기 전에 특별히 한번 구경 시켜 준 줄 알아라!"

그녀의 거칠 것 없이 호쾌한 웃음소리 속에는 비분이 섞여 있었다. 창공을 뚫고 솟구쳐 오르는 매의 울음처럼 쟁쟁한, 강철이 맞부딪치고 옥석이 깨지는 소리처럼 또렷한 울림이 스치기만 해도 살갗이 찢길 창칼이 되어 피비린내가 진동하는 막사 안에 휘몰아쳤다.

피 웅덩이 속에서 머리 없이 파들파들 떨고 있는 도첩목이의 몸뚱이와 온 얼굴에 선혈을 뒤집어쓴 채 웃어 젖히는 맹부요의 모습이 시야에 들어오자, 뒤늦게 충격에서 헤어난 장수들은 눈 알이 홱 뒤집히는 느낌이었다.

"죽여! 저거 잡아 죽여!"

무기를 뽑아 든 장수들이 피바다를 철퍽철퍽 밟으며 짓쳐들 어왔다. 개중에는 신도 꿰신지 않고 맨발로 칼을 휘두르며 달 려드는 자도 있었다.

도첩목이의 주검에 발을 올리고 가소롭다는 듯 장수들을 흘 겨보던 맹부요가 돌연 지면을 박차고 뛰어올라 옆으로 빠르게 회전하면서 등 뒤의 명검, 시천을 뽑았다. 새카만 곡선을 그리 며 뽑혀 나온 칼을 양손으로 거머쥔 그녀가 공중으로 솟구치면 서 구중천을 선회하는 봉황처럼 날개를 펼쳤다.

서슬 퍼런 한기가 주변을 압도하는 가운데, 검은 칼날이 적의 몸뚱이를 가르고, 베고, 찌르고, 꿰뚫으며 허공에 핏빛 궤적을 그려 냈다.

피가 튀고 머리통이 날아다녔다. 잘린 팔다리들이 널찍한 실내를 어지러이 가로질러 쇠가죽 장막에 부딪혔다가 지면으로 추락했다. 그간 맹부요의 가슴속에 응어리져 있던 분노와 아까치욕의 길을 지나오며 감내해야 했던 고통이 마침내 폭발해 운 없는 융군 장수들을 향한 것이다.

핏빛으로 물든 칼과 극도로 날이 선 살기, 칼끝에서 방울져 떨어진 선혈에 맹부요의 검푸른 의복이 온통 붉게 젖어 들었다.

일방적인 살육이었다. 성주 직인에 묻혀 둔 연마산軟麻散이 효과를 발휘해, 융군 장수들은 맹부요와 한 합도 채 겨루지 못하고 줄줄이 나가떨어졌다.

눈 깜짝할 사이에 지면이 시체로 뒤덮였다. 그 송장들은 조금 전까지만 해도 막사 가득 펄떡펄떡 살아 숨 쉬던 생명이었다.

이쯤 되면 제아무리 용맹한 융족 장수들이라도 공포를 느낄 수밖에 없었다. 악귀 같은 살기를 뿜어내는 맹부요를 앞에 두고 그나마 중독 증세가 심하지 않은 장수 몇몇이 칼도 제대로 들지 못할 정도로 팔다리를 벌벌 떨다가, 어느 순간 목이 찢어져라 소리를 지르며 허우적허우적 밖을 향해 내달렸다.

"살려 줘! 살려 줘! 여기 사람이 죽었다!"

촷!

싸늘한 번뜩임이 피비린내에 젖은 어둠을 가로지르더니, 누구보다 급하게 뛰어 거의 막사 입구까지 갔던 장수의 등에 칼한 자루가 꽂혔다. 맹부요의 비수가 아니라 융족 장수들이 쓰는, 금실이 감긴 곡도였다.

칼을 맞은 사내가 식겁해서 뒤를 돌아봤다. 곡도의 주인을 손으로 가리키면서 꺽꺽거리던 그는 한참 만에야 어렵사리 입 밖으로 목소리를 냈다.

"사마沙馬, 네놈이……."

사마라고 불린 자는 맹부요가 막사에 갓 들어왔을 때 그녀에게 눈길을 보내던 남자였다. 차분하게 칼을 다시 챙긴 그가 자신을 향해 돌아선 맹부요에게 허리를 굽혔다.

"맹 성주, 사홍沙泓이라 합니다."

"한족?"

맹부요가 눈을 가늘게 떴다.

"그렇습니다."

사홍은 선혈이 낭자한 풍경 한복판에 서서도 아무런 감흥이 없는 얼굴이었다.

"상양정기上陽精騎 18분대 제6대 비밀 호위대 소속입니다."

상대를 응시하며 맹부요가 천천히 칼을 갈무리해 넣었다. 비밀 호위대 안에 암위와 은위가 있다는 것은 후에 알게 되었다.

"도장에 연마산을 칠해 둔 걸 어떻게 알았나 했더니."

사홍이 싱긋 웃었다.

"언제 어떤 상황에서 마주치게 되든, 전력을 다해 맹 성주를 도우라는 주군의 명을 받았습니다."

그를 빤히 보다 말고, 싸움이 시작되자마자 혈도를 찍어 기절시켜 놓은 요성 융족 우두머리들에게 흘깃 눈길을 준 맹부요가 조용하게 말했다.

"여기 잠입하면서 받은 본인 임무가 따로 있을 텐데, 괜히 나 때문에 망칠 것 없어요."

답을 하려던 사홍이 갑자기 눈길을 한쪽으로 홱 틀더니 놀란 듯한 목소리를 냈다.

"이런, 이걸 지금 눈치채다니. 한 명이 자리에 없습니다!"

그의 말이 끝나기 무섭게 쿵쿵대는 발소리가 날아들더니 곧이어 누군가 막사 밖에서 껄껄 웃는 게 들렸다.

"하필 중요한 순간에 아랫배에서 신호가 와서는! 원수님, 요성 성주가 투항하러 왔다지요? 이 노합老哈도 구경 좀 합시다!"

말소리와 함께 입구에 늘어진 발이 젖혀졌다.

빠져나간 놈이 있었을 줄이야!

눈을 날카롭게 빛낸 맹부요가 입 모양으로 말했다.

'실례!'

바로 뒤이어, 칼등이 사홍의 이마를 내리쳤다.

피를 흘리며 기절한 그를 두고 훌쩍 입구 쪽으로 이동한 맹부요는 칼을 세워 든 채 적의 등장을 기다렸다. 어둠 속에서 한 쌍의 눈이 먹잇감을 노리는 맹수의 그것처럼 번뜩이고 있었다.

안으로 들어서는 그 순간 단칼에 끝내리라!

출입구 밖에 있는 사내의 손가락에 들춰진 발이 가느다란 틈을 보였다. 맹부요는 근육을 긴장시켰다.

그런데 이때, 손가락이 다시 밖으로 빠져나가는 게 아닌가.

견디기 힘든 침묵이 찾아들었다. 군영 정문에서 병사들이 군호를 확인하는 목소리가 들릴 만큼, 이 순간 막사 안은 정적 그자체였다.

밖에 선 인물의 호흡이 점차 거칠어지기 시작했다. 두꺼운 쇠가죽 장막을 사이에 두고도 긴장과 불안, 의혹에 찬 헐떡거림을 들을 수 있었다.

맹부요의 눈빛이 차갑게 식어 갔다. 돌이키기에는 늦은 상황. 막사 안 장수들을 일거에 처치해 유유히 적진을 빠져나간다는 계획은 이미 수포로 돌아가고 말았다.

정녕 하늘이 나를 멸하시려는가.

하지만 설사 그게 하늘의 뜻이라 한들 내가 싫다고 한다면 어림없는 일.

맹부요는 조용히 옷소매를 끌어다가 검신에 들러붙은 살점과 혈흔을 닦아 냈다. 격전을 치르려면 칼부터 잘 가다듬어 둬야 했다.

장막 밖에서부터 수상한 낌새를 채고 그녀의 존재를 유추해 냈을 정도면, 절대로 말본새처럼 투박한 인물은 아닐 터였다. 전장에서 잔뼈가 굵은 백전노장, 피비린내와 시체 냄새를 누구보다도 잘 아는 자가 분명했다. 아주 까다로운 상대를 만난 것이다.

이때였다. 막사 밖의 있던 장수, 노합이 홀연 몸을 날려 뒤쪽으로 공중제비를 돌면서 일갈했다.

"자객이다! 궁수 부대는 집결하라!"

명령이 미처 마침표를 찍기도 전이었다. 막사에서 가냘픈 검은 그림자 하나가 질풍처럼 튀어나오면서 팔을 휘둘렀다.

두 사람 사이의 거리는 아직 한 장 이상, 그러나 검광은 벌써 노합의 가슴팍 바로 앞까지 들이닥친 뒤였다!

푸른색 검광이 두려움으로 일그러진 얼굴을 새파랗게 비췄다. 더 이상은 입을 열 여유가 없었다. 노합은 안간힘을 다해 몸을 틀면서 뒤쪽으로 빠졌다. 그러나 파구소의 내공이 실린 칼날을 피하기란 역부족.

팔 한쪽이 소리 없이 잘려 나가 스르르 밑으로 떨어졌다. 절단된 팔이 바닥에 나동그라지며 모래흙을 새빨갛게 물들였다.

거리 탓에 단번에 적의 숨통을 끊지 못한 맹부요에게 실수를 만회할 기회는 주어지지 않았다. 다친 노합의 지휘하에 병사들이 벌써 시커먼 식인 개미 떼처럼 몰려들고 있었다. 병기와 갑주가 바다처럼 펼쳐진 가운데 겹겹 인파가 산을 이뤘다.

피의 바다, 칼의 산.

지금은 살육의 시간, 생명을 거두어들일 시간이었다. 바야흐로 피와 살이 질퍽하게 난도질당하고 송장이 사방에 나뒹굴 때가 도래한 것이다.

이렇게 된 이상 모든 생각을 비워 내고 그저 기계적으로 베고 또 베야 한다.

애써 자신을 다잡은 맹부요가 몸을 날려 병기와 검광, 피와 살로 이루어진 바다로 뛰어들었다. 칼날이 번개같이 빠르게 적의 몸뚱이에 꽂혔다가 뽑혀 나오기를 반복했다. 홍해를 가르는 모세처럼, 그녀가 지나는 궤적 좌우로 선혈의 파도가 어지럽게 부서졌다.

그 파도 속에서, 맹부요는 한 줄기 검푸른 빛으로 화했다. 한밤의 거친 바람을 싣고, 쏟아지는 혈우를 몰고, 찢긴 살점을 사방으로 흩뿌리며, 울긋불긋한 병사들의 바다를 관통하는 피의 균열을 새겼다. 한 걸음 전진할 때마다 검붉은 발자국이 하나씩 찍히고, 팔다리가 잘려 나간 시체가 하나씩 널브러졌다.

얼마나 많은 이의 목숨을 앗았는지, 자신은 또 얼마나 많은 상처를 입었는지, 맹부요는 알지 못했다.

포위망에 미처 합류하지 못한 병사들이 외곽 쪽에서 인파 사이로 긴 창을 마구 내지르고 있었다. 사방에 빽빽이 들어찬 날붙이를 다 피할 수도 없었지만, 지독한 혈투 와중에 감각과 인지가 모조리 마비되다시피 한 맹부요는 살갗이 째져도 고통을 느끼지 못했다.

지금까지 몇 명이나 죽어 나갔을까?

알 도리가 없었다.

맹부요가 아는 건 발밑에 울퉁불퉁 밟히는 요철 전부가 시체라는 사실뿐이었다.

그녀는 적의 숨통을 끊는 사이사이 시신을 저 멀리 걷어찼다. 발길에 차인 시신은 허공에 피를 흩뿌리며 날아가 우르르 몰려드는 다른 병사들을 들이받았고, 끝이 보이지 않는 살육은 계속됐다.

이를 두고《국사國史 신영황후神瑛皇后 본기本紀》제1권 3절에 이르기를.

정녕 16년 초, 융족 반란군이 요성을 포위하자 당시 요성 성주로 있던 황후는 군사 8백으로 5만 대군에 맞서 보름간 성을 지켜 냈다. 도합 네 차례의 교전을 연이어 승리로 이끌며 적군 장수 세 명을 비롯하여 병졸 수천을 멸한 황후로 말미암아 융군은 시종 뜻을 이루지 못하였으니…….

그러던 중 한족 백성들의 존망을 근심한 황후가 홀로 치욕을 삼키며 거짓 투항에 나섰다. 이를 두고 만인이 지탄하였으나, 황후는 끝까지 의지를 굽히지 않았다.

융군 막사에 이르러 적장의 기를 꺾은 황후는 가슴을 찔러 피의 맹약을 맺던 도중 융군 원수를 제거했다. 그 자리에서 황후의 손에 명을 다한 장수가 일곱, 부상자가 하나였다. 황후는 적군에게 포위당하고도 두려워하는 기색 없이 검을 뽑아 들었다. 적의 피로 목욕을 하고, 적의 시체를 밟으며, 황후가 지나는 길을 따라 붉은 피가 강을 이루었음이라…….

이 전투에서 혈혈단신으로 섬멸한 적의 수가 천에 달하였으니, 신무神武 영렬황永烈皇 이후 백 년 세월에 전례가 없던 일이었다…….

실로 참혹한 살육전이었다.

시체 더미 위에 서 있던 맹부요의 눈앞이 아찔, 잠시 흔들리는 사이 잘려 나뒹구는 팔다리가 시야 안에서 핏빛 덩굴로 화했다. 황토를 뚫고 솟구쳐 오른 덩굴의 숲이 꿈틀거리며 돌진해 와 그녀를 칭칭 옭아맸다.

맹부요는 이제 기진맥진이었다. 숨 쉴 틈도 없이 베고, 베고, 또 베고……. 아무리 철인이라 해도 이쯤 되면 진기가 바닥날 수밖에 없었다. 미리 고기 한 사발을 비우고 오기는 했지만, 끝이 안 보이는 포위망에 갇혀 계속되는 체력 소모를 버텨 내기에는 역부족이었다.

앞쪽을 넘어다보자 전혀 수가 줄지 않은 것 같은 머리통들이 눈에 들어왔다. 무시무시한 인원이 여전히 새카맣게 몰려들고 있었다. 저들이 바다라면 지금껏 해치운 자들은 물 한 방울에 지나지 않는 듯했다.

팔이 후들거렸다. 조금만 있으면 칼이 휘둘러지질 않을 것 같았다. 그래도 아직은, 자결할 기력 정도는 남아 있었다.

맹부요는 쓰게 웃음 지으며, 덤벼드는 병사의 명치에 관성을 이용해 검을 찔러 넣었다. 다음으로는 자신의 몸에 칼날을 꽂을까 고민하고 있던 그때, 문득 전방에서 이쪽에서 나는 것과 아주 흡사한 소리가 들려왔다.

단말마의 비명, 사람이 털썩 쓰러지는 소리, 뼈와 뼈가 부딪치고 피와 살이 짓뭉개지는 소리. 이 소름 끼치는 소리들이 쉴 새 없이 날아드는 방향은 총 셋이었다.

까치발을 들자 앞쪽에서 병사들이 우왕좌왕하는 모습이 보였다. 예리한 칼날이 인파를 뚫고 들어오는 양, 군영 정문 근처

세 곳에서 피가 튀고 살점이 날아가고 있었다. 맹부요를 공격하던 병사들이 전원 당혹한 표정으로 뒤를 돌아봤다.

운신이 한결 수월해진 맹부요가 시체를 밟고 올라가 앞쪽을 내다봤다. 검은 옷을 입은 열댓 명이 그녀와 비교해도 손색없는 살기를 뿜으며 가차 없이 병사들을 베어 넘기고 있었다.

다섯 명씩 총 세 개 조로 나뉘어 칼끝 모양 진형으로 인파를 뚫고 들어온 그들은, 눈 깜짝할 사이에 서로 간격을 벌리며 거대한 적진을 효율적으로 헤집어 났다. 고도로 훈련된 정예군이라는 걸 한눈에 알아볼 수 있는 모습이었다.

이 시점에 지원군이라니?

맹부요가 놀란 눈으로 흑의인들을 응시했다. 원소후의 암위들은 그녀 앞에 한 번도 모습을 드러낸 적이 없었으니, 맹부요가 그들의 존재 자체를 알지 못하는 게 당연했다.

적진 가장 깊숙이까지 들어온 흑의인이 그녀를 발견하고는 저 멀리서 이쪽으로 오라는 손짓을 보냈다. 심호흡을 한 맹부요가 마지막 힘을 쥐어짜 다시 칼을 휘두르기 시작했다.

반 시진가량 혈투가 더 이어진 후에야 맹부요는 가까스로 흑의인 곁에 설 수 있었다. 둘 다 피와 살점을 잔뜩 뒤집어쓴 몰골이었다. 맹부요는 속눈썹에 엉겨 붙은 핏물 탓에 눈을 뜨기가 힘들 지경이었고, 흑의인의 동료 넷은 그사이 둘로 줄어 있었다.

무리에 합류하는 맹부요를 보고 눈에 화색을 띤 흑의인이 다급하게 말했다.

"맹 소저, 저희는 주군의 명으로 소저를 지키고자 온 사람들입니다. 부디 저희를 믿고……."

"안 믿을 이유가 있겠어요?"

맹부요가 씩 웃으며 상대의 말을 잘랐다.

"그럼, 가 봅시다!"

피 칠갑을 한 채 금방이라도 쓰러질 듯한 몸을 검에 의지해 겨우겨우 지탱하고 있으면서도, 그녀의 웃음은 티끌 하나 없이 깨끗했고 눈빛은 투명하기 그지없었다.

그 모습에 흑의인은 내심 감탄을 뱉었다. 문득, 주군의 곁을 맴도는 한 여자가 떠올랐다. 둘을 비교하며 속으로 고개를 절레절레 내젓길 잠시, 쓸데없는 생각을 황급히 흩은 그가 돌아서서 맹부요를 부축했다.

"가시죠!"

밤새 이어진 돌파전.

하나둘 줄어드는 호위대에 에워싸여 맹부요는 포위망을 벗어났다. 그녀가 말을 달려 요성 성벽이 보이는 지점까지 왔을 즈음, 하늘가에는 어느덧 동이 트고 있었다.

뒤쪽에서 진한 피비린내를 품은 바람이 불어왔다. 팔이 잘리고도 흉흉한 기세는 그대로인 장수의 지휘 아래, 융군 병사들이 끈질기게 뒤를 쫓아오는 중이었다.

곁을 돌아보던 맹부요의 시야에 잡힌 아군은 듬성듬성 겨우 넷. 그녀와 합류한 시점에 흑의인 부대는 이미 3분의 1이 죽거나 다친 상태였다. 여기까지 쫓기며 달려오는 과정에서 적의 병기에 목숨을 잃거나 탈진해 낙오한 이들도 있었다.

시체의 산을 넘고 피의 바다를 건너는 내내 함께였던 사람들이 하나하나 말에서 떨어져 뒤따라오는 기병의 발굽에 짓이겨지는 동안, 맹부요는 그저 눈물을 머금고 말 위에서 몸을 낮춘 채로 내달리는 수밖에 없었다.

말의 고삐를 잡은 사람은 그녀의 뒤에 앉은 흑의인 대장이었다. 그는 자신의 몸을 방패 삼아 후방에서 날아오는 화살을 막아 내고 있었다.

요성의 성문을 본 순간, 맹부요는 안도의 한숨을 내쉬었다. 우여곡절 끝에 마침내 당도했다. 만약 자기 때문에 흑의인 열다섯 명이 전원 전사했다면 원소후를 다시 볼 낯이 없었을 터였다.

긴장이 풀리자 온몸의 상처들이 비명을 내지르기 시작했다. 뼈대가 이대로 무너져 내릴 것 같은 느낌이었다.

힘겹게 말을 몰아 성벽으로 다가가며, 그녀가 위를 향해 소리쳤다.

"성문을 열라! 성주가 돌아왔다!"

흉맹한 융군 철기가 1각에 수십 리의 속도로 접근해 오고 있었다. 선두에서 달리는 전투마의 울음이 벌써 여기까지 들리는데, 성루에서는 여장 뒤에 목석처럼 선 수비병들이 아래를 내려다보고 있을 뿐이었다.

어떻게 돌아가는 상황인지 대충 짐작이 갔다. 맹부요는 재빨리 허리춤에 묶여 있던 사람 머리통을 풀어 높이 쳐들어 보였다.

"위장 투항이었다! 여기, 적군 원수 도첩목이의 머리다! 장수 대부분을 잃었으니 적은 사흘 안에 퇴각할 것이다! 문을 열라, 어서!"

그러나 여전히 정적뿐이었다. 성루 위에 있던 병사들은 아예 모습을 감춰 버렸다.

등 뒤쪽에서 우레와도 같은 말발굽 소리가 들려왔다. 하늘가에서 휘몰아치듯 피어오른 먹구름이 천지를 집어삼켰다.

융군이 목전에 들이닥친 것이다!

채찍을 빼 든 맹부요가 성문 바로 앞까지 말을 몰아 가서 성벽의 벽돌을 후려쳐 가루를 냈다. 부옇게 날리는 돌가루 속에서 그녀의 갈급한 외침이 울렸다.

"열어! 추격병이 코앞이라고! 이대로 죽는 꼴이라도 보겠다는 거냐!"

"그 머리가 누구 것인 줄 알고?"

성벽 위에서 무표정한 얼굴을 내민 자가 맹부요를 싸늘하게 내려다보며 큰 소리로 말했다.

"성문을 열면, 배신자 년이 융족 군대를 몰고 와 우릴 다 싸잡아 죽이려고?"

가슴이 철렁 내려앉는 느낌과 함께 눈앞이 깜깜해졌다. 일순 휘청한 맹부요가 말에서 떨어지려는 걸 뒤에 있던 흑의인이 급하게 붙잡아 줬다.

그러나 다음 순간, 그가 짧은 신음을 뱉었다. 뒤를 돌아본 맹부요는 그의 어깨에 꽂힌 화살을 발견했다. 추격병이 당도한 것이었다.

팔 한쪽이 없는 추격대 대장, 노합이 뒤쪽에서 웃음을 터뜨렸다.

"맹 성주, 성문을 열게 할 자신이 있다더니? 이렇게 신용이 없어서야 원수께서 언짢아하실 터인데?"

맹부요가 홱 고개를 틀어 그를 노려봤다. 노합을 부르르 떨게 할 만큼 무시무시한 눈빛이었다. 하지만 내공이 실린 그의 목소리는 이미 성루를 넘어 성안 백성들의 귀에까지 전해진 뒤였다.

'쿵' 소리가 울렸다. 성안에 있는 철성이 한족 백성들의 발에 차여 성문에 처박히는 소리였다.

사람들이 성 밖을 가리키며 미친 듯이 웃어 댔다.

"융족 앞잡이 놈, 이런데도 저년이 죄가 없어? 방금 너도 똑똑히 들었지? 가서 문 열어! 네 계집하고 주인님들 들어오시게 어디 한번 열어 보라고!"

얼굴 전체가 피범벅이 된 철성은 부러져 기괴하게 뒤틀린 다리 한쪽을 질질 끌면서 움직이고 있었다. 쿨럭거리며 핏물을 뱉어 낸 그가 분에 받쳐 소리쳤다.

"내가 아니라면 아니야!"

그가 정말로 성문을 열려고 몸을 일으키자 한족들이 재깍 달려가 주먹세례와 발길질을 퍼부으려 했고, 융족들까지 몰려오면서 순식간에 난투극이 벌어졌다. 남들이야 싸우든 말든, 밖에서 나는 융군의 함성을 들은 철성은 오로지 문에 걸린 빗장을 벗겨야 한다는 생각뿐이었다.

그런데 이게 어찌 된 일인가, 성문에는 어느새 은색으로 반짝이는 쇠사슬이 감겨 있었다. 내공까지 동원해 당겨 봐도 쇠사슬은 끊어질 기미를 안 보였고, 고뇌하던 철성은 칼을 뽑아 들었다.

쩡!

강철을 벼려 만든 칼날이 번뜩이는 빛을 뿌리며 허공을 가른 끝에 쇠사슬을 내리찍었다. 그러나 사슬에는 얕은 흠집조차 파이지 않았다.

흠칫 굳은 철성은 누군가의 차분하고도 냉랭한 눈빛이 등에 꽂히는 걸 느꼈다. 즉시 고개를 돌리자 뒤엉켜 싸우며 떠들어대는 사람들 너머에서 하얀 얼굴의 호상이 물끄러미 자신을 응시하고 있는 게 보였다.

철성은 다시 한번 굳고 말았다. 그제야 어렴풋이 기억났다. 호상의 아버지가 성안에서 이름난 대장장이였던가.

"아버지가 아껴 뒀던 천년명철로 만든 거야."

우습다는 눈빛을 보내며, 호상이 한 자 한 자 힘줘 말했다.

"너는 절대 못 끊어."

"왜! 대체 어째서!"

철성이 고함을 쳤다.

"왜 이런 짓을 하는데!"

"그 계집은 죽어 마땅해."

눈빛에서 표정과 동작 하나하나에 이르기까지, 호상은 미칠 듯한 질투와 혐오를 온몸으로 드러내고 있었다.

"죽어야 된다고!"

멍하니 호상을 응시하던 철성은 그녀의 눈 안에서 절망과 광기를 발견했다. 무언가 충격적인 사건이 그녀에게 남긴 것 분명했다.

철성이 뻣뻣하게 굳은 채 제 가슴이 시시각각 무겁게 내려앉는 걸 느끼고 있을 때였다.

쾅!

사람 몸뚱이가 성문에 충돌해 나는 소리는 여름날 하늘가에서 으르렁대는 천둥만큼이나 육중하고 둔탁했다. 문틈으로 피가 튀어 안까지 들어왔다.

손가락에 점점이 내려앉은 핏방울을 내려다보며, 철성은 이게 혹시 맹부요의 것은 아닐까 생각했다.

이 엷은 붉은빛은 성을 떠나던 맹부요의 눈과 닮았다. 쓸쓸하고, 서글프고, 씁쓸하고, 그러면서도 결연하던 그녀의 눈. 온화함 속에 꺾일 줄 모르는 의지가 담겨 있고, 그 의지 속에 연기처럼 아스라한 초연함을 품은.

그것은 열여덟 살 소녀가 가질 눈이 아니었다.

모든 것을 홀로 짊어지고자 한 여인의 운명이 피와 눈물로 점철된 것이어서는 안 됐다!

돌연, 철성이 무릎을 꿇었다. 19년 생애에 누구 앞에서도 무릎은커녕 목조차 굽혀 본 적이 없는 청년이 성문 앞 흙바닥에서, 느닷없이 호상을 향해 꿇어앉았다.

쿵, 쿵, 쿵.

그가 바닥에 머리를 박았다.

"이렇게 사정할게, 살려 줘. 죄 없는 사람이야……."

흙먼지 위에 꿇어앉은 철성은, 얼굴을 덕지덕지 뒤덮은 핏물과 진흙에 방금 머리를 찧으면서 부어오른 이마까지 합쳐져 원래 모습을 알아보기 힘든 몰골이었다. 하지만 그는 아랑곳하지 않고 계속해서 머리를 조아렸다.

남 앞에서 이렇게 무릎을 꿇어 보기도, 이만큼 간절하게 애원해 보기도 처음이었다. 그것도 친구 사이조차 아닌 여자를 위해서.

하지만 온 성 사람들이 그녀에게 진 빚에 비하면 지금 자신이 감내하는 수모 정도는 새 발의 피도 아니었다.

"부탁이야, 살려 줘! 열쇠, 열쇠는? 열쇠만 준다면 우리 집안전 재산이라도 내놓을게……."

그러나 차갑게 그를 쏘아보는 호상의 눈 안에는 오로지 증오만이 존재했다. 잠시 후, 그녀가 돌아서서 자리를 뜨며 말했다.

"열쇠 같은 건 없어."

철성은 꿇어앉은 자세 그대로 돌이 되어 버렸다. 머릿속이 새하얬다.

이때 등 뒤쪽에서 다시 '쾅' 하는 소리가 났다. 누군가의 몸이 또 성문에 부딪혔다가 스르르 아래로 무너져 내렸다.

철성은 차마 고개 돌려 문틈으로 시신을 확인할 수가 없었다. 혹시라도 그게 자신이 존경하고 숭배하는 그 여인일까 봐, 그녀가 흔들림 없이 반짝거리는 그 눈을 다시는 못 뜨게 된 것일까 봐, 이 순간의 엇갈림이 영원으로 남아 버릴까 봐, 피바람이 몰아치는 전장을 향해 홀로 간 그녀가 종국에는 적의 손이 아닌 자기편의 의심과 이기심에 목숨을 잃은 모습을 봐야 할까 봐, 그는 두려웠다.

"으아아!"

고개를 젖힌 철성이 하늘을 찢어발길 듯, 피눈물 서린 절규를 토해 냈다.

❀

"커헉!"

또 한 차례의 비명이 들리고, 둘만 남았던 흑의인 중 한 명이 적의 맹공에 목숨을 잃었다.

융군은 활을 쓰지 않았다. 대신 비릿하게 웃으며, 쥐를 가지고 노는 고양이와 같은 자세로 지켜보고 있었다.

맹부요가 제 성을 앞에 두고도 들어가지 못하는 모습을, 무수한 융족 병사들을 참혹하게 살해한 소년이 자기편에게 배반당한 처지로 전락해 아군을 하나하나 잃어 가는 모습을, 이 모든 걸 맹부요의 계략이라 여기는 요성 군졸들이 성루 위에서 무심하게 내려다보는 모습을.

융군은 통쾌하게 웃고 있었지만, 맹부요는 침묵에 빠진 지 한참이었다. 그녀는 잎새를 다 떨구고도 꼿꼿하게 선, 서리 맞은 나무처럼 고요했고 변하지 않는 모습으로 얼어붙은, 흰 눈 덮인 호수만큼 차가웠다.

맹부요는 지금 절대로 열릴 리 없는 성문에 기댄 채였다. 등이 뒤에 닿을 때마다 온몸을 적신 피가 벽면에 얼룩덜룩한 자국을 그렸다. 그 자국은 그녀가 성에 마지막으로 남기는, 가장 선명한 기념물이었다.

바로 이곳에서, 이곳 요성 입구에서, 피에 흠뻑 젖은 몰골로 시체들과 나란히 서서도 수비군의 의심과 분노를 잠재울 길 없는 성문 앞에서, 그녀는 미래를 잃었다.

맹부요의 눈이 온통 핏자국으로 그득한 흙바닥을 천천히 훑었다. 그곳에는 온전치 못한 시체 세 구가 띄엄띄엄 널브러져 있었다. 마지막으로 곁에 남은 흑의인 대장 역시 중상을 입은 상태였다.

셀 수 없이 많은 전장을 누볐을 최정예 호위 부대가 그녀 때문에 전멸하다시피 한 것이다.

곁에서는 그 부대의 우두머리가 버르적대면서 겨우 뽑아 든 근접전용 비수에 의지해 비틀비틀 앞으로 걸어 나가고 있었다. 너덜너덜한 육신으로 그녀 대신 저 피에 굶주린 대군과 맞서기 위해.

성벽을 깊숙이 파고든 맹부요의 손가락 끝에서 새빨간 피가 배어났다.

이것은 심장에서 흘러나온 피.

지난 두 달간 이 성을 진심으로 좋아했고, 따스함을 느꼈다. 아침저녁으로 사람들이 건네 오는 안부 인사와 미소 섞인 온정이 좋았다. 외롭기만 하던 삶에서 한 번도 누려 보지 못한 사람 사는 세상의 따스함이 좋았다.

그녀는 이 성을 아꼈고 떠나기 서운해했다. 그랬기 때문에 가장 고단한 시기에 본래 상관하지 않았어도 될 일에 굳이 책임을 지고자 했다.

그러나 그 대가가 이런 것일 줄이야.

그녀가 자신을 희생해 돌본 이들은 문을 열어 주는 것조차 거절했고, 그녀로부터 아무것도 받은 것이 없는 이들은 그녀를 위해 생명을 내던졌다.

이 무슨 셈법이란 말인가? 세상의 셈법이란 게 이토록 말도 안 되는 것이라면, 과연 이 셈을 이어 나갈 가치가 있을까?

"으아아!"

성문 안쪽에서 철성의 비통한 절규가 터져 나와 하늘 끝까지 울려 퍼졌다. 맹부요는 그 부르짖음에 이어 절망에 찬 철성이 목 놓아 우는 소리를 들었다.

그녀는 깊게 숨을 들이마시며 하늘을 향해 고개를 들었다. 구름 위쪽에서 어렴풋이, 누군가 미소 짓는 얼굴을 본 듯했다.

평온하고, 따사로우며, 한없이 너그러운, 언제나 그녀의 앞길 위에 떠돌던 꿈과도 같은.

문득 눈가가 젖어 들었다. 잃어버린 고향이, 꿋꿋이 지켜 온 집념이, 꿈결 속에 너울거리는 희망이 줄곧 그녀를 부르고 있었다.

오늘 이렇게 끝을 맞이한다면, 원래 있던 그곳으로 돌아갈 수도 있지 않을까?

어차피 피할 수 없는 죽음이라면 얼마 남지도 않은 목숨을 부지하자고 남까지 희생시킬 필요가 있겠는가.

이것도…… 나쁘지 않은 결말이리라.

"잠시만요."

맹부요가 손을 뻗어 절룩거리며 앞으로 향하는 흑의인을 붙잡았다.

"그럴 것 없어요."

당황한 기색으로 돌아보는 흑의인의 눈을 들여다보며, 맹부요가 차분하게 말했다.

"저들이 죽이고 싶은 건 나니까, 나만 죽으면 귀하는 무사할 거예요. 여기서 더 폐를 끼칠 수는 없어요."

"맹 소저, 농담이시겠죠."

당혹감이 가신 흑의인의 얼굴에 미소가 걸렸다.

"저를 곱게 보내 줄 것 같습니까? 이 손에 죽은 융군의 수가 얼마인데."

잠시 침묵하던 끝에 맹부요가 다시 말을 이었다.

"좋아요, 그럼 우리 같이 죽죠. 그 사람한테 전하고 싶은 말이 있었는데, 보아하니 어차피 안 될 일이겠네요. 한 가지만 부탁할게요. 나보다 조금 더 길게 남아서 내 시신을 처리해 줘요. 저들의 손에 넘어가지 않도록."

"그러겠습니다."

가부좌를 틀고 앉은 흑의인이 두 손을 무릎 위에 올려놨다.

"주군께서 내리신 명령은 맹 소저를 지키라는 것이었습니다. 살아생전이든 죽음 이후든, 저는 소임을 다할 것입니다."

그를 향해 빙긋 웃어 보인 맹부요가 자세를 낮춰 성문을 똑똑 두드리더니 문틈에다 대고 말했다.

"철성, 최선을 다해 준 거 알아. 울지 마."

짧은 간격을 두고 다시 입을 열었을 때 맹부요의 목소리는 흔들리고 있었다.

"미안……. 신세 진 건 아무래도 다음 생에 갚아야겠다."

다음 생에……. 다음 생에!

마음을 줬던, 머물렀던, 뒤돌아봤던, 고마웠던 사람들이여. 그리고 추억들이여. 모두 버리고 갈 수밖에 없는 나를 이해해 주기를. 부디 다음 생이…… 있기를.

맹부요는 눈을 감고 천천히 칼을 뽑았다. 지난밤에 이르기까지 수많은 생명을 거두어들였던 명검 시천으로, 이제는 자신의 생명을 마감 지을 때가 온 것이다.

싸늘하게 빛나는 얄팍한 칼날이 그녀의 창백하고도 의연한 얼굴에 반사광을 뿌렸다.

타앗!

절망의 끝자락에서 생환하다

성문 앞 피로 물든 모래흙 위, 검푸른 그림자가 홀로 우뚝 서서 번뜩이는 칼날을 눈처럼 하얀 목에 비스듬히 대고 있었다.

양측 군영은 잠잠했다. 그들은 그저 무심히 한 여인이 죽음으로 내몰리는 순간을 지켜보고 있었다.

맹부요는 천천히 눈을 감았다. 남겨야 할 작별 인사는 모두 남겼다. 미처 인사를 전하지 못한 이들은, 가슴속에 담고 가는 수밖에.

이 세계에서 보낸 열여덟 인생, 간절했던 염원을 미처 이루지 못한 시점에 끝을 맺을 줄은 생각지 못했다. 하지만 마지막에 다다른 이 순간, 맹부요는 도리어 차분해지는 느낌이었다. 잔잔한 호수처럼, 마음이 죽음이라는 원점을 향해 흘러들고 있었다.

그래!

한 손에 잡힌 칼이 빛을 뿌리며 살갗 위를 미끄러졌후.

타앗!

"맹부요! 감히 죽을 생각을 해!"

붉은 물체가 비릿한 바람을 달고 날아와 맹부요의 손에 잡힌 칼을 매섭게 후려쳤다. 말캉한 물체였다. 날아오는 모양새는 꽤 흉흉했어도 힘이 제대로 실려 있지는 않았다.

그러나 지칠 대로 지친 맹부요에게는 그 어떤 외부의 충격도 견뎌 낼 여력이 없었다. 물체에 맞은 검신이 단숨에 목에서 밀려났다. 다만 서슬 퍼런 칼날의 예기가 이미 그녀의 살갗에 가느다란 핏빛 선을 새긴 뒤였고, 그 선을 따라 피가 느릿느릿 스며 나왔다.

맹부요가 힘없이 내리뜬 눈으로 칼날을 응시했다. 칼날에 꿰여 있는 물체는 피투성이로 뭉개진 귀 한쪽이었다. 방금 누군가 저걸 던져서 그녀의 목숨을 살린 것이다.

"진부하게……. 좀 신선한 전개 안 되나……."

허리를 일으켜 세운 맹부요가 웅얼웅얼 쏘아붙였다.

"어느 개망나니 새끼냐, 이 몸의 장렬한 희생을 방해하는 게?"

"개망나니는 너지!"

적과 흑의 광풍이 몰아쳐 와 맹부요의 손에서 칼을 빼앗더니, 그녀를 번쩍 들어 말 안장 위에 '쿵' 하고 꽂듯이 내려놨다.

"여자, 잠시만 눈을 떼도 사고를 치는구나!"

광풍의 주인, 전북야는 꽤나 노기등등한 표정이었지만 말 위

에 엎드려 콜록거리는 중인 맹부요는 그를 상대해 줄 기분이
아니었다.

그녀가 중얼거렸다.

"혼자 왔어요? 도망이나 가요, 나 때문에 또 누가 죽는 건 싫
으니까……."

"네 앞에 있는 사람이 누구인지부터 똑바로 보지그래?"

전북야가 불편한 심기를 드러냈다.

"이 몸을 삼류 호위병들과 똑같이 취급하는 것이냐?"

소맷자락을 찢어 내 맹부요의 목에 대충 감아 준 전북야가
온몸이 상처로 뒤덮인 그녀의 몰골을 눈으로 마저 훑더니, 이
내 미간을 찌푸리며 손을 뗐다. 이 정도면 자기 옷을 다 찢어발
겨도 부족할 터였다. 울컥 부아가 치밀었다.

그가 돌연 고개를 틀었다. 밤의 어둠처럼 검은 눈동자에 사
나운 불길 같은 기개를 품은 천살 열왕의 입에서 노기 섞인 명
이 떨어졌다.

"흑풍기黑風騎, 모조리 잡아 죽여라! 아예 가루로 만들어 버
릴 수 있으면 그냥 짓이기는 데서 끝내지 말고, 짓이길 수 있으
면 구멍만 뚫는 데서 끝내지 말아라!"

"흑풍기?"

어질어질한 와중에 흑풍기라는 소리를 들은 맹부요가 헛웃
음을 흘렸다.

"기분 풀어 주려는 건 알겠는데 너무 나갔잖아요. 흑풍기면
그쪽 휘하 최정예 군단 아니에요? 여기는 무극국이라고요. 당

신네 천살이 아니……."

그녀의 말이 끝나기도 전에 일사불란한 발굽 소리가 들려왔다. 세차고, 날쌔고, 힘 있고, 강인한 소리. 그것만으로도 군대가 내뿜는 무시무시한 살기와 하늘을 찌르는 위용이 고스란히 피부로 전해졌다.

맹부요는 고개를 들면서 아무래도 자신이 너무 지쳐 제정신이 아닌 것 같다고 생각했다. 그런데 놀랍게도 성 서쪽 구릉 위에 새카만 파도가 이는 게 보이질 않겠는가.

선두에 선 인물이 칼을 높이 쳐들자, 검은 옷에 검은 갑주를 걸친 기병들이 검광을 번뜩이며 부연 흙먼지를 뚫고 등장해 흑색 해일처럼 구릉에서 쏟아져 내려와 순식간에 적진을 덮쳤다.

질풍같이 전장을 누비는 전투마 사이로 어지럽게 쏟아지는 화살 비, 풀이 베어져 나가듯 고꾸라지는 적의 몸뚱이.

자비 없는 전투 방식에서 드러나는, 천하를 발아래 둔 양 오만한 기병들의 풍모는 척 보기에도 전북야와 판박이였다.

하지만…… 어떻게 이런 일이 가능하단 말인가?

천살국 열왕 휘하 최정예 군단, 흑풍기는 오주대륙 7국 전체에 걸쳐 대단한 명성을 떨치는 집단이었다. 규모는 수천에 불과할지언정 한 명 한 명이 모두 일당백의 위엄 넘치는 전사들로 혁혁한 공적과 찬란한 명망에 빛나는, 그 이름만으로도 서역 마라국을 벌벌 떨게 하는 악귀와도 같은 군대.

그런 군대가 대체 어떻게 무극국 국경을 넘어 불쑥 이곳에 나타난 걸까?

뒤에서 전북야가 기세등등하게 웃음을 터뜨리자 맹부요는 제 등에 바짝 붙은 그의 가슴팍이 미세하게 진동하는 걸 느꼈다.

"일찌감치 달려오던 중에 형제들을 맞이하러 방향을 돌렸지. 무극국 국경은 힘으로 정면 돌파했다."

맹부요는 할 말을 잃었다.

그렇게 목숨 내놓고 다니다가 어느 날 훅 가지.

전북야가 혼잣말을 이어 갔다.

"생각해 보면 변경 수비군이 얼마 쫓아오지도 않다가 떨어져 나간 게 좀 이상하단 말이야. 추격대한테 몰려서 엉겁결에 그 빌어먹을 산에 들어갔다가 오만 고생 끝에 나와 보니 어느새 요성 근처였지, 아마."

가늘게 좁힌 눈으로 전장의 격렬한 싸움을 응시하던 그가 중얼거렸다.

"제길! 또 그 자식한테 놀아났군…… 언젠가 꼭 똑같이 갚아 주마!"

"음?"

맹부요가 어리둥절해서 뒤를 돌아보자 그녀의 얼굴을 본 전북야가 입을 딱 닫았다. 얼굴 전체에 핏물이 덕지덕지 엉겨 붙다 못해 속눈썹에까지 피딱지가 진, 온몸 구석구석이 다 상흔이라 감히 손을 대기조차 망설여지는, 치명적인 상처를 입은 어린 동물처럼 위태롭기 그지없는 그녀의 모습 탓이었다.

얼마나 오랜 혈투를 벌여야 사람이 저런 몰골이 된단 말인가. 맹부요 성격에 정말 막다른 골목까지 몰리지 않았다면 자진을 택했을 리가.

대체 어떤 자가 그녀를 저 지경까지 몰아넣었던 걸까?

그리고 원소후, 그는 대관절 뭘 하고 있었길래?

물론…… 두 군데 전선에서 동시에 적을 맞자면 정신없이 바쁠 테지만, 그렇다고 자기 세력 범위 안에서 맹부요가 저런 꼴을 당하도록 내버려 두다니! 하기야, 자기 자신 역시도…….

전북야는 스스로를 한 대 후려갈기고 싶었다. 그는 엄청난 길치에다가 쓸 만한 적수만 봤다 하면 이성을 잃었다.

산에서 길을 잘못 들었다가 하필 십대 강자 중 가장 괴팍하기로 유명한 무은霧隱을 만나지만 않았어도. 괜히 한 판 붙어서 상대의 성미를 단단히 건드리는 바람에 산 전체에 설치된 함정에 붙들려 시간을 허비하다가 이제야 당도하지만 않았어도.

원래 자신은 보름 전에 이미 요성에 도착했어야 했다. 그랬다면 오늘과 같은 일은 없었을 터.

조금 전 맹부요가 제 목을 베려는 모습을 본 순간, 머릿속이 텅 비어 버렸다. 그 때문에 앞을 가로막는 병사의 머리통을 단번에 날리려던 검초가 고작 귓불만 잘라 내는 데 그쳤고, 급한 김에 검신을 반대 방향으로 휘둘러 그 귀를 맹부요 쪽으로 날려 보냈다.

귀를 날려 보낸 직후, 전북야는 또 한 번 식은땀을 흘려야 했다. 너무 서두르느라 미처 진력을 싣지 못한 게 문제였다.

맹부요의 내공을 생각하면 그까짓 살점 조각이 칼을 쳐 낼 수 있을 가능성은 극히 희박했건만, 그나마 천만다행으로 그녀가 기력을 다한 상태였던 덕에 성공할 수 있었다.

아주 조금만……, 아주 조금만 상황이 엇나갔어도 맹부요가 죽는 모습을 목도해야 했을 것이다.

전북야는 자기 머리카락이라도 잡아 뜯어다가 피가 줄줄 흐르는 그녀의 상처를 틀어막아 주고 싶은 심정이었다. 흉측하게 터지고 찢긴 살갗을 응시하며 속을 끓이던 그가 잠시 생각에 잠기더니, 이윽고 외투를 벗어 조심스럽게 맹부요의 어깨에 덮어 줬다.

"잠깐이면 되니까 기다려라."

맹부요는 고개를 외투 속에 푹 처박은 채로 아무런 대답도 하지 않았다. 지금은 누구와도 말을 섞을 기분이 아니었다.

파리하게 질린 그녀의 낯빛에 또다시 부아가 치민 전북야가 고개를 틀어 딱 보기에도 지휘관인 것 같은, 외팔뿐인 융군 장수를 날카롭게 노려봤다.

노합은 융군 병사들에게 겹겹이 에워싸여 뒤쪽으로 빠지는 중이었다. 맹부요를 자결시키는 건 이미 물 건너간 일이었고, 그보다 갑자기 튀어나온 검은 갑옷 기병들의 무시무시한 전투력 때문에 지금 그는 악몽을 꾸는 기분이었다.

맹부요를 위시한 호위병 열다섯이 악마 같은 기세로 융군 수천 명을 도륙한 게 바로 어젯밤 일이건만, 지금 눈앞에 있는 기병대는 뿜어내는 살기로 보나 칼질하는 솜씨로 보나 어젯밤 호위병들보다도 훨씬 더 노련한 모습이었다.

번개처럼 질주하는 전투마와 회오리바람처럼 몰아쳐 오는

칼날. 검광이 번뜩일 때마다 병사들의 머리통이 무더기로 피를 흩뿌리며 날았다.

그들은 흐트러져 가는 융군의 진형 사이를 깊고도 예리하게 뚫고 들어왔다. 언뜻 막무가내로 퍼붓는 공격 같아도 실상은 아주 효율적으로 융군을 압박하는 방법이었다. 노합이 이끌고 나온 5천 병마는 나무토막이 깎이듯 야금야금 잔인하게 솎아져 나가고 있었다.

엎친 데 덮친 격으로 노합은 문득 섬뜩한 한기를 느꼈다. 벌레가 꾸물꾸물 등을 타고 오르는 양, 순간적으로 등골에 소름이 쫙 끼치면서 온몸의 솜털이 곤두섰다.

주위를 둘러싼 병사들 사이에서 노합이 질겁해 고개를 돌리자, 저 멀리 수백 보 밖 거리에서 붉은 테두리를 덧댄 검은색 옷을 입은 남자가 말 위에 앉아 그의 등을 향해 적금赤金 대궁을 겨누고 있는 모습이 눈에 들어왔다.

중간에 상당한 거리가 가로놓여 있는데도 남자가 발산하는 살기가 생생하게 느껴졌다. 실체를 가진 듯한 눈빛이 그의 등에 구멍이라도 뚫을 기세로 날아들고 있었다.

하지만 기겁했던 것도 잠시, 노합은 곧 마음을 놓았다.

웃기는 소리였다. 이미 수백 미터는 후퇴한 상황이 아닌가.

인간의 팔심과 시력으로는 절대 화살을 명중시킬 수 없는 거리였다. 물론 천하제일의 궁술을 자랑한다는 천살국 열왕 전하라면 가능할지도 모르겠지만, 남의 나라 왕이 여기 나타날 리가……

곧 그의 사고가 정지했다.

천살국, 검은 갑옷의 기병대……. 진지를 지킬 때는 태산처럼 굳건하고 공격에 나설 때는 불길처럼 맹렬한 최정예……. 전투마 옆구리에 장식된 저 새빨간 선인장꽃 문양…….

흑풍기! 천살 열왕의 흑풍기다!

별안간 괴성을 내지르던 노합이 죽자 사자 말 엉덩이를 갈기며 찢어지는 목청으로 소리쳤다.

"서둘러, 빨리! 퇴각, 퇴각하라!"

나름 신속한 대처였으나, 안타깝게도 도망치기에는 이미 늦은 뒤였다.

쐐액!

새빨간 화살이 저보다도 더 붉은 활을 떠났다. 불꽃이 터지듯 발사된 화살은 사방으로 연기를 내뿜는 화전처럼 날아, 긴 긴 거리를 순식간에 가로질러, 말발굽이 일으킨 흙먼지와 온 하늘에 흩뿌려진 선혈을 지나, 안간힘을 다해 도망치고 있던 몸뚱이의 등에 명중했다.

불꽃과도 같은 화살은 단숨에 뼈와 살을 관통해 앞가슴을 뚫고 튀어나왔다. 화살대에 딸려 나온, 타는 불길의 색을 가진 피가 마치 만다라화의 그것처럼 긴 꽃대를 끌면서 허공을 아리땁게 수놓았다.

노합은 죽기 살기로 도망치던 자세 그대로였다. 불가능이라 여겼던 화살이 말을 재촉하면서 높이 쳐들었던 그의 팔을 죽음이라는 영원에 못 박아 버렸다. 다소 우스꽝스러운 모양새로.

흐느낌인 듯 혹은 탄식인 듯, 그의 목구멍에서 꺽꺽 기묘한 소리가 흘러나왔다. 하필 전북야와 맞닥뜨린 자신의 얄궂은 운명을 한탄하는 것 같기도, 여기까지 쫓아와 놓고 맹부요를 왜 조금 더 일찍 죽이지 못해 도리어 본인이 화를 당했는지 흐느끼는 것 같기도 했다.

노합은 그렇게 손을 든 자세로 전장의 어지러운 말발굽 사이로 추락해, 목숨 바쳐 맹부요를 지켰던 흑의인들과 마찬가지로 순식간에 다진 고깃덩이가 됐다.

말 위에 엎드려 그 광경을 지켜보고 있던 맹부요의 눈에 뜨거운 눈물이 차올랐다. 이 순간 가슴속에 맴도는 단어가 있었다.

인과응보로구나! 인과응보…….

만약 전북야가 나서지 않았다 해도, 목숨이 붙어 있는 한 흑의인들의 원수는 그녀가 반드시 갚아 줬을 터였다.

노합이 죽고 나자 지휘관을 잃은 융군은 혼란 그 자체였다. 본래 대등하지 못한 싸움이기는 했지만, 이로써 전장은 완전히 흑풍기의 일방적인 도살장으로 화했다.

흑풍기는 우왕좌왕하는 융군 병사들을 한곳으로 몰아 아주 차분하게, 그러나 서슴없이 사살했다. 마치 돼지 떼를 도살하듯이. 참혹한 비명, 내달리는 발소리, 뼈가 부러지고 살이 찢기는 소리, 말 울음소리, 날붙이가 부딪치는 소리가 한데 뒤섞여 요성으로 몰아닥쳤다.

성벽 위 병사들은 넋이 빠진 지 한참이었다. 파렴치하게 성을 팔아넘긴 맹부요가 자신들을 도륙하려고 융군을 끌어들였다 생각했건만, 지금 눈앞에서 생생하게 벌어지는 핏빛 전투는 그 모든 게 오해였음을 증명하고 있었다.

맹부요는 전북야의 외투에 몸을 묻은 채로 처음부터 끝까지 성벽 위 병사들의 멍한 얼굴에 눈길을 주지 않았다. 전장의 함성에도 그저 피로감만 느껴질 뿐이었다. 아무런 생각도 하고 싶지 않을 만큼, 그녀는 지쳐 버렸다.

이때 등 뒤에서 작게 '철컹' 소리가 났다. 군사들이 질러 대는 고함으로 귀가 먹먹한 와중에도 맹부요는 그 소리를 아주 똑똑히 들었다.

급히 뒤를 돌아본 그녀는 아무리 목이 터져라 사정해도 굳게 닫혀만 있던, 자신의 피를 뒤집어쓰기 직전까지 갔던 요성 성문이 마침내 열리는 장면을 목도했다.

철판을 두른 육중한 문이 천천히 양쪽으로 벌어지자 중앙에 생긴 틈으로 새하얀 빛이 쏟아져 나왔다. 눈부신 빛 한가운데에 서 있는 사람들은 피와 땀으로 범벅이 되어 휘청거리는 철성, 그리고 손에 간이 열쇠를 쥔 요신이었다. 어딘지 켕기는 표정을 한 요신의 발밑에는 작은 짐 보따리가 놓여 있었다.

맹부요는 한눈에 어떻게 된 상황인지를 읽어 냈다.

다시 한번 그녀를 배신하려던 요신이 왜인지는 몰라도 중간에 마음을 바꾼 것이리라. 천하제일의 대도 요신이 아니고서야 성안 사람 중 감히 누가 즉석에서 간이 열쇠를 만들어 성문을 열 수 있었겠는가.

그러나 맹부요는 이내 고개를 틀어 성문을 외면했다. 그녀가 목숨을 걸고 달려가 두드렸던 문이었다. 철성이 그렇게나 애원해도 열리지 않던 문이었다. 흑의인들이 하나하나 죽어 나가고 최후의 궁지까지 몰린 그녀가 자결을 시도했을 때조차 꿈쩍도 안 하던 문이었다.

그 문이 모든 상황이 다 정리되고 난 뒤에야 열린 것이다.

실로 우스울 따름이었다. 지금은 그 우스갯소리를 마주하고 싶지 않았다.

앞쪽에서는 싸움이 거의 마무리되어 가고 있었다. 외투 밖으로 손을 뻗은 맹부요가 고삐를 매섭게 잡아채 말을 출발시켰다. 말발굽이 지면을 박차며 일으킨 흙먼지가 요성 성문에 자욱하게 흩뿌려졌다.

전북야가 물었다.

"어딜 가는 거지?"

"몰라요, 그냥 지금은 요성을 보고 싶지가 않아요."

✿

"대체 이 산중에는 언제까지 틀어박혀 있게?"

전북야는 풀밭에 팔을 베고 누워 별을 올려다보고 있었다.

"보급 때문에라도 흑풍기는 성에 들어가야 한다."

"그러라고 해요."

맹부요는 눈을 감은 채였다. 하늘에 가득한 별빛이 쏟아져 내려와 그녀의 창백한 얼굴과 새카만 눈썹을 비췄다.

"요성에는 식량이 없을 테니까 몸보신은 가는 김에 융군 본영에 들러서 하든가요. 지금쯤 거기 아주 난장판일걸요."

"맞는 말이다."

전북야가 씩 웃자 달빛보다도 하얀 이가 드러났다.

"그래서 이미 병사들을 보냈지."

몸을 일으킨 그가 무릎을 안고 앉아 아깝다는 투로 말했다.

"흐음, 융군이 점령한 평성하고 황현까지 빼앗으면 무극국 한복판에 내 땅이 생기는 셈 아닌가?"

잠시 생각에 잠겼던 그에게서 이내 다음 말이 흘러나왔다.

"에휴, 됐다. 소후 그 자식이 순순히 땅덩이를 떼어 줄 리가 있나. 아쉽지만 지금이 남의 집에 불난 틈을 타 따귀 갈길 때도 아니고."

맹부요가 반짝 눈을 떴다.

"소후?"

그러자 전북야가 뭐가 문제냐는 듯 그녀를 쳐다봤다.

"왜."

"다 큰 남자가 무슨 호칭이 그렇게 살가워요?"

맹부요가 이상하다는 눈길을 보냈다.

"설마 〈브로크백 마운틴〉[5] 뭐, 그런 거 아니죠?"

"브로……, 그게 뭔데?"

---

5 20세기 중반을 배경으로 두 남자 사이의 이루어질 수 없는 사랑을 이야기한 영화이다.

전북야가 미간을 찌푸렸다.

"자살 시도 한번 하고 나더니 제정신이 아닌가, 알아듣지도 못할 괴상한 소리나 하고. 내가 장손무극을 존호로 부르는 게 뭐 어때서? 설마 소후라는 호칭을 처음 들은 건 아닐 텐데."

멍청히 굳어 있던 맹부요가 한참 만에 한마디를 뱉었다.

"엥?"

"엥은 뭐가 엥이냐?"

눈을 흘기며 피식 웃은 전북야가 혹시 열이 있나 짚어 볼 요량으로 팔을 뻗자, 맹부요가 가차 없이 쳐 냈다.

머릿속이 다소 복잡했다. 풀밭에서 일어나 앉은 맹부요는 무릎을 가슴 앞에 모으고서 아무 말 없이 입술만 잘근잘근 씹었다.

소후가 그의 존호였구나.

사실 그의 정체에 의문을 가진 건 오래전부터였다. 중간에 잠시나마 의심을 접었던 기간도 있었다. 운흔에게 물어봤을 때 돌아온 대답 때문이었다.

아무리 간이 배 밖으로 나왔어도 설마하니 일국의 태자가 남의 나라까지 와서 풍파를 일으키고 다니겠는가.

하지만 무극국으로 넘어와 행궁에서 그를 맞닥뜨린 후로 또다시 의혹이 고개를 쳐들었다.

고작 막료 주제에 태자의 행궁 안 기물을 제 것처럼 사용한다?

과거 그녀의 전공은 고고학과 역사학이었다.

고대 사회의 엄격한 신분 제도 안에서 그게 어디 가당키나 한 일인가?

확증을 얻은 건 소도 덕분이었다. 남융과 북융 사이에 내전이 발발했던 당시, 천 리 길을 한달음에 달려 초원으로 향했던 열 살배기 장손무극. 그의 중재로 한창 피 터지게 싸우고 있던 남북융이 하루아침에 의형제를 맺었다는 요신의 이야기를, 그녀는 똑똑히 기억했다.

소도는 '남북융을 화해시켜 아버지를 왕좌에서 쫓겨나게 만든' 원소후를 죽이겠다고 했다. 거기까지 듣고도 그의 정체를 눈치 못 챘다면 맹부요가 아니라 맹천치라는 이름을 써야 할 것이다.

아무렇지 않다고는 못 할 상황이었다. 원소후가 솔직하지 못한 건 사실이었으니까.

하지만 그녀는 사소한 걸 물고 늘어지는 데는 취미가 없는 사람이었다. 홀로 이불 귀퉁이를 씹으며 생각해 본 결과, 처음 만났던 당시 상황이 그가 진짜 신분을 밝히기에 몹시 곤란했지 싶었다.

하물며 자신도 그에게 숨기는 게 잔뜩 있지 않은가?

그게 뭐라고 꼬치꼬치 따지고 있나. 언제든 훌쩍 떠날 준비가 되어 있는 몸, 까다롭게 굴 자격도 없으면서.

무도회가 끝나고 성을 떠나기 직전, 그가 꽤 명확하게 정체를 드러내 보인 것만으로도 충분하다고 생각했다.

비록 짐작하고 있었던 사실이지만, 전북야의 입을 통해 공식적으로 확인을 받은 이 순간, 맹부요는 잠시 멍해질 수밖에 없었다. 뭔가가 퍼뜩 생각난 듯, 그녀가 물었다.

"무극국 황후요, 성이 뭐예요?"

"원元 황후 아니냐."

전북야가 재깍 답했다.

"대단한 여자지. 장손무극 뱃속에 구렁이가 든 건 다 제 어머니를 닮아서일 거다."

어머니의 성에 자기 존호인 소후를 붙인 거였나.

곰곰이 되짚어 보던 맹부요가 고개를 숙인 채로 후련하게 웃음 지었다.

하, 이쯤 되면 속였다고 할 수도 없는 수준이네. 자기가 누군지 대놓고 밝힌 거나 다름없는 가명이 아닌가.

오로지 무공 수련에만 매진하느라 오주대륙 사정에 어두웠던 탓에 그녀가 줄곧 눈치를 채지 못했던 것이다.

한편, 옆에서는 전북야가 살짝 넋이 빠진 듯한 그녀를 지켜보며 표정을 구기던 중이었다. 곧이어 그가 손을 뻗어 맹부요의 몸에 덮여 있던 외투를 들추면서 화제를 바꿨다.

"이건 뭐 하러 죽자고 싸매고 있어. 벗어라, 치료하게."

휙 옆으로 비키려던 맹부요가 갑자기 외투를 몸에 감은 채로 일어서면서 전북야를 밀쳐 냈다.

"저쪽에 가 있어요! 목욕할 거니까 멀리멀리 떨어지라고요. 훔쳐볼 생각 말고!"

"목욕이라니?"

전북야가 펄쩍 뛰었다.

"이 엄동설한에, 상처투성이인데. 목욕은, 목욕은 무슨!"

노발대발 두서없이 지껄이는 전북야를 내버려 두고 맹부요는 땅바닥까지 닿는 긴 외투를 끌며 연못 가장자리로 갔다. 그러고는 망설임 없이 물속으로 뛰어들었다.

　"으아, 빠져 죽으려고 그걸 그대로 입고!"

　전북야가 달려오자 맹부요가 외투를 벗어 집어 던졌다. 물방울을 흩뿌리며 날아온 외투를 철퍽 정통으로 맞은 전북야가 다시 시야를 확보했을 즈음, 맹부요는 이미 옷을 남김없이 벗고 물속 깊이 잠수한 뒤였다.

　맹부요는 물고기와 별반 다를 바 없는 수영 실력의 소유자였고, 물속에서 아주 오랫동안 숨을 참을 수 있었다.

　고요하게 떠오른 달이 산골짜기 계곡의 연못을 은빛으로 찬란하게 비췄다. 수면 아래쪽 세상은 언제나 그렇듯 평온하기 그지없었다. 주변에는 수초가 조용히 하늘거리고, 발바닥 근처에서는 작은 은색 물고기들이 헤엄쳐 다니며 간지럼을 태웠다.

　한없이 안온한, 누구의 방해도 받지 않는 세계. 바로 지금 맹부요에게 필요한 세계였다.

　그녀의 긴 머리카락이 수초를 닮은 모습으로 한 올 한 올 물속을 나부꼈다. 상처에 엉겨 붙은 피딱지가 물살에 씻겨 나가면서 몸 주위로 엷은 핏빛이 번져 나가 계곡물을 붉게 물들였다. 이미 무감각해진, 자잘한 통각들이 싸늘하고도 거대한 자극의 부름을 받고 새삼 깨어났다.

　전신을 뒤틀던 맹부요가 이내 몸을 동그랗게 말았다. 자기보호 본능의 발현이었다. 엄마 배 속의 아기처럼 가장 원시적인 자세로 자신의 급소를, 심장을 보호하려는 시도였다.

최대한 몸을 작게 만 맹부요가 손을 가슴팍에 가져다 댔다. 오늘 가장 참혹하게 다친 곳이었다.

하루 동안 당한 온몸의 고통을 모두 합쳐도 가슴만큼 아프지는 않았다. 하지만 그녀는 잊을 작정이었다.

고통스러운 기억을 안고 여정에 오르면 앞으로 모든 발걸음에 기억의 핏자국이 남을 테고, 그것은 칼날 위를 걷는 것과 같을 테니까. 걸음걸음이 아프고, 한없이 움츠러드는.

또 그러다 보면 원래의 곧은 여정이 어느샌가 비틀어져 버릴지도 모르니까.

가슴팍을 움켜쥔 그녀가 고개를 위로 젖혔다. 투명한 물속에서는 눈물이 표시 나지 않았으나, 분명 오열하는 자세였다.

울어 버리자!

이번 한 번만, 그녀는 자신에게 나약한 눈물을 허락했다. 사람들의 손가락질을 받으며 걷던 길, 열리지 않던 성문, 자결을 택할 수밖에 없던 마지막……. 그 모든 설움과 아픔이 눈물로 화해 수천수만 개의 물방울과 하나가 되도록 내버려 뒀다.

오늘 밤 그녀가 흘린 눈물은 호양산 골짜기의 연못 물만이 기억할 것이다. 그녀는 이 순간 물살이 일깨워 준 전신의 통각을, 배후에서 농간을 부려 자신에게 오늘의 고통을 안긴 자들을 잊지 않을 것이었다.

달빛이 투명한 수면 아래 깊숙이까지 들어와 푸르른 물빛 속에서 긴 머리카락을 흩날리고 있는 소녀를, 그녀의 여신과도 같은 몸태를, 창백한 얼굴과 굳게 감긴 두 눈을, 파르르 떨고 있는 속눈썹을 비췄다.

소녀는 누구에게도 보이고 싶지 않은 눈물을 모조리 푸른 물 한가운데에 풀어 놓았다. 달빛이 고요하듯, 흐르는 눈물에도 소리가 없었다.

이때, 사내의 뚜렷한 음성이 물속으로 꽂혀 들어왔다.

"맹부요, 살아 있는 거냐?"

아무리 기다려도 그녀가 모습을 보이지 않자 애가 타기 시작한 전북야가 물가에 엎드려 아래쪽에다 대고 내지르는 소리였다.

"숨 막혀 죽은 거 아니야? 죽었으면 그렇다고 대답을 해!"

맹부요는 하마터면 왈칵 물을 먹을 뻔했다.

저게 말이야 뭐야.

깡패 같은 인간을 상대해 줄 마음이 없는 그녀가 몸을 틀어 반대편으로 헤엄쳐 가는 사이, 대답을 기다리다가 인내심이 다한 전북야가 소리쳤다.

"아무 말 없으면 그리 내려간다!"

'첨벙' 소리와 함께 열왕 전하가 차가운 겨울 계곡으로 뛰어들었다. 그가 물속으로 떨어진 바로 그 찰나, 새하얀 형체가 어렴풋하게 그의 시야를 스쳤다.

그 형체는 마치 한 마리 물고기처럼 연한 푸른빛 물결 사이를 미끄러져 삽시간에 모습을 감췄고, 황급히 뒤를 쫓으려던 전북야는 다음 순간 누군가 뭍으로 올라가는 소리를 들었다.

재빨리 헤엄쳐 수면 위로 그가 고개를 내밀자 달빛 아래를 스치는 그림자가 설핏 눈에 들어왔지만, 금세 숲의 우거진 녹음 너머로 사라져 버렸다. 물가 바위 위에 한 줄로 가냘프게 찍힌 발자국만 남겨 두고서.

전북야는 물에 잠긴 채 발자국을 응시하면서 아까 물속에서 본 그녀의 눈빛을 떠올렸다. 계곡에 멍하니 굳어 선 그의 몸은 얼음장처럼 찼지만, 손바닥만은 타는 듯 뜨거웠다.

그는 무의식적으로 팔을 앞으로 뻗으면서 손가락을 어설피 감아쥐었다. 정령 같은 모습으로 훌쩍 사라져 버린 여인의 육체를 잡으려는 듯이.

하지만 손에 잡힌 것은 물결뿐, 손가락 틈새로 연못 물이 천천히 흘러 나갔다.

손을 펴고 묵묵히 뭍에 오른 전북야가 바위에 찍힌 발자국을 다시금 눈으로 훑었다. 발자국 옆쪽으로 희미하게 남아 있는 연홍색 혈흔이 그의 눈을 붙들었다.

맹부요의 몸에서 흘러나온 선혈이리라. 꽃 같은 생명에 빽빽하게 새겨진 그 흉측한 상처들……

바위를 밟고 선 그는 돌연 커다란 돌덩이에 가슴이 짓이겨지는 듯한 느낌을 받았다. 심장이 갈기갈기 찢기는 것 같은 고통이 몰려들었다.

전부 내 탓인가? 내가 너무 늦게 당도하여…….

흑풍기와 함께 무극국 국경을 넘는 걸 장손무극이 이례적으로 묵과해 준 데는 아마도 자신 대신 누군가 맹부요를 도와줬으면 하는 바람이 깔려 있었을 것이다. 그런데 자신은 그 빌어

먹을 결투에 발목이 붙잡히는 바람에 하마터면 맹부요를 죽일 뻔했으니…….

쩡!

전북야가 느닷없이 검을 뽑아 바위를 내리쳤다. 돌이 빠개지는 소리가 괴괴한 산골짜기 저 멀리까지 울려 퍼졌다.

"나, 천살국 전북야는 앞으로 누군가 도발하기 전까지는 절대로 먼저 싸움을 걸지 않겠다! 맹세를 어길 시에는 이 바위와 같은 운명을 맞이할 것이다!"

그의 우렁찬 목청에 놀라 푸드덕 날아오른 밤새의 날갯짓이 하늘 가득 온화하던 달빛을 흐트러뜨렸다.

옷을 막 갈아입은 참인 맹부요도 나무 뒤에서 소스라쳤다.

저 멍텅구리가. 멀쩡하게 있다가 무슨 해괴망측한 짓거리인지.

나무줄기 옆으로 고개를 내민 그녀가 쏘아붙였다.

"별꼴이야, 진짜. 오밤중에 곡은 왜 하고 앉았대?"

❁

맹부요와 전북야는 사흘을 내리 산골짜기에 틀어박혀 있었다. 정확히 말하자면 산속 동굴에 눌러앉아 죽자고 버틴 사람은 맹부요고, 전북야는 덤에 불과했다.

음습한 산중에 의원도 약도 없이 있어 봐야 회복에 득이 될게 없다, 요성 백성들이 성주를 애타게 찾는다 등, 전북야가 무슨 소리를 해도 소용없었다. 성에서 요신의 손에 있다가 어느 새 그녀 곁으로 온 원보 대인까지 몇 마디 찍찍거렸지만, 맹부 요는 외투를 이불 삼아 드르렁드르렁 잠만 퍼 잘 따름이었다.

어디 말품 파느라 입만 닳았다 뿐인가, 가련한 전북야는 밤 마다 불안감에 시달리며 보초까지 서야 했다.

첫째 날 밤, 맹 소저께서는 어떤 놈이랑 치고받는 꿈을 꾸신 고로 자다가 말고 외투를 벌떡 차고 일어나 허공에다 주먹질과 발길질을 거나하게 한판 갈겨 댔다.

그녀가 뻣뻣한 자세로 털썩 쓰러져 다시 곯아떨어진 다음, 모닥불에 닿아 불쏘시개가 될 뻔한 외투를 구해 낸 건 동굴 입 구에서 자다가 탄내를 맡은 전북야였다. 그가 허겁지겁 달려온 덕분에 맹부요는 통구이 신세를 가까스로 면할 수 있었다.

그때까지도 악몽에 시달리고 있던 맹부요를 안전한 자리로 옮기던 중, 전북야는 그녀가 잠결에 내지른 주먹에 맞아 눈가 에 시커먼 멍까지 얻고야 말았다.

다음 날 아침, 전북야의 거무죽죽한 눈 밑 그늘을 본 맹부요 가 아무것도 모르는 얼굴로 눈을 반짝반짝 빛내면서 물었다.

"왕야, 어젯밤 내내 손 양이랑 놀았나 봐요? 세상에, 얼굴 상 한 것 좀 봐……."

둘째 날 밤, 맹부요는 급기야 모닥불로 몸소 뒹굴어 들어갔 다. 전북야가 불미스러운 상황을 예견하고 그녀와 모닥불 사이 에 자리를 잡고 있었던 게 다행이었다.

굴러오는 맹부요를 보며 만면에 화색을 띤 전북야가 제 발로 품에 뛰어들 미색을 보듬어 안으려 했다.

그러나 그 순간, 맹부요가 돌연 몸을 홱 틀었다. 전북야의 품으로 날아온 것은 핏자국이 그대로인 채로 빨지 않아 퀴퀴한 냄새가 진동하는 신발짝이었다…….

셋째 날 밤, 열이 오른 맹부요가 기침을 하기 시작했다. 밤길을 달려가 약을 지어 오도록 부하를 산 밑으로 내려보낸 전북야는 한잠도 자지 않고 그녀의 곁을 지키면서 열 떨어뜨리랴, 땀 닦아 주랴, 물 먹이랴, 약 챙기랴 정신없는 밤을 보냈다.

아침이 밝은 뒤, 잠에서 깬 맹부요가 그의 핏발 선 눈을 보며 짠하다는 투로 말했다.

"왕야, 얼른 장가가야겠어요. 욕구 불만인 것 좀 봐. 내가 여자 하나 소개…….".

참다 못해 나무 열매로 그녀의 입을 틀어막은 전북야가 내친김에 혈도까지 짚으며 버럭했다.

"멀쩡한 성 놔두고 본 왕과 흑풍기를 이런 데서 풍찬노숙하게 만들다니, 빌어먹을 똥고집 같으니라고!"

이에 맹부요가 눈빛으로 받아쳤다.

누가 옆에 붙어 있으랬나!

새빨갛게 열이 오른 맹부요의 얼굴을 노려보던 전북야가 두말없이 그녀를 어깨에 둘러멨다.

"결판을 낼 건 내고, 받아 낼 빚은 받아 내야지!"

그의 발걸음이 성큼성큼 산 아래로 향했다.

"성으로 돌아간다!"

다시, 요성으로

맹부요를 짊어지고 산에서 내려온 전북야는 두 줄로 길게 늘어선 환영 인파와 만났다.

성문은 일찌감치 활짝 열려 있었다. 백성들은 문 안쪽부터 시작해 성벽에서 수 리 밖까지 길게 줄을 서서 대기 중이었다.

저 멀리서 전북야가 휘하 기병들과 함께 모습을 드러내자 인파 사이에서 가벼운 소란이 일었다. 무극 땅에서 보는 다른 나라 군대의 모습은 아무래도 불안감을 자아내기 마련이었다.

그러나 전북야의 품에 안긴 맹부요가 눈에 보이는 순간, 사람들은 곧장 조용해졌다.

그들의 맹 성주. 가녀린 열여덟 소녀.

요성이 절체절명의 위기를 맞았을 때 홀로 온갖 수모를 견디면서 적진에 뛰어들어 대장부도 따라잡지 못할 배포와 지혜로 적장을 해치웠으나, 자신의 성 아래에서 자신의 백성들에 의해 목숨을 잃을 뻔했던.

그 기개는 사나이 중에도 필적할 자가 없을 것이요, 그 설움 앞에서는 감히 고개를 들 백성이 없을 것이라.

속도를 늦춘 전북야의 말이 인파 가운데로 들어섰다. 요성 한족들은 부쩍 수척해진 채로 전북야의 품에 안긴 맹부요를, 비정상적으로 붉은 그녀의 뺨을, 며칠 사이에 눈에 띄게 솟아오른 광대뼈를, 옷소매 밖으로 가느다랗게 나온 손목을 빈틈없이 채운 상흔을 묵묵히 응시했다.

누군가는 이내 눈가를 붉혔고, 또 누군가는 작은 소리로 흐느끼기 시작했다.

청년 하나가 털썩 바닥에 무릎을 꿇었다. 그날 돌멩이로 철성의 머리통을 깼던 주인공이자, 성을 나가는 맹부요의 뒷모습을 향해 누구보다 열성적으로 돌이며 진흙 덩어리를 던졌던 인물이었다.

그는 까슬까슬한 모랫바닥에 꿇어앉아 고개를 푹 숙인 채, 봄기운을 품은 정월의 바람이 머리카락을 흐트러뜨려 눈을 다 가리도록 내버려 두었다.

바람 속에서 희미한 피비린내가 느껴지는 듯했다. 며칠 전 격전이 남긴 마지막 흔적이었다.

침략자들은 흔적 없이 스쳐 갔지만, 마음속에 찍힌 낙인은 영원히 지워지지 않을 터.

청년을 따라 무릎을 꿇는 이들이 속속 늘어 갔다. 소녀 성주

앞에 몸을 낮춘 사람들의 가슴속에는 온통 자책과 미안함이 가득했지만 뭔가가 목구멍을 턱 틀어막고 있는 탓에 그 어떤 변명도, 사과도 입 밖으로 낼 수가 없었다. 그들이 할 수 있는 일은 그저 무릎을 꿇어 자신의 존엄을 굽히는 것뿐이었다.

정의와 양심의 빛 앞에서 사사로운 자존심은 아무런 힘을 발휘하지 못하는 법.

맹부요를 안고 천천히 앞으로 향하면서, 전북야는 한껏 우쭐해 있었다.

어디서 이런 여자를 골랐는지, 실로 훌륭한 안목이 아닌가.

기가 살아도 이렇게 살 수가 없었다.

저만치 앞쪽 성 입구에는 요성 수비군이 꿇어앉아 있었다. 천자 앞에서도 무릎을 꿇을 필요가 없는, 갑주를 칭칭 두른 병사들이 그날 쐈던 화살과 굳게 걸어 잠갔던 성문에 대한 사죄의 의미로 흙먼지 속에 꿇어앉은 것이다.

백성들에게는 딱히 눈길을 주지 않았던 전북야가 병사들 앞에서 말을 세우고 맹부요를 내려다봤다. 파르르 떨리는 속눈썹을 보니 잠이 든 건 아니었다. 그저 눈을 뜨고 싶지 않은 것뿐일 터.

곧이어 전북야의 눈길을 감지한 그녀가 눈꺼풀을 들어 올리더니 고개를 가로저었다. 눈빛과 눈빛이 맞닿는 찰나, 전북야가 씩 웃음 지었다.

역시 이 여자, 생각했던 대로다.

"모두 일어나라."

전북야가 송구스러워 어쩔 줄 모르는 청년들을 응시하며 말했다.

　"맹 성주는 너희를 원망하지 않는다. 애초에 잘못이 없으니까. 요성 수비군으로서 성주를 따라 투항하지 않고 성과 백성들을 끝까지 지키고자 한 것은 책임감 있는 행동이었다. 너희는 수비군의 사명을 다한 것이다. 이런 병사를 가진 것은 성주의 홍복이니라."

　맹부요가 눈을 못마땅하게 치떴다.

　그래, 내가 참 복이 많다.

　어쨌든 전 왕야 같은 인물이 옆에 있는 건 다행이었다. 매사 데면데면해 보이더니만 알고 보니 분위기 깔고 인심 사는 데는 아주 도가 트신 분이 아닌가.

　아니나 다를까, 피는 흘릴지언정 눈물은 흘리지 않는다는 병사들이 하나둘 훌쩍이기 시작했다. 그들이 쿵쿵 소리가 나도록 모랫바닥에 연신 머리를 조아리는 동안, 묵직하고도 진실한 맹세가 바람을 타고 울려 퍼졌다.

　"목숨 바쳐 성주님을 따르겠습니다!"

　"목숨 바쳐 성주님을 따르겠습니다!"

　성 안팎에서 수많은 이들이 한목소리를 냈다. 점차 모이고 모여 격동하는 물살로 화한 외침이 남쪽 변방 지대 요성의 피비린내 섞인 바람과 함께 대지 위를 휘몰아쳤다.

　만족스러운 표정으로 주위를 둘러보며 고개를 끄덕거리는 전북야를 보다 못한 맹부요가 그를 있는 힘껏 꼬집었다.

아, 제발 분위기 좀 그만 몰아가라고. 시커먼 사내들 질질 짜는 꼴 보는 게 그렇게 좋나?

그러나 애석하게도, 철판이나 다름없는 근육의 소유자께서는 살을 꼬집히고도 아무런 감각을 느끼지 못하는 것 같았다. 전북야는 맹부요를 향해 뻔뻔하게 웃으며 소곤거리기까지 했다.

"나한테 고마워해야 할 텐데, 뭐로 갚을 거지? 지금이 바로 사람들의 마음을 잡을 절호의 기회거든. 이제 요성은 완벽하게 네 수중에 들어온 거다!"

누가 그딴 거 바라기나 한대?

맹부요가 고개를 반대편으로 홱 틀었다.

손해만 막심한 성주 자리 따위!

전북야가 말을 달려 성문 안으로 들어섰다. 관아 앞도 인산인해이기는 마찬가지였다.

인파 맨 앞에서는 지팡이를 짚은 철성이 만면에 희색을 띠고 맹부요를 기다리고 있었다. 요성 안에서 유일하게 양심의 가책 없이 그녀를 맞이할 수 있는 인물이었다. 그녀 덕분에 어깨에 힘이 단단히 들어간 그는 다리를 절룩거리면서도 그저 신이 난 모습이었다.

맹부요를 안고 대문을 넘던 전북야가 철성을 힐긋 쳐다보며 말했다.

"체격은 좋은데 수준이 형편없군. 이래서야 어디 호위로 쓰겠나? 오늘부터 너는 매일 한 시진씩 나하고 붙는다."

전북야가 노합에게 날린 무시무시한 화살을 똑똑히 봤던 철성은 기겁을 했다.

죽음의 신과 싸움이라니, 그거야말로 제 손으로 못자리 파는 짓 아닌가. 정작 맹부요한테 못 할 짓을 한 작자들은 아직 벌도 안 받았는데, 유일하게 그녀를 감쌌던 자기가 먼저 횡액을 당할 줄이야.

으아, 세상에 이런 법이 어디 있냐고!

이때 맹부요가 철성을 곁눈질했다.

바보 같은 녀석이 복은 있어서 장손무극에 이어 전북야의 눈에까지 띄었으니 이제 어디 가서 구경하기도 힘든 고수로 자랄 일만 남았구나. 으으, 부러운 거!

그러나 맹부요가 모르는 것이 있었다. 두 남자가 철성을 어디 가서 구경하기도 힘든 고수로 키우려 함은 다 그녀 때문이라는 것을.

✿

맹부요는 자기 방에 돌아오자마자 원보 대인의 '열렬한 환영'을 받았다.

단옷날 댓잎 주먹밥 뺨치게 온몸을 붕대로 꽁꽁 싸맨 맹부요에게 다짜고짜 달려든 원보 대인은, 그녀의 얼굴부터 붙잡고 요리 돌려 보고 조리 돌려 보더니 곧 고개를 절레절레 저으며 혀를 찼다.

"찍찍!"

이에 맹부요가 벌컥 성을 냈다.

"앞발 당장 못 치우냐? 너 발에 묻은 거 뭐야?"

얼른 발을 오므린 원보 대인이 끈적한 설탕 덩어리를 말끔히 핥아 먹었다. 그러고서 맹부요를 향해 고개를 돌렸다.

지긋이 눈길을 보내며 입꼬리를 슬금슬금 찢어 올리던 원보 대인이 잠시 후 쪼르르 한쪽으로 달려가더니 거울을 가져왔다. 맹부요의 얼굴이 비치도록 거울의 위치를 잡은 원보 대인이 그 옆에 가서 섰다.

처녀 귀신이라고 해도 믿을 거울 속 자신의 얼굴과 한껏 교태를 떨고 있는 원보 대인을 번갈아 쳐다보길 잠시, 맹부요는 크게 느끼는 바가 있었다.

"지금 나 못생겨져서 미모로 네 경쟁 상대가 안 된다는 말이 하고 싶은 거냐?"

"찍찍!"

원보 대인이 함박웃음을 지었다.

그러자 맹부요가 상대를 음산하게 노려보며 말했다.

"하나만 짚어 주겠는데, 아무리 못생겼어도 난 사람이야."

"……."

쥐 새끼가 벽 모퉁이에 가서 찌그러지자, 맹부요는 팔자 좋게 몸을 눕혔다.

아아, 역시 내 침대가 최고라니까!

옆에서 팔짱 낀 자세로 그 모습을 쏘아보던 전북야가 말했다.

"편한가? 푹신해? 계집애가 고집만 쇠심줄이어서는 멀쩡한 방에 좋은 침상 놔두고 기어코 우리까지 노숙을 시키더니. 한 대 맞아 봐야 정신을 차리지?"

체면에 죽고 체면에 사는 전북야를 힐끗 쳐다본 맹부요가 나른하게 대꾸했다.

"음, 참 아프게도 때리시네. 그보다 신발 냄새는 향긋했어요? 눈에서 붓기는 좀 빠졌고?"

움찔하던 전북야가 이내 부글부글 화를 끓였다.

"다 알고 있었다?"

맹부요는 대답 대신 입을 삐죽였다.

모를 리가 있나. 그렇게 질 떨어지는 사람으로는 안 보이지만, 어쨌든 산속에서 남자랑 단둘이 노숙인데 완전히 무방비 상태일 수야 없지 않은가.

하물며 그는 어떻게든 자신을 마누라 삼겠다고 선언까지 한 인물이었다.

종신대사를 놓고 농담할 성격으로는 절대 안 보이는데, 어차피 자기 왕비가 될 여자랑 거사 좀 미리 치른들 어떻겠냐고 생각하면?

맹부요가 모기를 쫓듯 전북야를 향해 손을 내저었다.

"이 방만 아니면 다 괜찮으니까 관아 안에서 어디든 잘 데 하나 골라요. 멀리 안 나갑니다!"

"여기서 잘 거다."

천연덕스럽게 말한 전북야는 맹부요가 한 소리 퍼붓기 전에 곧장 밖으로 걸음을 옮겼다.

"의원이 금방 올 테니 몸조리 잘 시켜 달라고 해라. 난 일이 있어서."

발등에 무슨 불이 떨어졌길래 저렇게 급히 나가?

맹부요는 호기심이 동했지만, 알아보기에는 너무나 기운이 없었다. 그녀는 요신이 대령한 인삼탕으로 목을 좀 축인 후 금방 꿈속으로 빠져들었다.

❀

맹부요가 눈을 떴을 즈음에는 어느덧 저녁노을이 타올라 하늘이 색색의 광채로 가득 물들고 있었다.

너무 곤히 자고 일어난 탓인지 그녀는 자신이 어디에 있는 건지 순간적으로 혼란을 느꼈다.

조금 전까지 융군 군영에서 온몸에 피 칠갑을 한 채 닥치는 대로 적을 벴던 것 같은데. 그러다가 문득 동굴 바닥 돌멩이가 등을 찌르길래 더듬더듬 손을 뻗어 끄집어냈더니 손에 딸려 나온 것은 사람 정강이뼈였고.

맹부요가 침상 머리맡에서 수건을 집어다 이마에 맺힌 식은땀을 닦아 낸 뒤, 이불을 끌어안고서 몸을 일으켜 앉았다. 그녀는 방 안 가득 어스름한 석양빛 속에서 아까 꿨던 꿈의 한 귀퉁이를 떠올렸다.

꿈속에 원소후가, 아니, 장손무극이 나와서 마뜩잖은 눈으로 그녀를 쳐다보며 말했다.

'떠나라는 서신을 남겼거늘, 왜 따르지 않았소?'

이에 그녀가 또박또박 답했다.

'나한테 떠나라고 했다는 건 요성에 분명 문제가 생길 거라는 말인데, 위기에 빠진 성을 팽개치고 어떻게 혼자 도망가요?'

그러자 꿈속의 장손무극이 한숨을 내쉬더니 살며시 그녀를 향해 다가와서는…….

그만!

귀까지 새빨개진 맹부요가 이불을 확 뒤집어썼다.

무슨 생각을 하는 거니? 꿈이 거기서 끊겼기에 망정이지.

머리에 덮어쓴 이불이 만들어 낸 어둡고도 조용한 공간 안에서, 맹부요는 침구에 배어 있는 솔향을 맡으며 점차 차분함을 되찾아 가고 있었다.

왜 떠나라고 했을까? 장손무극의 지혜와 수완이라면 덕왕이 이번 전쟁 중에 품은 꿍꿍이를 눈치 못 챘을 리가 없는데.

그럼, 요성은 버리는 바둑돌이었단 말인가?

아니!

맹부요는 즉각 그 생각을 부정했다. 그가 요성을 버릴 생각이었다면 떠날 때 그녀를 묶어서라도 끌고 갔을 것이다. 이곳은 장손무극조차도 한 치 앞을 장담할 수 없는 위험 지역이었다고 봐야 옳을 것이다.

덕왕과 남북융 사이에 정말로 모종의 거래가 있어서 융족에게 뭔가를 내주기로 약속했다 치자. 그렇다고 해도 그게 내륙으로 통하는 관문인 요성일 수는 없었다.

덕왕이 실성을 하지 않고서야 융족에게 자기 집 대문을 덜컥 맡길 턱이 있나. 장손무극이 굳이 그녀를 끌고 가지 않은 이유도 바로 그 때문일 것이다.

그러면서도 그는 서신을 남기고, 암위를 곁에 심어 두는 신중을 기했다. 또한 '부요가 전쟁터에 있다'는 소식을 흘려 전북야가 자발적으로 흑풍기를 이끌고 달려와 힘을 빌려주도록 만들었다. 흑풍기가 곁에 있다면 설사 요성이 적의 음모에 휘말리더라도 큰 문제는 없으리라 계산하고서.

그러나 세상사가 어디 뜻대로 돌아가기만 하겠는가.

덕왕은 정말로 요성을 내놨고, 무공 대결이라면 정신을 못 차리는 전북야는 오는 길에 십대 강자 중 한 명과 마주쳤다. 평소 그 행방을 가늠하기가 어렵기로 유명한 인물, 미혼진의 대가 무은이 느닷없이 무극 땅에 모습을 드러낸 것이었다.

세 가지 변수가 겹친 결과 요성에는 피바람이 몰아닥쳤다. 이렇게 되면 그녀가 화를 당한 건 하늘의 뜻이었다 할밖에.

그나저나…….

맹부요는 곰곰이 생각했다.

필시 장손무극은 덕왕의 속셈을 일찌감치 간파했으렷다?

알고서 미끼를 놓았던 것이다. 남쪽 변경 지대에 감시 병력을 따로 두지 않은 것도 다분히 의도적인 처사였으리라. 경계심을 늦춘 덕왕이…… 기어코 반란을 일으키도록!

여기까지 생각이 미친 맹부요는 온몸의 솜털이 삐죽 곤두서는 걸 느꼈다.

조국의 강산과 통치권을 통째로 내걸고 수 싸움을 벌이다니, 무시무시한 인간!

그렇다면 덕왕이 중주에 있을 때 처단하지 않고 굳이 20만이라는 대규모 병력까지 줘서 밖에 풀어놓은 저의는 무엇일까.

슬슬 뇌 용량이 달리는 걸 느낀 맹부요가 짧은 고뇌 끝에 머리 위에 뒤집어썼던 이불을 휙 걷었다.

에휴, 이따가 전북야가 오면 물어봐야지. 정치판에서 놀던 사람이니까 알 거 아니야.

그때 맹부요의 귓가에 누군가의 흐느낌이 흘러들었다. 흑흑거리는 소리가 그리 높다고는 못 할 관아의 담벼락 밖을 떠돌고 있었다. 노을빛이 가시고 어둠이 밀려든 때, 별도 달도 없는 밤에 듣는 비통한 울음소리는 소름 그 자체였다.

인상을 팍 쓰면서 이불을 젖힌 맹부요가 소리쳤다.

"귀신이냐? 이 몸은 귀신을 하나도 안 무서워하거든? 배짱 있으면 이 앞에 나와서 징징거려 보든가!"

그러자 흐느낌이 즉시 그치고, 누군가의 빠른 발소리가 가까워졌다.

잠시 후, 담장 위로 창백한 얼굴을 내밀어 주위를 둘러보고 온 요신이 고소해 죽겠다는 양 킬킬거렸다.

"호상이 울고 있더라고요."

"엉?"

호상이 한 짓이라면 이미 알고 있었지만, 아직 어떻게 손봐줄지 계획도 못 세운 참이었다. 그런데 상대방 쪽에서 먼저 눈물 바람이라고?

"왕야 때문입니다. 정말 어찌나 늠름하신지……."

요신이 황홀한 투로 말했다.

"맹 소저, 호상이 벌써 사흘째 통곡하는 건 아십니까?"

요신은 싱글벙글 이야기를 이어 갔고, 듣던 맹부요는 입이 쩍 벌어졌다.

❀

사흘 전, 맹부요가 굳게 잠긴 성문 앞에 버려졌던 사건의 전말을 알게 된 그날부로, 옹졸한 왕야 전북야는 호상을 향해 분노의 화살을 정조준했다.

물론 우매한 백성들을 상대로 잘잘못을 따지고 들 사안은 아니었다. 재난 앞에서 그들에게 현자 수준의 자각과 이성을 요구할 수는 없는 일이었다. 그런 상황에서는 누구나 이기적일 수 있었다.

그러나 호상의 악랄한 행각만은 용서 불가였다.

전북야는 흑풍기 병사들에게 즉시 동네 건달로 변장하고서 성 밖으로 통하는 모든 도주로를 차단하라는 명을 내렸다. 그 결과, 아예 온 집안이 줄행랑을 놓으려던 호상 일가는 어느 골목으로 접어드나 통행료를 요구하는 '건달패거리'가 튀어나오는, 미치고 환장할 상황을 맞이했다. 그 통행료라는 것도 비상식적이기 이를 데 없었으니, 건달들은 돈이 아니라 호상이 홀딱 벗고 길바닥에서 춤을 출 것을 요구했다.

결국 호상 일가는 얌전히 집으로 돌아와 죽을 날만 기다릴 수밖에 없었다.

또 건달들은 '무기를 주문하겠다'는 구실을 앞세워 차례로 호상의 집까지 들이닥쳤다. 그런데 최고 좋은 재료로 최대한 공 들여 만들라는 조건을 걸고는, 막상 물건을 완성하면 갖은 생 트집을 잡아 몇 번이고 다시 만들어 내라 우겨 대는 것이었다.

이렇게 사흘 밤낮을 내리 들볶인 호상의 아버지가 결국 기진 맥진해 나가떨어지고 말았다. 호상은 제발 용서해 달라며 건달 들 앞에 꿇어앉아 싹싹 빌었다.

하지만 흑풍기 병사들은 바닥에 침을 뱉는 걸로 응수했다.

'퉤! 우리가 못 잡아먹어 안달이라도 났다는 양 말하는데, 네 까짓 게 뭐나 된다고? 네가 뭐라고 맹 성주한테 덤벼? 너같이 더러운 것한테는 맹 성주 신발 시중도 안 시키겠다!'

청구서를 한 무더기 펼쳐 놓은 병사가 납기 지연과 재료 낭 비로 인해 자신들이 입은 손실을 오목조목 따지고 들었다. 종 이에 적힌 어마어마한 금액을 보고 질겁해 정신을 잃고 말았던 호상이 가까스로 깨어났을 때, 그녀를 기다리고 있던 것은 누 군가의 싸늘한 목소리였다.

'성 서편 장張씨 영감이 대신 갚아 줄 의향이 있다더군. 네가 그 집에 하녀로 들어가기만 하겠다면.'

호상은 다시 한번 혼절했다.

요성 안에서 장씨 영감의 괴벽을 모르는 사람이 있을까. 그는 절대 처첩을 들이지 않고 그 자리를 하녀들로 대신 채우는 인간이었다. 실컷 가지고 놀다가 질리거든 버리면 그만인 일회 용품. 얼마나 쉽고 편리한가.

그러나 여기서 끝이 아니었다. 상대방이 말을 이었다.

'장 영감은 절반만 해 준다고 했고, 나머지 반은 성 북쪽 류劉 씨 영감이 자기 집에 와서 세탁부로 일하면 해결해 주겠단다.'

호상은 또 졸도했다.

류씨 영감네 세탁부는 세탁부가 아니라 '탈의부'라 칭해야 옳 았다. 인체 예술에 미친 류씨 영감은 얼굴은 그냥저냥일지 몰라 도 몸매만은 하나같이 끝내주는 세탁부들을 거느리고 살았다.

흑풍기는 청구서를 던져 두고 가면서, 두 영감이 호상의 낮 과 밤을 뚝 잘라 나눠 가질 때까지 날마다 빚 독촉을 하러 오겠 노라 으름장을 놨다.

호상은 청구서 뭉치를 부여잡고 밤낮으로 통곡했지만, 도와 주겠다고 나서는 이웃이 없었다. 호상이 뿌린 대로 거두는 것 이다 싶기도 하고, 그날 성문을 죽자고 걸어 잠그고 있었던 것 은 본인들도 찔리는 일인지라 감히 사정을 봐달라 편들고 나설 엄두가 안 나서이기도 했다.

눈두덩이가 퉁퉁 부어터지도록 울고 난 호상은 한밤중, 처량 한 몰골로 밧줄을 챙겨 들었다. 여기저기 장소를 옮겨 가며 가 늘디가는 밧줄에 목을 매기를 무려 세 차례나 반복했다. 그러 다 전북아한테 흠씬 얻어맞고 돌아오던 철성과 마주쳤다.

둘 사이에 짧은 침묵이 흘렀다. 잠시 후, 그녀는 비로소 철성에게서 조언을 들을 수 있었다.

'직접 맹 성주를 찾아가라. 널 용서해 주고 말고 할 권리는 맹 성주한테만 있으니까.'

감격에 겨워 꿇어앉은 호상은 쿵, 쿵, 쿵, 철성의 발밑에 머리를 조아려 성문 앞에서 그에게 받았던 절을 배로 돌려줬다.

그리하여 지금 호상이 담장 밖에서 울고 있는 것이다.

약삭빠른 호상은 대문 앞에 자리를 잡아 봐야 맹부요의 귀에 보고가 안 들어가면 말짱 꽝이라는 점까지 계산했다. 그래서 그녀는 맹부요의 처소가 어디 있는지를 알아내 제일 가까운 담장 밑에서 흐느끼는 중이었다. 차마 못 들은 척도 못 하도록.

✿

턱을 괴고 미간을 찌푸린 채, 맹부요는 곰곰이 생각에 잠겼다.

잠깐 회까닥해서 손수건 좀 대신 받은 게 이렇게까지 후폭풍이 셀 일이야? 역시 장손무극한테는 함부로 까불면 안 되는구나. 하늘이 선택한 자인 게야. 살짝만 잘못 건드려도 천벌을 받는구나.

봐라, 이렇게 되면 호상을 벌하기는커녕 되레 호상한테 벌을 받는 꼴이 아닌가.

그나저나 눈물은 또 왜 저렇게 잘 뽑는지. 보아하니 만나 주기 전에는 잠이고 요양이고 다 물 건너간 것 같다.

"적반하장이구먼."

맹부요가 손을 홰홰 내저으며 말했다.

"만날 생각 없어. 마음에도 없는 용서 소리 따위 지껄이면서 위선 떨기도 싫고. 그러니까 썩 꺼지라고 해! 최대한 멀리 꺼져 버리라고! 차라리 어디 가서 혼자 뒈지는 게 나을 거다. 기분 안 좋을 때 내 눈에 띄면 확 그냥 뱃가죽에 칼을 쑤셔 버릴지도 모르니까!"

그러자 요신이 눈을 흘겼다.

"맹 소저, 진짜로 칼 꽂을 생각은 없다는 거로 들리는데요? 언제부터 그렇게 물러졌습니까? 맹 소저를 죽일 뻔한 계집이라고요!"

맹부요가 고개를 비스듬히 하고 그를 쳐다봤다.

"나야 원래 물렀지. 두 번이나 뒤통수친 놈도 그냥 곱게 놔뒀잖아."

아무 대꾸도 못 하고 괜히 코만 신경질적으로 문지르며 밖으로 나갔던 요신이 잠시 후 돌아와서 말했다.

"호상이 만나 달랍니다. 기어코 직접 얼굴 보고 사과를 해야겠다네요."

"이게 진짜 끝을 모르고 기어오르네!"

화딱지가 치민 맹부요가 걸상을 퍽 걷어찼다.

"오냐, 그렇게 험한 꼴이 보고 싶다면야 내가 그 소원을 들어주마!"

잔뜩 주눅이 든 호상이 방 안으로 들어선 순간, 맹부요는 자기 눈을 의심했다.

겨우 며칠 못 봤다고 멀쩡하게 어여쁘던 처자가 어떻게 저 꼴이 됐지?

마르고 핏기 없는 모습이 분장 안 하고도 공포 영화 찍을 수준이었다.

사실 남 흉볼 때가 아닌 게, 지금 맹부요 본인의 형편도 딱히 상대보다 낫지는 않았다. 종이 인형처럼 침상에 앉아 있는 그녀는 저러다 이불에 깔려 죽는 거 아닌가 하고 걱정이 될 정도로 호상보다 더 마르고, 더 창백한 몰골이었다.

쭈뼛쭈뼛 고개를 들어 그녀를 힐끔 쳐다본 호상이 황급히 눈을 돌렸다. 힘이 풀린 다리가 벌써 허물어지고 있었다.

"성주님……, 제가 잘못했어요……. 질투심에 눈이 멀어서 그만……. 제발 용서해 주세요……."

봄비 머금은 한 떨기 배꽃처럼 울며, 호상이 맹부요의 발치에 이마를 조아렸다.

한편, 맹부요는 그 꼬락서니가 불쌍하기는커녕 진절머리가 났다. 본인이 대단히 예쁘고 똑똑한 줄 알아서 세상 사람 전부가 자기 치맛자락 아래 고개를 숙여야만 직성이 풀리고, 누가 조금만 심기를 거슬러도 금방 복수심을 불태우면서 자기가 복수씩이나 할 입장이 되는지, 그럴 만한 이유가 정말 있는지 생각해 보지 않는 그런 유형.

저렇게 야비하고 가증스러운 것들은 살려 둬 봐야 축내는 밥만 아깝다. 차라리 스스로 목숨을 끊었다면 좋았을 테지만, 애석하게도 호상은 죽을 생각이 없었다.

그렇다고 맹부요가 손수 저승 가는 길을 배웅해 주자니 그
또한 여의치가 않았다. 호상이 짠해서도 아니고 그녀를 제대로
한번 인간으로 만들어 볼 작정이어서도 아니었다.

저딴 부류는 고쳐 쓸 게 못 된다. 또한 처음으로 되돌아가 보
면 맹부요 자신이 경솔하게 군 게 모든 일의 발단이기 때문이
었다.

사태를 여기까지 끌고 온 주역은 결국 비단 손수건 한 장. 그
때 장손무극이 직접 손수건을 거절했더라면 호상은 그 자리에
서 마음을 접었을 테고, 이후 일 같은 건 없었으리라.

그런데 맹부요가 순간적으로 회까닥해서 희망을 줬다가 금
방 또 그 희망을 좌절시키는 바람에 호상이 비뚤어진 마음을
먹기 시작한 것이다.

그래서 맹부요는 호상을 죽이는 걸 단념했다. 본인 잘못이
먼저이기도 하거니와, 본래 사랑에 상처받은 여인이란 정상 범
주에서 한참 벗어나 무슨 일이든 저지를 수 있는 족속이 아니
던가.

맹부요는 은혜면 은혜, 원한이면 원한, 뭐든 계산이 딱 떨어
지는 사람이었다. 그녀가 진정 죄를 물어 죽여 없애야 할 대상
은 호상 같은 피라미가 아니라, 요성 전체를 고립시킨 막후의
검은손이었다.

덕왕, 너 이 자식, 목 닦고 거기서 딱 기다려라!

그래도 너무 곱게 넘어가 주기는 억울했다. 맹부요는 보살도
아니었고, 원수를 보듬어 안으며 여신 후광을 뿌릴 깜냥도 못

됐다.

원래는 뇌옥에 며칠 처박아 놓을까 했다. 국가 기관이 소유한 고문 도구의 대표 주자들을 직접 구경시켜 주어 호상의 기도 좀 꺾어 놓을 겸.

하지만 지금 보기로는 군이 그럴 필요까지도 없을 것 같았다. 구체적인 고문 종목을 결정하기에 앞서 전북야가 먼저 발을 홱 젖히고 걸어 들어온 덕분이었다.

앞만 보며 방을 가로질러 오던 전북야는 바닥에 꿇어앉아 있는 호상을 전혀 발견하지 못한 양 성큼성큼 위풍당당하게 직진하다가…… 호상의 손을 짓밟았다.

날카로운 비명을 터뜨린 호상은 순식간에 못 쓰게 된 손을 떨면서 눈물 콧물을 쏟았지만, 전북야는 돌연 귀라도 먹었는지 아무 소리도 안 들리는 듯 계속해서 앞을 향해 걸음을 옮길 뿐이었다.

그의 몹시도 안하무인격인 기개와 힘이 과하게 넘치는 걸음걸이는 급기야 작은 회오리바람을 일으켰고, 호상은 그 바람에 휩쓸려 저만치 구석으로 내동댕이쳐지고 말았다.

호상이 떠밀려 간 지점에서는 언제 달려왔는지 모를 원보 대인이 수염을 쓰다듬으며 눈을 빛내고 있었다. 그녀가 날아오는 것을 본 원보 대인은 즉각 곁에 있던 포대를 열어젖혔다.

그 안에서 우르르 쏟아져 나온 것은 당나귀 똥. 호상은 정확히 똥 더미에 얼굴을 처박았다.

찍찍거리고 웃던 원보 대인이 숨도 안 쉬고 비명을 질러 대는 호상의 어깨 위로 올라가 도포를 걷고는 다짜고짜 오줌을 휘갈겼다. 물보라를 일으키며 기세도 좋게 치솟은 오줌발은 당나귀 똥을 금방 흐물흐물하게 녹였고, 호상의 얼굴은 온통 누렇고 푸른 똥물로 범벅이 됐다.

이걸 웃어야 할지, 울어야 할지.

이 모습을 지켜보던 맹부요가 원보 대인을 나무랐다.

"원보, 골탕을 먹이려거든 다른 데 가서 먹이든가. 더럽게, 진짜!"

이어서 그녀의 치뜬 눈이 전북야를 향했다.

"한심하게 쥐 새끼랑 편이나 먹고."

"나는 모르는 일이다."

서슴지 않고 맹부요의 옆자리에 앉은 전북야가 말했다.

"멋대로 본 왕을 쥐 새끼하고 엮지 말아라."

그제야 호상의 존재가 눈에 들어온 척, 전북야가 별안간 표정을 굳히고는 그녀를 노려봤다.

방 안 공기가 순식간에 오싹하게 얼어붙었다. 조금 전까지만 해도 목이 찢어져라 울부짖던 호상이 자기도 모르게 부르르 몸서리를 치면서 벽 모퉁이로 파고들었다.

한편, 맹부요는 전북야를 향해 새삼 낯설다는 눈길을 보내고 있었다.

오호, 표정이 저러니까 의외로 무게감 있네. 눈언저리가 푸르뎅뎅한 게 살짝 깨서 그렇지.

전북야는 맹부요를 신경 쓰지 않고 오로지 호상만 빤히 노려

보고 있었다. 입을 꾹 닫은 그에게서는 엄청난 살기와 압박감이 풍겨 나왔다. 흡사 얼음이 엉겨 붙은 송곳니가 목표물을 노리고 달려드는 듯한 눈빛에 호상은 똥을 닦아 낼 엄두조차 못 내고 그저 흑흑거리며 모퉁이로 파고드느라 정신이 없었다.

묵묵히 그 모습을 지켜보면서, 맹부요는 이대로 반 시진만 더 노려보면 호상이 실성할지도 모르겠다는 생각을 하고 있었다.

호상이 더도 덜도 말고 미쳐 버리기 딱 일보 직전까지 갔을 즈음, 전 왕야께서 때를 귀신같이 맞춰 입을 여셨다. 차분한 음성이었으나 내용은 당장이라도 칼을 뽑을 기세였다.

"맹부요에게 해를 끼친 자는 기필코 처단한다!"

호상은 급기야 울음소리조차 내지 못했다.

"무공을 익히지 않은 부녀자니까 봐줄 거라고 착각하지 말아라. 맹부요를 위해서라면 내 원칙쯤은 얼마든지 버릴 수 있으니."

전북야가 호상을 쏘아봤다. 아무런 말도 표정도 없이, 압박적으로.

벌벌 떨기 시작한 호상이 거의 자기 몸을 벽 안으로 밀어 넣으려는 것처럼 사지를 최대한 작게 웅크렸다. 호상은 공포에 질식당한 상태였다. 눈앞의 남자에게서 흘러나온 목소리는 분명 차분하기 이를 데 없었건만, 그녀는 칼날 같은 눈빛에 온몸이 난도질당해 심장이 멈춰 버린 기분이었다.

창백한 얼굴로 턱을 덜덜 떨고, 살기에 짓눌려 넋이 반쯤 나간 호상의 모습이 흡족했는지 전북야가 이를 드러내며 씩 웃더니 명확한 어조로 시원시원하게 말했다.

"널 살려 두는 건 부요가 그렇게 할 걸 알기 때문이다. 차마 못 죽이는 게 아니라 네 생사 따위에는 아예 신경 쓸 가치를 못 느끼기 때문이겠지. 사사로운 애정과 원한에 집착하는 건 좁아터진 세상밖에 모르는 너같이 천한 계집이나 하는 짓거리다. 비록 분하지만, 그래도 나는 부요의 의견을 존중한다."

전북야의 이글거리는 눈빛이 맹부요를 향했다.

"하아, 널 만나고 나서는 번번이 손해 보는 일만 생기는군."

그제야 숨통이 트인 호상이 소리 없이 한숨을 내쉬고는 글썽글썽한 눈을 들어 맹부요의 옆자리에 앉아 있는 전북야를 쳐다봤다. 늠름하고 강직한 기개, 역시나 이번에도 범상치 않은 풍모의 사내였다.

어째서 저런 사내들은 항상 맹부요의 옆자리에만 등장하는 걸까?

맹부요는 아무리 낭패한 처지여도 저 높은 곳에서 중생을 굽어보는 여신처럼 광채가 나고 남들한테 떠받들어지는데, 왜 나는 세속의 때를 덕지덕지 묻힌 채로 저 여자의 발치에 납작 엎드려서 위를 우러러봐야만 하는 운명일까?

호상은 인격의 격차라는 게 무엇인지는 모를지언정 자신이 맹부요를 이길 순간이 평생 오지 않으리라는 것만은 잘 알았다. 또한 느릿느릿 소매를 들어 자신의 얼굴에 묻은 오물은 닦아 낼지언정 또 다른 무언가는 아마 영원히 지워 낼 수 없으리라는 것도 알았다.

전북야는 더 이상 호상을 거들떠보고 싶지도 않았다.

"썩 꺼져!"

입술을 질끈 깨물고 예를 올린 호상이 문간까지 물러갔을 때였다. 전북야가 뒤늦게 생각났다는 듯 냉랭하게 말했다.

"아, 깜빡할 뻔했군. 죽이지는 않겠지만, 그렇다고 죄를 사해 주겠다는 건 아니다. 청구서는 그대로이니라."

호상이 벼락이라도 맞은 양 돌아섰다. 다리가 후들후들하는 게 아무래도 도로 주저앉을 모양새였다.

"기간은 넉넉히 주마. 1년으로 부족하면 10년, 10년도 부족하면 한평생 갚도록 해라."

악랄한 왕야께서 한껏 여유를 부리며 말을 이었다.

"시간이 남아돌면 또 애먼 사람 해코지할 못된 꾀나 짜낼 테니 뭐라도 할 일을 던져 줘야지."

"……."

비척비척 걸어 나가는 호상의 뒷모습을 보며 맹부요가 고개를 내저었다.

"이야! 악질이네, 순 악질이야."

그 정도 금액이면……. 쯧쯧, 쟤 저러다가 어디 가서 몸이라도 파는 거 아니야?

"누구보고 악질 소리지?"

원보부터 붙잡아 밖으로 쫓아낸 전북야가 상당히 위험한 기세로 맹부요를 향해 바짝 다가붙었다. 그의 하얀 이가 맹수처럼 빛나고 있었다.

"지금 본인이 얼마나 복에 겨웠는지 너무 모르는 것 같은데?"

맹부요가 즉시 그를 향해 손날을 내리치며 외쳤다.

"거기까지! 그 이상 접근하면 규화점혈수葵花點穴手 맛을 보게 될 줄 알라고요!"

"그렇다면야 용호풍운조龍虎風雲爪로 상대해 주마!"

전북야가 맥없는 맹부요의 손을 가뿐하게 쳐 냈다.

"뭐 하는 짓이지, 왕비?"

"와……, 왕……, 왕비는 개뿔!"

맹부요가 버럭했다.

"누구한테 장가가든 상관 안 하겠는데, 나는 그쪽 시중들 생각 없거든요?"

"너한테 시중들라고 안 한다."

싱긋 미소 지은 전북야가 맹부요의 반응에는 아랑곳하지 않고 말했다.

"시중들 시녀 백 명을 붙여 줄 테니 하루에 한 명씩 바꿔 가면서 써라."

부르르 진저리를 친 맹부요가 중얼거렸다.

"속물근성에 찌든 왕부 라이프……."

그런데 이때, 전북야가 다짜고짜 신발을 벗는 게 아닌가.

"뭐 하는 거예요?"

맹부요가 또 한 번 고래고래 소리를 쳤다.

"여기는 내 침상이거든요!"

"네 침상 절반은 어차피 내 차지가 될 거, 미리 적응 좀 해 두련다."

발을 툭툭 차서 신발을 날려 보낸 전북야가 편안하게 몸을 눕혔다.

"하아, 역시 산속 동굴하고는 비교가 안 되는군!"

그러자 맹부요가 후다닥 이불로 몸을 싸맨 뒤 코를 틀어막고 코맹맹이 소리를 냈다.

"누구 숨 막혀 죽는 꼴 보게요? 발 냄새!"

"냄새가 좋다고? 괜찮은 편이지."

전북야가 신발을 집어 들었다.

"맡아 볼 텐가?"

맹부요의 가차 없는 손에 맞은 신발이 날아갔다. 전북야는 전혀 개의치 않고 도로 드러누워 자기 팔을 베개 삼아 벴다.

"어차피 같이 자는 데 적응해야 할 테니 미리 연습해 둬라."

맹부요가 이불을 둘둘 말고서 그를 쏘아봤다.

"지금 우격다짐으로 어떻게든 해 보겠다는 거예요?"

"나를 받아들이는 게 우격다짐이라는 말까지 붙일 일인가?"

전북야의 미간에 주름이 잡혔다.

"부요, 정말로 장손무극을 마음에 둔 건 아니겠지?"

"둘 다 싫거든요!"

맹부요가 이를 갈았다.

"확실하게 말해 두겠는데, 내 목표는 일곱 나라를 돌면서 내 할 일을 하는 거예요. 당신들 같은 제비, 꾀꼬리며 온갖 꽃들이 덤벼도 절대 거들떠볼 일 없다고요!"

"하, 바로 이래서 마음에 든다니까!"

화를 내기는커녕 전북야는 흡족하게 웃으며 맹부요를 응시했다.

"봐라, 천살국 왕과 무극국 태자가 아무리 대단해 봤자 네 입에서는 고작 제비, 꾀꼬리밖에 안 되는 것을. 나와 딱 어울리는 패기다!"

그를 노려보는 사이 맹부요가 얻은 깨달음이 있다면, 바로 전북야와 장손무극이 똑같은 부류라는 사실이었다. 그녀가 무슨 소리를 하면서 덤빈들 결국은 본전도 못 찾을 상대들.

말싸움이 됐든 머리싸움이 됐든 아니면 몸싸움이든, 두 남자와 싸움을 벌이는 건 대단히 현명치 못한 일이리라. 그냥 없는 사람 취급하는 게 최선이었다.

전북야를 투명인간 취급하기로 마음먹은 맹부요는 그에게서 등을 돌린 채로 잠을 청했다. 이불이란 이불은 모조리 자기 몸에 둘둘 감고서.

다행히 허튼짓할 기미 없이 큰대자로 벌렁 드러누워 있던 전북야가 감탄조로 말했다.

"역시 네 옆에서 자니까 좋구나. 마음이 이렇게 편할 수가! 제대로 푹 자 본 게 언제 적 일인지!"

맹부요는 전북야가 할 다음 이야기가 궁금해 돌아보고 싶은 걸 안간힘을 다해 참느라 애꿎은 벽만 후벼 파고 있었다.

"어려서 궁에 살 때는 매일같이 어머니의 침소 입구에서 잤지. 한밤중에 맨발로 밖에 나오곤 하셨는데, 그냥 뒀다가는 큰일이 날 수도 있는지라 내가 아예 입구를 지키면서 문턱에서 자기로 한 거였다. 잠결에는 걸을 때 발을 낮게 드니까 매번 날 밟으시기 마련이었거든. 내 위로 넘어지면 다치지도 않고, 나도 그 김에 깨서 어머니를 안아다가 방 안에 모셔다드릴 수 있었지."

맹부요가 등잔불에 비친 전북야의 그림자를 응시하는 사이, 건장하던 윤곽이 어느덧 자그마한 어린아이의 모습으로 바뀌었다. 휑하니 냉기 도는 궁에서 문지방 탓에 허리가 배기는 걸 참으며 누워 있는, 밤마다 깊이 잠들지도 못하고 몽유병을 앓는 어머니가 자기를 밟고 지나가기만을 기다리는 아이.

아이가 삼켰어야 할 처량함의 크기는 대체 어느 정도였을까?

맹부요는 코끝이 시큰해지는 걸 느꼈다.

평탄치 못했던 전북야의 성장사는 요신한테서도 들은 적이 있었다. 이전 황조의 황후에서 현 황조의 실성한 후궁이 된 어머니와 그를 찍어 내지 못해 안달이 난 형들 사이에서 긴 세월을 버텨 내야 했던 전북야.

전북야는 그 속에서도 한 걸음 한 걸음 앞을 향해 분투한 끝에 비로소 오늘날 가진 것들을 이뤄 냈다.

온 천하에 이름을 날리는 흑풍기도 규모로 따지면 겨우 3천이 고작. 3천이면 평범한 왕의 호위대 수준일 뿐이다. 그게 바로 황제 자리를 꿰차고 앉은 전북야의 큰형이 그에게 허락한 최대한도였다.

기회만 있었다면 황제는 자신의 지위를 위협하는 아우 전북야를 아예 죽여 버리고도 남았으리라. 맹부요는 그렇게 확신했다.

그토록 어두운 궁중 생활을 하며 온갖 핍박의 틈바구니에서 겨우 살아남고도 전북야가 지금처럼 그늘 없는 화통한 성격을 가졌다는 게 불가사의할 따름이었다.

"나중에는 나한테도 영지가 생겼지만…… 그게 하필 빌어먹을 갈아사막일 줄이야. 당시 갈아는 가난하기만 한 게 아니라 세 조각으로 나뉘어 있었고, 사막 도적과 마라족이 차지하고 남은 제일 작은 땅이 바로 내 몫이었다. 형님도 참, 통도 크시지! 영지를 하사받던 그날, 갈아사막 전체가 내 소유냐고 물었더니 형님은 그렇다고 대답했다. 하하, 덕분에 일이 쉽더군! 도적놈들을 단단히 손봐 주고, 마라족 유격 기병의 목을 친 다음 모조리 홀딱 벗겨서 모래에 묻어 놓고 육포가 된 후에 연을 날렸지. 그랬더니 나중에는 다들 얌전해졌고, 갈아 전체가 내 것이 되었다. 하지만…… 그 몇 년 동안 제대로 눈을 붙여 본 날은 하루도 없었어."

맹부요는 또다시 코가 시큰해졌다.

지금 뭐 하자는 거야, 누가 누가 불행한가 대회라도 열었어?

잔혹한 방식으로 힘을 키우면서도 밤마다 잠을 이루지 못했던 청년의 처량한 처지를 무기 삼아 맹 성주의 마음을 녹여 보시겠다? 절대 안 넘어갈 거거든…….

귀를 쫑긋 세운 맹부요가 만반의 방비를 하고서 전북야의 다음 '하소연 공격'을 기다렸지만, 등 뒤에서 들려온 건 말소리가 아니라 낮고도 규칙적인 숨소리였다. 궁금함을 참지 못하고 뒤를 돌아보자 어슷하게 열린 창문 틈으로 흘러든 달빛이 전북야의 얼굴 위로 쏟아져 내리고 있는 게 눈에 들어왔다.

군세고 호쾌한 사내의 이목구비가 평온하고도 부드러운 윤곽을 그리고 있었다. 살짝 창백한 안색 탓에 더욱 진해 보이는 눈썹과 속눈썹이 맹부요의 눈길을 빼앗았다. 감탄이 나오리만치 아름다운 색채 대비가 아닐 수 없었다.

가볍게 감긴 눈과 조용한 호흡. 전북야는 기분 좋은 편안함에 젖은 모습이었다.

잠들었구나.

맹부요는 모로 누워서 좀처럼 보기 힘든, 아이처럼 잠든 전북야의 모습을 쳐다봤다. 달빛은 그녀의 얼굴에도 쏟아져 내리고 있었다.

병색이 채 가시지 않은 맹부요의 얼굴에 측은한 표정이 떠올랐다.

그래……. 그냥 자게 두자.

늘어지게 하품을 한 맹부요가 다시 전북야를 등지고 돌아누웠다. 눈꺼풀이 무게를 이기지 못하고 스르르 감겨 내렸다.

그녀 역시 잠에 빠졌다.

"야, 이 발정 난 연놈들아!"

새된 여자 목소리가 느닷없이 고막을 때리자 맹부요가 투덜투덜하며 눈을 비볐다. 오늘따라 무거운 이불을 밀어내고 돌아누워 다시 잠을 청하면서, 그녀가 중얼거렸다.

"호상, 너 어디 한마디만 더 해 봐라. 확 죽여 버린다……."

"죽여 버릴 거야, 죽여 버릴 거야……!"

누군가 바락바락 내지르는 소리와 함께 뭔가를 때리고 걷어차면서 발버둥을 치는 것 같은 기척이 느껴졌다. 창문은 언제 열렸는지, 싸늘한 새벽바람이 상쾌하게 불어 들어와 잠에 취한 의식을 깨우고 있었다.

하품에 이어 금세기 가장 긴 기지개를 켠 맹부요가 잠기운에 흐릿한 눈을 또 아무렇게나 비볐다. 한창 꿈나라에 가 있던 사람을 두들겨 깨운 불청객을 무슨 형벌로 다스릴지 생각 중인데, 홀연 누군가의 서늘한 목소리가 들려왔다.

"맹 소저, 밤일도 치를 정도면 몸은 이미 멀쩡한가 보오. 아무래도 공연한 걸음을 한 듯하군."

그 목소리를 듣는 순간, 맹부요는 돌이 되고 말았다. 슬금슬금 한쪽 눈꺼풀을 걷어 올려 보니 역시나, 독설남이 돌아와 있었다.

정갈한 백의를 걸치고 창가에 선 종월은 진홍빛 엽자화를 배경으로 마치 드높은 산꼭대기에서 반짝이는 흰 눈처럼 보였다. 그런 그와 함께 있는 알록달록한 사람은…… 아란주가 아닌가!

두 사람을 보고 입을 뻐끔거리면서, 맹부요는 생각했다.

이게 뭔 일이래? 저 둘이 어떻게 동시에 같이 나타난 거지?

문득, 잠이 덜 깬 맹부요의 뇌가 모호한 이상 신호를 감지했다. 한참을 곰곰이 궁리하고서야 정확히 뭐가 이상한지를 짚어 낼 수 있었다.

바로 아란주와 종월의 눈빛.

전자는 살쾡이처럼 앙칼지게 화가 나 있고, 후자는 얼음장 같은 눈빛에 비아냥을 담고 있지 않은가.

비아냥?

맹부요가 뒤늦게야 두 사람의 눈을 따라 옆을 돌아봤다.

침상이 보이고, 그 위에는…….

"으아아, 전북야! 곱게 잠이나 잘 것이지, 옷은 왜 벗어젖히고 난리야!"

버럭 부아가 치민 그녀가 이불을 뭉쳐서 전북야의 면상에다 집어 던졌다.

"이 노출증 새끼야!"

공단 이불이 광택을 뿌리며 날아가 전북야의 위로 풀썩 떨어졌다. 이 순간 왕야께서 걸치고 있는 거라고는 짧은 속바지 한 장이 전부.

다시 말해, 조금 전의 그 살색 가득한 풍경을 전북야의 여성 추종자와 맹부요의 남자 사람 친구가 나란히 목격하고야 말았다는 뜻이었다.

아아……, 나의 명예가 이렇게 땅에 떨어지다니!

아아……, 마음 약해지는 게 아니었는데!

두 방문객이 곱지 않은 눈초리를 보내는 가운데, 비분에 찬 맹부요가 다시 한번 침구로 전북야를 후려갈겼다.

속 편하게 곯아떨어져 있던 전북야는 얻어맞고 나서야 느른하게 눈을 떴다. 막 잠에서 깬 그의 눈동자는 영롱하게 반짝이는 유리알만큼이나 아름다웠다.

두 방문객을 쓱 쳐다본 전북야가 미친 듯이 침구를 휘둘러 대는 맹부요를 단숨에 제압했다. 그는 전혀 당황한 기색 없이 인사를 건넸다.

"여어, 일찍들도 오셨군!"

"전……, 전……, 전……, 전……!"

아란주가 신경질적으로 악을 써 대며 날뛰었다.

"무……, 무……, 무……, 무슨……!"

"잤는데, 왜."

전북야가 곧바로 말을 받았다.

"공주, 예의가 없군. 아침 댓바람부터 남의 침실에 쳐들어오는 건 존귀한 공주 신분으로 할 짓이 아닐 텐데."

이어서 전북야의 눈이 종월을 훑자, 종월이 무심히 말했다.

"의원이 환자 걱정에 마음이 급해 방을 찾아오는 거야 지극히 정상적인 일이지요. 그보다, 이곳은 왕야께서 쓰시는 침실이 아닌 듯합니다만?"

맹부요가 끼어들었다.

"내 말이요! 왜 여기서 자는지도 모르겠고, 옷은 왜 벗었는지는 더 모르겠지만……."

"그쪽한테 안 물었소."

종월은 맹부요를 거들떠보지도 않았다.

"그쪽이야 '이미 이렇게 된 거 뭐 어쩌겠냐.' 하는 생각일 터,

물어 무엇할까.”

말문이 막힌 맹부요가 괜히 콧잔등을 긁적였다.

오늘 대체 일진에 무슨 마가 끼었길래 이렇게 껄끄러운 조합이 한데 모인 거야?

그리고 종월은 대체 뭐 때문에 심기가 불편한데? 많이 피곤해 보이기는 한다만, 자기 피곤한 게 내 탓인가? 왜 나한테 성질이냐고!

전북야는 여전히 웃는 얼굴이었다. 새하얀 이를 섬뜩하게 드러내고서.

“아직은 여기가 내 침실이 아니지만, 곧 그렇게 될 것이오. 게다가…….”

그가 종월에게 ‘온화한’ 눈빛을 보냈다.

“맹부요가 잤던 모든 방이 조만간 내 침실이 될 테고.”

“으아아! 이 발정 난 연놈들!”

아란주는 같은 대사만 무한 반복 중이었다. '발정 난 연놈'이 바로 그녀의 머릿속에서 나올 수 있는 가장 심한 욕이었으므로.

“천살 열왕이 문과 무를 겸비한 인물이라는 말은 익히 들었으나, 보아하니 다들 한 가지는 빼먹고 이야기한 것 같습니다.”

침상 쪽으로 유유히 다가온 종월이 아무렇지 않게 맹부요의 맥을 잡았다. 전북야는 뒷말을 묻지 않고 입을 굳게 다물었다.

만나자마자 서로 살기를 풀풀 날리는 두 남자를 호기심 어린 눈으로 쳐다보던 맹부요가 아주 협조적으로 질문을 던졌다.

“뭘 빼먹었는데요?”

질문이 나옴과 동시에 전북야는 그녀를 죽일 듯이 노려봤고, 그사이 종월은 흡족한 어투로 답을 내놨다.

"흐음, 헛물켜는 능력이랄까."

맹부요가 '푸하' 하고 웃음을 터뜨리자 대번에 표정이 굳은 전북야가 종월을 향해 차갑게 쏘아붙였다.

"종 선생, 참으로 시기적절하게도 오셨소. 그나저나 부요가 만약 목을 그었다면 말이오, 종 선생의 신묘한 의술이 잘린 목도 붙일 수 있는지 궁금한데?"

"왕야께서도 퍽 시기적절하게 오셨습니다."

종월이 느긋하게 답했다.

"산중에서 보름이나 시간을 허비하신 걸 보면 무극국 내무산 萊蕪山은 풍광이 대단히 수려한가 봅니다?"

전북야는 입을 꾹 다문 채 종월을 살벌하게 노려봤고, 반면 종월은 그를 거들떠보지도 않고 차분하게 다시 맹부요의 맥을 짚었다.

3라운드도 무승부.

가까스로 모두가 자리에 둘러앉아 대화를 나눌 순간이 왔다. 살쾡이 아란주는 욕하느라 진이 다 빠졌고, 종월은 진료를 마쳤으며, 전북야는 옷을 챙겨 입은 뒤였다.

말다툼, 욕지거리, 날 선 설전이 일단락을 맺고 나자 맹부요는 하인에게 이들을 모조리 바깥방으로 끌고 나가서 냉차나 한 잔씩 갖다주라고 명했다.

냉차 먹고 속에 난 천불 좀 끄게.

물론 그녀는 그 와중에도 다들 왜 화를 내는 건지 영문을 모를 따름이었고, 괜히 자기만 새우 등 터졌다는 생각을 하고 있었다.

찻잔이 바닥을 드러냈을 즈음에야 어찌 된 상황인지 명확히 파악됐다. 일단 아란주는 전북야를 쫓아온 참이었다.

인생의 목표 자체가 전북야인 애니까, 뭐.

요성에 도착하자마자 아란주는 맹부요가 투항을 위장해 적진에 잠입했던 일과 성문 앞을 피바다로 만들었던 장렬한 업적을 전해 들었다. 이에 존경심이 폭발한 그녀가 아침 댓바람부터 잔뜩 흥분해 맹부요를 만나러 온 것이었다. 그녀를 보고 당황해 얼어붙은 요신은 문 앞을 막아서지 못했고. 그리하여 '발정 난 두 연놈'이 뒹구는 현장이 아란주의 눈앞에 고스란히 펼쳐진 것이었다.

자리에 앉아 자신을 잡아먹을 듯 쏘아보는 아란주의 그 커다랗고 어여쁜 눈망울이 어찌나 불편한지, 맹부요는 눈빛을 견디지 못하고 공연히 측간만 들락거렸다.

종월의 경우는 본인이 대강대강 밝히기를, 궁창 깊은 산속으로 약재를 구하러 갔다가 돌아오던 도중에 요성 소식을 듣고 길을 서둘렀다고 했다.

그를 빤히 쳐다보던 맹부요가 돌연 물었다.

"그러고 보니 덕왕 치료도 종월이 맡고 있잖아요? 부탁 하나만 해도 돼요?"

"약에 독을 타라고 하고 싶은 거 아니오? 의원한테 잘도 그런 짓을 시키는군."

눈을 내리깔고 차를 마시는 그를 보며 맹부요가 잠시 겸연쩍게 웃었다. 곧 종월이 말을 이었다.

"시키지 않아도 그럴 생각이었으나, 아쉽게도 불가능했소."

"왜요?"

"덕왕은 애초에 병을 얻은 적이 없었으니까."

종월의 입에서 충격적인 말이 나왔다.

"주화입마고, 하반신 경맥이 막혔고 간에 전부 세인의 이목을 속이기 위한 거짓말에 불과했소. 처음부터 끝까지 내가 치료했던 자는 덕왕이 아니었더군."

"에엥?"

"원래가 입만 열면 거짓말인 작자지!"

전북야가 냉소를 흘렸다.

"그 왕비만 해도 빤히 장손무극 탓에 미쳐 버린 것인데, 밖에다가는 굳이 자기한테 몹쓸 소리를 너무 들어서 왕비가 정신을 놔 버렸다고 하질 않나. '영욕에 연연하지 않는 황실 종친'이자, '태자를 위해서라면 죄를 대신 뒤집어쓰는 것도 불사하는 충신'이라 불리는 자. 그 의로움과 충성스러움이 워낙 명성 높아 어지간한 명분 가지고는 함부로 건드리지도 못할 자를 상대해야 하다니, 장손무극도 참 운이 좋아."

이 모든 일의 근원, 덕왕의 미친 왕비를 떠올린 맹부요가 흠칫 어깨를 굳혔다.

덕왕비가 그 지경이 된 게 장손무극 탓이었다니.

그렇다면 부부 금슬이 애틋했기로 소문난 덕왕이 그에게 역심을 품은 것도 이해가 갔다. 오늘날에 이르러 마침내 행동을 개시하기까지, 그 오랜 세월을 참고 버틴 것도 대단했다.

"그쪽이 독 탈 기회가 없을 것 같으면 내가 직접 하죠, 뭐."

하얀 앞니로 입술을 잘근 깨문 맹부요가 한쪽 입꼬리를 비틀어 올렸다.

"일을 저지를 때는 자기도 당할 각오를 했어야지. 기다려라!"

"안 된다."

전북야가 즉각 반대 의사를 표명했다.

"이 몸이 있는데 네가 왜 또 위험에 뛰어들어? 내가 하겠다!"

"그쪽이요? 웃기고 앉았네."

맹부요는 사사건건 전북야가 거슬렸다.

"본인이 무극국 열왕인 줄 알아요? 흑풍기 끌고 가서 덕왕 목이라도 치게요? 그쪽은 천살하고 무극 사이가 어떻게 될지 겁이 안 날지 몰라도 나는 애먼 백성들을 잡은 죄인이 되고 싶지 않거든요?"

그녀가 탁자에 엎드려 계획 세우기에 열을 올리고, 두 남자는 서로를 죽일 듯 노려보며 한 번씩 의견을 개진하고 있던 때였다. 창살이 가볍게 울리는 소리가 나 창가로 다가가 본 맹부요는 장손무극의 마지막 암위가 해쓱한 얼굴로 창문 아래에 서 있는 걸 발견했다.

"맹 소저."

맹부요가 실내에서 나와 으슥한 그늘로 들어서자마자, 얼굴이 온통 땀범벅인 호위가 으레 하던 인사조차 생략하고 다급하게 말했다.

"주군께서 동부 해안 전선을 팽개쳐 두고 이쪽으로 돌아오고 계신답니다!"

가슴속에 뭉친 응어리

"뭐라고요?"

맹부요는 지붕 위로 올라설 만큼 펄쩍 뛰었다.

"돌아와요? 설마 돌아왔다고요? 어디 있어요? 어디? 벌써 도착했어요?"

그녀가 두리번두리번 사방을 들쑤시기 시작했다. 장손무극을 찾는 게 아니라 혼나기 싫어 숨을 구멍을 찾는 중이었다.

침묵하던 암위가 잠시 후 말했다.

"아직 오는 길이실 테지만……. 정확한 위치는 아무도 모릅니다."

"아……."

냉정을 되찾은 맹부요가 몹시 심각한 문제를 기억해 냈다.

"뭐 하러요? 왜 돌아오는데요? 지금 여기로 올 때가 아니잖아요!"

말도 안 돼. 동부 전선은 현재 전투가 한창일 텐데, 총사령관이 군영 이탈이라니. 나라의 운명이 달린 중대사를 이렇게 무책임하게 처리한다고?

맹부요가 얼굴을 긁적였다.

아무리 봐도 군정을 소홀히 하거나 전쟁을 애들 장난 취급할 사람 같지는 않았는데, 어쩌자고 돌아온다는 거람?

어어, 이거……, 이거……. 설마…… 나 때문은 아니겠지?

맹부요는 생각을 그쪽으로 몰고 가지 않으려 무진 애를 썼다.

괜히 착각하지 말자. 나는 그리 대단한 존재가 아니다.

장손무극이 무슨 에드워드 8세냐, 나라까지 저버리고 여자를 택하게.

무엇보다 나 지금은 이렇게 멀쩡한데, 대체 뭐 하러 온다는 거야?

"전부 제 불찰입니다……."

암위가 심히 자책하는 모습을 보였다.

"그날 성문 앞에서 둘 다 죽을 줄로만 알고 성문 입구에 암위끼리만 알아볼 수 있는 표식을 남겼습니다. 죽기 전에 동료들에게 최대한 많은 단서를 남기는 게 저희 관례인지라……. 맹소저가 목숨을 구하고 나서 저도 온몸에 맥이 탁 풀려 그대로 정신을 잃고 말았습니다. 제가 성으로 옮겨져 치료를 받고 맹소저도 자리를 비우신 때에, 소식을 듣고 은밀히 달려온 동료가 그 표식을 보고 놀라서 즉시 주군께 기별을 넣었던 모양입니다. 주군께서는 기별을 받은 날 밤 곧장 동부 전선을 떠나셨다고……."

머리 위에 먹구름을 이고 있던 맹부요가 한참 만에야 더듬더듬 물었다.

"그 표식이…… 정확히 무슨 의미였길래요?"

"호위대 전원 전사, 맹 소저는 목을 베 자결……."

맹부요가 '쾅' 하고 창문에 머리를 박아 암위를 식겁하게 했다. 곧이어 그녀가 머리통을 문지르며 눈물이 그렁그렁한 채 오만상을 썼다.

"아니 어떻게……, 꼬여도 이렇게 꼬일 수가……. 그럼 얼른 다시 기별해요, 오지 말라고!"

맹부요가 머리카락을 쥐어뜯으며 말했다.

"이게 다 무슨 일이야? 동부 전선은 정리되려면 아직 멀었고, 덕왕이 들고 일어날 날은 코앞인데, 이 상황에 군영을 팽개치고 오면 어쩌자고……. 망했어, 망했어!"

"의식을 회복하자마자 소식을 전하긴 했지만, 저희 암위대는 양방향 연락 체계가 아니라 동부 전선 군영으로 기별을 보내는 게 최선이었습니다. 그런데 그쪽에서 돌아온 대답이, 주군께서는 이미 밤중을 틈타 군영을 떠나셨다지 뭡니까. 워낙 촉박하게 움직이기도 하셨고, 안전을 위해 어느 길을 밟을지도 철저히 비밀로 하셨던지라…… 동부 군영에 있던 암위들도 아직 주군을 따라잡거나 행방을 파악하지는 못한 상황이라고 합니다."

"뭐가 이렇게 엉망진창이야……."

손을 엉거주춤하게 늘어뜨리고 같은 자리를 빙빙 맴돌던 맹부요가 한참 고뇌한 끝에 물었다.

"그 사람이 갑자기 자리를 비웠으면, 동부 전선이 혼란에 빠지거나 그런 건 아니에요?"

"다 조처를 해 두고 출발하셨을 테니 그 걱정은 하실 것 없습니다."

암위가 낮은 목소리로 말했다.

"다만, 시국이 시국인 만큼 덕왕의 기마 정찰병인 적풍대가 곳곳에 그물을 쳐 뒀을 것입니다. 분명 오시는 길에 매복을 만나게 될 터인데……."

그 소리를 듣는 순간, 맹부요의 뇌리에서 무언가가 번쩍했다. 심장이 미친 듯이 뛰기 시작했다. 번갯불이 스치는 듯 짧은 찰나, 그녀는 덕왕이 요성을 포기한 이유를 깨달았다.

요성 자체를 도륙하려는 것도, 남북융의 환심을 사려는 것도 아닌, 바로 장손무극을 죽이기 위해서였다!

고라국과 작당해 전쟁을 일으켜 장손무극이 급하게 남쪽 변경 지대를 떠날 수밖에 없는 상황을 만들고, 뒤이어 그녀를 곤경에 빠뜨려서 그를 혈혈단신으로 허겁지겁 다시 불러들인 것이다. 동부 전선에서 이곳에 이르는 기나긴 여정 도중에 장손무극을 제거할 기회는 무궁무진할 것이기에!

남쪽 변경 지대에서 장손무극을 처치하기는 곤란할 수밖에 없다. 그곳은 덕왕의 세력 범위니까. 그러나 태자가 이곳에서 변고를 당한다면 덕왕은 책임을 회피하기 어려울 것이다.

장손무극이 얼마나 존경받는 인물인지를 생각하면 이는 향후 황위를 손에 넣는 데도 방해 요소로 작용할 수밖에 없다. 그러나 장손무극이 남쪽 국경 지대가 아닌 다른 어딘가에서 죽어 준다면 덕왕은 책임을 제삼자에게 떠넘길 수 있고, 태자를 위해 복수하겠다는 핑계로 즉시 거병까지도 가능할 것이다!

그렇게 되면 명분과 대의를 둘 다 틀어쥐는 셈이다. 거기에 지금까지 쌓아 올린 충신의 명성까지 더하면 천하를 얻는 건 손바닥 뒤집기만큼이나 수월하리라.

하지만 맹부요는 덕왕이 그녀의 신분과 장손무극과의 관계를 어떻게 알았는지 의문이었다. 장손무극이라면 분명 비밀 유지에 세심하게 신경을 썼을 것이다.

그렇게 생각하면 뭔가 앞뒤가 안 맞는 느낌이었다. 아마 이번 일의 배후에는 지금 드러난 것보다 훨씬 복잡한 전후 사정이 숨겨져 있지 싶었다.

사건의 진상도, 전체적인 윤곽도, 아직은 모두 짙은 안개 속이었다.

"망했어, 망했어, 끝장이야……."

머리에 지끈지끈 쥐가 났다.

망연자실한 표정으로 머리채를 부여잡은 채, 암울하게 안으로 돌아가던 맹부요는 미처 앞을 못 보고 단단한 가슴팍에 얼굴을 처박고 말았다. 그녀가 얼얼한 코를 붙들고 쏘아붙였다.

"귀신도 아니고, 왜 기척도 없이 남의 앞은 가로막고 난리래!"

"누구한테 백만 냥쯤 빚진 것 같은 그 표정은 뭐냐?"

샘물 바닥의 흑색 마노처럼 반짝이는 전북야의 눈동자가 맹부요를 응시했다.

"나 때문에 그렇게 넋 나간 모습은 본 적이 없는 것 같은데."

"때가 어느 때인데 헛소리나 하고 있어요!"

가슴팍을 단번에 밀쳐 낸 맹부요가 그의 얼굴을 힐끔 쳐다본 데 이어 저만치 앞에서 고개를 틀어 이쪽을 보고 있는 종월의 눈치를 살폈다. 정치판에 빠삭한 두 남자한테 물어보고 싶은 질문을 놓고 고민이 되었다.

하지만 역시 관두자 싶었다. 장손무극이 동부 전선을 떠난 건 분명 일급 기밀일 것이다. 그녀에게 남의 나라 기밀을 함부로 누설할 자격은 없었다.

아무 일도 없는 척 세 사람을 마저 상대하는 동안 무수한 말싸움과 빈정거림, 공공연한 공격과 은근한 비방이 맹부요 곁을 스쳐 갔다. 특히 식탁 앞에 앉은 의성 대인과 열왕 전하는 혀와 눈빛을 장창 삼아 천둥 번개가 우르릉거리는 대결을 이어 가고 있었다. 처음에는 말리던 맹부요도 나중에는 시큰둥해지기에 이르렀다.

에효, 독설남과 폭발남의 만남은 이렇게 불꽃이 튀기 마련이구나. 그냥 순리려니 하련다. 어디 마음껏들 해봐라!

그보다 더 머리가 아픈 건 무슨 멍멍이 새끼처럼 측간까지 졸졸 따라다니며 떽떽거리는 아란주였다.

"이 발정 난 연놈들, 앞으로는 내가 쭉 감시할 거야!"

'발정 난 연놈'의 뜻은 아느냐는 맹부요의 물음에, 존귀하고

청순하며 언뜻 보기에는 숙녀 같아도 사실 아직 애일 뿐인 공주께서는 순진하게 눈을 깜빡거리며 답했다.

"남자랑 여자가 같이 자면 발정 난 연놈이지."

맹부요는 즉시 평정심을 되찾았다.

아, 그럼 너희 엄마 아빠도 발정 난 연놈이겠구나.

이날 저녁, 그녀는 마침내 전북야를 침실 밖으로 몰아내는 데 성공했다. 어딜 가나 따라다니며 시끄럽게 삑삑거리는 알람 시계 아란주가 있는 이상, 전북야도 맹부요의 옆에서 자겠다고 우기는 건 무리였다.

세 사람 모두에게 자기 방에서 멀찌감치 떨어진 데다 처소를 마련해 준 뒤, 맹부요는 문을 닫고 등불 아래에 앉아 한숨을 내쉬었다.

장손무극이 돌아온다니.

동부 전선을 내팽개치고, 수십만 군사를 버려두고, 수많은 위험이 도사리고 있는 길을 되밟아 오는 이유가 그 망할 '맹부요가 목을 베 자결했다'는 표식 하나 때문이라니. 그녀는 이제 죄인 신세였다.

가물거리는 등불 아래에서, 맹부요는 손가락을 초조하게 꼼지락거리며 멍하니 생각에 잠겨 있었다. 급하게 출발한 데다 군영에 혼란이 이는 걸 피하기 위해 수행원을 많이 거느리지 않았을 장손무극과는 정반대로, 진을 친 덕왕은 만반의 준비를 마친 채일 터였다.

도적 떼, 산사태, 비적, 해적……. 뭐든 만날 수 있는 상황이 아닌가.

생각할수록 울적해지기만 하자 맹부요가 옆에서 열매를 갉아 먹고 있는 원보 대인을 향해 물었다.

"어이, 쥐 새끼. 너 백 년에 한 마리짜리라며. 그럼 뭐 신통한 능력이 있어야 하는 거 아니냐? 네 주인이 지금 어디쯤 왔는지 맞출 수 있어?"

원보 대인은 살벌하게 열매만 갉아 댔을 뿐, 맹부요의 한심한 질문에는 콧방귀도 뀌지 않았다.

이 몸의 신통력은 너 같은 상것이 쓰라고 있는 게 아니다만?

원보를 물끄러미 내려다보던 맹부요는 문득 녀석의 차림새가 오늘따라 유달리 요염함을 발견했다. 새빨간 도포 앞섶에 커다란 흑진주가 단추 대신으로 달렸고, 그도 모자라 오색찬란한 보석이 자잘하게 많이도 장식되어 있었다.

이 생쥐 녀석은 무려 전용 의류함 소유자로, 그 안에 든 옷은 아무거나 한 벌 골라잡아도 맹부요의 후줄근한 옷가지를 전부 합친 것보다 훨씬 값이 나갔다.

그나저나 녀석이 오늘 걸친 도포는 생판 처음 보는 것이었다. 설마 주인이 곧 도착할 걸 알고 환영의 의미로 한껏 빼입은 건가?

맹부요의 안색이 영 별로인 걸 본 원보 대인이 한층 우쭐우쭐 모델 워킹을 선보이자, 격노한 맹부요가 요란뻑적지근한 도포를 잡아채 생쥐 녀석을 홱 내던졌다.

알록달록한 공이 쏘아져 나가듯 무시무시한 속도로 문을 향해 날아가던 원보 대인이 맞은편에 나타난 백색 형체를 보고 이제 살았구나 하며 반색했다. 하지만 그 사람은 불쾌하다는 듯이 옆쪽으로 비켜섰다.

그 결과, 원보 대인은 '퍽' 소리와 함께 출입문에 처박혔다가 스르르 아래로 미끄러져 내렸다…….

마침 방에 들어온 이의 정체는 물론 종월이었다. 흰 눈처럼 정결한 모습으로 문간에 선 그는 어둠과 전혀 어울리지 않는 것 같으면서도 또 어딘가 밤을 닮은 분위기를 풍기고 있었다.

맹부요가 찡그린 얼굴로 그를 쳐다봤다.

"약 챙겨 먹었어요. 굳이 직접 감시까지 안 해도 되는데……."

하지만 종월은 그녀를 싹 무시하고 자기 할 말만 했다.

"줄 게 있소."

그가 품 안에서 작은 천 꾸러미를 꺼내 풀어 놨다. 안에서 나온 건 전출 발령 서류, 보직 임명장, 열쇠, 그리고 조그맣게 '양糧'이라는 글자가 새겨진 영패였다.

맹부요가 꾸러미 속 내용물을 뒤적거리며 눈을 빛냈다.

"덕왕 휘하 무릉武陵 식량 창고 관리, 운량관運糧官의 신분을 증명하는 물건들이잖아요. 이런 게 다 어디서 났어요?"

"돌아오는 길에 무릉 식량 창고를 지날 일이 있었소. 신임 운량관 당검唐儉의 태도가 불손하기에 손 가는 대로 가져왔지. 상황이 괜찮았으면 아예 죽여 버렸을 것이오."

"의원 맞아요?"

맹부요가 중얼거렸다.

"지금껏 살린 사람보다 죽인 사람이 더 많은 거 아니에요?"

눈을 들어 그녀를 쓱 쳐다본 종월이 손을 내밀었다.

"도로 내놓으시지."

그러자 맹부요가 보따리를 냉큼 챙기며 히죽 웃었다.

"마침 잘됐네요! 덕왕군에 잠입하려면 가짜 신분이 필요했거든요. 운량관이면 본영에 머무를 필요도 없고 아는 사람도 적겠죠. 군수 물자를 틀어쥐고 있는 요직이니 이보다 더 좋은 자리가 어디 있겠어요."

보이지 않는 상대의 목을 틀어쥐는 손동작을 하면서, 맹부요는 속으로 이를 악물고 생각했다.

내 잘못으로 장손무극을 돌아오게 만든 상황이야. 연락도 불가능하고, 가서 도울 수도 없다면 아예 배후의 덕왕을 처단해 문제를 근본적으로 해결하는 수밖에.

덕왕의 목을 졸라 막후의 검은손을 잘라 내고 나면 장손무극은 자연히 안전해지리라.

꾸러미를 갈무리해 넣은 그녀가 종월을 잡아당겼다.

"가요."

"음?"

"사람 죽이러!"

　　　　　　　　　✿

수수에서 20리 떨어진 무릉 식량 창고의 운량관 당검과 그

수하들은 이날 밤 몹시도 당혹스러운 죽음을 맞이했다.

보직 임명장과 창고 열쇠가 감쪽같이 사라진 덕에 운량관 당검은 조금 전까지 똥줄을 태우는 중이었다. 식량 창고 근무자 전원이 수색 작업에 동원되었을 뿐만 아니라, 당검 본인도 부관 하나와 사환 둘을 데리고 바닥에 납작 엎드려 구석구석을 샅샅이 살피느라 여념이 없었다.

한창 바닥을 더듬거리던 사환의 손에 신발 코 한 쌍이 잡혔다. 화들짝 놀란 사환이 고개를 든 순간, 하얀빛이 번쩍하더니 새빨간 피가 비단 끈처럼 길게 늘어져 눈앞을 스쳐 지나갔다.

반사적으로 앞을 향해 뻗은 손아귀에 무언가 뜨듯한 게 만져지자마자 누군가 그의 손을 호되게 쳐 냈다.

"죽을 놈이 어딜 주물럭거리려고!"

이어서 어렴풋하게나마 낭랑한 목소리가 들려왔다.

"전북야, 뭘 나대고 난리예요!"

여기까지가 쓰러지는 사환의 의식에 마지막으로 새겨진 기억이었다.

᎒

사환이 쓰러지던 시점에 당검은 병풍 뒤쪽을 뒤지고 있었다. 이상한 소리를 듣고 몸을 일으킨 그는 눈앞을 빠르게 지나쳐 가는 검디검은 눈동자를 목격했고, 뒤이어 가슴 앞쪽이 일순 뜨끈해졌다가 곧장 차갑게 얼어붙는 느낌을 받았다.

당검은 바닥으로 허물어져 내리는 동시에 등 뒤에서 누군가 차분하게 말하는 소리를 들었다.

"무슨 닭 잡듯이 온 사방에 피를 뿌리시는군요. 울긋불긋하게 꽃이 핀 것 좀 보십시오, 참으로 훌륭한 솜씨이십니다!"

검은 눈동자의 사내가 무지막지한 기세로 당검의 가슴을 짓밟자 무언가가 '퍽' 하고 터지는 소리가 났다. 당검이 마지막으로 들은 건 사내의 묵직하고도 단단한 음성이었다.

"종 선생을 죽일 때도 돼지 잡듯 아주 깔끔하게 해 주리다."

❀

식량 창고 부관은 그래도 영리한 자인지라 뭔가가 터지는 소리를 듣자마자 고개도 들지 않고 곧장 바깥으로 내달렸다. 정신없이 도망치던 그의 앞에 홀연히 나타난 것은 눈처럼 하얀 옷자락이었다.

다음 순간 부관은 이날 밤 하늘 높이 기묘하게 걸린 달처럼 파르스름한 색으로 변한 자신의 손을 발견했다. 이어서 온몸이 통째 뻣뻣하게 굳어 버린 그가 똑바르게 선 자세 그대로 바닥으로 넘어졌다.

"종 선생한테서는 역시나 대가의 품격이 느껴지는구려. 본인하고 똑 닮은 강시를 만들어 놓질 않나."

"과찬의 말씀을."

부관의 흐릿한 시야 가장자리에 흰 눈처럼 나풀거리는 옷자락이 잡혔다. 귓가에 들려오는 음성은 밤바람만큼이나 담담했다.

"어쨌든 곰이 날뛰듯 하는 왕야보다야 고상하겠지요."

마지막으로 남은 사환은 실내를 가득 채운 피비린내 속에서 낯선 자들이 서로 담소를 나누는 건지, 티격태격하는 건지 모를 소리를 듣고 있었다. 저들은 눈 깜짝할 사이에 무려 세 사람을 골로 보냈다.

사환이 비명을 내지르려던 때였다. 머리 위쪽에서 웬 알록달록한 그림자가 쓱 내려오는 게 아닌가.

사환과 어깨를 스치며 반대 방향으로 움직이던 상대의 팔꿈치께에서 은백색 반원이 번갯불처럼 번뜩였다. 사환의 목이 예리하게 그어져 나가는 찰나, 상대가 꿍얼거렸다.

"하나만 죽이고 나서 발정 난 연놈들 감시하러 가야지!"

옥으로 만든 장난감 북이 울리는 양 경쾌하고도 맑은 목소리였다…….

시체 네 구를 옆에 두고 네 사람이 서로 얼굴을 멀뚱멀뚱 쳐다보며 서 있었다. 낯빛이 시커멓게 가라앉은 맹부요가 전북야, 종월, 아란주를 차례로 둘러보더니 머리통을 부여잡고 신음했다.

"아, 제발, 좀! 적진에 잠입하려고 온 거지, 놀러 온 게 아니라고요! 이렇게 우르르 몰려다니면 들키잖아!"

전북야가 눈을 부라렸다.

"여기까지 오게 허락해 준 것만도 고마운 줄 알아라. 아직 몸도 성치 못한데, 눈앞에서 떼 놓을 수가 있겠나?"

종월이 차분히 말했다.

"병자 곁을 지키는 것은 의원으로서 응당 해야 할 일이오."

아란주가 땋은 머리를 홱 넘겼다.

"발정 난 연놈들 감시해야 되니까!"

할 말을 잃은 맹부요는 울고 싶다는 표정이었다.

종월은 그사이 창문을 닫아걸고 시체 네 구를 녹여 없애는 한편, 인피면구 제작에 돌입했다.

여기까지 온 이유야 각자 뭐가 됐든지 간에, 네 사람은 한사코 돌아가지 않겠다고들 우겨 댔다. 게다가 몰래 쫓아온 아란주가 한 명을 더 죽여 버리는 바람에 이제 넷은 몸매에 따라 역할을 분배할 수밖에 없었다.

사내치고 왜소한 체격인 당검 역할을 두고는 맹부요와 아란주 사이에 대판 싸움이 벌어졌으니, 마지막에 이르러 맹부요가 자기 얼굴을 가리키며 말하기를.

"하마터면 목까지 그을 뻔했던 사람한테 직접 복수할 기회도 안 주기야?"

그 소리를 듣고 대번에 가슴팍이 저릿해진 전북야가 아란주를 잡아다가 한쪽으로 치워 버린 결과, 아란주는 억울함을 삼키며 사환 역을 맡을 수밖에 없었다.

나머지 사환 하나와 부관 자리를 놓고도 전북야와 종월 사이에 하마터면 싸움이 붙을 뻔했다.

종월의 이야기는 이랬다.

"사환이라는 자의 거꾸로 된 팔자 모양 눈썹, 좁디좁은 눈과 눈썹 사이, 포악질깨나 부릴 것 같은 인상이 왕야의 풍모와 퍽 흡사하지 싶습니다."

이에 전북야가 코웃음으로 받아쳤다.

"본 왕이 보기에는 옹졸한 인상에, 뒷구멍으로 못된 짓 잘할 것처럼 생긴 상판이 종 선생의 분위기와 어우러지면 아주 찰떡 궁합일 듯하오만."

듣다 못한 맹부요가 탁자 위로 뛰어 올라가 사환의 시신을 가리켰다.

"아나, 전 왕야! 똑바로 좀 보죠? 저 자식의 체격이 꽤 좋은 편이잖아요. 종월은 허리가 훨씬 가늘다고요!"

이리하여 별수 없이 사환을 맡게 된 전북야는 옷을 바꿔 입는 내내 착 가라앉은 눈으로 뭐라 뭐라 연신 중얼거렸다. 바짝 다가가 귀를 기울여 본 아란주는 그의 음험한 목소리를 들을 수 있었다.

"사내가 허리 가늘어 봐야 안 서기밖에 더해?"

순진한 아란주는 쪼르르 종월한테 가서 말을 붙였다.

"그쪽한테 안 선다는데요? 저기, 근데 안 선다는 게 무슨 소리예요?"

"……."

시커먼 그늘이 맹부요의 얼굴을 뒤덮었다. 슬프게도, 이제부터 펼쳐질 암울한 앞날이 벌써 눈앞에 빤히 보이는 듯했다.

변장을 마친 네 사람이 방 안에 서서 서로를 훑어봤다.

맹부요 버전 운량관 당검, 종월 버전 부관, 전북야와 아란주 버전 사환. 완벽한 한 팀이었다. 대단히 공교롭다면 공교롭게 됐달까.

무릉 식량 창고의 전임 관리자는 무극국 조정이 임명한 인물이었었다. 하지만 덕왕 입장에서야 그 자리에 자기 사람을 심고 싶었을 게 당연한 일이었다. 신임 운량관 당검은 덕왕의 사돈가와 먼 친척 관계로, 덕왕의 뜻에 딱 부합하는 자였다.

당검이 중주에서 여기까지 내려온 건 불과 며칠 전이었다. 측근이라고 해 봐야 함께 온 시종 둘과 부관이 전부였던 상황에서 네 사람이 세트로 바꿔치기를 당했으니, 누군가 수상한 낌새를 챌 염려는 전혀 없다고 봐도 무방했다.

이렇게 해서 4인조의 확장판 잠복 작전이 막을 올렸다.

하지만 그 순간 맹부요는 바닥에 쭈그리고 앉아 시름에 잠겨 있었다.

야이씨, 적진에 침투하면서 의사에, 친구에, 친구 쫓아다니는 여자까지 줄줄이 달고 다니는 경우가 어디 있냐…….

❀

"화주에서 온 군량은 최대한 서둘러 전달해야 한다. 해가 지기 전에 당도할 수 있도록 하라!"

운량관 관복 차림의 맹부요가 섬돌 위에 팔짱을 끼고 서서 쩌렁쩌렁하게 외쳤다.

가짜 운량관 행세도 어느덧 수일 째, 상관과 아직 서먹서먹하기만 한 식량 창고 병사들은 이상한 점을 전혀 눈치채지 못했고, 맹부요는 맡은 바 업무를 척척 수행해 나가면서 덕왕이 틈을 보이기를 기다리는 중이었다.

요성 성주로서의 거취 문제는 이미 덕왕에게 올린 사퇴서에 명확히 뜻을 밝혀 두었다.

근래 겪은 사건으로 인해 실의에 찬 마음을 추스를 길이 없어 관직에서 물러나기를 청하오니, 성주직은 어질고 유능한 자를 새로이 뽑아 그에게 맡겨 달라고.

한편, 전북야의 흑풍기는 소규모 부대로 뿔뿔이 흩어져 삼림이 울창하게 우거진 남쪽 변방 지대의 산속으로 모습을 감춘 뒤였다.

최근 무척이나 바쁜 덕왕은 사직하겠다는 성주에게까지 큰 관심을 기울일 만한 형편이 아니었다. 맹부요를 놓치는 건 그에게도 아쉬운 일이기는 했으나 군사 일으키랴, 장손무극 제거하랴, 눈코 뜰 새 없이 분주한 지금은 어찌할 도리가 없었다.

오늘은 날씨가 영 별로였다. 금방이라도 비가 쏟아질 듯 찌뿌둥한 하늘과 낮은 기압이 피부로 느껴졌다.

성치도 못한 몸, 잘 좀 챙기라는 종월의 엄명에 옷을 두껍게 껴입고 나온 맹부요는 군량 운송을 잠깐 지휘했다고 벌써 온몸이 땀범벅이었다.

막 쉬러 들어가려던 참인데 말 한 필이 긴박하게 달음박질을 치며 접근해 왔다. 고개를 든 그녀가 필시 수수 본영에서 왔을 전령을 발견했다.

말 위에서 연신 채찍질을 해 대며, 병사가 저 멀리에서부터 소리쳤다.

"긴급, 긴급 사안입니다! 무릉 창고에 남은 곡식이 얼마나 됩니까? 일단 모조리 수레에 실어서 본영으로 보내 주십시오! 출병이 코앞입니다!"

흠칫 굳었던 맹부요가 병사와 눈을 맞추며 물었다.

"군량이라면 바로 직전에 보내지 않았나? 출병 이야기는 금시초문인데, 융군을 치는 건가?"

상대가 다급하게 답했다.

"아닙니다. 조금 전에 막 들어온 소식입니다만, 만주萬州 광왕光王이 반란을 일으켜 태자께서 만주에서 변고를 당하셨다 합니다. 이에 덕왕 전하께서 충심으로 거병하시어 이미 양밀楊密 장군을 만주로 보내셨……."

그 뒤부터는 한마디도 귀에 들어오지 않았다.

돌연 사방이 침묵에 잠겼다. 소리도, 기척도 사라지고 죽음 같은 정적만이 주변에 꽉 들어찼다. 눈에 보이는 풍경 전체가 급격히 느릿해졌다.

맞은편에서 벙긋거리는 병사의 입, 한 방울 한 방울 흩뿌려져 내리는 땀, 평온하던 시야를 갈가리 찢어발겨 놓은 말의 움직임, 의식을 짓밟고 덜컹덜컹 지나가는 식량 수레의 바퀴⋯⋯. 세상 모든 사물이 서서히 희미해져 가고, 오로지 두 글자만이 천둥처럼 머릿속을 울렸다.

변고, 변고, 변고, 변고⋯⋯.

맹부요가 그 자리에 멍하니 서 있는 사이, 창고 열쇠가 뻣뻣하게 굳은 손아귀에서 미끄러져 내렸다. 열쇠가 쟁쟁하고도 날카로운 소리를 내며 땅에 떨어지기 직전, 누군가 성큼 다가와 열쇠를 다시 잡아 줄 수 있도록 그녀의 팔을 받쳐 주며 말했다.

"예, 명을 받잡겠습니다! 여봐라, 창고 문을 재개방하라!"

상대가 유독 길게 늘여 외친 마지막 한마디가 맹부요를 흔들어 깨웠다.

고개를 들어 올린 그녀가 마주한 것은 자신을 바라보는 종월의 눈길이었다. 타고나길 정결한 빛을 품은, 투명하고도 차분한 눈동자.

그런 눈을 조용히 마주 보고 있노라니 뒤죽박죽이 됐던 마음이 한결 가라앉는 느낌이었다. 무섭도록 요사스럽게 타오르던 불길이 깊디깊은 물을 만나 잠시나마 기세가 꺾인 사이, 그녀는 짧은 평온을 얻었다.

이때 누군가 뒤에서 어깨를 붙잡아 그녀를 돌려세우더니, 웃음 섞인 목소리로 묵직하게 귓가를 울리며 말했다.

"대인, 피곤하신가 본데 가서 잠깐 쉬시지요!"

흔들림 없는 걸음으로 그녀를 부축해 뒤쪽으로 이끈 사람은 다름 아닌 전북야였다.

고마움의 표시로 그의 손을 꽉 잡았다가 놓은 맹부요가 심호흡을 하고는 고개를 가로저었다. 다시 병사를 향해 돌아섰을 때 그녀는 이미 웃는 얼굴이었다.

이마에 흐르는 땀방울을 훔쳐 낸 맹부요가 말했다.

"오늘 날씨 좀 보게. 차라리 확 쏟아지기나 할 것이지, 꿉꿉해서 못살겠군. 식량 재고는 곧장 풀도록 하겠네. 아, 그러고 보니 태자 전하께서는 동부 전선에서 고라국과 전투 중 아니셨나? 갑자기…… 변고라니?"

"저도 언뜻 들은 이야기이긴 합니다만…… ."

새파란 전령병이 덕왕의 꿍꿍이를 알 리가. 병사는 존경해 마지않는 태자 전하께서 당한 불행을 진심으로 안타까워하고 있었다.

"만주의 광왕이 거짓 군사 첩보를 전해 태자 전하를 만주로 끌어들인 뒤, 호아산虎牙山 산중의 험난한 골짜기인 호아구虎牙溝를 지날 때 어마어마한 양의 폭약을 터뜨려 벼랑을 무너뜨렸다고 합니다. 호아구라면 말도 한 마리씩밖에 못 지나는 곳인데, 그런 데서 절벽이 무너졌으니……. 태자께서는 승하하셨답니다."

눈을 내리깔고 이야기를 마친 전령병은 급히 말을 돌려 자리를 떴다. 비보를 전해 주고 떠나가는 병사의 뒷모습이 지평선 너머로 사라지는 것을 보며, 맹부요는 제 가슴속의 희망 역시도 그 뒷모습처럼 차츰차츰 작아져 소멸해 가는 걸 느꼈다.

명확한 장소, 명확한 인물, 정확히 요성을 가리키는 노선, 구체적이고 확신에 찬 묘사…….

처음에는 절대 아니라고 부정했지만, 점차 버티기가 힘겨워지고 있었다. 덜컥 두려움이 몰려왔다.

맹부요는 천천히 주먹을 감아쥐었다. 손바닥이 땀에 젖어 차갑게 식어 있었다.

아니야, 아니야, 아니야, 아닐 거야……. 장손무극이 어떤 사람인데. 자기 손으로 온 세상을 도륙 낼지언정 본인은 멀쩡할 사람이 이렇게 허망하게 가 버릴 리가 있겠어?

……불가능할 건 또 뭔데?

가슴 밑바닥에서 다른 목소리가 아우성을 쳤다.

호위병도 거의 없이 그 먼 길을 허겁지겁 달려오던 도중이었어. 시간을 계산해 봐. 벌써 만주에 당도했다는 건 초조함에 쫓겨 밤낮없이 말을 몰았다는 거야. 몇 안 되는 인원이 불철주야 이동하면서 앞길을 미리 살피고 경계할 여유가 어디 있었겠어. 그토록 좁은 협곡 양편에 한참 전부터 폭약을 숨겨 놨다면, 장손무극을 죽음으로 몰아넣기에 부족함 없는 한 수가 아니었을까? 아무리 강하고 지혜롭고 치밀하더라도, 결국은 뼈와 살로 이루어진 사람이야. 천하무적이 아니라고!

맹부요는 그 자리에 선 채로 두 개의 마음이 자신을 비틀어 짜서 두 토막으로 고통스럽게 찢어 놓도록 내버려 뒀다. 무언가가 조금씩, 아주 조금씩 으스러지고 있건만, 그녀의 벌벌 떨리는 손은 그걸 주워 담기에는 너무나도 무력했다.

돌연 하늘가에 뱀 같은 번개가 번쩍이더니 '콰르릉' 하고 경천동지할 천둥이 울었다. 하늘을 꽉 채우고 있던 먹구름이 우레를 얻어맞고 새카만 솜뭉치로 조각조각 갈라져서는 광풍에 쫓겨 온 하늘을 어지러이 내달렸다. 검푸른 먹구름 사이로 싸늘한 빗방울이 후드득 쏟아져 내렸다.

진주알처럼 굵은 빗방울이 허공에 너울대는 물의 깃발을 그려 냈다. 쏟아지는 기세에 비를 맞은 자리가 아플 정도였다. 맹부요는 금세 억수 같은 폭우로 화한 빗속에 우두커니 선 채로 예전에 어디선가 들었던 이야기를 떠올리고 있었다.

하늘이 내린 왕은 태어날 때도, 세상을 떠날 때도, 기이한 일기를 몰고 다닌다던가.

2월에 천둥이라니, 설마……, 설마…….

장대비가 눈 깜짝할 사이에 온몸을 흠뻑 적셨다. 맹부요가 고개를 위로 젖혔다. 빗방울이 죽도록 아프게 눈동자를 때렸지만, 그녀는 이 정도 고통은 고통이라 부를 것도 아니라 생각했다. 다소 흐리멍덩한 상태인 맹부요는 사실상 딱히 통증이란 걸 느끼지 못하고 있었다.

하늘을 보며 비를 고스란히 맞고 서서 물에 빠진 생쥐 꼴로 있는 사이, 이마에는 젖은 머리카락이 치덕치덕 달라붙고 얼굴을 따라서는 빗물이 작은 시내를 이뤄 흘러내렸다.

처마 아래에 있던 검은 옷의 사내가 그녀를 향해 뛰어나가려는 걸 곁에 있던 백의의 남자가 말없이 붙잡아 세웠다. 서로 눈빛을 교환한 그들은 처음으로 의견 일치를 보았고, 이 순간 속이 속이 아닐 맹부요를 방해하지 않기 위해 각자 멀찍이 떨어져서 조용히 처마 밑에 자리를 잡고 섰다.

아주 오랜 시간이 지난 후, 돌연 손가락을 치켜든 맹부요가 하늘을 향해 삿대질을 하며 소리쳤다.

"니……미……럴!"

그 소리에 주변에서 비를 맞으며 식량을 옮기던 병사들이 화들짝 놀라 당혹한 표정으로 자신들의 상관을 쳐다봤다. 병사들 쪽으로 고개를 튼 맹부요가 얼굴에 흐르는 빗물을 훔쳐 내면서 이를 드러내고 웃어 보였다.

"2월에 천둥이라니, 무슨 날씨가 이따위인지!"

그녀를 따라 배시시 웃은 병사들이 마음 놓고 각자 하던 일로 돌아간 후, 맹부요가 망연자실하게 팔을 축 늘어뜨렸다. 이제부터 뭘 하면 좋을지 알 수가 없었다.

이때, 누군가 뒤쪽에서 그녀의 어깨를 살며시 감쌌다.

"이 세찬 비를 다 맞다가 몸이라도 상하면……."

맹부요는 눈을 떨구고 상대를 따라 얌전히 처소로 향했다.

문지방을 넘자 아란주가 두말없이 그녀를 넘겨받아 갈아입을 옷이 준비된 측간으로 데려갔다. 맹부요가 측간에 멍하니 서 있는 동안, 남 시중들기에는 영 어설픈 공주가 마른 수건으로 얼굴이 시뻘게지도록 물기를 벅벅 닦아 주고 보송보송한 새 옷을 입혀 줬다.

옷을 갈아입고 난 맹부요는 할 일을 찾지 못한 채 그저 되는대로 옆에 있던 변기 위에 주저앉았다. 변기에 망연히 앉아서, 그녀는 머릿속으로 모든 가능성을 되짚어 봤다. 하도 죽자 사자 머리를 썼더니 나중에는 사고 회로가 정지하면서 눈앞이 다 빙빙 돌았다.

그런 그녀를 한참 쏘아보다가 어느덧 눈시울이 빨개진 아란주가 문발을 걷고 나가 버렸다. 아란주는 밖에서 기다리고 있던 두 남자 앞에서 발을 동동 굴렀다.

"그냥 상관 안 하고 말지! 저 꼴을…… 속상해서 어떻게 보고 있으라고!"

잠시 침묵하던 전북야가 길게 한숨을 내쉬더니 작은 소리로 뭔가 욕설을 뱉었다. 그러자 옆에서 종월이 말했다.

"경하드립니다. 문지기 없는 틈에 득을 보시겠습니다."

"헛소리!"

전북야가 거칠게 받아쳤다.

"그게 사람 새끼가 할 말인가?"

싸늘하게 웃음 지은 종월이 갑자기 목소리를 높였다.

"다들 빗속으로 가서 정신 좀 차리고 오시지요? 덕왕에게서 흘러나온 정보가 과연 믿을 만한지요? 그걸 곧이곧대로 듣다니? 지금 근거도 없는 소리 몇 마디 갖고 거기서 울고불고 죽네 사네 하는 겁니까?"

그 소리가 귀에 거슬렸는지 전북야가 쏘아붙였다.

"부요가 울고불고 죽네 사네 한다고? 직접 보기라도 했나?"

저벅저벅 걸어가 측간 문발을 잡아 뜯고 들어간 전북야가 변기통에 앉아 철학적 사유 중이던 맹부요를 막무가내로 안고 나와 탈탈 흔들어 댔다.

"어이, 뭘 넋 놓고 있어? 정신 챙겨! 그렇게 심각할 거 없다.

장손무극처럼 의뭉스러운 자가 어디 쉽게 죽으려고? 25년이나 저주를 퍼부었어도 팔팔하게 잘만 살아 돌아다니더구먼……."

"나 참! 모친 배 속에서부터 저주도 할 줄 알았어요?"

맹부요가 그를 홱 밀쳐 냈다.

"비켜요, 뒷간에서 볼일 잘 보던 사람 괜히 방해하지 말고!"

그녀에게 한 소리를 듣고 난 전북야의 눈에 기쁨이 스쳤다. 희미한 씁쓸함과 뒤섞인, 모순된 아픔을 품은 기쁨이었다. 표정 변화가 없는 종월도 눈빛에서만은 안도한 기색을 드러냈다.

이때 맹부요가 대뜸 종월 앞으로 걸어가 물었다.

"본인의 정보망을 따로 가졌으니 분명 들은 이야기가 있을 것 같은데, 그쪽에서는 뭐래요?"

종월이 망설이자 맹부요가 그의 눈을 똑바로 들여다보며 차분하게 말했다.

"있는 그대로 말해 줘요."

"장손무극의 행방은 줄곧 수수께끼였소."

종월이 솔직하게 털어놨다.

"나도 이렇다 할 정보를 전달받지 못하다가 조금 전에야 비슷한 첩보를 접했소. 호아구에 산사태가 일어난 건 사실이고, 시신과 황족의 신분을 증명하는 표식, 장손무극의 말이 발견됐다고 하오. 다만 붕괴 현장이 워낙 참혹해 주검의 형체를 알아볼 수가 없다고 하니…… 장손무극의 시신을 진정 확인한 사람은 없는 셈이오."

지그시 감았던 눈을 잠시 후에야 뜬 맹부요가 대답했다.

"그렇군요."

만주 쪽을 응시하며, 그녀가 낮은 목소리로 말했다.

"생각해 봤는데, 이렇게 시시하게 죽을 사람이 아니에요. 절대로! 그러니까 난 그냥 여기서 내가 할 일을 할래요. 그리고 기다리는 거죠."

기다리자.

생과 사가 결론지어지기를, 운명의 진상이 드러나기를, 이 길에서 곧 끝을 맺거나, 또는 앞으로도 계속 이어질 모두의 미래를.

그리고, 당신이 돌아오기를.

무극 정녕 16년 2월 14일.

본래대로라면 동부 전선 해안에서 고라국과의 전투를 이끌고 있었어야 할 무극 태자가 만주성 외곽 호아구에서 돌연 횡사했다.

내륙 범주에 들되 위치상 남부 변방 지대에 상당히 근접한 만주성은 덕왕군 본영에서는 200리, 내륙과 남방의 접점이라 할 수 있는 요성으로부터는 170리 떨어진 곳이었다.

뜻밖의 비보는 오주대륙 전체를 충격으로 몰아넣었다.

추측, 의심, 관망, 기다림…….

각국 영토 안을 떠돌던 수군거림이 온 천하를 휩쓸 맹풍으로 화해 서서히 하늘 위로 뭉쳐 들기 시작했다.

2월 15일.

남부 변방 지대에 주둔 중이던 덕왕은 급하게 남북융과 강화 조약을 맺고 융족 군사 중 지원자를 흡수해 병력을 30만까지 확충했다.

'의義'의 기치를 높이 든 덕왕은 심복인 양밀 장군을 선봉장에 임명해 만주로 출병시켰다. 그사이 온 천하에 공포하기를, 태자가 간악한 무리에게 해를 당하였으니 그 신하 된 자로서 주군을 시해한 역도의 목을 치기 전에는 맹세코 전장에서 돌아오지 않겠노라 하였다.

세인들이 입을 모아 그 숭고한 뜻을 칭송하는 가운데, 일부 의식 있는 유생과 문인들은 '무극국의 존귀한 황위를 깔고 앉기 전에는 맹세코 전장에서 돌아오지 않겠노라.'라는 문장을 지어 덕왕의 행태를 비꼬았다.

세상 사람들의 평가가 어떻든지 간에, 덕왕군은 기세도 등등하게 진격을 이어 갔다.

선봉장 양밀은 단숨에 만주를 점령하고 나서도 거기서 멈추지 않고 '황제 폐하의 곁을 흐리는 간신배를 처단해 분노한 민심을 가라앉히겠다!'는 구실로 계속해서 중주를 향해 밀고 올라갔다. 덕왕의 야심이 만천하에 드러난 순간이었다.

맹부요의 짐작이 맞아떨어졌으니, 그는 지금껏 무극국 역사상 한 번도 민심을 얻은 적이 없었던 반역이라는 행위를 '정의'를 기치로 삼아 성공시키기 직전까지 와 있었다.

물론 어디까지나 성공이 아닌 성공 '직전'에 불과했지만.

오로지 중주에 입성해 황제 자리에 오를 꿈에 들뜬 덕왕은 미처 알지 못했다. 등 뒤에서 그의 행보를 싸늘한 눈으로 뒤쫓고 있는 한 여인이, 언제라도 그의 등을 물어뜯어 치명적인 구멍을 낼 준비를 하고 있음을.

2월 24일.

선봉장 양밀이 도성 진입을 코앞에 둔 때였다. 남부 변방 지대 산속에 잠복해 있던 흑풍기가 전북야의 밀령에 따라 중주에서 쫓겨 내려온 피난민으로 위장해 이제 막 내륙에 발을 들인 덕왕의 눈앞에 등장했다.

'피난민'의 눈물 어린 호소는 덕왕의 가슴을 철렁 내려앉게 했다. 양밀이 도성에서 살인과 방화, 약탈을 자행한 것도 모자라 황궁을 점거하고 옥새를 찾고 있다는 것이었다. 황제 자리를 가로챌 속셈으로!

피가 마르기 시작한 덕왕은 몇 차례고 양밀에게 해명을 요구하는 서신을 보냈으나, 서신은 그의 손을 떠나는 족족 감감무소식이었다. 사실 이는 종월이 정보망 내 인력을 모조리 동원해 덕왕의 전령병을 중간에서 번번이 살해하고 서신을 처리한 덕분이었다.

양밀의 회신을 받지 못한 덕왕은 점점 더 애가 탔고, 전군에게 밤낮을 가리지 말고 최고 속도로 행군하라는 명을 내렸다.

2월이라 기상 조건은 최악이었다. 내륙 지방에는 그때까지도 눈이 내린 탓에 길은 온통 진창이었고, 날씨는 춥고 습하기

짝이 없었다.

남방 출신 병사 중에는 내륙 기후에 적응하지 못하고 병이 나거나 얼어 죽는 경우가 심심치 않게 발생했다. 그러다 보니 여기저기서 불만의 목소리가 터져 나왔고, 군사들의 분노는 곧 극에 달했다.

덕왕은 무릉 식량 창고에 다급하게 군량미 운송을 요청했다. 고단한 행군을 이어 가고 있는 와중에 식량마저 충분히 확보되지 못한다면 당장에 병사들이 들고일어날지도 모른다는 우려에서였다.

그러나 지극히 당연하게도, 식량이 제때 당도했을 리 없었다. '운량관 당 대인'이 보급선이 너무 길고 중간중간 도적이 출몰하는 통에 도저히 기일을 맞출 수가 없다며 며칠 더 시간을 줄 것을 꿈지럭꿈지럭 요청하는 동시에, 한편으로는 덕왕의 이름을 팔아 가며 관할 현에서 끊임없이 식량을 착취하고 인력을 징발했기 때문이었다.

운량관의 게걸스러운 수탈 행각으로 인해 남쪽 변방 지대 각 현의 백성들 사이에서 원성이 들끓었다.

2월 27일, 평주平州 계현桂縣.

곡식 더미 위에 올라앉아 이를 쑤시던 맹부요가 팔을 휘휘 저으면서 외쳤다.

"덕왕 전하께서 의를 위하여 전장에 나가 계시니, 군량미를 거두러 왔노라!"

말이 끝나기도 전에 누군가 침을 퉤 뱉었다.

"또야! 한 달 만에 벌써 세 번째다. 우리는 죽으라는 거냐!"

분노에 찬 다른 누군가는 텅 빈 쌀자루를 집어 던졌고, 갈퀴며 호미를 꼬나들고 활활 불길이 이는 눈으로 맹부요를 노려보며 욕지거리를 퍼붓는 이들은 더 많았다.

이번 달 들어 식량 징발만 무려 세 차례였다. 뒤주 밑바닥에 마지막으로 남은 쌀 한 톨까지 싹싹 긁어 빼앗긴 백성들은 이미 인내심의 한계에 도달한 뒤였다. 그러나 다들 되는대로 무기를 틀어쥐기만 했지, 정확히 뭘 해야 할지는 모르고 있었다.

이에 당혹한 운량관 당 대인이 빽 소리쳤다.

"나한테 이러지 말아라! 나한테 이러지 마! 덕왕 전하의 명령이다! 덕왕군에 밥통 큰 융족 형제들이 많아서 식량이 왕창 든단 말이다. 이게 다 대의를 위한 일……."

미처 말을 맺기도 전, 인파 사이에서 분노한 외침이 터져 나왔다.

"우리가 힘들게 농사지은 식량을 왜 융족 주둥이에 처넣어?"

"융군 놈들이 우리 곡식을 축내겠다면야 우리는 놈들 집구석을 털어 오는 수밖에!"

"갑시다!"

성난 포효를 내지르며 흉흉한 기세로 마을에서 뛰쳐나간 인파가 융족 산채로 몰려가기 시작했다.

다른 마을에서도 식량 징발을 맡은 '운량 부관'과 '당 대인의 조수들'이 똑같은 말과 행동을 해 무기 삼아 농기구를 꼬나든 백성들을 촌길로 불러냈다.

오솔길에서 시작된 행진이 대로에 이르는 사이, 융족 산채로 향하는 무리는 점점 더 위풍당당하게 규모를 불려 갔다. 인파 뒤편에는 조금 전까지만 해도 잔뜩 겁에 질려 꽁무니 빼려는 척하던 맹부요가 어느덧 느긋하게 걸음을 멈추고 서 있었다.

서늘하고도 굳건한 표정을 한 그녀의 눈 안에서는 세찬 불길이 이글이글 타오르고 있었다. 그 불은 강철이자 지옥이요, 원한이자 확고한 결심, 눈앞의 호랑이를 덮쳐 잘근잘근 물어뜯어 죽이고야 말리라는 독기와 집념이었다.

덕왕군의 사기는 이미 최악이었고 백성들의 분노에는 본격적으로 불이 붙은 상황이었다. 맹부요의 선동에 힘입어 식량을 약탈하러 간 백성들이 융족 산채에 끼칠 피해가 얼마나 되건 간에 그건 중요치 않았다.

자기 고향이 침략당하고, 처자식이 수난을 겪고, 양식을 빼앗겼다는데, 안 그래도 쫄쫄 굶으며 지쳐 쓰러져 가던 융족 병사들이 과연 그 소식을 듣고도 덕왕 밑에서 마음 편히 싸움을 이어 갈 수 있을까?

덕왕, 한낱 운량관의 수 싸움에 놀아나 보가 터지고 산이 허물어지듯, 너의 군대가 순식간에 패퇴하는 꼴을 어디 한번 당해 보아라!

입술을 앙다문 맹부요가 말없이 고개를 들어 올렸다. 그녀의 눈이 향한 곳은 머나먼 만주 쪽이었다.

그 많은 날들을 기다리고 또 기다렸다.

1분, 1초, 1각, 매시간……. 한순간도 기다림을 놓은 적이 없었다. 하루 열두 시진 내내 피 말리는 기다림이 그녀를 능지처참하듯 갈가리 찢어 놨다.

1각이 지날 때마다 마음은 한 푼씩 무겁게 내려앉았다. 시간이라는 놈은 잔인하게 희망을 앗아 가는데, 그녀에게는 저지할 방도가 없었다.

밤마다 기대를 품고 잠들면서 다음 날 눈을 떴을 때는 그의 휘날리는 옷자락을 볼 수 있기를, 그가 온화한 얼굴로 자신을 내려다보며 '부요, 또 말을 안 들었군.' 하고 미소 지어 주기를 기도했다.

뭐라고 대답할지도 벌써 생각해 뒀다. '나쁜 자식! 사람 간 떨어지게!' 하고 쏘아붙이며 호되게 일격을 날려 주리라.

반격이 돌아올 수도 있으려나? 그럼 맞아 주지, 뭐!

하지만 그 진부한 장면을 직접 소화할 날이 좀처럼 오지 않았다.

매일 아침, 잠에서 깰 때마다 그녀는 우선 조용히 곁에서 기척이 느껴지길 기다렸다. 그러다가 아무 낌새가 없으면 눈을 감히 뜨지도 못한 채 손만 뻗어 옆자리를 더듬었다.

매끈한 이부자리 위를 조심스레 훑어 내리노라면 손바닥에 느껴지는 감각은 언제나 싸늘함뿐……. 기대하던 온기는 단 한 번도 손에 닿지 않았다.

그렇게 시간이 흐르는 동안 덕왕은 본격적으로 반역 행각을 벌이기 시작했다. 그토록 짜내고자 했던 고름이 마침내 밖으로 나왔건만……. 무사했다면 일찌감치 돌아왔을 사람은 여전히 모습을 보이지 않았다.

맹부요는 마을 어귀 길 끄트머리에 홀로 쓸쓸하게 선 나무에 등을 기대고 있었다. 나뭇가지에는 이지러진 진홍빛 저녁 해가 걸렸고, 그 아래 나무줄기는 앙상하게 말라비틀어졌으나 맹부요는 그보다도 더 수척한 모습이었다. 은은한 금빛 바탕에 붉은색이 흩뿌려진 노을을 배경으로, 그녀는 마치 나무에서 떨어져 내리는 잎사귀처럼 유유히 그 자리를 수놓고 있었다.

만주 쪽을 바라보는 사이에 호아구의 무너진 돌 더미와 어지럽게 뭉개진 옷가지, 피떡이 된 시신이 눈앞에 아른거렸다. 그녀의 손끝이 밝은 황색 천 주머니 표면을 파고들었다. 전북야가 수하를 시켜 호아구에서 찾아온 물건이었다.

주머니 안에서 미약한 희망이라도 짜내 보려는 양, 맹부요는 필사적으로 손을 감아쥐고 있었다.

그녀가 넋이 나간 채 오로지 만주 쪽만 바라보느라 전혀 눈치채지 못한 일이 있었다. 저만치 멀찍이 떨어진 곳에서 그녀를 응시하고 있는 검은 그림자가 있었음을. 그의 눈썹 사이에 있던 저녁 이슬이 어느덧 얼어붙은 하얀 서리가 되어 있었음을.

맹부요는 생각했다.

무극, 난 당신을 위해 할 수 있는 일을 다 했어요.

당신만을, 당신이 평안하다는 소식만을 줄곧 기다리고 있는데, 어째서 돌아오지 않는 거예요?

세 남자의 싸움

무극국에서는 전쟁이 계속됐다.

하얀 상복을 맞춰 입은 덕왕군 선봉대는 이제 중주 바로 앞에 당도해 있었다. 양밀은 중주를 점령하지도, 황궁을 탈취하지도, 황위를 노리지도 않았다. 하지만 조만간 옥좌에 앉을 망상에 흠뻑 사로잡힌 덕왕에게는 세상 모든 사람이 자신의 자리를 넘보는 도둑놈일 뿐이었다.

덕왕이 애간장을 태우며 밤낮을 가리지 않고 행군을 강행하는 동안 수많은 병사가 대오를 이탈했다. 탈영병에 동사자와 아사자까지 합치면 덕왕군의 규모는 매일 천 단위로 줄어들고 있었다.

덕왕군 본영 주변에 식량 창고가 무릉 하나만 있는 것은 아니었다. 본래 덕왕은 행군 도중에 화주 등지에도 군량을 요청했으나, 하나같이 약속이나 한 듯 운송 기일을 맞추지 못했다.

한바탕 바둑과도 같은 세상사, 변화무쌍한 앞일을 사람이 어찌 모두 내다볼 수 있으리.

머나먼 곳 어딘가에서 인 나비의 날갯짓이 천만리 밖에서 폭풍을 일으키듯이, 아주 미세한 움직임이 이번 '의거'의 추이와 구도를 슬그머니 뒤틀어 놓는 중이었다.

그 진행이 워낙에 은밀했기에 저 멀리 무릉에 있는 맹부요는 무슨 일이 일어나는 중인지 꿈에도 알지 못했다. 그녀는 하루하루 말수가 줄고, 점점 더 야위어 가고 있었다. 눈에 띄게 피골이 상접한 것까지는 아니지마는, 뼈마디가 나날이 불거져 나오면서 피부가 빠듯하게 땅겨진 탓에 유독 눈만 퀭하니 커다란 것이, 눈길을 받은 상대가 흠칫흠칫 놀랄 정도였다.

전북야와 종월은 비록 자기들끼리는 껄끄러운 사이일지언정 줄곧 맹부요의 곁을 지키면서 그녀를 살뜰히 보살폈다. 철성과 요신도 달려와 병사들 사이에 섞여서 잡부 일을 했다. 아란주는 변소 가는 길까지 포함해 온종일 맹부요 뒤를 졸졸 따라다녔다. 말로는 발정 난 연놈을 감시한다고 하지만, 실상은 그녀가 염려되어서였다.

혹여 맹부요가 이성을 잃고 사고를 치지나 않을까, 다들 그녀에게서 한시도 눈을 떼지 못했다. 하지만 맹부요 본인은 차분히 침묵을 지키고 있을 뿐이었다.

완강한 집착에 가까운 자세로, 그녀는 오직 장손무극의 소식만을 기다렸다. 딱히 할 일이 없을 때면 그녀는 등받이 없는 작은 걸상을 가져다 놓고 앉아서 주변인들을 지켜보곤 했다.

종월과 말싸움을 벌이는 와중에도 틈만 나면 그녀를 힐끔거리는 전북야를, 입을 삐죽 내민 채로 그녀의 곁에 딱 붙어 쭈그리고 앉아 있는 아란주를, 어떻게든 한 번 더 그녀의 앞을 기웃거리려고 내원 잡일을 혼자 모조리 떠맡은 철성을, 약방 약재를 종류별로 다 섭렵할 작정인지 끝도 없이 보약을 지어다 바치는 종월을.

이른 봄, 아스라한 햇살에는 산뜻한 초록의 기운이 섞여 있었다. 맹부요는 햇살 속에서 지금과 같은 따사로움과 행복을 누리는 자신이 얼마나 운이 좋은지 절감했고, 이것만으로도 이번 생은 가치가 있었노라 생각했다.

밤은 낮보다 견디기가 힘들었다. 그녀는 잠을 이루지 못하고 처마를 스치는 바람 소리를 들으며 그가 돌아온 건 아닐까 하다가, 금세 또 자신의 극단적인 선택을 탓하기 일쑤였다.

대체 목은 뭐 하러 그었고, 암위 대장한테 같이 죽자고는 또 왜 했을까?

그냥 융군의 칼에 끝장날 결심으로 적진을 향해 뛰어들었다면 암위가 암호 따위 남길 시간은 없었을 텐데.

시신이 융군의 손에 넘어가는 게 싫다는 이유로 자진을 택하다니, 왜 그랬을까?

그 결과 '맹 소저가 목을 베 자결했다'는 소식이 전해져 그를 충격에 빠뜨리고 말았다. 그 소식만 아니었어도, 장손무극의 성격에 위험을 무릅쓰고 천 리 길을 달려오다가 매복에 당할 일이 있었겠는가.

그런 생각들을 하며 맹부요는 잠들지 못한 채, 어둠 속에서 형형한 눈을 멀뚱히 뜨고 있었다.

매일 저녁이 똑같았다. 사고 이후 더 들어온 소식은 많지 않았고, 이런 식의 반복적인 자기 질책과 번뇌 속에서 견디는 하룻밤은 일 년인 양 길고도 괴로웠다.

맹부요는 몰랐지만, 사실 잠들지 못하는 이는 그녀 혼자가 아니었다. 침상에 얌전히 누워 있지 못하고 정원 안, 큰 나무에 잠자리를 튼 사람이 둘 있었으니. 이 순간 한 명은 죽자고 목구멍에 술을 들이붓는 중이요, 나머지 하나는 나무 꼭대기에서 생각에 잠겨 있었다.

"안 죽었을 것이외다."

술을 마시는 쪽은 전북야였다.

"내 장담하는데, 분명 어딘가에서 수작질이나 부리고 있을 거요!"

종월이 차분하게 자세를 낮춰 그를 내려다봤다.

"부요에게는 왜 이야기해 주지 않으십니까?"

"말해 봤자 달래 주려고 하는 소리라 생각하겠지. 자기 눈으로 본 것만 믿는 여자니까."

빈 술 단지를 내버린 전북야가 새 단지를 집어 들었다.

"나도 기다리는 중이오. 예상이 빗나가지 않았다면 이삼일 안으로 기별이 올 테니."

잠시 침묵하던 종월이 입을 열었다.

"왕야, 요즘 술이 과하십니다."

"화가 나서 그러오!"

술 단지를 또 바꾼 전북야가 빈 단지를 집어 던질 자세를 취했다. 그러더니 무슨 생각을 했는지 다시 조용히 내려놓는다는 게, 그만 힘 조절을 잘못해 손아귀에서 단지를 깨뜨리고야 말았다. 그는 피가 스며 나오는 손을 술에 쓱 담갔다가 꺼냈을 뿐, 상처를 거들떠보지조차 않았다.

"빌어먹을 장손무극! 부요가 얼마나 자책하고 얼마나 걱정할지 정말 모르는 건가? 왜 소식 한 번을 못 전해?"

"맹 소저에게 화가 나셨을 줄 알았습니다만."

종월이 무심히 말했다.

"그 뜨거운 진심에 대한 보답은, 아마도…… 돌아오지 않을 듯한데."

대답 없이 술만 꿀꺽꿀꺽 넘기던 전북야가 입가를 쓱 닦아 냈다.

"부요가 지금 저러는 건 죄책감일 뿐, 결국은 날 사랑하게 만들 거요."

종월이 옷깃에 앉은 먼지를 털어 냈다. 흰 눈 같은 백의가 은색 달빛에 하나로 녹아들었다. 그가 다시 입을 연 건 한참이 지나서였다.

"자기기만이군요."

전북야가 대꾸했다.

"피차일반이오."

달빛이 살포시 쏟아져 내려 정원에 은색 서리를 한 겹 덧씩웠다. 나무 위의 대화는 방 안에 있는 이의 귀에까지는 전해지지 않았다. 밤의 어둠 속에 잠긴 심사는 아마도 본인만이 알 것이다.

이날 밤도 맹부요는 눈을 붙이지 못했다.

그녀가 겨우 가물가물하게 잠기운에 취한 건 날이 밝아 올 즈음이었다. 맹부요가 잠든 후, 탁자 위 자그마한 침대에서 원보 대인이 잠옷 차림으로 기어 나왔다. 그러고서 맹부요를 내립떠보길 한참, 원보 대인이 못 당하겠다는 듯 앞발을 펼치며 어깨를 으쓱했다.

그렇게 티 나게 눈치를 줘도 못 알아먹냐. 새대가리 같으니라고!

원보 대인이 앞발을 뻗어 자신의 빨간 도포를 만지작거렸다. 그것은 주인과의 약속, 기쁨과 평안을 상징하는 옷이었다.

주인과 영적으로 교감하는 신서인 이 몸도 느긋하게 있는데, 맹부요 네까짓 게 뭐라고 똥줄을 태워?

원보 대인은 깜빡 잊고 있었다. 그것은 자신과 주인 둘 사이의 비밀에 불과하고, 독심술에 재능이 없는 맹부요가 생쥐의 속을 읽을 수 있을 리가 없다는 것을.

맹부요를 빤히 쳐다보던 원보 대인의 눈망울이 이불 아래, 그녀의 여윈 윤곽으로 향했다. 눈길을 옮겨 나날이 푸짐해지는 자신의 몸매를 살핀 원보 대인은 양심이 살짝 켕겼다.

낑낑거리며 복령병 상자를 옮겨 온 원보 대인이 안으로 뛰어들어 내용물을 한참 뒤적인 끝에 글자 몇 개를 골라내 탁자 위에 순서를 맞춰서 쭉 늘어났다.

작업을 마친 원보 대인은 탁자에서 그대로 잠이 들었다. 이걸 읽고 기쁨의 눈물을 흘릴 맹부요의 반응을 기대하며.

그런데 자다 말고 출출해진 원보 대인이 뒹굴 몸을 돌려 옆쪽을 더듬었다. 침상 곁에 항상 간식을 두고 자는 탓에 든 습관이었다.

곧이어 원보 대인은 앞발에 잡힌 전병을 별생각 없이 야금야금 갉아 먹었다…….

훤히 밝은 아침에 늦잠꾸러기 원보 대인을 깨운 건 맹부요가 짧게 내지른 '아아!' 소리였다. 반짝반짝하게 젖은 그녀의 눈동자가 원보 대인의 눈길에 잡혔다.

원보 대인은 생각했다.

오호, 기쁨의 눈물이로구먼!

점점 반짝임을 더해 가는 맹부요의 눈 안에서 영롱한 무언가가 진주알 구르듯 눈시울 주변을 미끄러져 다니면서도, 아슬아슬하게 떨어지지는 않고 버티고 있었다.

잠시 후, 맹부요가 고개를 떨구더니 손으로 얼굴을 감쌌다. 경련이라도 일으키는 것처럼, 그녀의 손가락이 머리카락 사이를 깊숙이 파고들었다.

원보 대인은 그 광경을 얼떨떨하게 지켜보고 있었다. 어째 기쁨의 눈물과는 거리가 좀 있어 보이는 모습이 아닌가.

아주 오랜 시간이 지나서야 머리를 획 내두른 맹부요가 얼굴을 들어 빨개진 눈언저리를 드러냈다. 탁자 위 글자를 물끄러미 응시하길 잠깐, 그녀가 돌연 손을 뻗어 원보 대인을 감싸 안았다. 몹시도 상냥한 손길이었다. 처음 만난 이래로 지금껏 한 번도 없었던.

원보 대인을 조심스럽게 손바닥 위에 올린 그녀가 하얀 털을 손가락 끝으로 천천히 쓰다듬었다. 소스라친 원보 대인이 혼란에 빠져 눈을 부릅떴다.

혹시 너무 좋아서 실성했나?

맹부요는 아무 말 없이 부드러운 손길로 원보 대인의 털을 쓸어 주기만 했다. 주인의 것보다도 더 상냥한 손길에 원보 대인은 금세 흐뭇한 기분에 빠졌다.

하루아침에 새사람이라도 된 건가? 설마 이러다가 꽉 목을 조른다든가, 그런 건 아니겠지?

다음 순간, 원보 대인의 정수리가 선뜩해졌다. 위에서 축축한 무언가가 떨어진 것 같았다. 팔을 뻗어 만져 봤더니 앞발에 물기가 묻어났다.

원보 대인의 머리 위에 턱을 올려놓은 맹부요가 나지막하게 말했다.

"불쌍한 원보, 주인을 잃었구나……."

가슴이 덜컥 내려앉은 원보 대인은 무언가 시큰한 느낌이 치받쳐 오르는 걸 느끼다가, 다음 순간 '아차, 이건 아니지.' 했다. 바둥바둥 몸을 틀어 탁자 위를 쳐다본 원보 대인의 입에서 비명이 터져 나왔다.

'안 죽었어.'가 어쩌다 '죽었어.'가 됐지? '안'은 어떤 놈이 빼

돌린 거야!

신이시여!

펄쩍 뛰어올라 상자 속으로 팔다리를 휘저어 들어간 원보 대인은 남는 '안' 자를 결사적으로 찾아 헤매기 시작했다. 그러나 한참을 뒤져도 다른 '안'은 나오지 않았다.

비분에 차 뒤로 돌아선 그는 연민으로 가득한 맹부요의 온유한 눈동자에서 '딱하게도, 너무 슬픈 나머지 미쳐 버린 게로구나!' 하는 동정을 읽어 냈다. 그 눈을 바라보자니 문득 드는 생각이 있었다.

설마하니 맹부요가 주인 잃은 나를 위해 눈물까지 흘려 줄 거라고는⋯⋯.

멍하니 굳어 있던 원보 대인이 다시 한번 날카로운 비명을 내질렀다. 허겁지겁 맹부요 앞으로 달려간 그가 있는 힘껏 손짓 발짓을 해 댔다. 글자가 하나 없어졌다는 말이 하고 싶었다.

하지만 맹부요는 그저 미소를 머금고 원보 대인을 살며시 쓰다듬을 뿐이었다. 미소 짓는 중에도 눈물을 뚝뚝 떨구면서.

견디다 못한 원보 대인이 울부짖으며 밖으로 뛰쳐나갔다.

주인님, 저 사고 친 것 같아요⋯⋯. 말 전달을 똑바로 못 했어요⋯⋯. 빨리 돌아와요⋯⋯.

전북야의 예상대로 전세는 바로 당일, 극적인 전환 국면을 맞이했다.

3월 2일.

양밀이 이끄는 선봉대가 도성을 50리 남겨 둔 사하도沙河渡에서 느닷없이 무극군을 맞닥뜨렸다. 도성 수비를 맡은 금위군이리라 판단한 양밀이 덕왕의 깃발을 내보이려던 때, 상대 진영에서 먼저 기치가 너울너울 솟아올랐다.

냉소를 머금고서 앞으로 나온 장수의 얼굴을 본 순간, 양밀은 그들이 다름 아닌 고라국 침략군을 상대하고자 출정했던 병력임을 알아챘다. 장수의 옆쪽, 밝은 황색 깃발 아래에서는 동제 가면을 쓴 사령관이 빙긋이 웃음 지으며 그를 응시하고 있었다.

속았다는 것을 눈치채고 심장이 쿵 내려앉은 양밀이 외쳤다.

"끝이로구나!"

이날, 10만 선봉대는 전원 투항했고 양밀은 군진 앞쪽에서 자결했다.

3월 3일.

덕왕 역시 내륙 면주涵州 근교 들판에서 본래 동부 전선 해안가에 있어야 마땅할 병력과 마주쳤다. 이와 동시에 덕왕이 본 것은 원래 본인 소유였던 양밀의 군대가 맞은편 진영에 서 있는 모습이었다.

타오르는 불길 같은 군세와 빽빽하게 숲을 이루어 늘어선 기치, 펄럭이는 깃발의 바다가 시야를 집어삼킨 찰나, 덕왕의 심중에는 마지막 날이 왔음을 통탄하는 울부짖음이 메아리쳤다.

이미 사기가 바닥이던 덕왕군은 상대편과 충돌하자마자 완전히 궤멸되었고, 덕왕은 얼마 안 남은 병력을 이끌고 황급히 남쪽으로 달아났다. 지원 부대 역할로 뒤에 남겨 두고 온 곽평용의 도움을 받아, 남쪽 변방 지대의 조그마한 땅덩이라도 차지해 남은 목숨을 부지해 보겠다는 심산이었다.

그러나 군을 이끌고 마중 나온 곽평용은 아무런 표정 없는 얼굴로 곧장 덕왕을 향해 칼을 겨눴다.

거창하게 막을 올려 제 딴에는 만사 순조롭게 진행되던 덕왕의 의거는, 치밀하고도 은밀하게 준비된 덫을 만나 불과 며칠 만에 철저하게 풍비박산이 나고 말았다.

일단 연금당한 덕왕을 구체적으로 어떻게 처분할지는 곧바로 결정이 나지 않았다. 그의 생사를 결정지을 수 있는 이가 군영을 비운 상태였기 때문이었다.

3월 4일, 막 햇살이 든 봄날.

아침 댓바람부터 서신 몇 통을 챙겨 들고 맹부요를 찾아왔던 종월은 문 앞에서 아란주에게 가로막혔다. 아란주가 '쉿' 하고는 말했다.

"새벽녘에야 겨우 잠들었어요. 눈 좀 붙이게 둬요."

머뭇거리던 종월이 손에 든 서한을 한데 그러모으며 생각에 잠긴 표정을 지었다.

"그도 나쁘진 않겠지."

눈치 좋은 아란주가 물었다.

"뭐길래요?"

서신을 빼앗아 훑어보던 아란주의 눈에 반짝임이 어리는가 싶더니.

"아아."

하는 소리와 함께 눈물방울이 떨어졌다.

종월이 어이없다는 양 그녀를 쳐다봤다.

"웬 눈물 바람이오?"

"나도 죽기 전에 날 진짜 사랑해 주는 사람을 만났으면······."

아란주가 훌쩍거리며 말했다.

말없이 있던 종월이 잠시 후 자리를 뜨면서 담담하게 한마디를 던졌다.

"그러려면 운이 필요하오. 한 걸음 빠르지도, 느리지도 않을 그런 운."

잠에서 깬 맹부요는 습관적으로 눈을 감은 채 누군가의 기척이 느껴지길 기다렸다. 잤다고 해 봐야 야트막한 선잠이었던 탓에 깨고 나서도 머리가 멍했다.

어렴풋하게 소리가 들려왔다.

멀리서 나뭇가지가 바람에 흔들리는 소리, 가지 끄트머리에

180

앉은 새의 지저귐, 연초록 새순이 살금살금 머리를 내미는 소리, 낙엽이 성안 옥대교玉帶橋 난간을 스쳐 수면으로 날아내리는 소리, 한백옥 난간에 마른 나뭇잎이 떨어지면서 만들어 내는 바스락거림…….

그 수많은 소리 속에, 그녀가 듣고 싶은 숨소리는 없었다.

한숨을 내쉰 맹부요가 이불을 눈꺼풀께까지 끌어 올려 눈을 꾹 눌렀다. 눈물이 새어 나오지 못하도록.

이번에는 옆자리로 손을 뻗어 보지 않았다.

만져 본들 무엇하리, 차디찬 이부자리뿐일 것을.

장손무극이 돌아오면 십중팔구는 그녀의 침상에 먼저 올라오리라 생각했다. 하지만 염치없는 생각에도 정도가 있지, 옆자리에 올라올 사람 따위는 이제 없는 것이다. 원보마저도 그가 죽었다고 하지 않았던가.

이불로 눈을 가린 맹부요가 마저 잠을 청하려던 때였다. 갑자기 이마가 간질간질했다. 눈썹 사이를 가볍게 훑고 지나가는 뭔가를 탁 쳐 내며, 그녀가 꿍얼거렸다.

"원보, 저리 가! 귀찮게 굴지 말고……."

물체를 쳐 내던 그녀의 손이 누군가의 손아귀에 붙잡혔다.

따듯하고, 매끈하고, 혈관이 분명하고, 마디가 긴 손.

번쩍 눈을 뜬 맹부요가 이불을 치우기도 전, 눈앞이 돌연 환해졌다. 살며시 이불을 걷어 낸 누군가가 그녀에게 얼굴을 가까이 가져다 대며 나지막이 웃었다.

"어찌 이리 여위었소?"

맹부요는 비스듬히 치켜세워진 그의 눈썹을, 바다만큼이나 깊은 눈동자를, 윤기가 흐르는 피부를 멍하니 쳐다봤다. 연보라색 옷자락과 흑단 같은 머리카락이 그녀 앞에 드리워져 있었다.

그는 모로 누워 팔로 머리를 괸 채, 엷은 미소를 머금은 모습이었다. 그의 손끝이 그녀의 이마를 가볍게 간질이고 지났다.

원소후! 장손무극!

맹부요가 얼떨떨한 표정으로 살을 꼬집으며 중얼거렸다.

"귀신 아니죠?"

"진품임을 보장하오."

장손무극이 빙긋이 웃으며 답했다.

"이렇게 돌아올 수 있으면서……. 올 수 있었으면서!"

그녀의 첫마디는 봄날 꾀꼬리의 지저귐이요, 버드나무 가지의 낭창거림이었으나 두 번째 마디는 표독스러운 포효였다.

그제야 정신이 들어 원소후가, 장손무극이, 마침내, 정말로, 분명 돌아왔다는 걸 인지한 그녀는 산발을 한 채로 벌떡 일어나 그를 밟아 뭉갤 기세로 맨발바닥을 내질렀다.

"죽여 버릴 거야, 죽여 버릴 거야!"

장손무극이 눈썹을 까딱하더니 단번에 그녀의 발을 잡아챘다. 그가 손가락으로 다리 어딘가를 툭 친 것만으로도 맹부요는 온몸에 힘이 쭉 빠져 이부자리 위로 쓰러지고 말았다.

이어서 장손무극은 이불을 끌어다가 그녀를 머리끝부터 발끝까지 둘둘 싸맸다. 그사이 이미 맹부요의 전신을 샅샅이 더듬어 본 그가 문득 손을 멈칫하며 탄식을 뱉었다.

"너무 많이 수척해진 것 같은데?"

머리를 이불 속에 파묻은 맹부요가 웅얼웅얼 대꾸했다.

"요즘 몸매 관리 중이에요."

하여튼 입으로는 항상 센 척이지.

못 말리겠다는 양 한숨을 푹 내쉰 장손무극이 맹부요의 머리를 이불 속에서 파내 턱을 받쳐 들고 얼굴을 자세히 살폈다.

처음에는 배회하는 동공을 추스르지 못하던 맹부요였지만, 도저히 그의 눈을 피할 방법이 없다는 걸 깨닫고 나자 그녀는 눈을 부릅뜨고 상대를 노려보기 시작했다.

"뭐요? 어쩌자고!"

피식 웃던 장손무극의 손이 차츰차츰 아래로 내려가 맹부요의 목덜미를 어루만졌다. 그녀가 화들짝 뒤로 움츠러들자 장손무극이 말했다.

"움직이지 마시오……. 상처를 봐야겠으니."

대번에 속이 켕긴 맹부요가 기어들어 가는 소리로 웅얼거렸다.

"진짜로 그은 것도 아니에요……. 그냥 장난이었는데."

말이 미처 끝나기도 전에 장손무극이 자세를 낮추는 게 눈에 들어왔다. 손가락이 목 부분의 살갗에 닿았다. 맹부요는 바짝 얼어붙어 꼼짝도 하지 못했다.

그의 손끝이 옅은 분홍빛 흉터 위를 간질간질하게 훑고 지나갔다. 누군가 봄날의 연녹색 버들가지로 겨우내 굳은 냉기와 외로움을 쓸어내리는 느낌. 지면을 덮었던 두꺼운 얼음이 녹아

내리고, 온통 보들보들한 새싹이 돋아 녹색의 물결을 이뤘다.

맹부요는 몸이 나른해지는 걸 느꼈다. 가슴속에서 자라난 봄풀이 무성하게 번져 나가면서 주변에 잠들어 있던 나무들을 소생시켰다. 그 찬란한 풍경 속에서 맹부요는 눈물이 날 것 같기도, 웃음이 터질 것 같기도 했다.

그런데 이때, 가슴이 쥐어짜이듯 욱신거리기 시작했다. 경맥을 틀어막고 들어앉은 통증이 독사 같은 주둥이를 벌려 그녀를 물어뜯었다.

그녀가 파르르 떨자 장손무극이 이상을 눈치채고 살짝 곁에서 떨어졌다. 입술을 깨물고서 애써 아무렇지 않은 척 웃은 맹부요가 힘주어 그를 밀쳐 냈다.

"저리 가요!"

"잠시만."

장손무극이 그녀를 응시했다.

"사실 내가 가장 하고 싶었던 일은 이게 아니었거든."

입을 헤벌리고 눈을 끔뻑거리는 맹부요는 꽤나 어벙한 모습이었지만, 아무리 어벙한 얼굴을 하고 있어도 상대의 모진 마음을 돌려놓기에는 역부족이었다.

팔을 들어 올린 장손무극이 철썩, 그녀의 엉덩이를 때렸다. 그는 남의 볼기짝을 후려치면서도 퍽 온화한 미소를 머금고 있었다.

"왜 말을 안 듣나!"

맹부요가 미처 대처를 못 하는 사이, 다른 쪽 볼기에도 손바닥이 날아들었다.

"자살이라니!"

맹부요는 그 즉시 머릿속에서 수도 없이 연습해 봤던 장면을 떠올렸다.

뒤에 나와야 할 내용을 상대가 미리 끌어와서 순서가 좀 뒤죽박죽인 것 같기는 한데……. 에라, 모르겠다!

발끈해 한 대 되받아치며, 그녀가 준비한 대사를 막힘없이 뱉었다.

"나쁜 자식! 사람 간 떨어지게!"

그런데 아무래도 장손무극이 자기보다 한 마디를 더 한 것 같았다.

안 되지, 이대로 손해 보고 넘어갈 수야 없는 일. 기필코 갚아 주고 말겠다!

맹부요가 다시 한번 주먹을 날렸다.

"죽은 척은 왜 해! 왜 공갈이냐고!"

호랑이처럼 날뛰는 맹부요의 주먹을 가뿐하게 받아 낸 장손무극이 그대로 그녀를 품으로 끌어당긴 뒤 허리를 손으로 단단히 감싸 안았다. 물 흐르듯 순식간에 행해진 동작이었다. 아마 그도 연습을 꽤 했으리라.

마침 최근 들어 살이 빠지면서 허리둘레가 한 줌밖에 안 남은 덕에 장손무극은 그리 크지 않은 손으로도 맹부요의 허리를 간단히 감싸 틀어쥘 수가 있었다.

"부러 속이려던 게 아니오……."

깊게 숨을 들이마신 장손무극이 맹부요의 윤기 흐르는 머리카락을 쓸어내리며 가만가만 말했다.

"내 어찌 그대가 애태우게 둘 수 있겠소? 이리 여윈 몸을 다시 찌우려면 또 내 수고가 잔뜩 들어갈 터인데."

첫마디를 듣고 기분이 좋아졌던 맹부요가 곧바로 이어진 말 같지도 않은 두 번째 말에 눈을 매섭게 치뜨고 그를 쳐다봤다.

"말 돌리지 말아요! 덕왕 끌어내리려고 그런 거잖아요. 비밀 유지를 위해서는 당연히 살아 있다는 걸 아무한테도 알릴 수 없었겠지만……. 그래도, 그래도……."

그녀가 입술을 삐죽 내밀었다. '그래도 나는 살짝 예외로 쳐 줬어야죠…….' 하는 소리를 뱉는 건 도저히 무리였다.

"세상 사람을 다 속여도 그대를 속여서만은 안 됐지. 정치판 수 싸움을 위해 연모하는 이를 희생시킬 수는 없는 일이니."

장손무극의 독심술은 언제나 막강했다.

"실은, 그날 밤 동부 전선 군영을 떠나면서 세 무리의 수하를 파견했었소. 모두 내 옷을 입혀서 각기 다른 노선을 타게 하고, 나는 물길을 통해 이동했지."

"물길이요?"

"그렇소, 바다 말이오. 덕왕은 내가 급한 마음에 비교적 시일이 짧게 걸리는 육로를 택하리라 여겼겠지만, 어차피 무사히 통과하지 못할 육로라면 거리가 조금 가까운들 무슨 의미가 있겠소? 급할수록 돌아가야 할 때도 있는 법."

"옳은 말이에요!"

맹부요가 흡족하게 고개를 끄덕였다.

"역시, 항상 교활하네요."

피식 웃은 장손무극이 말을 이었다.

"만주에서 일이 터져서 암위 사이에 첩자가 섞여 있다는 사실을 알게 됐소. 그 상황에서는 암위들과의 모든 연락을 끊는 수밖에 없었지. 그대가 안전하다는 소식은 연락을 끊기 직전에 들었고, 나는 그길로 군영으로 복귀했소. 첩자를 색출해 낼 때까지 암위에게는 아무 일도 맡길 수가 없었소. 다행히 비상시를 대비해 조직해 둔 은위隱衛가 있었소. 다만, 은위는 움직이기가 다소 까다로운 집단인지라 그들이 내가 살아 있다는 소식을 가지고 요성에 당도하기까지는 시일이 꽤 걸렸고, 그때는 그대가 벌써 성을 떠난 뒤더군."

"아!"

맹부요가 신음을 흘렸다. 당시 그녀는 이미 무릉에 와서 남의 얼굴 가죽을 뒤집어쓰고 운량관 행세 중이었다.

능력자 두 분께서 곁에 붙어 철벽 수비를 펼치고 계시는데 감히 누가 그녀의 행방을 알아낼 수 있었겠는가?

일이 꼬이려면 이렇게도 꼬이는구나!

"보고를 듣고도 그때는 도저히 돌아올 수가 없는 상황이었소. 덕왕이 10년 넘게 감추고 있던 야망을 드디어 수면으로 끌어냈는데, 마지막 순간에 모든 걸 물거품으로 만들 수는 없었으니까. 그래도 원보가 나와 영적 교감이 가능하니 그대에게는 녀석이 조만간 소식을 알리리라 믿었지."

"알리기는 개뿔!"

맹부요는 폭발 직전이었다.

"달랑 세 글자, '죽었어.'라고 던져 놨다고요! 나 단명하면 다 그 자식 때문에 수명 줄어서인 줄 알아요!"

"음?"

장손무극이 고개를 틀어 원보 대인을 찾기 시작했다.

"원보, 방 안에 있는 거 안다. 쥐구멍에 숨어 있지 말고 얼른 나오거라! 계속 꿈지럭거리면 무슨 일이 일어날지 나도 책임 못 지느니라."

맹부요가 입을 뾰로통하게 내밀었다.

이렇게 설렁설렁 말뿐인 협박이 그 약아빠진 쥐 새끼한테 통하겠어?

그런데 이게 웬일. 그의 말이 끝나자마자 탁자 밑에서 풀이 잔뜩 죽은 원보 대인이 기어 나오질 않겠는가. 맹부요는 그 꼴을 보고 말문이 턱 막히고 말았다.

와, 이거 비교되니까 진짜 열 뻗치네.

오늘 원보 대인은 수수한 차림이었다. 평소 혐오해 마지않는 회색, 다시 말해 쥐색 옷을 입고 있었다.

장손무극 앞에 얌전히 쪼그리고 앉은 원보 대인이 기운 없이 찍찍대기 시작했다. 찍찍 소리는 한도 끝도 없이 이어졌다.

말이 너무 많은 거 아닌가.

설마, 이 기회에 억울한 척하면서 또 심경 고백이라든지? 대체 무슨 소리를 하는 건데 내가 괜히 켕기지?

맹부요의 눈길이 장손무극을 향했다. 그는 미소를 머금고 원보 대인의 찍찍거림에 귀를 기울이는 중이었다. 온화하게 반짝이는 그의 눈동자에 어린 특유의 엷은 웃음기를 보며, 맹부요는 잃었던 것을 다시 찾은 기쁨에 젖었다.

이야기를 다 듣고 난 장손무극이 차분히 물었다.

"잘못한 줄은 아느냐?"

원보 대인이 고귀한 머리를 숙였다.

"네가 먹을 것을 너무 밝힌 결과이니라. 앞으로 열흘간 간식은 없다."

얼굴을 앞발에 묻고 죽도록 비통해하는 원보 대인을 집어서 한쪽으로 치우며, 장손무극이 말했다.

"가서 반성하거라. 나갈 때 문 닫고 나가고."

이에 종잇장을 등에 지고서 창호지 구멍으로 얌전히 빠져나간 원보 대인이 밖에서 종이에 침을 발라 구멍을 성실하게도 땜질했다.

"허, 녀석. 갑자기 낯선데요."

맹부요가 눈을 휘둥그렇게 떴다.

"쟤 뭐 죄지은 거 있어요?"

"그대를 울렸으니."

장손무극이 그녀를 품으로 끌어당겼다. 불측한 의도는 전혀 없는 동작이었다.

"그만한 벌을 받아야지."

맹부요가 편안하게 그의 어깨에 체중을 실었다. 포근한 온기가 느껴졌다. 뭐라 말할 수 없이 아늑한 기분. 줄곧 떠 있던 마음 한 조각이 드디어 제자리를 찾으니 오장육부가 다 편안해지는 것 같았다.

장손무극의 몸에서 배어나는 은은한 향기 속에서, 맹부요는 나른함에 젖어 들었다. 눈꺼풀이 점점 무거워졌다.

그가 귓가에 속삭였다.

"부요, 나 역시 죄인이기는 마찬가지요."

"음?"

"설마하니 그가 나를 죽이려 할 것이라고는, 그걸 위해 요성을 포기하고 그대를 자결까지 몰아가리라고는 미처 생각지 못했소."

장손무극의 말투에서 씁쓸함이 느껴졌다. 평소의 그답지 않았다. 맹부요는 몽롱한 머리로 생각했다.

대체 뭐가 씁쓸한 걸까? 왜 덕왕이 자길 죽일 리 없다고 여겼을까? 둘이 목숨 걸고 싸우던 사이 아니었나?

황위 다툼이란 본래가 피바다를 밟으며 걷는 여정. 결코 상대에게 자비를 베푸는 일이 있을 수 없을진대, 명철한 장손무극이 덕왕이 자기 목숨을 노릴 걸 예상 못 했다고?

어째서? 어째서? 어째서……

수많은 의문이 삼실처럼 뒤엉켜 생각의 갈피를 옭아맸다. 아무리 발버둥을 쳐 봐도 그물 같은 삼실 사이를 빠져나오기란 역부족이었다.

모든 것이 일단락되자 그간 쌓였던 수면 부족과 피로가 한꺼번에 그녀를 덮쳐 왔다. 맹부요는 생각을 이어 가려 했지만, 속눈썹은 차츰차츰 아래로 내려앉고 있었다.

단잠에 빠지기 직전, 그녀는 가물가물한 정신으로 장손무극의 마지막 말을 들었다.

"부요, 그간의 마음 졸임과 근심, 애타는 불안은 내게 내려진 형벌이기도 했소."

﷼

엷은 노란빛이 따스하게 비쳐 들더니 누군가의 나지막한 말소리가 어렴풋이 들려왔다.

"깨워서 뭐라도 먹여야 하지 않을지?"

"더 재우는 편이……."

맹부요는 눈꺼풀을 들어 올려 기분 좋은 잠에서 완전히 빠져나왔다. 자리에 누운 그대로, 그녀는 지붕을 보며 미소 지었다.

아아, 장손무극, 그 나쁜 놈이 살아 돌아왔어! 나 때문에 죽은 게 아니었어!

서책을 들고 탁자 앞에 앉아 있던 이가 그녀를 향해 몸을 틀면서 근사한 미소를 보냈다.

"푹 잤소?"

침상에서 일어나 앉은 맹부요가 살짝 넋이 나간 표정으로 연노란 아침 햇살이 비쳐 드는 창을 쳐다봤다.

"얼마나 잔 거예요? 왜 아직도 아침이지?"

"이튿날 아침이오."

장손무극이 촛불을 불어 끄고 창문을 열었다. 이른 아침의 서늘한 바람이 불어 들어와 그의 옷깃과 머리카락을 너울너울 휘감았다.

맹부요는 아연실색했다.

"하루 밤낮을 꼬박 잤다고요?"

장손무극의 뒷모습을 보며, 그녀는 그의 장포가 예전보다 더 헐렁해진 것 같다고 생각했다.

"당신은 계속 깨어 있었어요?"

장손무극이 미소 담긴 눈빛을 보냈다.

"그대가 자면서 이를 갈지는 않는지, 잠꼬대를 하거나 침은 흘리지 않는지 보려고."

"자다가 옆 사람 때리는 버릇이 있긴 한데."

씩 웃던 맹부요가 다시 한번 그를 위아래로 훑어봤다.

동부 전선을 급히 빠져나왔다가 다시 복귀한 뒤 군대를 진두지휘해 양밀을 치고 덕왕을 포위하기까지, 얼마 되지 않는 기간에 아주 많은 일이 있었다.

덕왕이 패퇴한 건 불과 하루 이틀 전이었다. 그런데 장손무극이 벌써 여기 와 있다는 건 사태가 해결되자마자 군을 뒤로하고 쉴 없이 말을 달렸다는 의미였다. 아마 근래 들어 제대로된 휴식이란 걸 취해 본 적이 없었을 것이다.

벌떡 일어나 탁자 앞으로 달려간 맹부요가 장손무극을 침상쪽으로 밀었다.

"가서 좀 자요. 내가 깨우기 전까지는 절대 일어날 생각 말고."

"그대의 이부자리를 즐기는 일은 잠시 뒤로 미뤄 둬야 할 것 같소."

그 자리에서 꿈쩍도 하지 않고 있던 장손무극이 저만치 뜰을 가로질러 오는 두 사람을 보며 차분히 말했다.

"귀한 손님들을 모셔야 해서."

여기서 '귀한 손님'이란 두말할 것도 없이 전북야와 종월을 뜻했다.

두 사람이 걸어오는 걸 본 맹부요는 대번에 머리가 쭈뼛 섰다. 어렴풋하게나마 하늘가에서 번개가 치고 천둥이 우르릉거리며 우는 사이로 불덩이가 날아다니는 걸 본 것 같기도 했다.

둘만으로도 화약 창고였는데 급기야 셋이라니. 이제 유럽의 화약고, 뭐 그런 것쯤 되는 건가.

자고로 산 하나에 호랑이가 여럿일 수는 없다고 했다.

그럼 호랑이가 호랑이를 만나면 어떻게 되는 거지? 죽여 버리나? 먹어 치우나? 멱을 따나?

맹부요가 바쁘게 머리를 굴렸다.

에이, 설마. 그래도 나름 자기 나라에서는 높으신 분들인데. 정치인다운 교양이며, 매너며, 가면 쓰기며, 은근슬쩍 넘어가기 같은 것들에 오죽 능수능란하겠어. 수틀렸다고 바로 칼부림 내는 건 시정잡배들이나 하는 짓이지, 저 셋한테는 해당 없을걸.

"귀한 손님께서 오셨는데 마중도 못 나갔습니다, 하하!"

맹부요의 머릿속이 미처 정리되기도 전에 전북야의 웃음소리가 대뜸 날아들었다. 호쾌한 대인답게 성큼성큼 걸어온 그가 빙그레 웃으며 장손무극을 응시했다.

"전하, 이리 뵙습니다. 전방 전세는 어떻습니까? 공사다망하신 와중에 예까지는 어찌 납시셨는지? 원래대로라면 면주에서 반란군을 쫓고 계셔야 하지 않습니까?"

누가 누구를 보고 '손님'이라는 거야…….

"열왕께서도 안녕하셨습니까?"

장손무극이 미소로 답했다.

"지내기에 불편한 점은 없으신지요? 우리 무극국은 기후가 습하고 따듯해 천살국 북부 갈아사막의 건조하고 쾌적한 날씨에 비하면 고생이 많으실 것입니다. 그나저나, 무극국 내정인 전방 전세에까지 관심을 기울여 주시니 감사할 따름입니다!"

훌륭하시구먼!

'우리 무극', '너희 천살' 운운하며 선을 확실히 그어 버리네. 이제 누가 객이고 누가 주인인지 논쟁의 여지가 없겠어.

"이 집은 본 왕이 사들인 것입니다."

전북야가 싱글벙글 웃으며 집 이곳저곳을 가리켰다.

"건물은 누추하나 주변 경관만큼은 보기 드물게 시원히 트였지요. 전하께서 이리 왕림해 주시니 집에서 더 빛이 나는 것 같습니다."

맹부요가 눈을 부릅떴다.

이 집을 자기가 사? 뻥도 정도껏 쳐야지, 이거 다 내 돈이거든?

"그렇습니까?"

장손무극이 미소 띤 얼굴로 주위를 둘러봤다.

"말씀대로 경관이 훌륭합니다만, 열왕께서 이리 와 주셨으니 우리 무극국 입장에서는 귀빈을 맞이한 셈이거늘, 어찌 귀빈께 사재를 털어 집을 사라 할 수가 있겠습니까? 말도 안 되는 결례이지요. 그럴 게 아니라 열왕께서 집문서를 내주시면 원래 집 주인을 찾아내 은자를 두 배로 돌려 드리겠습니다. 우리 무극국의 작은 성의라 생각해 주십시오."

맹부요가 배를 부여잡았다.

안 돼, 안 돼. 이러다 웃음 터지겠다! 전북야, 제 발등을 제가 찍는구나. 그 집문서, 나한테 있잖니.

그러나 전북야는 얼굴색 하나 변하지 않았다.

"전하께서는 우리 천살의 국력이 약소하여 집 한 채 살 돈도 없다는 말이 하고 싶으신 겝니까?"

장손무극 역시 태연하기는 마찬가지였다.

"왕야께서는 우리 무극이 부강하지 못하여 오주 최고 대국에게 약소한 선물 하나 드릴 주제가 못 된다는 말이 하고 싶으신지요?"

두 사람 사이에 쭈그리고 앉아 대화를 듣고 있다가 문득 화약 냄새를 맡은 맹부요가 재빨리 손을 세워 들었다.

"거기까지, 거기까지! 전 왕야가 사들인 집은 맞는데, 이미 나한테 넘겼어요. 그러니까 은자는 나한테 주시라고, 두 배로! 고맙게 받겠습니다요!"

싱긋 웃은 장손무극이 온화하게 말했다.

"좋소, 그렇다면야 그대 말대로 하지."

맹부요를 자기 쪽으로 끌어당긴 그가 전북야를 향해 아주 정중하게 웃어 보였다.

"부요의 목숨을 구해 주신 데에 감사를 표하는 것을 잊었습니다."

이어서 종월 쪽으로도 고개를 까딱했다.

"종 선생, 부요를 보살펴 주어 고맙소."

줄곧 묵묵히 있던 종월이 드디어 입을 열었다. 그의 말투는 장손무극보다도 한층 더 차분했다.

"저와 부요는 남이 아니니 전하께 고맙다는 말을 들을 이유가 없습니다. 부요를 이곳 무극국으로 데려온 사람이 바로 이 몸이니, 책임을 져야 하는 것이 당연하지요."

그가 맹부요를 향해 미소를 보냈다. 맹부요가 부르르 진저리를 쳤을 정도로 부드러운 미소였다.

"저와 전하의 친분은 제쳐 두고서라도, 저의 몹시 사적인 소지품을 남몰래 품에 간직하고 다니는 여인에게 고난이 닥쳤는데 어찌 수수방관만 하겠습니까?"

"⋯⋯."

맹부요의 얼굴이 흙빛이 됐다.

악랄하다, 진짜⋯⋯. 시침 뚝 떼고 있다가 결정타를 날리는구나! 보아하니 허리띠에 대해 진작 알았구먼, 한마디도 안 하다가 이 타이밍에 사람 뒤통수를 치냐!

맹부요가 종월을 노려봤다. 나머지 둘의 얼굴은 차마 볼 용기가 나질 않았다.

으으! 무서운 인간들.

그녀는 목숨 보전을 위해서라도 앞으로 세 남자를 최대한 멀리하리라 결심했다.

맹부요가 부모라도 잃은 양 속으로 통곡을 하는 사이, 종월은 아주 끝장을 볼 셈인지 가까이 와 그녀의 손까지 잡았다.

"진맥 시간이군. 새 약을 지어 왔으니 효과가 있는지 한번 봅시다."

정말로 맹부요를 염려하는 사람이라면 의원인 종월의 말에 감히 토를 달 수가 없었다. 두 남자도 예외는 아니었다.

전북야는 장손무극을 쓱 한 번 쏘아본 뒤 먼저 안쪽으로 따라 들어갔고, 눈썹을 꿈틀 치켜세웠던 장손무극은 맹부요가 종월의 손에 붙들려 가는 걸 보면서 소리 없이 웃음 지었다.

한편, 맹부요는 종월의 손을 뿌리치지 못하고 있었다. 그가 자신에게 손을 댄 건 사실상 이번이 처음이었다.

결벽증은 대체 어디다 팔아먹고 이래?

맹부요는 이 순간 그의 결벽증이 제발 다시 도져서 자신을 더럽다는 양 내쳐 주길 바랐다. 그럼 등 뒤에서 느껴지는 애매한 시선에서 벗어날 수 있을 텐데.

거참, 셋이 맞붙은 첫판에서 종월이 승리를 거둘 줄이야.

맹부요가 입가를 비틀었다. 역시 의사가 좋긴 좋구나 싶었다. 환자의 건강을 틀어쥐고 있으니 아무도 못 까불지 않는가.

내실로 옮겨와 자리를 잡자마자 심기가 몹시 불편하신 전 왕야께서 2차전 시작을 알리는 포탄을 투척했다.

그가 싸늘하게 비웃음을 띤 얼굴로 장손무극을 흘겨보며 묻기를.

"양밀을 상대할 때 동부 전선 병력을 이끌고 나타나셨다던데, 이상하군요. 동부 전선은 아직 교전 중 아닙니까? 어떻게 그곳 병력을 내륙으로 돌리셨는지? 아니면, 고라국의 침략이라는 것 자체가 처음부터 전하께서 치신 연막에 불과했던 겁니까? 남방을 비우는 척해서 덕왕의 움직임을 유도하려던?"

듣고 있던 맹부요가 움찔했다. 그녀도 같은 의문을 품고 있었기 때문이었다.

애초에 장손무극이 급하게 요성을 떠났던 건 고라국이 난을 일으킨 탓이었고, 그녀가 성문 앞에서 목을 그었을 때까지도 반란이 평정됐다는 소식은 없었다. 그런데 덕왕이 들고일어나자마자 본래 동부 전선에 있었어야 할 군대가 내륙에 모습을 드러낸 것이다.

고라국의 침략으로 양쪽에서 적을 맞이하게 된 태자가 숨 돌릴 겨를 없이 바빠져 덕왕에게 드디어 기회가 왔다는 생각을 심어 주었다.

이러한 전개 전체가 혹시 독사를 뱀굴에서 끌어내기 위해 장손무극이 벌인 연극은 아니었을까, 그런 생각이 들 수밖에 없는 상황이었다.

시녀가 가져온 찻잔을 집어 든 장손무극이 뜨거운 차에 느긋하게 바람을 불었다.

"동부 전선 전투가 아직 마무리되지 않았다는 이야기는 또 어디서 들으셨습니까?"

전북야가 흠칫 굳었다. 전투가 끝났다는 이야기는 들은 적이 없지만, 그렇다고 아직 진행 중이라는 소식을 들은 것도 아니었다. 장손무극의 반문에 말문이 턱 막히고 말았던 전북야가 잠시 생각을 정리한 후, 아니꼽다는 듯 코웃음을 쳤다.

"그러게나 말입니다. 전쟁의 유무든 아니면 종료 여부든, 전부 태자 전하의 말 한마디로 뒤집힐 수 있는 것을. 아무것도 모르고 목숨까지 잃을 뻔한 사람만 불쌍할 따름입니다."

장손무극이 찻잔을 내려놓고 빙긋이 웃으며 상대를 바라봤다.

"의협심 있고 시원시원하며 대범한 성품으로 유명하시던데, 오늘 만나 뵙고 나니 참으로 놀라움을 금치 못하겠습니다."

"본 왕이 일부러 말을 빙빙 돌린다 이겁니까?"

전북야가 다리를 척 벌리고 앉아 말했다.

"배배 꼬아 말하기라면 전하 쪽이 더 능숙해 보이십니다만, 왜 에두르느냐 하시니 그럼 어디 대놓고 해 봅시다, 부요의 이야기를! 장손무극, 부요를 좀 보시지. 똑바로 보라고! 지금 꼴이 어떤지!"

전북야가 갑자기 버럭하면서 내던진 잔이 창살에 부닥쳐 산산이 조각났다. 사방으로 튄 초록빛 찻물이 바닥을 흥건히 적셨다.

"장손무극, 입씨름도 더는 못 해 먹겠다! 놔주지 않을 거라면 사내로서 책임을 져! 네놈 때문에 부요가 무슨 일을 겪었는데! 내가 한발만 늦었어도 지금 이 세상에 맹부요는 없었다는 거, 알기는 아느냐고! 너는 그때 어디 있었지? 흑풍기를 끌어들인 건, 그래, 괜찮다. 어차피 네놈이 아니라 부요를 위해서였으니까. 하지만 대체 뭘 근거로 흑풍기만 불러들이면 만사형통이라 생각했지? 겨우 그것만 믿고 부요를 버려둔 채 천리만리 도망가서 그녀 홀로 생사의 기로에 서게 해?"

한쪽에 앉아 있던 맹부요는 어안이 벙벙한 얼굴이 됐다.

은근슬쩍 서로 까던 것이 느닷없이 노골적인 질타로 격상될 줄이야. 게다가 자기는 또 왜 끌어들이는지.

그녀가 불퉁한 표정을 지으며 자신의 몸을 살피고는 작게 투덜거렸다.

"내가 뭐? 멀쩡하기만 한데……."

그러자 맥을 짚고 있던 종월이 눈썹을 까딱하더니, 차갑게 말했다.

"멀쩡하지, 체력은 바닥이고 경맥은 뒤엉키고. 본인 상태는 더할 나위 없이 좋은데 우리만 사서 걱정 아니겠소?"

맹부요는 한마디도 더 못 하고 입을 딱 다물었다.

실내가 침묵에 잠겼다. 공기가 점차 얼어붙고 있었다. 찻잔을 내려놓고 아무 말 없이 있던 장손무극이 잠시 후 느릿느릿 입을 열었다.

"그건 내가 부요에게 해명할 일이지요. 열왕 앞에서 시시콜콜 입에 올릴 필요는 못 느끼겠습니다만."

"나한테는 해명할 필요도 없다. 나도 종일 권모술수 놀이에

나 빠져서 마음에 둔 여자까지 이용해 먹는 인간의 해명은 듣고 싶지 않다!"

찬바람을 일으키며 일어선 전북야가 손가락으로 맹부요를 가리켰다.

"그간 곁에서 지켜보니 부요의 마음을 어느 정도는 알겠더군. 이 전북야는 거머리 같은 강호 잡류도 아니고, 한 푼어치 자존심도 없는 부류도 아니다! 맹부요 본인이 행복하다면 그만이라 생각하고 물러설 마음도 먹어 봤지만, 생각이 바뀌었다!"

허리춤에서 옥패를 끌러 탁자 위에 턱 올려놓은 그가 엄숙하게 말했다.

"맹부요, 내가 주는 예물이다!"

장손무극의 눈썹이 꿈틀 경련했다. 종월의 얼굴에서는 핏기가 가셨고, 맹부요는 소스라쳤다.

예……, 예……, 예……, 예……, 예물…….

이……, 이거……, 어째 갈수록 사태가 심각해진다…….

"부요, 한때는 네 마음이 장손무극을 향해 있다는데야 어쩔 도리가 없다고 생각했으나 지금은 아니다. 장손무극은 네게 어울리지 않아. 널 해치고 말 거다! 장손씨 가문은 곧 무극국 그 자체다. 저자의 여자가 된다는 건 정치와 혼인하는 격이니 평생을 음모와 풍파에 시달려야 해. 저자는 아무리 너를 위한 일이라 해도 자신의 나라와 천하를 버릴 리 없다."

"……."

"강인하고 독립적인 너 역시 매사 양보하며 맞춰 주거나 저

자의 비호에만 의지해 사는 건 원치 않겠지. 장손무극 곁에서의 삶은 고단할 것이며 어쩌면 목숨까지 내놓아야 할지도 모른다. 내가 마음을 준 여인이 그런 길을 가는 걸 보고만 있을 수는 없기에, 오늘 여기에 혼인 예물을 내놓는다! 맹부요, 네가 싫다고 한들 상관없고, 장손무극 네놈이 감히 부요를 내버린다면 그 좀스러움에 감탄해 주마! 결론적으로, 나는 절대 포기하지 않을 것이다!"

……세상에 고백을 이리 서슬 퍼렇게 하는 사람도 있나?

이리 한 자 한 자 진심을 넘치게 담아 고백하는 사람이 또 있을까……?

맹부요는 눈을 내리깔았다. 조금 전에는 정말로 감동해 버렸다. 억세고 오만해 보이기만 하는 검은 눈동자의 사내, 그의 내면에 이토록 풍부하고도 섬세한 감정이 차 있었을 줄이야.

전북야는 불꽃처럼 뜨겁되, 동시에 한없이 세심한 남자였다. 그의 눈에는 맹부요의 마음이, 그녀가 얻을 것과 잃을 것들이 낱낱이 보였으리라. 그녀의 미래를 진지하게 고민하고 따져 본 후 얻은 결론이 도저히 성에 차지 않았기에, 그래서 포기하지 않겠노라 선언한 것이다.

한때 맹부요는 매사 독선적이고 단도직입적인 그가 싫었으나, 오늘에 이르러서야 전북야의 독선이 사실 모두 자신을 위해서였음을 알게 됐다. 그가 해 온 모든 행동의 출발점이자 계기는 오로지 맹부요의 행복이었다.

머릿속이 멍했다. 대체 자신의 무엇이 전북야를 끌어당긴 건지, 서로 알고 지낸 지 얼마 되지도 않았는데 어떻게 저리 확신에 차 있는 건지, 영문을 모를 일이었다.

맹부요는 비록 알지 못했으나, 지금 그녀를 응시하는 전북야의 가슴속에는 오래전 어머니가 아직 맑은 정신이던 시절, 그를 품에 안고서 몇 번이고 해 주었던 말이 메아리치고 있었다.

'아들아, 누군가에게 첫눈에 마음을 빼앗기거든 그 사람을 절대로 놓치지 말려무나. 하늘이 내려 주신 인연을 놓치면 평생을 후회 속에 살아야 하니까.'

어머니는 엷게 웃음을 머금은 얼굴이었지만, 눈동자 안에는 깊은 슬픔이 일렁이고 있었다. 그 아련하고도 애처로운 미소에 옥동궁玉彤宮 안의 배롱나무꽃이 다 시들었더랬다.

이 순간, 전북야의 눈에 비친 맹부요는 어머니의 궁에 활짝 만개해 있던 꽃송이와 같았다. 그것은 소중히 보살펴야 할 아름다움. 권력자들의 힘겨루기와 전란의 불길 가운데 피바람에 젖어 시들어 가게 둘 수는 없었다.

영 껄끄러운 분위기. 공기 중에 불안의 입자가 떠돌았다.

장손무극은 줄곧 머금고 있던 웃음기를 싹 지운 얼굴로 묵묵히 옥패를 응시하는 중이었고, 전북야는 분개한 표정으로 서 있었으며, 맹부요는 벌이라도 받는 양 고개를 푹 수그린 채였다.

이때 종월이 한숨을 내쉬는 소리가 들렸다. 화들짝 고개를 든 맹부요가 입을 쩍 벌리고 종월을 쳐다봤다.

설마, 아니지? 결벽증 형씨, 나한테 그 정도 감정은 아니잖아, 그렇지? 제발 여기서 더 보태지는 말아 줘……

"덩달아 낄 생각은 없소."

알고 보니 이쪽도 독심술 능력자였는지, 종월이 차분하고도 온화한 투로 입을 열었다. 그런데 맹부요가 막 안도의 한숨을 내쉬는 순간, 그가 품 안에서 문제의 허리띠를 꺼내 옥패 옆에 올려놓는 게 아닌가.

맹부요의 머릿속에 콰르릉 벼락이 쳤다.

저건 또 언제 챙겨간 거래? 아아……. 이게 대체 무슨 상황이야. 으으, 내가 그때 어쩌자고 재물에 눈이 멀어서…….

"예물은 아니니 걱정하지 마시오. 그쪽처럼 못생긴 아내를 들일 계획은 없는지라."

낯빛이 말이 아닌 맹부요를 향해 싱긋 웃은 종월이 허리띠를 가리켰다.

"왕야의 말씀에 나도 동의한다는 의미로, 어엿한 명분을 가지고 내놓는 물건일 뿐이오. 훗날 어려움을 맞닥뜨리거나 누군가 서럽게 하거든 저 허리띠를 들고 '광덕廣德'이라는 이름이 붙은 약방 아무 곳에나 찾아가면 도움을 받을 수 있을 거요."

비틀거리며 뒤로 물러난 맹부요가 울상을 하고 말했다.

"고맙긴 한데 마음만 받을……."

"한번 내놓은 물건은 다시 거두어들이지 않소."

몸을 일으켜 밖으로 나가던 종월이 문간 근처에서 뒤를 돌아보며 싱긋 웃었다. 창밖에 연분홍빛으로 피어난 벚꽃을 그대로 빼닮은 웃음이었다.

"언젠가 요긴하게 쓸 날이 있을 거요."

벚꽃 사이로 사라져 가는 그의 꼿꼿한 뒷모습을 보며, 맹부요는 한숨을 내쉬어야 할지 아니면 그냥 냅다 이 자리에서 도망쳐야 할지 판단을 못 내리고 있었다.

곧이어 그녀가 입술을 잘근잘근 씹으며 장손무극을 쳐다봤다. 전북야와 종월이 각자의 방식으로 비난과 힐문을 쏟아 낸 지금, 그녀 때문에 집중포화를 당한 장손무극은 어떤 심정일까.

그러나 정작 장손무극은 얼굴색이 다소 창백해졌다 뿐, 특별히 날 선 반응을 보이지는 않았다. 복잡한 표정을 한 그의 눈 안에서 묘한 감정이 휘돌고 있었다. 전북야가 한쪽에서 노골적인 냉소를 보냈지만, 장손무극은 그에게 눈길을 주지 않았다.

아주 오랜 시간이 지나, 피로한 기색으로 머리를 뒤젖힌 장손무극이 나지막이 말했다.

"전戰 형의 지적대로 그 일은 제 불찰이 맞습니다. 부요에게 원망을 듣는다 해도 다 자업자득이지요."

어딘지 비애 섞인 그의 말투에 맹부요의 가슴이 뜨끔했다. 어제 잠들기 전에 그가 했던, 석연치 않은 말이 뇌리를 스쳤다. 뭔가 자신이 모르는 사정이 있으리라는 생각이 들었지만, 지금은 그런 걸 캐물을 만한 상황이 아니었다.

마음 같아서는 어디다 구덩이라도 두 개 파서 전북야와 장손무극을 각각 묻어 버리고 싶을 따름이었다. 고래 싸움에 새우 등 좀 그만 터지게.

그녀의 수난은 아직 끝이 아니었다. 별안간 전북야가 저벅저벅 걸어오더니 옥패를 그녀의 코앞까지 들이미는 게 아닌가.

"부요, 이렇게 된 이상 더는 감추고 말고 할 것도 없으니 단도직입적으로 묻겠다. 이 옥패, 받겠느냐?"

맹부요가 그대로 굳어 버린 직후, 장손무극이 고개를 돌려 그녀를 바라봤다.

두 사람의 진심, 그들의 전쟁

귀하디귀한 최상품 양지옥.

투명한 호수의 물이 그대로 굳은 것처럼, 잡티 하나 없이 영롱한 옥. 황야의 창룡 문양 정중앙에 웅건한 필치로 찍힌 '전戰' 자에서 풍겨 나오는 존귀한 위엄.

앞으로 뻗은 팔을 거둬들일 계획이 전혀 없는 모양새를 한 채, 전북야는 이글거리는 눈으로 확고부동하게 맹부요를 응시하고 있었다.

눈앞에 있는 것은 분명 서늘한 광택이 도는 옥석이건만, 맹부요는 어쩐지 타오르는 불길 속을 들여다보는 듯한 느낌이었다. 가슴 깊숙이 침범한 불길 탓에 그녀는 도무지 어찌 처신해야 할지 판단력을 잃은 상태였다.

난처하기 짝이 없는 상황. 받을 수도 없고, 그렇다고 안 받자니 전북야의 자존심에 상처가 될 것 같고.

둘만 있는 공간이었다면 독한 마음 먹고 거절했을 테지만, 지금 이곳에는 장손무극이 함께였다. 장손무극의 앞에서 옥패를 거절한다면 전북야가 더한 상처를 받을 것은 물론이요, 그로 인해 또 다른 오해가 생길 가능성도 다분했다.

맹부요는 그제야 깨달았다. 사람을 죽이고 술수 부릴 때는 꽤 모진 면이 있고, 남한테 당한 걸 갚아 줄 때도 가차 없으나, 누가 좀 잘해 줬다 하면 양심에 손발을 단단히 묶여 꼼짝도 못 하는 답답이가 바로 자신이라는 걸.

으으, 그냥 픽 기절해 버릴까? 너무 속 보이나?

불안하게 눈을 굴리며 한 세기 정도 고민을 하고 난 맹부요가 마침내 마음을 굳혔다.

안 받을 테다! 이참에 확실히 못을 박아 둬야겠어, 누구 것이 됐든 다 거절이라고!

단호해야 할 때 단호하지 못하면 나중에 꼭 후회할 일이 생기는 법! 여기서 우물쭈물해 봤자 전북야 인생을 망치는 꼴밖에 더 돼? 오주대륙, 아니 온 천하를 향해야 할 전북야의 시야와 발걸음이 고작 맹부요 자신에게 붙잡혀 허송세월을 해서는 안 됐다.

고개를 든 맹부요가 이를 꼭 깨물고 말을 뱉으려던 때였다. 옆에서 휙 튀어나온 누군가의 손이 옥패를 낚아챘다.

장손무극!

머릿속이 '우웅' 하고 울렸다. 혼란스러웠다.

맹부요가 아연실색한 표정으로 장손무극을 올려다보는 사이, 전북야가 노성을 터뜨렸다.

"지금 뭐 하자는 거지?"

"전 형."

장손무극이 엷게 웃었다.

"어찌 부요를 난처하게 하십니까? 사내가 여인의 마음을 구함은 '옜다, 건넸다. 예, 받습지요.' 하는 식의 간단한 일이 아닌 것을. 제가 지금껏 한 번도 부요를 독점물로 본 적이 없듯, 왕야께서도 부요에게 선택과 승낙의 자유를 주셔야 하지 않겠는지요."

"내가 언제 자유를 안 주겠다 했나?"

전북야가 냉소했다.

"장손무극, 말끝마다 은근슬쩍 부요에게 반감을 유도하는 건 그만두지그래. 맹부요, 너도 내 체면 때문에 난처해할 것 없다. 이미 말했듯이 난 포기할 생각이 없으니 네가 거절한다고 해서 눈앞에서 사라져 주지는 않을 것이다."

"어차피 포기할 생각이 없다면 이 옥패는 무슨 의미가 있습니까?"

장손무극이 미소 지으며 말했다.

"반감을 조장할 의도는 아니었습니다. 또한, 제가 옥패를 받은 것은 부요의 뜻과는 완전히 무관한 행동입니다. 그저 알려 드리고 싶었습니다. 이것은 어디까지나 우리 두 사람의 전쟁이고, 부요를 거기 끌어들여서는 안 된다는 도리를. 우리가 할 일은 부요에게 선택을 강요하는 것이 아니라 긴 시간 검증을 거쳐 누구를 받아들일지 그녀가 결단을 내릴 때까지 기다려 주는 것일 테지요."

전북야는 아무런 대꾸도 하지 않은 채 맞은편에서 차분히 웃는 얼굴로 당당하게 이야기를 이어 가는 사내를 보며 생각에 잠겨 있었다.

부요의 마음이 장손무극에게 기운 것은 기정사실. 승자인 장손무극은 그런데도 부요가 제 것인 양 으스대기는커녕 되레 한 걸음 뒤로 물러나 정정당당한 경쟁을 제안했다. 실로 통 크고 멋들어진 한 걸음이 아닌가.

맹부요가 내쳐졌다는 느낌을 받지 않도록 하면서도 마음 약한 그녀를 난처한 상황으로부터 구해 줬고, 그 과정에서 은연중에 자신의 애정까지 전달했다. 아까는 전북야가 맹부요에게 감동을 안겼다면, 이번은 장손무극의 차례인 것이다.

전쟁터나 권모술수 방면에서만이 아니라 심지어 애정 문제에서까지도 패배를 모르는, 절대적으로 막강한 상대!

급작스럽게 감정이 격앙된 전북야가 숨을 깊이 들이마셨다. 체내에 숨죽이고 있던 승부욕에 불이 붙고야 만 것이다.

장손무극을 보며 눈을 빛내던 그가 코웃음을 쳤다.

"좋아, 아주 좋아! 너와 나는 본래 공존할 수 없는 사이지!"

"열왕의 너그러움에 감사드립니다."

장손무극이 허리를 살짝 굽혔다.

"부요는 수많은 이들의 사랑을 받을 만큼 좋은 여자이고, 저한테서는 더더욱 아낌을 받아 마땅하다는 사실을, 이 옥패를 보며 잊지 않도록 하겠습니다. 또한, 옥패를 보며 제 자신에게 경고할 것입니다. 이것은 다른 사내가 부요에게 준 혼인 예물이고, 내가 한결같은 마음을 지키지 못한다면 결국 이 예물을 원래 임자인 부요에게 돌려줘야만 한다고."

전북야는 다시 한번 눈을 빛냈고, 맹부요는 눈썹을 까딱했다.

예물을 나한테 돌려줘? 퍽도 그러시겠네. 지금 호탕한 척하는 것도 결국은 다 자신만만하니까 하는 소리잖아…….

"하지만, 그러자면 열왕께서도 이에 상응하는 맹세로 동등한 제약을 받아야 하지 않을지?"

돌연 이야기의 방향을 바꾼 장손무극이 한 자 한 자 못을 박듯이 말했다.

"처음 맹세대로 부요를 대하지 못한다면, 지금 마음을 변함없이 지키지 못한다면, 열왕께서도 알아서 부요의 곁을 떠나주셔야 하지 않겠습니까? 이 값진 옥패는 무극국 국고에 보태도록 제게 남기고 말입니다."

전북야가 움찔했다. 종잡을 수 없는 눈빛이 오락가락하기를 잠시, 마침내 그가 큰 소리로 웃음을 터뜨렸다.

"나한테 올가미를 씌우겠다? 장손무극 네놈이, 지금 날 감시하겠다는 소리렷다? 이제야 옥패를 받아 챙긴 목적을 알겠군. 물러 터진 부요가 조만간 나한테 마음이 흔들릴 것 같고 친분 때문에라도 쉽게 밀어내지 못할 듯하니 예물을 가로채면서 짐짓 양보하는 척 말장난으로 내 입에서 맹세를 끌어내기로 한 거지. 훗날 내가 뭔가 잘못을 저질렀을 때 네가 부요 대신 냉큼 나서서 옥패를 처분할 셈으로. 그때 가서 부요가 별말을 않더 라도 네가 옆에서 눈을 부릅뜨고 있으면 나는 수치스러워서라 도 구애를 포기하겠지. 머리를 아주 비상하게 썼구나!"

"올가미라면 저 역시 쓰지 않았습니까? 이는 맹약의 굴레, 본인의 진심을 확신하는 동시에 시험을 견뎌 낼 자신이 있는 자라면 마땅히 치러야 할 대가입니다."

장손무극이 미소를 머금었다.

"열왕, 이 전쟁에 뛰어들 배짱이 있으십니까?"

"못 할 건 또 뭐냐?"

전북야가 오만하게 대꾸했다.

"천하에 이 전북야가 못 할 일 따위는 없다! 이미 승기를 쥐 고 있다 생각하는가? 똑똑히 보여 주지. 이 전북야가 천하를 제 패할 무용만 갖춘 것이 아니라, 여인의 마음 또한 단숨에 사로 잡을 수 있음을!"

웃음으로 답을 대신하며, 장손무극이 옥패를 소매 안에 갈무 리해 넣었다.

곧이어 두 남자의 눈빛이 다시 한번 공중에서 맞부닥친 순 간, 맹부요는 하늘에서 또 벼락이 쳤다고 느꼈다. 전류가 몸을 찌르르 훑고 지나간 듯 머리가 아찔했다. 그녀는 두말 않고 침 상으로 기어 올라가 이불을 머리끝까지 덮어썼다.

아, 진짜 왜들 저래! 뭐가 저렇게 호탕하고 애틋한데? 어쩌 자고 그런 낯간지러운 고백을 하는 건데? 뭐 믿고 저리들 자상

하고 세심해!

그걸 또 굳이 구구절절 내 앞에서 읊는 이유는 뭐야? 그런 건 좀 혼자서 벽에 대고 이야기하면 안 돼? 듣는 사람은 애가 바싹바싹 타들어 가고, 도무지 안절부절못하겠고, 정신이 홀딱 빠져서 죽는 줄 알았잖아……

이불을 꾹꾹 눌러 뒤집어쓴 채로, 맹부요는 속으로 울부짖었다.

부탁이니까 맹세 따위 그냥 깨 버려! 나 버리고 가라, 가라, 제발 좀 가…….

❀

이 순간, 맹부요는 자신이 보잘것없는 존재에 불과함을 새삼 뼈저리게 느끼고 있었다. 여기서 '보잘것없는 존재'란, 절대로 큰 인물의 계획과 의사를 헤아려 장악할 수 없는 자를 이른다 하겠다.

보잘것없는 맹부요는 한차례 불면의 밤을 지새우고 나서야 장손무극이 사랑을 얻기 위해 어떤 식의 현란한 전술을 펼치는 중인지를 깨달을 수 있었다.

강요이되 강요가 아니고, 강요가 아니되 강요이며, 무엇도 강요하지 않는 전략으로 실은 강요라는 목적을 달성하면서 직접적으로가 아니라 심리적으로 강요를 가하는…….

그렇다. 실은 맹부요 본인도 뭐가 뭔지 심히 헷갈렸다.

어쨌든 결론적으로 그녀는 칼 든 누군가의 소리 없는 위협에 몰려 막다른 골목에 들어온 기분이었다. 결정을 내릴 때까지 무엇도 강요하지 않고 각자 어필에만 충실하겠다던 두 남자의 말에도 맹부요는 이미 현 상황에 대한 통제력을 완전히 잃은 채였기에.

어젯밤 그녀는 사내들에게 돌아가며 봉변을 당했다. 물론 봉변이라고 해 봐야 실상은 전북야가 약을 갖다 바치고 장손무극이 이불을 다독다독해 주러 온 게 전부였지만.

전북야는 벌게진 얼굴로 친히 약을 먹여 주려다가 맹부요에게 된통 한 소리를 들었다.

'손모가지 날아간 것도 아닌데 뭘 떠먹여 줘요!'

이어서 장손무극이 이불을 여며 주러 들어오자 눈을 시퍼렇게 뜨고 기다리던 맹부요가 안달복달을 했다.

'아, 빨리해요! 올 줄 알고 어깨 윗부분 반절 내놓고 기다리는 중이었잖아요. 얼른 덮어 주고 나가야 마음 놓고 잘 거 아니야!'

씩씩거리며 약사발을 들고 나갔던 전북야와 달리 장손무극은 이불을 덮어 준 다음에도 아예 자리를 잡고 계속 남아 있으려 했다.

이에 맹부요가 간사하게 웃으며 규칙을 상기시켜 줬다.

경쟁은 정정당당히!

그러자 태자께서는 평소와 다름없는 미소로 답했다.

'부요, 세상에 절대적으로 공정한 경쟁이 있다 믿고 규칙에 매달리는 이는 백치 아니면 구제불능인 외골수밖에 없소.'

아, 그런가요.

맹부요는 눈물을 흘렸다. 부지불식간에 전북야와 세트로 또 한 방 먹은 것이다.

불행 중 다행으로 장손무극은 이불을 다독여 준 후에도 지나치게 부적절한 행동은 하지 않았다. 어깨 윗부분 반절의 근거리에서 접촉이 있긴 했으나, 그 직경과 깊이 및 지속 시간이 모두 합리적인 범위 내였다는 말 되겠다.

이날의 봉변 두 차례가 모두 끝난 뒤, 보잘것없는 맹부요는 본인의 현재 신분에서 벗어나 초월자의 방관적이며 이성적인 자세로 현시점의 전황과 향후 예상 추이를 검토해 보았다. 그 결과, 사람은 참 똑똑한데 너무 우직해서 탈인 전 왕야가 하도 짠해서 저도 몰래 탄식을 흘렸다.

이때 반란은 이미 일단락되어 덕왕은 화주로 압송된 뒤였다. 날짜를 계산해 본 맹부요는 올해 천살국에서 열릴 진무대회가 얼마 남지 않았음을 깨달았다. 파구소를 한 단계 끌어올리기 위해서라도 천하의 무학을 한자리에서 구경할 기회를 놓칠 수는 없었다.

얼마 전에는 종월에게 궁창 장청 신전에 관해 물어봤다. 종월은 오주 7국을 마음대로 드나들 수 있는 특권의 소유자였으나, 그조차도 궁창 신전은 출입이 불가하다 했다. 신전 밖에 있는 장청신산長靑神山에서 약재를 채집하는 게 고작이라나.

그 이야기를 하면서 종월이 덧붙여 알려 주기를, 궁창은 입경 자체도 힘든 나라일뿐더러 국경을 넘는 데 성공했다고 해서 반드시 신전까지 갈 수 있다는 보장도 없다고 했다.

신전 외곽에는 '구유九幽, 암경暗境, 운부雲浮, 천역天域'이라 이름 붙은 사대 신역神域이 있는데, 나름 고수라 자부하는 자들도 첫 번째 관문에서부터 목숨을 잃기 십상이라는 것이다.

'학' 하고 숨을 들이켠 맹부요가 그럼 어느 정도 수준에 도달해야 관문을 순조롭게 통과할 수 있느냐고 물었다.

종월이 그녀를 쓱 한 번 쳐다보고 대답했다.

'그쪽이 그냥저냥 쓰는 무공이라면 8, 9성 정도는 되어야 얼추 가능할 거요.'

절세 무공 파구소도 종월의 입에서는 '그냥저냥'일 따름이었다. 게다가 최고 경지 직전에 이르러야만 '얼추' 통과할 수 있을 거라니.

울상을 한 맹부요는 그제야 저자에서 수집한 정보에 허점이 많다는 걸 절감했다. 보아하니 7국 영패를 모아 국경을 넘는 것보다 본인의 실력을 높이는 일이 더 힘들 수도 있겠구나 싶었다. 장손무극한테는 어떻게 작별을 고하며, 전북야는 또 어떻게 떼놓고 혼자 천살로 갈 수 있을까 고민이 많았다.

그런데 맹부요는 뜻밖에 종월에게서 곽평용의 스승인 방유묵이 제자를 보러 왔는지 현재 화주 근방에 있다는 소식을 들었다. 종월은 방유묵을 만나 쇄정의 해약을 받아 내거나 최소한 처방전이라도 손에 넣을 생각이라 했고, 전북야 역시 그 소리를 듣고 가만히 있을 리 없었다.

상황이 이렇게 되자 자기 때문에 동분서주하는 이들을 남겨 놓고 혼자만 내빼기에 머쓱해진 맹부요도 하는 수 없이 화주까지 동행하기로 계획을 바꿨다.

출발을 앞두고, 무극국 조정에서 논공행상으로 내려보낸 조서가 요성에 도착했다. 맹부요는 '영의장군英毅將軍'에 봉해져 요성과 수수를 영지로 하사받고, 남북용 거주 지역에 대한 관할권을 부여받았으며, 거기에 황금과 진주, 비단까지 덤으로 따라왔다.

맹부요가 요성에서 조서를 받던 날, 활짝 열린 동헌 문밖으로 황명이 울려 퍼지자 관아 앞에 모여 있던 10만 요성 백성들이 우레와도 같은 환호성을 터뜨렸다.

황금색 이무기가 수놓인 3품 무관 관복을 입고 안에서 걸어 나온 맹부요는 한족 백성들이 집집마다 문 앞에 상을 차려 놓고 폭죽 터뜨리랴, 그녀가 걸을 길가에 물을 뿌려 울퉁불퉁한 곳을 다지랴, 바쁜 모습을 볼 수 있었다. 그 와중에도 그녀를 칭송하는 환호성은 끊길 줄을 몰랐다.

계단 위에 서서 다소 얼떨떨하게 그 광경을 쳐다보고 있던 맹부요가 중얼거렸다.

"이렇게까지 설레발칠 일인가?"

"당연하지 않소?"

말을 받은 사람은 장손무극이었다.

"그대는 이만한 대접을 받을 자격이 있소."

"별로 한 것도 없는데요."

맹부요가 맥없이 웃었다.

"괜히 객기 부리다가 큰 사고 칠 뻔한 것 말고는……. 명청한 짓이었죠."

"그대 같은 '객기'를 부릴 수 있는 이가 얼마나 될 것 같소?"

장손무극이 그녀를 지긋이 응시했다.

"부요, 머리로 알기는 쉬워도 그것을 행동으로 옮기기는 어려운 법이오. '천만인이 막아서도 분연히 떨치고 나아가리라!', 피 끓는 말이지만, 정작 몸소 실천할 수 있는 사람은 천만인 중 하나가 채 없을 터."

피식 웃은 맹부요가 환호하는 군중을 향해 손을 흔들었다. '자격이 있다'는 그의 한마디에 그때 흘렸던 피와 털어 버렸던 원한, 그 모든 희생과 노력이 보상받는 느낌이었다. 비록 대가를 바라고 한 일은 아니었지만, 이 순간 그녀는 행복했다.

맹부요가 웃음기를 섞어 물었다.

"뒤에서 힘 좀 써 준 거예요?"

"부황께서는 맹부요가 누군지도 모르시오."

장손무극이 대답했다.

"어디까지나 논공행상의 일환이오. 부요, 그대는 요성을 위기에서 구해 냈고 덕왕군을 무너뜨리는 공을 세웠소. 영예로운 작위는 그대가 응당 받아야 할 상일 뿐, 나와 아는 사이라는 사실과는 전혀 무관하오."

맹부요가 눈썹을 까딱했다.

"성을 두 개나 받아 봐야 뭐 하겠어요. 평생 여기서 살 것도 아닌데."

장손무극이 묵묵히 그녀를 응시했다. 그가 입을 열었을 때는 맹부요가 심히 켕겨 거북이처럼 움츠러들었을 즈음이었다.

"요성과 수수는 영원히 그대 소유요. 본인 능력으로 직접 지켜 낸 성, 누구도 그대 자리를 대신할 수는 없소."

뼈가 있는 말이었다.

목이 한층 짧게 움츠러든 맹부요가 불안하게 눈을 굴리다 말고 말했다.

"작은 일 좀 보고 올게요."

후닥닥 자리를 뜨는 그녀의 어깨에는 원보 대인이 위풍당당하게 앉아 있었다. 녀석은 최근 맹부요의 어깨에서 보는 경치도 그 나름의 맛이 있다는 사실을 깨달은 참이었다. 이를테면 주인님의 얼굴이 더 잘 보인다든가.

이제는 맹부요가 그리 싫지 않았지만, 그래도 아주 쪼금 얄밉기는 했다. 가령 주인이 누구의 소유인가 하는 원칙적인 문제만큼은 절대로 물러설 수가 없었다.

주인을 욕망하지 않는 쥐는 좋은 쥐가 아니다. 연적에게 적개심을 불태우지 않는 원보는 좋은 원보가 아니다.

장손무극과 전북야가 옥패를 두고 옥신각신하던 날, 한쪽에서 사탕을 물고 대화를 처음부터 끝까지 전부 들은 원보 대인은 무릎을 탁 쳤더랬다.

한 치의 빈틈도 허용치 않는 간사함과, 시작은 언뜻 불리해 보였을지언정 결국 판을 뒤집어 역전승을 거두고야 만 주인의 솜씨에 비하면 전북야, 그 멍청이는 거의 뭐 적수 자체가 안 되는 수준이었다.

그러면서도 한편으로는, 멍청이 전북야가 주인하고 수준이 맞으면 얼마나 좋았을까 싶은 마음도 들었다. 맹부요를 그에게 팔아넘기면 주인은 자기 차지가 되지 않겠는가?

이리하여 원보 대인은 맹부요의 어깨에 쪼그리고 앉아 그녀가 먹여 주는 간식을 입에 물고서, 어떻게 하면 맹부요를 팔아치울 수 있을지를 진지하게 고민하기 시작했다.

원보 대인이 몇 날 며칠을 고민 속에 보내는 사이, 일행은 어느덧 화주로 향하는 길 위에 있었다. 남북융이 일으킨 소란은 아직 진행형이긴 했지만, 금방 흐지부지 끝날 게 확실시되는 상황이었다.

장손무극은 그런 사소한 일쯤은 휘하 장수에게 맡겨 두고 일행과 함께 산수를 노닐며 여유로운 여정을 밟고 있었다. 물론 일행 중에는 그리 반갑지 않은 자들도 섞여 있었으나, 장손무극은 굳이 따라나서겠다는 그들을 말리지는 않았다. 어차피 조만간 집에 돌려보내 줄 생각이었으니까.

그는 꿈에도 생각지 못했다. 설마하니 그 와중에 생쥐 녀석이 그가 점찍은 여인을 연적에게 팔아넘길 흉계를 꾸미고 있을 줄은.

이날 일행이 중간 휴식처로 택한 곳은 화주의 영산寧山 기슭이었다. 주변 지형 파악은 이미 맹부요의 정식 호위가 된 철성이 일찌감치 마친 뒤였다. 일행 개개인의 화려한 신분을 생각하면 호위단이 벌 떼처럼 따라붙었어야 옳겠지만, 아쉽게도 이

들은 하나같이 거추장스러운 건 딱 질색이었다.

　장손무극의 호위는 원래가 눈에 안 띄는 자들이었고, 전북야는 본인 실력을 몹시 자신했으며, 아란주는 자기가 먼저 시비나 안 걸면 다행이라는 생각이었고, 종월은 언제나 그렇듯 천상천하 유아독존이었다.

　이러한 네 사람이 가엾다는 눈으로 다 같이 바라보는 곳에는 맹부요가 있었다. 그들에게 그녀는 지켜 줘야 할 작은 새였다.

　그 덕분에 '작은 새'는 지극정성으로 돌봄을 받고 있는 참이었다. 차 마시다가 잔만 비어도 왕야께서 몸소 나서서 찻잔을 채워 줄 정도로.

　여기서 아쉬운 점을 꼽자면, 전북야가 찻물을 맹부요의 소매에 와락 들이부었다는 사실이었다. 그가 몹시 난처한 표정으로 허겁지겁 물기를 훔쳐 내려는데, 설상가상으로 옆에서 장손무극이 한마디를 보탰다.

　"부요는 차를 즐기지 않습니다."

　전북야의 표정을 차마 보고 있을 수가 없었던 맹부요가 자리에서 일어서며 말했다.

　"변소 좀요."

　그 즉시 냉큼 그녀의 어깨 위로 뛰어 올라온 원보 대인이 '이 몸도 잠시.' 하는 발짓을 취해 보이자 맹부요가 톡 쏘아붙였다.

　"콩팥 고장 났냐? 좀 전에 쉬했잖아?"

　사람 하나와 쥐 한 마리가 쌍욕을 주고받으며 노점 천막 뒤쪽으로 사라진 지 얼마 후, 뒤편 간이 변소에서 생쥐 녀석이 찍찍거리는 소리가 들려왔다. 불안정하게 떨리는 울음소리가 길게 이어졌다. 째지게 뽑혀 나오는 고음과 바로 뒤이은 음조의 위태로운 추락, 그 불협화음은 어린 처자 혹은 도령이 몹쓸 짓을 당하면서 내는 소리인가 싶을 정도로 참혹했다.

눈썹을 꿈틀하던 장손무극이 이내 픽 웃어 버렸다. 큰일 볼 때 노래를 부르는 원보 대인의 습관이 또 도졌구나 싶어서였다. 나날이 경천동지할 소리를 내질러 대니, 이제는 귀신도 울고 갈 지경이었다.

차를 마시느라 고개를 숙였던 그가 다시 눈을 들었을 때, 전북야는 이미 천막 안에 없었다. 순간 흠칫했던 장손무극은 뒤늦게야 연유를 짐작해 냈다.

원보 녀석의 노래는 일반인이 대수롭지 않게 받아들일 수 있는 성격의 것이 아니었다. 실상 노랫소리라기보다는 고문당하면서 내지르는 비명에 가까운 탓이었다.

특히 사람의 정신을 아득하게 만드는 저음을 흥얼거릴 때면 듣는 사람은 무언가 심상치 않은 상황을 연상해 내기 마련이었다. 전북야는 십중팔구 저 소리를 구조 요청으로 받아들였을 테고, 자연히 원보와 함께 있는 부요를 떠올리게 되면서 상상력이 날개를 달고 훨훨 뻗어 나가기 시작했을 것이다. 한밤중이라든지, 으슥한 골목이라든지, 찢어진 옷가지라든지, 어둠을 꿰뚫는 비명이라든지, 기타 등등을 향해.

엷은 웃음을 머금은 장손무극이 빈 찻잔을 채웠다.

너, 이 생쥐 녀석……

한편 변소 안, 원보 대인은 맹부요의 머리 위에서 신명 나게 노래를 뽑으면서 틈나는 대로 가림막 밖을 힐끔거리고 있었다.

어휴, 왜 이렇게 못 와? 이러다 맹부요 바지 올리겠네……

맹부요가 속옷을 끌어 올리면서 통사정을 했다.

"제발 그만 좀 해라. 차라리 〈십팔막十八摸〉[6]을 부르든가……."

이때였다. 원보 대인의 날카로운 눈에 회오리바람처럼 몰아쳐 오는 검은 그림자가 포착됐다.

"찌익!"

금세기 최강의 고음으로 길고도 길었던 소환 의식을 마무리한 원보 대인은 그길로 창문을 통해 냅다 줄행랑을 놨다.

당황한 맹부요가 바지를 추켜잡은 채로 말했다.

"망할 쥐 새끼, 무슨 약을 잘못 처먹었길래……."

펄럭, 바람 소리와 함께 환한 빛이 비쳐 들더니 가림막을 대뜸 걷어올리며 들이닥친 흑적색 그림자가 다급한 투로 물었다.

"부요, 혹시 습격을……."

전북야는 그대로 굳어 버리고 말았다. 그의 눈앞에 가녀린 미인이 흐트러진 옷매무새로 서 있었다. 상의는 살짝 들려 올라가고 하의는 완전히 추켜올리기 전인 상태. 상하의의 간극이 내보인 백옥 같은 살빛이 검푸른 옷감과 대비를 이뤄 아득한 창산 꼭대기의 흰 눈처럼 빛나고 있었다.

놀란 여인이 위쪽을 향해 살짝 고개를 들었다. 미세하게 벌

---

6 중국의 유명한 민요. 성적인 색채를 담고 있다.

어진 선홍빛 입술 사이로 하얀 이가 엿보였고, 지극히 은밀한 공간을 습격당한 당혹감에 양 뺨이 서서히 발그레하게 물들어 가고 있었다. 얇은 옥빛 도자기 그릇 안에서 붉은 초를 태우며, 그 투명한 옥색 너머로 몽롱하게 하늘거리는 불빛을 들여다보고 있는 듯한, 그런 발그레함이었다.

전북야는 숨을 멈췄다. 여인의 아름다움에 순간적으로 질식당한 느낌이었다. 오래전 배롱나무꽃이 흐드러지게 핀 옥동궁에서 회랑 모퉁이를 돈 순간 마주했던, 꽃가지 아래에 홀로 고요히 서 있던 어머니가 기억났다. 미풍이 봄기운 짙은 오동나무 누각을 살며시 쓸고 갈 때, 고개 돌려 그를 향해 웃던 어머니의 눈동자 안에서 반짝이던 광채가 기억났다.

가슴이 지끈 아파 왔다.

예상 밖에 통증은 맑은 정신을 되돌려 놓는 효과를 발휘했다. 전북야는 그제야 지금이 어떤 상황인지를 인지할 수 있었다. 맹부요는 볼일을 보던 중일 뿐 적의 습격 같은 건 당하지도 않았다. 무엇보다 그녀는 미처 바지도 못 추스른 채였다.

'펑' 하고 전북야의 온몸이 불타올랐다. 마침내 당황스러움과 난처함에서 헤어난 맹부요가 눈썹을 위험하게 치켜세우자, 전북야는 더더욱 시커멓게 타들어 갔다.

불길을 잡을 방도 따위는 없었다. 무슨 말을 해야 좋을지 모르고 허둥지둥 뒤로 물러나던 그는 자기 손아귀에 변소 가림막이 잡혀 있다는 사실을 잊고 말았다. '좌악' 소리와 함께 천이 뜯겨 나왔다.

이리하여 똥통 앞에 엉거주춤 쭈그리고 있는 맹부요의 자태가 뒤늦게 달려온 모두의 눈에 선명히 아로새겨졌으니…….

짧은 정적이 흐른 후.

"전북야, 죽어 버려!"

맹부요의 노성에 소스라친 새 떼가 나무에서 날아올라 하늘가 저 멀리 어지럽게 흩어졌다.

모두가 지켜보는 가운데 사색이 된 전북야가 절반짜리 가림막을 머쓱하게 제자리에 도로 걸려던 찰나, 맹부요가 분개한 모양새로 천을 홱 가로채 땅바닥에 놓고 짓밟아 댔다. 천 위에서 팔딱팔딱 뛰면서, 맹부요는 은근슬쩍 바지춤을 마저 추스르는 걸 잊지 않았다.

곧이어 바지춤이 원상 복구되는 동시에 표정이 딴판으로 바뀐 맹부요가 아무 일도 없었던 양 전북야의 어깨를 툭툭 치며 말했다.

"아까 욕한 건 사실 다른 사람들 정신 빼 놓으려고 그냥 한번 던진 거였어요. 그사이에 바지 올리게."

그녀가 손을 탁탁 털며 시원스럽게 자리를 뜬 후, 달랑 남겨진 전북야는 쓴웃음을 지었다. 맹부요에게 고맙다고 해야 할지, 아니면 이런 방면에 둔감한 그녀가 야속하다 해야 할지 판단이 서질 않았다.

아무렇지 않은 듯 생글거리며 변소를 떠나온 맹부요는 그길로 원보 대인의 간식 상자부터 한바탕 헤집어 놨다. 그리고 잠시 후에는 장손무극도 상자를 가져가 한차례 뒤적거렸다.

이날 밤, 원보 대인은 설사에 시달리면서 끝도 없이 딸꾹질을 해 대야만 했다.

객잔에서 밤을 보내기로 한 일행은 아예 원락 하나를 통째로 빌렸다. 하나같이 보통 성깔들이 아닌지라 남하고 같이 자는 건 절대 사절이었고, 그냥 따로따로 방을 하나씩 쓰기로 한 것이다.

저녁은 객잔에 마련된 별실에서 함께 먹었다. 저녁상에는 현대의 중국요리 훠궈와 비슷한 전골 요리가 올라왔다. 예쁘장한 놋쇠 화로에 올라앉은 질그릇 안에서 가지각색의 고기와 제철 채소가 보글보글 끓고 있었다.

목욕하다가 한발 늦은 맹부요가 저 멀리에서부터 외쳤다.

"냄새 끝내주네!"

막 그녀가 자리에 앉자마자 탕이 담긴 그릇 두 개가 앞으로 불쑥 들이밀어지더니, 왼편에 앉은 장손무극이 빙긋이 웃으며 말했다.

"그대가 좋아하는 토끼 고기요."

그러자 오른쪽에 있던 전북야도 입을 열었다.

"고기 많이 먹으면 상초에 화기가 오른다. 버섯이 아주 야들야들한데 좀 먹어 봐라!"

맹부요가 흡사 독약을 보듯 탕 그릇을 내려다보는 사이, 아란주가 '탁' 하고 젓가락을 내려놓으면서 입을 삐죽였다.

"나도 고기 못 먹었는데! 국물 맛도 못 봤다고!"

두 남자는 숫제 못 들은 척인 가운데, 종월이 태연자약하게 참마를 한 젓가락 집어 주며 말했다.

"화기를 가라앉히고 심신 안정에 도움이 되는 이게 좋겠소."

은근히 비꼬는 소리인 걸 알아들은 맹부요는 터져 나오려는 웃음을 필사적으로 삼키고는, 품 안을 뒤져 지난번에 장손무극한테서 강탈한 후추를 꺼냈다. 말려서 가루를 내 놓은 후추를 그릇 두 개에 조금씩 뿌린 그녀가 싱긋 웃었다.

"이런 음식은 칼칼해야 제맛이에요. 자, 맛들 좀 봐요."

아주 자연스럽게 그릇을 두 사람 앞으로 밀어 놓는 맹부요를 보며 피식 웃음 짓던 장손무극이 한 숟갈 한 숟갈 탕을 떠먹기 시작했다.

전북야는 아예 그릇을 통째로 들고 술 들이붓듯 국물을 꿀꺽꿀꺽 급하게 들이켜다가 매운 후추에 사레가 들려 캑캑거렸다. 그 모습을 보고 아란주가 얼른 등을 두드려 주려 했으나, 전북야가 눈을 부릅뜨고 노려보는 바람에 그녀는 찍소리도 못 하고 자리로 돌아가야만 했다.

맹부요는 짐짓 아무것도 못 본 척 탕 그릇에 머리를 처박고 후루룩 국물을 들이켜면서도, 속으로는 울부짖고 있었다.

이러고 어떻게 사냐, 진짜. 아아…….

그날 밤, 아란주가 혼자서는 잠이 안 온다며 느닷없이 이불을 싸 들고 나타났다.

왜 같이 자자고 하는지 그 얕은 속셈을 맹부요가 설마 모를까. 전북야가 또 기어들어 올까 봐 그러겠지.

뭔가 착각하는가 본데 그때는 극히 이례적인 상황이었거든?

이놈 저놈이 다 침대에 올라오는 버릇을 들여 봐라, 심각한 사태 아니니?

물론 맹부요의 입장에서도 아란주의 방문이 내심 반갑기는 했다. 이렇게 되면 최소한 전북야의 약 배달과 장손무극의 이불 단속에서는 벗어날 수 있을 테니까.

침상에 누워 밤늦도록 이야기를 나누는 중에 맹부요가 어쩌다가 전북야를 좋아하게 됐느냐고 묻자, 아란주가 아련한 눈빛으로 베개를 꼭 끌어안고서 말했다.

"나도 잘은 모르겠어. 어렸을 때 오라버니 따라서 천살국에 갔다가 황궁에서 길을 잃은 적이 있거든. 우연히 들어갔던 아주 예쁜 궁전에서 전북야가 어느 아리따운 여인의 머리를 감겨 주는 모습을 봤던 것만 기억해. 남자가 누구의 머리를 감겨 주는 건 그때 처음 봤어. 아버지랑 오라버니는 머리 감을 때 여자들한테 시중을 받으면서도 물이 조금만 뜨겁거나 차다 싶으면 당장 걷어차 버리는데 말이야. 배롱나무꽃 아래에서 그 여자의 긴 머리카락을 깨끗이 감긴 전북야가 마른 수건으로 가만가만 물기를 닦아 주는 걸 보는데, 궁문 앞에 선 채로 순간 넋이 나가 버렸지 뭐야……."

듣던 맹부요도 멍하니 넋을 잃기는 마찬가지였다.

아주 오래전, 아무도 찾는 이 없는 미친 황비의 궁 안. 배롱나무꽃 흐드러진 가운데, 세상으로부터 잊힌 소년 황자가 대야 앞에 무릎을 접고 앉아 제정신을 놓은 어머니의 머리를 감겨 주는 모습.

소년의 손에 한 올 한 올 쥐어진 머리카락은 덧없이 흘러가는 세월과도 같았으리라. 그 세월 속에서 소년과 어머니가 의지할 곳은 오로지 서로뿐.

무언가에 취한 양 아득하기만 한 여인의 세계에는 항상 소년의 극진한 돌봄이 함께했을 것이다. 눈발 날리는 겨울에도, 나뭇잎 떨어지는 가을에도, 폭풍이 몰아치는 여름과 비 그칠 줄 모르는 봄에도. 그녀의 애달픈 삶은 변치 않는 소년의 정성이 있었기에 그래도 행복했을 터.

허나, 고통은 필경 존재했을 테고 누군가는 그걸 떠맡아야 했으리라.

정신 나간 어머니가 고통이 무엇인지도 모른 채 텅 비어 있는 동안, 모든 아픔과 쓸쓸함은 소년 홀로 감당해 내야 하지 않았을까? 어려서부터 여린 어깨에 그녀의 것과 그의 것, 두 사람 분의 고통을 짊어지고서.

전북야가 지금처럼 쾌활하고 호기로운 성격인 이유를 알 것 같았다. 실성한 어머니에게는 햇살과도 같은 빛과 온기가 필요했을 것이다. 차갑게 그늘져 비애의 나락을 헤매는 그녀의 마음을 위로하기 위해서라도 전북야가 어찌 쾌활하지 않을 수 있었겠는가.

그마저 침울하게 가라앉아 버리면 어머니의 어두운 세계를 밝혀 줄 이는 따로 누가 있으며, 호시탐탐 아우의 처단을 벼르고 있는 형님들이 '황실에 원한을 품었다'는 누명이라도 씌울지 또 누가 아는가?

호기롭고 용감하지 않을 수도 없었을 것이다. 출발선에서부터 불리했던 그가 남들과 동등한 대우를 얻어 내자면 그들보다 훨씬 치열하게 발버둥 칠 필요가 있었을 테고, 자칫 한순간이라도 약해졌다가는 철저히 짓밟힐 게 자명한 상황이었으니까. 자신만이 아니라 어머니까지 한꺼번에.

맹부요는 무거운 한숨을 내쉬며, 어느새 스르르 잠든 아란주의 얼굴을 쳐다봤다.

그저 천진난만한 줄로만 알았더니, 사랑이 뭔지도 아는 애였구나. 하아, 사실 전북야랑 진짜 잘 어울리는 한 쌍인데…….

그러다 문득, 뭔가 이상하다는 생각이 들었다.

아란주도 무공이라면 어디 가서 빠지지 않는 수준이건만, 멀쩡하게 대화를 하다 말고 갑자기 잠이 들다니?

희미한 향내가 코끝을 스쳤다. 청아하면서도 유혹적인 향. 옆으로 돌아누운 맹부요가 웃음기를 머금은 채 자신을 바라보고 있는 한 쌍의 그윽한 눈동자를 발견했다.

방 안을 어렴풋하게 채운 월광 속에서 장손무극이 엷게 미소 짓고 있었다. 하늘가에 걸린 달만큼이나 아스라하고도 매혹적인 모습이었다. 손가락 하나를 세워 입술에 가져다 댄 그가 '쉿' 소리를 냈다.

맹부요의 입가로 킥킥거리는 웃음이 삐져나오려 했다.

이미 애 혈도까지 찍어 기절시켜 놓고 쉿은 무슨.

그런데 입술 앞에서 손가락을 뗀 장손무극이 곧장 신발을 벗고 침상으로 올라오는 게 아닌가. 소스라친 맹부요가 소리 낮춰 핀잔을 줬다.

"아란주도 있는데 민망하지도 않아요?"

"민망이야 그대가 대신 해 주겠지. 민망하면 아란주는 안아다 밖에 내놓으시오."

빙긋 웃은 장손무극이 팔베개를 하고 누웠다.

"나는 그대 이외의 여인은 안고 싶지 않으니."

못 말리겠다는 양 픽 웃어 버린 맹부요가 하는 수 없이 아란주를 안아 바깥방으로 옮겼다. 그러나 바깥방에 있는 작은 침상은 한 사람이 누울 크기밖에 안 됐고, 그녀는 고민에 빠졌다.

어쩌지? 이대로 다시 돌아가? 그러면 장손무극이 내 침대에 올라온 게 아니라 내가 저치 침대에 기어들어 간 게 되잖아? 그렇다고 안 돌아가자니, 이대로 잠자리 빼앗기는 건데?

이래저래 고민이 많은 참인데, 홀연 단단한 팔이 허리를 가볍게 휘감았다. 장손무극이 어느새 등 뒤에 와 그녀를 끌어안은 것이다.

그가 턱을 맹부요의 어깨에 올려놨다. 숨결이 품은 향내가 고아했다. 산들바람을 타고 와 봄밤에 스며드는 가랑비처럼, 그의 나직한 목소리가 맹부요의 귓가에 감겨들었다.

"부요⋯⋯."

"음?"

"부요⋯⋯."

"왜요?"

"부요⋯⋯."

웃음이 터진 맹부요가 뒤를 돌아봤다.

"이렇게 유치한 짓도 할 줄 알아요?"

그녀의 눈동자는 등잔불을 켜지 않은 실내에서도 여전히 별빛처럼 밝게 반짝였다. 그런 그녀를 빙긋이 웃으며 바라보던 장손무극이 입을 열었다.

"부요, 지금껏 그대가 봐 왔던 나는 진짜 내가 아니오. 그대를 만난 이후로, 나는 원래의 내가 아니게 되었거든."

말에 실려 나온 뜨거운 숨결이 귓가를 살금살금 간지럽히자 맹부요는 견디지 못하고 그의 품을 빠져나가려 했지만, 장손무극은 팔을 풀어 주지 않았다. 피신에 실패한 맹부요가 몸을 꼬면서 키득거렸다.

"이제 보니 무극 태자께서는 권모술수며 전쟁, 정치싸움에만 능한 게 아니라 사랑의 밀어를 속삭이는 데도 고수시네요."

"본래 이런 데는 문외한이었소만."

장손무극이 그녀의 귓가에 느릿느릿 말했다.

"어느 분의 도화살이 실로 기막혀 사내들이 줄줄이 따르니, 참신한 문구라도 연구해 둬야 까맣게 잊히는 걸 면하지 않을까 하여."

"바가지 긁는 소리로 들려요."

그를 밀어내다가 손바닥에서 느껴지는 열기에 뺨을 붉힌 맹부요가 쭈뼛쭈뼛 창문께까지 물러섰다. 헐겁게 닫힌 창문 사이로 별빛이 흘러들어 장손무극의 웃는 듯 마는 듯 한 입가를 비췄다. 살짝 얼굴이 상기된 그는 별빛보다도 더 아스라한 눈빛을 하고 있었다.

그를 바라보는 맹부요의 가슴이 물결치듯 일렁이길 한순간, 곧바로 예리한 통증이 따라붙었다. 씁쓸하게 심호흡을 한 그녀가 이내 화제를 돌렸다.

"근심 있어 보여요."

장손무극이 다가와 그녀의 손을 잡았다. 두 사람은 침상으로 가 머리맡에 등을 기대고 나란히 누웠다.

맹부요가 남는 베개를 내밀자 장손무극이 팔을 뻗어 그녀가 깔고 있던 걸 빼 가며 말했다.

"이쪽이 그대 것 아닌가?"

이에 허탈하게 웃은 맹부요가 구시렁거렸다.

"하여튼 눈치는 귀신같지."

편안히 몸을 눕힌 그녀는 장손무극과 어깨를 나란히 하고서 함께 창밖 환한 달을 올려다봤다. 달빛 아래 반쯤 고개 숙인 연노란 영춘화와 봉오리를 터뜨리기 직전인 분홍빛 복숭아꽃의 운치가 아리따운 가운데, 알록달록한 꽃 그림자가 푸르스름한 창호지에 고운 눈길을 드리우고 있었다.

"그래서, 나한테 터놓고 싶은 이야기는요?"

맹부요는 살며시 눈을 내리깔고서 들풀이 자라나는 소리에 귀를 기울였다.

"부요, 내가 만주에서 잘못됐다는 소식이 날아들고 나서도 실은 줄곧 살아 있으리라 믿었던 것, 맞소?"

"당연하죠."

맹부요가 눈을 끔뻑거렸다.

"많이 무서웠어요. 걱정도 됐고요. 특히 원보 그 망할 생쥐 녀석이 죽었다고 했을 때는 거의 믿을 뻔했다니까요. 그런데 이상한 거예요. '착한 사람은 명이 짧아도 나쁜 놈은 천년을 간다.'라는 말도 있는데 당신 같은 초절정 나쁜 놈이 그렇게 죽어 버리는 건 이치에 안 맞잖아요."

"무슨 소리를 해도 한 방씩 먹이는 건 잊지 않는군."

그녀의 코끝을 살짝 쥐었다 놓은 장손무극이 잠시 후 말했다.

"부요, 그대가 나를 믿어 줘서 얼마나 기쁜지 모르오. 앞으로도…… 계속 그렇게 신뢰해 줄 수 있겠소?"

맹부요가 짧게 알겠노라 답했다.

"무슨 일이 생기더라도 전적으로 나를 믿고, 이해하고, 사건의 겉껍질에 현혹되거나 동요하지 않을 수 있겠소?"

"덕왕 일 말이에요?"

맹부요가 대답 대신 되물었다.

"솔직히 난 크게 신경 안 써요. 뭔가 말 못 할 사정이 있었겠죠. 때가 됐다 싶으면 자연히 나한테도 이야기해 줄 테고."

"부요……."

장손무극이 홀연 탄식을 뱉었다.

"그대에게 너무 많은 빚을 진 듯하오……."

"형씨!"

맹부요가 그를 향해 돌아눕고는 근엄하게 말했다.

"너무 섣불리 감동하지도, 너무 과하게 감격하지도 말고, 갑절로 설레지는 더 마시길! 나중에는 조금 전 그 말을 나한테서 다시 듣는 수도 있으니까."

"고집만 센 바보 같으니……."

못 당하겠다는 양 웃은 장손무극이 그녀의 머리를 토닥였다.

"이 문제로 싸움은 그만두겠소. 아무튼 어디 한번 천천히 두고 봅시다."

"그래요, 두고 봐요."

맹부요가 또박또박 말했다.

"언젠가는 알게 될 거예요. 내가 다 당신을 생각해서 이랬다는 걸."

장손무극이 그녀를 뚫어져라 응시했다. 사실은 속에서 뭔가가 치받쳐 올랐다.

하지만 저토록 영롱하게 반짝이는, 흡사 한 줄기 환한 빛처럼 보는 이의 마음까지 밝혀 주는 눈을 앞에 두고 그녀를 책망하기란 어려운 일이었다.

그녀를 한참 바라보던 장손무극이 돌연 싱긋 웃음 지었다.

"좋소. 어차피 그대에게 버림받을 운명이고 버려 주는 것에 감사까지 해야 한다면, 미리 위로 한 번은 받을 수 있는 것 아니오?"

"뭐가 어째요?"

"하룻밤 안고 잡시다!"

맹부요를 끌어당겨 품 안 깊숙이 그러안은 장손무극이 느긋하게 한숨을 내쉬었다.

"푹 자 본 지가 언제인지 모르겠소."

벌써 상대를 걷어차려 다리를 뻗은 맹부요가 그 소리를 듣고는 허벅지에 들어갔던 힘을 살짝 줄였다. 장손무극이 그녀의 수혈睡穴을 짚은 건 바로 그 찰나의 머뭇거림 사이에 일어난 일이었다.

팔을 들어 머리를 괸 그가 잠든 맹부요의 얼굴을 응시하며 희미한 미소를 머금었다.

"하여튼 마음만 약해서는. 오로지 내 앞에서만 그렇게 약해진다면 참 좋을 것을……."

다음 날, 맹부요는 눈을 뜨자마자 바짝 긴장한 채로 옆자리 장손무극의 옷매무새부터 살피고자 했다. 전북야가 남긴 공포 때문이었다. 아침에 일어났는데 옆자리에 다 벗은 사내가 누워 있는 상황은 절대로 다시 겪고 싶지 않았다.

옆자리에서 발견된 것은 우려대로 다 벗은 무엇이긴 했다. 그의 정체는 다름 아닌 원보 대인이었다.

녀석은 네 다리를 큰대자로 쩍 벌리고 곯아떨어져 있었다. 연신 위아래로 오르락내리락하는 분홍색 똥배를 보면서, 쥐 새끼 녀석의 계략에 당해 전북야 앞에서 속살을 내보였던 일을 떠올린 맹부요는 순간적으로 부아가 치미는 걸 느꼈다.

그녀는 일단 녀석의 배에 붓을 몇 차례 쓱쓱 휘갈겼고, 뒤이어서는 종이 한 장을 가져와 그 위에도 글자 몇 개를 적었다.

얼마 뒤 잠에서 깬 원보 대인은 미처 가시지 않은 잠기운 탓에 눈도 못 뜬 상태로 도포를 주워 입었다. 맹부요가 쪽지를 붙인 것 역시 전혀 알아채지 못한 채 밖으로 향하는 원보 대인의 등에서는 '소변 금지 구역'이라는 여섯 글자가 멋들어지게 펄럭이고 있었다.

잠시 후, 정원 밖에서 아란주가 미친 듯이 깔깔거리는 소리가 들리더니, 화살처럼 날아 들어온 원보 대인이 도포를 홱 벗어 던졌다. 그제야 발견한 쪽지를 마구 짓밟아 준 원보 대인은 아예 옷이고 뭐고 아무것도 안 걸치고 위풍도 당당하게 다시금 밖으로 향했다.

이번에 아란주는 급기야 담장에 몸을 던져 가면서 웃어 젖혔다. 원보 대인의 분홍색 배에 커다란 가슴이 두 개 그려져 있었던 것이다…….

화주에 당도할 때까지, 이날 종일 맹부요는 생쥐 녀석을 다시 보지 못했다. 장손무극에게 행방을 묻자 미소와 함께 돌아온 대답은 다음과 같았다.

"벽 모퉁이 구석을 찾아보시오."

그나저나 화주 근방에 이른 이후로 장손무극의 눈빛이 줄곧 어딘지 이상했다. 표정이나 말투는 평소 그대로였지만, 눈빛이 성안에 들어선 순간을 기점으로 한층 더 묘한 징후를 보이고 있었다.

화주에 갇혀 있는 덕왕을 어찌 처분할지 결정을 앞두고 있기 때문일까?

일행이 제각기 흩어진 건 화주 관부 근처에서였다. 전북야와 종월 등은 무극국 황가의 일에 끼고 싶지 않다는 이유로 따로 지낼 곳을 찾아 자리를 떴고, 맹부요도 원래는 같이 이동할 생각이었으나 장손무극이 그녀를 붙잡았다.

"그대도 알아야 할 것이 있소."

관부 앞에는 화주 지부知府가 화주를 관할지로 가진 강북도江北道 총독總督과 함께 나와 무릎을 꿇고서 벌벌 떨고 있었다. 입구에서 갑자기 걸음을 멈춘 장손무극이 유난히 성대하게 장식된 관부 안팎을 응시하며 느릿느릿 물었다.

"또 누가 와 있지?"

강북도 이 총독이 땅에 바짝 엎드려 공손히 답했다.

"아뢰옵나이다. 황후마마께서 조금 전에 막 당도하시어……."

얼떨떨해진 맹부요의 표정이 굳어졌다.

원元 황후? 장손무극의 모후? 구중궁궐에서 화주까지는 무슨 일로?

발걸음을 멈칫하는가 싶던 장손무극이 이내 담담히 말했다.

"오, 그러했던가? 먼 길 오느라 고단할 테니 쉬시도록 방해하지 말게."

이 총독은 식은땀을 훔치면서 속으로 한숨을 푹 내쉬었다. 원 황후가 당도하자마자 명을 내리기를, 태자가 오거든 즉각 자신에게 알리라고 했기 때문이었다.

하지만 이 상황에서 그가 감히 입을 뻥긋할 수가 있겠는가.

황후와 태자 사이에 흐르는 암류에 잘못 휩쓸렸다가는 목숨이 날아가는 건 한순간. 그쯤이야 무극국 전체가 아는 상식이었다. 장손무극의 분부가 떨어진 이상 그로서는 고분고분 따르는 것 말고 달리 할 수 있는 일이 없었다.

"덕왕이 관부 후원 지하 감옥에 하옥되어 있다는 이야기를 황후께 고한 것은 아니겠지?"

빠른 걸음으로 앞을 향하면서, 장손무극이 언뜻 무심한 투로 물었다.

"아니옵니다, 아니고 말고요……. 어찌 감히 태자 전하의 명을 어기겠나이까."

"그래, 마마께서는 기분 전환차 오신 길이니 공연히 군무나 국정을 고해바쳐 심기를 어지럽혀서는 아니 될 것이네. 알겠는가?"

"예……."

"본 궁이 기분 전환할 일이 무에 있겠느냐. 태자가 위로는 군국대사부터 아래로는 하루 세끼에 이르기까지 본 궁이 마음 쓸 것이 전혀 없도록 해 주거늘, 기분 전환이라니?"

위엄이 느껴지는, 여인의 차디찬 목소리가 날아들었다. 나긋한 음색은 미인이 그리도 많다는 무극국 남강南江 일대의 그것과 엇비슷했지만, 그런 목소리로 한 자 한 자 끊어 뱉는 말 사이사이에서 느껴지는 독기는 듣는 사람을 소름 끼치게 했다.

긴 회랑의 끄트머리, 물결무늬 사이에 두 마리 난새가 수놓인 금빛 여덟 폭 치마 차림의 여인이 꼿꼿한 자세로 서 있었다.

바닥에 길게 드리워진 치맛자락과 풍성하게 틀어 올린 머리

채, 일곱 빛깔 봉황이 장식된 보석 관, 갖가지 보옥과 유리구슬 술이 달린 금비녀, 진주 열여덟 개가 촘촘히 박힌 초승달 모양의 패물과 눈물방울같이 아래로 드리운 봉황 문양 장신구까지.

금은보석의 찬란한 반사광 탓에 이목구비를 제대로 알아볼 수는 없었으나, 농염하면서도 서슬이 퍼렇게 선 기운만은 멀리서도 숨 막히도록 뚜렷이 느껴졌다.

무극국의 국모, 장손무극의 모후, 원 황후.

저만치에 냉담하게 선 채, 그녀는 모자간에 오가는 것이라고는 도저히 믿을 수 없는 눈길로 장손무극을 훑어보고 있었다.

"어마마마, 기체후 만안하시온지요."

장손무극이 표정 변화 없이 예를 올렸다.

"화주까지 걸음을 하신 줄 미처 알지 못하여 영접을 소홀히 하고 말았습니다. 소자의 죄를 용서하십시오."

"되었다."

원 황후가 무심히 말했다.

"네가 다른 이를 단죄하지만 않아도 감지덕지거늘 누가 감히 네 죄를 묻겠느냐?"

장손무극은 아무것도 듣지 못한 양, 차분히 자기가 할 말만 했다.

"잡무가 약간 있는지라 문안 인사는 일 처리를 마치고 나서 다시 드리도록 하지요. 화주는 경치가 썩 빼어난 곳인데, 어마마마께서 원하신다면 현지 관아에 일러 근방 유람을 준비시키겠습니다."

"무얼 하러 가겠다는 게야?"

장손무극을 뚫어져라 노려보던 원 황후의 눈이 문득 방향을 바꿔 그의 뒤쪽에 있는 맹부요를 향했다.

"본 궁을 보고도 인사를 하지 않는다니, 어디서 굴러먹다 온 놈이 이리 무엄한가!"

맹부요가 한 걸음 앞으로 나서 절을 올리려는 걸 장손무극이 팔을 뻗어 가로막았다.

"어마마마, 조정 신료가 황후 비빈을 면대하는 것은 적절치 못한 일이니 당장 물러가라 하겠습니다."

흠칫하는 맹부요를 향해 원 황후가 칼날처럼 뾰족한 눈빛을 보냈다. 무언가 짚이는 데가 있는 듯한 기색으로 맹부요를 훑어보던 황후가 이내 싸늘하게 말했다.

"홀로 적진에 뛰어들어 요성을 위기에서 구하고 운량관으로 위장해 덕왕군의 사기를 꺾었다던, 그 맹孟가인가?"

잇새로 짓씹듯 내뱉은 한 음절 한 음절에는 예리하게 갈린 칼처럼 서슬 퍼런 냉기가 서려 있었다.

장손무극과 맹부요가 미처 뭔가 반응을 보이기도 전, 원 황후가 소맷자락을 떨치며 소리쳤다.

"여봐라!"

얼음이 녹다

황후의 말이 떨어지기 무섭게 장손무극이 끼어들었다.

"맹 장군, 물러가시오!"

맹부요는 즉시 허리를 숙였다.

"예!"

그대로 세 걸음을 뒤로 물린 그녀가 막 돌아서던 때였다.

"게 서지 못할까!"

차갑게 얼어붙은 눈으로 맹부요의 등을 후벼 파듯 노려보며, 원 황후가 싸늘하게 말했다.

"본 궁의 말이 끝나지 않았거늘 일개 신하가 버릇없이 자리를 떠?"

맹부요는 뒤로 돌아선 채 한숨을 뱉었다.

장손무극 엄마라더니, 상태가 왜 저래? 내가 언제부터 자기

신하였는데? 자리는 왜 못 떠? 장손무극 얼굴 봐서 참는 거지,
아니었으면 벌써 발차기 날아갔다!

"마마."

앞으로 돌아서며 허리를 가볍게 굽힌 맹부요가 정중하되 비
굴하지는 않은 투로 입을 열었다.

"소신은 태자 전하를 모시는 몸입니다. 전하께서 물러가라
하시면 응당 물러가야지요. 하물며 오주대륙 어느 나라에서도
황후 비빈이 친히 조정 신료에게 명령이나 처분을 내린다는 이
야기는 들어 보지 못하였습니다."

"감히!"

원 황후가 분개하자 머리 위 관에 달린 보석이 파르르 떨렸
다. 잠시 후, 그녀가 이를 악물고 말했다.

"역시나 분수를 모르고 날뛰는구나, 방자한 것!"

"어마마마, 말씀이 과하십니다!"

장손무극이 냉담한 투로 말을 받았다.

"이쪽은 나라의 공신입니다. 덕왕 건을 해결하는 과정에서
혁혁한 공을 세운 영걸이자, 부황께서 황명으로 장군에 봉하신
인물이며, 무극국 조정 전체가 장군의 용기와 충심에 감격하고
있습니다. 한데, 국모이자 내명부의 수장이라는 분이 공신을
이리 대하시다니요. 격에 맞지 않는 행동일뿐더러 전장에서 피
를 뒤집어쓰고 싸우는 무관과 병사들이 듣는다면 크게 섭섭해
할 일입니다."

"공신이라?"

삐죽 들려 올라간 원 황후의 말끝에서 웃음기인지 비아냥인지 모를 감정이 묻어났다.

"세상 이치가 뒤집혀도 정도껏이지. 충성스러운 원로대신은 감옥에 처박고, 젖비린내도 가시지 않은 애송이보고는 공신이라니! 하하, 하하!"

두 마디로 웃음을 던진 황후가 천천히 걸음을 옮겨 다가왔다. 극도로 느릿한 걸음걸이를 따라 장신구들이 차랑차랑 우는 소리가 내원 누각의 긴 복도에 가득 메아리치며 숨 막히는 위압감을 자아냈다.

원 황후가 맹부요 앞에 멈춰 섰다. 보석에서 아른아른 흩뿌려져 나오는 광채가 황후의 눈빛을 가리고 있었지만, 맹부요는 칼날과도 같이 섬찟한 눈빛을 고스란히 느낄 수 있었다.

살점을 낱낱이 발라내고 뼈까지 들쑤실 듯한 눈빛. 그것은 신하가 아니라 철천지원수를 향한 눈에 가까웠다.

"홀로 적진에 들어가 장수 일곱을 베고, 신묘한 계략으로 덕왕군의 근본을 무너뜨렸다라. 소문이 자자하던데 어찌 그게 가능했는지 들어 보고 싶구나."

새빨간 연지가 발린 입술을 달싹이며 말한 원 황후가 웃음 띤 얼굴로 맹부요를 바라봤다.

"구중궁궐 안에 기거하는 부인네의 귀에까지 들어왔을 만큼 도성 전체가 그대의 무용담으로 떠들썩하기에 얼마나 용맹한 사내이려나 궁금했건만, 이리 새파랗게 젊을 줄이야……."

그녀의 입가에 미소가 맺혔다.

"무극국 조정의 홍복이로다!"

이에 한 걸음 뒤로 물러선 맹부요가 살짝 자세를 낮췄다.

"무지몽매한 소인에게는 과분한 말씀이십니다."

"그리 겸손할 것까지야."

느릿느릿 말한 원 황후가 금실로 얽은 봉황 문양이 장식된 소매를 뻗더니, 뾰족한 법랑 호갑투[7]를 낀 열 손가락으로 맹부요를 일으켜 주고자 했다.

"태자가 그대를 공신이라 하였으니 예를 거두게."

맹부요가 허리를 바로 세우기 직전, 길게 처진 소매 아래에서 황후의 손가락이 별안간 방향을 틀어 갈고리처럼 뻗어 나왔다. 손톱이 노리는 것은 고개를 숙이고 있는 맹부요의 눈.

날카롭게 휘어진 호갑투가 열 자루의 비수처럼 맹부요의 얼굴 바로 앞까지 들이닥쳤다.

이제 손가락을 살짝 굽히기만 하면 눈알이 파질 터!

까득.

들릴 듯 말 듯 나지막한 파열음과 함께 원 황후의 몸이 흠칫 굳었다.

짙은 남색 바탕에 자잘한 석류석이 박힌 호갑투 열 개가 우수수 아래로 쏟아지더니 대리석 바닥에 부딪혀 사방으로 튕겨 나가면서 맑고도 경쾌한 소리를 냈다.

입꼬리를 당기며 고개를 든 맹부요가 뻣뻣하게 경직된 원 황

---

7   길게 기른 손톱을 보호하고자 손에 착용하는 날씬한 고깔 모양 장신구다.

후의 손끝 앞에 가위 모양으로 내놓았던 제 손가락을 치웠다. 이어서 원 황후의 눈앞에다 대고 익살스럽게 가위질을 해 보인 그녀가 '하하' 소리 내 웃었다.

"호갑투 품질이 참으로 형편없습니다. 건드리자마자 부러지네요."

다음 순간, 맹부요가 가차 없이 팔을 홱 뿌리치자 원 황후의 몸이 휘청하면서 장손무극 쪽으로 기울어졌다. 그러나 장손무극은 뒷짐을 진 자세 그대로 서 있을 뿐, 모후를 부축해 줄 기색이 전혀 없었다.

원 황후를 바라보는 그는 몹시도 복잡한 표정이었다. 고통인 듯 증오인 듯, 슬픔인 듯 체념인 듯, 그의 눈빛은 그 자체로 길고 긴 탄식 같았다.

비틀비틀 몇 걸음 물러나서야 가까스로 기둥을 붙잡고 바로 선 원 황후가 고개를 들어 잡아먹을 듯한 눈빛으로 맹부요를 노려봤다.

그런 그녀가 갑작스럽게 웃음을 지은 것은 잠시 후의 일이었다. 순식간에 차분한 기품을 되찾은 원 황후가 부드러운 투로 말했다.

"본 궁이 잠시 균형을 잃어 자칫 맹 장군에게 상처를 낼 뻔하였는데, 장군 덕분에 큰일을 면하였네."

"그러셨습니까? 소신은 마마께서 새로이 무공이라도 익히셨는 줄 알았습니다."

손톱에 훅 바람을 분 맹부요가 설렁설렁 대꾸했다.

"이를테면 구음백골조[8]라든지? 애석하게도 아직 큰 성취는 못 이루셨구나 했지요."

"무공을 논하자면 본 궁과 맹 장군을 같은 선상에 놓을 수야 없는 일."

원 황후가 담담히 말했다.

"맹 장군이 대단한 고수가 아니고서야 무슨 수로 덕왕군 군영에 잠입해 조정 운량관을 살해하고 군사들의 사기를 어지럽힐 수 있었겠나."

"어마마마, 외람되오나 한 말씀 드리겠습니다."

이때, 지금껏 아무 말 없이 원 황후를 응시하고 있던 장손무극이 입을 열었다.

"덕왕의 군대는 반란군이었으며 덕왕이 임명한 운량관은 역도였으니 죽어 마땅합니다. 맹 장군은 반란을 토벌하러 갔던 것입니다. 무엇이 대의였는지, 그 옳고 그름을 혼동하지 마십시오!"

"반란을 토벌해?"

장손무극의 그 한마디가 불씨가 되어 줄곧 싸늘하게 가라앉아 있던 원 황후를 화염에 휩싸이게 했다. 그녀가 홀연 코웃음을 쳤다.

"아직 심문도 전이거늘 어찌 반란이라는 죄명을 갖다 붙이느

---

8 九陰白骨爪. 김용의 《사조영웅전射雕英雄傳》에 등장하는 무공으로 열 손가락을 악랄하게 사용한다.

냐? 시시비비를 제대로 가리지도 않고서 역모죄를 뒤집어씌우려는 셈인 게야? 덕왕이 거병한 것은 만주에서 변고를 당한 네 원수를 갚고자 함이었다. 그것을 잘못이라 할 테냐? 네가 어찌 덕왕에게 없는 죄를 씌워 반대파를 제거하는 데 이용해!"

원 황후에게 고정된 장손무극의 눈동자 안에 아픔이 스쳤다. 잠시 후, 그가 느릿느릿 말했다.

"소자가 변고를 당했을 때는 만주에 행차조차 않으셨던 어마마께서, 덕왕이 화주로 붙잡혀 오자 불과 이틀 만에 이곳에 당도하셨더군요. 세상사라는 것이 참, 개탄스럽기 그지없습니다!"

평온한 어투이되 한 글자 한 글자 날이 선 말이었다.

일순 얼굴이 창백해져 말을 잇지 못하던 원 황후의 입에서 대답이 나오기까지는 약간의 시간이 필요했다.

"네 부고는 거짓이 아니었더냐."

"예. 어마마께서는 눈이 그리도 밝아 소자의 죽음이 거짓이었던 것도 알고, 덕왕이 억울한 누명을 쓴 것도 아시는군요."

장손무극이 한쪽 입꼬리를 비틀어 올렸다.

"오늘 덕왕을 위해 하신 말씀은 잘 기억해 두었다가 심문 시 공정을 기하는 데 참고토록 하겠습니다. 그보다 화주까지 걸음을 하신 목적이 유람이 아니라 오로지 덕왕이라면 분명 부황의 준허는 얻지 않으셨겠습니다. 부황을 대신하여 국사를 돌보는 입장에서 지적하고 넘어가지 않을 수가 없군요. 내명부의 일원은 임의로 궁 밖에 나와서는 안 되고, 국정에 간섭해서는 더더욱 안 됩니다. 두 가지 조항을 모두 어기셨으니 조속히 환궁하심이 마땅하겠지요."

원 황후 쪽에는 눈길도 주지 않고서, 장손무극이 소맷자락을 떨치며 외쳤다.

"여봐라! 황후마마를 궐로 모시거라!"

"나는 이대로 못 간다!"

'본 궁'이라는 호칭조차 붙이지 않은 원 황후가 회랑 난간을 붙든 채로 그 자리에 꼿꼿하게 서서 쏘아붙였다.

"여기서 똑똑히 지켜보아야겠다. 내 아들이 그에게 무슨 짓을 하는……."

"쉬시도록 처소로 모셔라!"

황후의 말을 뚝 자른 장손무극이 맹부요를 끌고 돌아섰다. 자리를 뜨는 걸음이 무척 빨랐다.

맹부요는 딱딱하게 굳은 그의 미간을 걱정스럽게 쳐다봤다. 장손무극이 화를 내는 모습은 이번이 두 번째. 오늘 그의 분노에는 지난 때보다 훨씬 짙은 비애가 섞여 있었다.

"장손무극, 이 피도 눈물도 없는 것!"

질식할 것 같은 정적을 깨고 등 뒤에서 원 황후의 외침이 날아들었다. 법랑 호갑투를 잃은 손톱이 손아귀에 들어간 힘을 못 이기고 까드득 부러져 나갔다. 소름 끼치는 소리였지만, 지금 황후가 짜내는 목소리는 그보다 더 섬뜩했다.

"네가 그이를 죽일 수는 없어! 그는……, 그는……."

자색 그림자가 바람처럼 허공을 스쳐 뒤쪽으로 향했다. 삽시간에 원 황후 곁으로 돌아간 장손무극이 무표정한 얼굴을 살짝 숙여 자신의 모후를 내려다봤다.

"오늘따라 말씀이 많으십니다."

고개를 들고 그를 노려보며 가쁜 숨을 씩씩거리던 원 황후가 입을 열었다.

"불효막심한 놈! 차라리 나도 같이 죽여라!"

"소자가 어찌 어마마마께 그런 짓을 하겠습니까?"

종래의 무심한 미소를 되찾은 장손무극이 나지막이 말했다.

"죽어야 할 것은 죽을죄를 지은 자뿐이지요."

"누가 죽을죄를 지었다는 게야?"

원 황후가 즉각 받아쳤다.

"덕왕은 황족이자 조정 고관이다! 설사 죄를 지었다 한들 감형받을 특권이 있단 말이다!"

"불온한 심사를 품은 자, 죽어 마땅합니다!"

차갑게 대꾸한 장손무극이 자세를 낮춰 원 황후의 귓가에 속삭였다.

"그간 참을 만큼 참았습니다. 마지막으로 한 번 더 기회도 줘 보았지요. 그러나 제가 한 걸음 물러나면 상대는 열 장을 내딛더군요. 그러다 끝끝내 건드려서는 안 될 선까지 넘고야 말았으니……. 송구합니다, 어마마마. 저도 죄업을 지고 싶지는 않았으나 분수를 모르고 날뛰는 상대들이 저를 여기까지 몰아붙인 것을 어찌하겠습니까!"

"너 역시 나를 죽음으로 몰아붙이고 있지 않으냐!"

냉정을 회복한 원 황후가 호갑투가 절반만 남은 손가락을 자기 목에 가져다 대고는 장손무극을 향해 차분하고도 섬뜩한 미소를 보냈다.

"무극, 뒤늦게 후회하지 말거라!"

"부러진 손톱으로 자진이라도 하시렵니까?"

입가에 희미한 웃음기를 건 장손무극이 무감하게 말했다.

"지난번에는 깨진 꽃병 조각이었고 그전에는 살구씨 즙이었던가요. 어마마마, 참으로 다채로운 구경을 시켜 주십니다."

원 황후를 외면한 장손무극이 저만치에서 두 모자를 감히 쳐다보지도 못하고 고개를 푹 수그리고 있는 호위병을 향해 소리쳤다.

"방으로 모셔라!"

말을 마친 그가 고작 몇 걸음이나 내디뎠을까, 맞은편에서 얼굴이 온통 땀투성이인 이 총독이 달려왔다. 낯빛이 새파랗게 질린 총독이 장손무극의 귀에 몇 마디를 속닥거렸다.

옆에서 어렴풋이 '자진' 비슷한 단어를 들은 맹부요는 가슴이 바짝 조여드는 걸 느끼며 장손무극을 올려다봤다. 이미 웃음기는 온데간데없는 얼굴. 그의 눈 안에서 시커먼 격랑이 사납게 소용돌이치고 있었다. 맹부요는 제 살갗에 닿아 있는 그의 손끝이 얼음장처럼 차갑게 식어 버린 걸 감지했다.

이때, 뒤에 있던 원 황후 역시 직감적으로 뭔가 낌새를 챈 양 빠른 걸음으로 쫓아와 물었다.

"무슨 일이냐?"

장손무극은 그녀를 돌아보지조차 않았다.

"마마를 모셔 가거라!"

아니나 다를까, 머뭇거리며 다가서는 호위들을 향해 원 황후가 호통을 쳤다.

"물러가라! 네놈들이 나설 자리가 아니다! 본 궁이 오고 싶으면 오고, 가고 싶으면 가는 것이지, 누가 감히 건드리느냐!"

장손무극이 뒤를 돌아보며 피식 웃었다.

"옳은 말씀이십니다. 감히 마마를 건드릴 자가 어디 있겠습니까. 가서 무엇이든 마음 내키는 대로 하시지요. 단, 그 전에 한마디만 드리겠습니다. 어마마마는 어쩌지 못하더라도 다른 한 사람에게는 소자의 손이 얼마든지 닿으니, 어마마마께서 소자를 불안하게 만드신다면 그 만악의 근원부터 제거하는 수밖에 없습니다. 그러니 잘 생각하십시오!"

"네가 어찌!"

장손무극의 손에 이끌려 자리를 뜨던 맹부요가 도중에 뒤를 돌아봤을 때, 그녀의 눈에 들어온 것은 그토록 화려하고도 고귀한 여인이 회랑 한복판에 서서 온몸을 부들부들 떨고 있는 모습이었다. 강렬한 금빛 의상도 이렇게 멀리서 보니 다 시들어 가는 나뭇잎 한 장이 호화로운 궁궐 안에 내려앉은 양, 쇠락하고 초췌해 보일 따름이었다.

맹부요는 내심 탄식을 뱉었다.

이것이 제왕가의 모자로구나. 이게 바로 황족의 삶이로구나!

서로 속고 속이며 각을 세우고, 암암리에 살기마저 흐를 만큼 매정하기 짝이 없는 관계.

오주 최고의 지위를 누리는 황가의 독자이자 나이 열다섯에 이미 국정을 보좌하기 시작한 장손무극이라면 분명 부모의 긍지이자 영예이리라 생각했다. 무극국 황가야말로 오주 황족들 중 가장 화목한 제왕가일 줄 알았다.

그런데 두 모자 사이에 이리도 깊은 불화와 반목의 골이 존재할 줄이야.

한기가 휘몰아치는 두 사람의 대화는 제삼자가 듣기에도 솜털이 쭈뼛 설 정도였다.

황궁의 첩첩 누각 사이사이에는 대체 얼마나 많은 말 못 할 비밀이 숨겨져 있는 것일까?

덕왕과 황후는 아마도 보통 사이가 아니겠지? 그래서 장손무극도 덕왕에게 기회를 줬던 거고.

그나저나 맹부요는 엉겁결에 장손무극의 모친에게 미운털이 단단히 박히고 만 상황이었다. 껍질을 벗겨도 시원치 않겠다는 그 눈빛이라니, 씁쓸할 따름이었다.

하늘님의 노여움은 사도 어머님의 노여움은 사는 게 아니라 했거늘! 아아…….

장손무극의 걸음이 점점 더 빨라지고 있었다. 이른 봄의 눈부신 푸르름 속을 바람인 양 스치는 연보라색 옷자락은 마치 하늘가를 내달리는 구름처럼 보였다.

그의 걸음새를 응시하던 맹부요는 불안감에 휩싸였다. 처음 만났을 때부터 언제나 침착하고 여유롭던 그였다. 품위를 잃거나 갈팡질팡하는 모습과는 아예 담을 쌓은 것 같던 사람이 지금 이 순간, 복잡한 심경을 추스르지 못하고 어지러이 발걸음을 내딛고 있었다.

이를 보며, 맹부요의 머릿속이 멍해졌다.

대체 무슨 일이길래 이토록 당황한단 말인가.

총독은 두 사람을 후원 방향으로 안내했다. 후미진 안쪽으로 들어갈수록 인적이 점차 드물어지더니 마침내 하인들의 숙소가 나타났다. 언뜻 평범해 보이기만 하는 건물. 건물 앞 빨랫줄에는 색색의 무명옷이 널려 있었다.

옷 사이를 헤치고 들어간 총독이 세 번째 방의 출입문을 열었다. 문틈이 벌어지자마자 짙은 쇠 냄새가 훅 풍겨 왔다.

어두컴컴한 방 안, 특별할 것 없는 집기들 사이에서 맹부요의 눈길을 끈 것은 수수하게 생긴 등잔이었다. 역시나, 총독이 등잔 갓 안에 손을 집어넣자 서쪽 벽면이 '쿠르릉' 소리를 내며 위로 올라갔다.

총독이 옆쪽으로 비켜섰다. 시커멓게 입을 벌린 계단 입구에 허리를 숙이고 선 채, 그는 더 이상 안쪽으로 들어가지 못하고 연신 식은땀만 흘려 대고 있었다.

본의 아니게 황실의 비밀을 맞닥뜨린 총독은 그저 사달이 났구나 하는 생각뿐이었다. 아무것도 모르고 졸졸 따라오는 맹부요를 보며, 그는 곧 도살장에 입장할 멍청한 거위 한 마리를 보는 듯한 눈을 하고 있었다.

멍텅구리 거위는 조만간 무슨 일이 벌어질지 전혀 모르는 채 장손무극을 따라 철 계단을 내려가면서 자못 정중한 투로 총독에게 질문까지 했다.

"길잡이는 더 안 해 주십니까?"

어디서 저런 머저리가 굴러 들어왔는지. 총독이 식은땀을 훔쳐 내며 주절거렸다.

"소신은 문 앞을 지켜야 하는지라……."

장손무극이 뒤도 돌아보지 않고 손을 내젓자 이내 문이 육중한 소리를 내며 닫혔다.

확연히 짙어진 쇠 냄새가 물씬 풍겨 오는 가운데, 희미하지만 그보다 더 오싹한 냄새가 일순 코를 찔렀다. 맹부요에게는 너무도 익숙한 냄새. 흠칫 굳은 그녀는 손아귀가 싸하게 식는 걸 느꼈다.

계단은 아래로 길게 이어져 있었다. 두 사람이 철 계단을 빠르게 밟아 내려가며 만들어 내는 '탕탕' 소리가 길게 메아리치는 것 외에, 사방에 다른 기척은 전혀 없었다.

괴괴하고, 음산하며, 어두컴컴하고, 허허로운, 영면의 잠자리이자 무수한 시체가 묻힌 능묘와도 같은 공간.

지면까지 마지막 한 발자국을 남기고 장손무극이 계단에 우뚝 멈춰 섰다. 지나치게 갑작스러운 동작이었다.

생각에 잠겨 눈길을 아래로 두고 있던 맹부요는 하마터면 그의 등에 머리를 처박을 뻔한 위기를 가까스로 넘기고 고개를 들었다. 그리고 다음 순간, 밭은 숨을 들이켜고 말았다.

피.

온통 피였다.

끈적한 선혈이 암적색 능사 떼처럼 소리 없이 꿈틀꿈틀 소름 끼치는 모습으로 쇠창살 사이를 기어 나오고 있었다.

계단에서 정면으로 마주 보이는 철제 벽면 역시 온통 피 칠갑. 많은 피가 일시에 뿜어져 나오면서 생긴 것으로 보이는 얼룩이 벽면에 큼지막한 혈화를 피워 낸 모습이었다.

그 핏자국 한복판에 서릿발 같은 필적의 글자 몇 개가 몸서리쳐질 만큼 위협적인 기세를 품고 커다랗게 적혀 있었다.

나의 목숨으로 너의 죄를 각인시키리라!

증오로 가득 찬 글자의 한 획 한 획은 딱 손가락 굵기였다. 안에 담긴 악의와 원한이 지나치게 무거웠는지, 흥건한 선혈이 그려 낸 필획의 말단은 비스듬히 아래로 처져 있었고, 그 밑으로는 가느다란 핏줄기가 벽면을 타고 내려오는 중이었다.

지옥 밑바닥에서 온 저주를 붙잡아 보려는 듯, 각각의 획에서 무수히 흘러내린 핏줄기는 서로 얽히고설켜 핏빛 그물을 만들어 냈다.

덕왕은 글자 아래에 정좌해 있었다. 가부좌를 튼 자세로 눈을 뜨고 입을 쩍 벌린 채. 혀가 있어야 할 자리가 휑하게 빈 입 안에서는 얼마 남지 않은 핏물이 느릿느릿 방울져 흘러나오고 있었다.

그가 바라보고 있는 방향은 정확히 계단 쪽. 다시 말해, 누구든 이 강철 감옥에 내려온 사람은 제일 먼저 그 무시무시하게 벌어진 핏빛 입을 마주할 수밖에 없었다.

이토록 극단적인 장면이 주는 충격을 멀쩡한 정신으로 견뎌 낼 사람이 과연 얼마나 될까?

게다가 저 글은…….

주먹을 틀어쥔 맹부요가 천천히 고개를 틀어 장손무극을 바라봤다. 계단의 마지막 칸에 선 그는 여태껏 최후의 한 걸음을 내딛지 못하고 있었다.

꼿꼿이 서 있는 그의 소맷자락이 바람 없이도 일렁였다. 녹슨 강철보다도 무겁고, 피비린내보다도 짙은 냉기가 그의 주변을 휘돌고 있었다.

맹부요가 한 계단을 내려가 장손무극의 바로 뒤에 섰다. 첫 만남 이래로 지금껏 그의 뒷모습이 이렇게 무력해 보인 적은 없었다. 공간을 꽉 채운 피 냄새가 그의 뼛속까지 스며들어 심장을 차갑게 식히고 혈액마저 얼려 버린 것만 같았다.

세상 가장 참혹한 죽음을 복수의 수단으로 삼아, 시종일관 제 손아귀에 들어오지 않던 이를 향해 이번 생에 마지막 치명타를 날린 덕왕.

짧다면 짧고, 길다면 긴 순간이었다. 숨 막히는 어둠과 핏빛 침묵 속에, 마침내 장손무극의 긴 탄식이 울렸다.

"모질기도 하십니다……."

맹부요의 가슴이 불안하게 쿵쾅거리기 시작했다. 그의 말투에 밴 처량함이 힘없는 손아귀로 화해 그녀의 숨통을 틀어쥐었다.

그가 나지막이 읊조리는 소리가 들려왔다.

"아버지."

온 하늘의 벼락이 한꺼번에 맹부요의 머리 위로 떨어졌다. 혼이 빠져나가 갈기갈기 찢기는 기분이었다.

'텅' 하는 소리와 함께 계단에 부딪히고도 통증을 느끼지 못한 채, 그녀는 그저 철제 난간을 쥐어짜듯 붙잡았다. 차갑고도 까슬까슬한 강철의 표면에 손바닥이 빨갛게 쓸리고서야 지금 이게 꿈이 아니라는 걸 깨달을 수 있었다.

덕왕이 장손무극의 생부였다니!

불과 조금 전까지만 해도 맹부요는 원 황후가 외쳤던 '그는……!' 뒤에 올 말이 '그는 내 정인이다.'일 줄로만 알았다. 설마하니 그 여백 안에 이토록 충격적인 비밀이 숨겨져 있었을 줄이야.

눈앞에서 별이 빙빙 도는 것 같았다. 온갖 생각이 머릿속에서 혼란스럽게 날뛰었다.

적통이 아니라며 장손무극을 욕하던 덕왕의 미친 왕비, 덕왕에게 유독 인내를 베푸는 한편 그를 시험하던 장손무극, 덕왕이 자기를 죽이려 할 줄은 몰랐다던 장손무극의 말, 그 말에서 배어나던 씁쓸함…….

자신의 목숨으로 장손무극의 죄를 각인시키겠다는 덕왕의 문장……. 그건 바로 아들이 친아버지를 죽음으로 몰아넣은 죄를 이르는 것이었던가!

세상에 이런 부자 관계가 있다고? 이런 부모가 있어?

맹부요가 몸서리를 치자 윗니와 아랫니가 부딪치면서 딱딱

소리를 냈다. 무서워서가 아니라 한기 때문이었다.

사람의 도리를 저버린 황족의 은밀한 사생활, 피비린내 풍기는 출생의 비밀, 그리고 그 결말에 한기가 느껴졌다. 옥석 같은 완전무결함으로 온 천하에 이름을 떨치는 장손무극이, 아무도 모르는 이면에서는 이렇게 말 못 할 고통을 짊어지고 있었다는 사실에 한기가 느껴졌다.

그러나 맹부요는 자신의 추위에는 개의치 않아하며, 아까부터 뒤를 돌아보지 않는 장손무극을 향해 두 팔을 뻗었다. 그녀가 등 뒤에서 장손무극을 끌어안았다. 그녀의 방에 몰래 들어온 날 밤, 장손무극이 그녀를 끌어안았듯이.

그녀는 자신의 얼굴을 장손무극의 싸늘하게 식은 등에 갖다 붙였다. 가만가만, 부드럽게. 그날 장손무극이 그녀의 어깨에 턱을 올리면서 그랬듯이.

봄바람이 살랑이는 가운데 꽃향기가 그윽했던 그날 밤, 두 사람은 침상에 나란히 누워 봄빛이 치맛자락을 끌고 아름다운 밤을 느릿느릿 가로질러 가는 자태를 감상했다.

피비린내 진동하는 가운데 잔혹한 악의가 떠도는 오늘 밤, 두 사람이 녹슨 철 계단에서 부둥켜안은 채로 마주하고 있는 것은 죽음으로 무언가를 고발하듯 입을 쩍 벌린 참혹한 모습의 시신이었다.

말없이 선 장손무극의 팔 아래로 넓은 소맷자락이 처져 있었다. 나른한 여유가 느껴지되 항상 곧던 뒷모습이 이 순간만큼은 형편없이 무력해 보였다. 분명 바닥을 딛고 서 있건만, 한 줄기

바람에도 휘말려 날아가 버릴 것 같은, 차디찬 누대 위로 날려가 영원히 운명으로부터 구원받지 못할 것 같은 모습이었다.

시간이 얼마나 흘렀을까. 장손무극은 줄곧 제자리에 우두커니 선 그대로였다. 희미하게 흘러든 달빛 아래에서 그의 흐트러진 귀밑머리 한 가닥이 검은색에서 회색으로, 회색에서 다시 흰색으로 서서히 색이 바래더니, 마지막에 이르러서는 달빛과 같은 빛깔로 화했다.

찰나에 얻은 백발.

충격에 휩싸인 맹부요의 눈앞에서 백발이 처연하게 나부꼈다. 가느다란 머리카락이 마치 강철 채찍이라도 된 양 후려친 것은 그녀의 마음이었다. 언제부터인지 몰라도 눈물이 주체할 수 없이 뚝뚝 떨어져 내리고 있었다.

이 순간, 맹부요는 자신이 얼마나 쓸모없는 존재인지 절감했다. 운명의 전지전능한 손을 가지고 그의 인생에서 가장 처참한 한 토막을 지워 줄 수 있다면 좋으련만.

그녀가 할 수 있는 일이라고는 두 팔에 더 힘을 실어 미세하게 떨리는 그의 등을 한층 세게 껴안는 것뿐이었다.

"무극……. 제발 아무 말이라도 해 봐요, 무슨 말이든 좋으니까……."

그녀가 또 말했다.

"당신 잘못이 아니야! 당신 잘못이 아니라고요……."

같은 말을 반복하는 사이 흘러내린 눈물이 장손무극의 연보라색 장포를 적셨다. 물기가 배어들어 점점 짙어져 가는 옷깃의 색깔은 언뜻 멀리서 보면 핏빛인 듯도 했다.

마침내 장손무극이 움직였다. 천천히 돌아선 그가 맹부요를 살며시 품에 안았다. 겹겹 옷감 너머 그의 손끝에 맺힌 냉기가 맹부요의 가슴속까지 전해졌다.

고개를 든 그녀가 삽시간에 핏기란 핏기는 모조리 가신 그의 얼굴을 올려다보는 사이, 귓가에 나직한 목소리가 들려왔다.

"부요, 우리는 모두 죄를 안고 태어나는 것이 아닐지……."

"아뇨!"

맹부요가 도리질을 쳤다.

"이건 억지예요. 남의 잘못된 선택이 당신하고 무슨 상관이 있어서! 장손무극, 당신은 현명한 사람이니까 알 거 아니에요. 다른 사람의 잘못으로 자신을 벌할 수는 없는 거라고요!"

돌연 장손무극을 뿌리치고 옥문 앞으로 저벅저벅 걸어간 맹부요가 자신의 칼, 시천을 뽑아 들었다. 칼날이 허공을 가르자 쇠사슬이 철커덩 끊어져 나갔다.

문을 열고 안으로 들어간 그녀가 덕왕 앞에 무릎을 꿇고 쿵, 쿵, 쿵, 바닥에 세 번 머리를 조아렸다.

"죽은 이는 존중받아야 하는 법. 생전에 당신한테 무슨 원한이 있었든 이건 내가 마땅히 올려야 할 인사이자, 시신에 손을 대기에 앞서 미리 하는 사과이기도 해요. 당신의 의사와 관계없이 나는 꼭 해야만 할 일이 있으니까!"

몸을 일으킨 그녀가 앞쪽으로 다가가 덕왕의 입을 다물렸다.

"누구한테 무슨 잘못이 있든지 간에, 아버지가 아들을 이런 식으로 벌줄 수는 없는 거예요!"

단호하게 손을 뻗어 덕왕의 눈을 감겨 준 뒤, 그녀는 시신을 조심조심 바닥에 눕혀 놓고서 주저 없이 벽에 적힌 글자를 지우기 시작했다. 주변 어디에도 남는 천이 없는 상황이었기에, 맹부요는 자신의 옷소매로 핏자국을 한 자 한 자 닦아 냈다.

그녀가 글자를 다 지우고 나서 돌아섰을 때, 장손무극은 언제 계단에서 내려왔는지 바닥에 가부좌를 틀고 앉아 묵묵히 그녀가 하는 양을 지켜보고 있었다. 그의 표정은 평온했다. 감옥 천장의 자그마한 창을 통해 흘러들어 캄캄한 지면을 말갛고도 서늘하게 감싼 달빛처럼. 결코 들출 수 없는, 아무것도 찍혀 있지 않은 비첩[9]처럼.

죽음과 함께 희미해진 애증과 시시비비는 텅 빈 비첩과도 같이 이제 공백으로밖에 평가될 수 없으리라. 하룻밤 시름이 덧없이 스쳐 지나면 남을 것은 허망함뿐일 터.

다만, 피로 새긴 글자는 지울 수 있었다 한들 가슴속에 얼룩진 자취에서는 어찌 벗어날까.

느릿느릿 장손무극 쪽으로 다가간 맹부요가 옷섶에서 화절자를 꺼내 벽면에 붙은 청동 등잔에 불을 붙였다. 그러고는 장손무극의 정면, 핏자국이 흥건한 바닥에 앉았다.

청동 등잔의 불꽃은 가물가물 어스레했다. 허허로운 공간 안

---

9 비석 등에 새겨진 글을 종이에 그대로 뜬 탁본, 또는 탁본을 책처럼 엮은 것을 이른다.

에 일렁이는 흐릿한 그림자 속에서 이미 오래전 시간 밑바닥에 침전한 옛일과 돌이킬 수 없는 현재가 어지러이 교차했다.

"아주 오래전, 반란군을 진압하러 나간 전장에서 심한 상처를 입은 황제가 있었소. 다친 그를 산속 동굴까지 업고 가서 숨겨 준 것은 휘하의 한 장군이었는데, 그 장군은 결국 위기의 순간에 황제 대신 목숨을 잃었지. 사실 장군은 족보상으로는 멀지만 어쨌든 황족의 피를 이어받은 인물이었고, 황제와 성씨도 같았다오. 그 덕분에 무사히 궁으로 돌아온 황제는 조정 문무백관 앞에서 선언했소. 앞으로 이 나라 황족은 영원히 장군의 후손을 극진히 대우할 것이며, 장군이 남기고 간 아들을 황제 자신의 친자식처럼 키우겠노라고. 이때부터 그 아들의 자손은 대대로 왕에 봉해져 황족의 안위를 지키며 황가와 한 식구처럼 지내게 되었소."

장손무극이 잠시 쉬고는 다시 말을 이었다.

"그런 관계가 이어지길 아마도 삼대째였던가, 그 대의 황제는 날 때부터 체질이 허약해 병치레가 잦았고, 같은 대의 왕야는 용맹과 충심으로 황제의 가장 든든한 측근 역할을 맡고 있었지. 청년 시절, 둘은 평복 차림으로 궐 밖 유람을 다니는 일이 잦았다오. 그해 늦봄, 두 사람은 도성 근처에 있는 산으로 봄맞이를 갔소. 흥이 오른 황제가 산 중턱 정자에서 금을 타매, 왕야가 곁에서 가락에 맞춰 검무를 췄지. 얼마 안 가 두 사람의 흥을 깬 것은 우연히 산길을 지나던 여인이었소. 말씨가 도끼날 같은 여인이 두 사람의 연주 솜씨와 검술을 싸잡아 비꼰 덕에 황제와 왕야는 언짢은 채로 도성에 돌아왔지만, 이상하게도 둘 다 그 여인이 도무지 머리에서 잊히지를 않았소."

어스름한 등불이 장손무극의 담담한 얼굴을 비추고 있었다. 어딘가 먼 곳을 바라보는 듯한 눈. 그는 마치 눈앞의 스산한 광경 너머 아주 오래전 어느 날의 풍경을 보고 있는 것 같았다.

꽃비 내리는 늦봄의 산중, 맑은 바람에 꽃 그림자 일렁이는 가운데 정자에 앉아 금을 뜯는 수려한 사내와 나무 아래에서 검무를 추는 늠름한 소년. 하늘 가득 흩날리는 꽃잎 사이로 나타난 연노란 옷의 소녀가 꾀꼬리 같은 목소리로 이야기를 쏟아 내는 모습.

이날의 만남은 엇갈린 악연의 단초를 심고, 일국 황가의 흥망성쇠를 뒤흔들고, 수많은 사람의 운명을 비틀어 놓은 것만으로도 모자라 긴긴 세월이 흐른 후까지도 아무 죄 없는 이에게 고통이 되었다.

"얼마간의 시일이 지나고, 국정에 바쁜 황제가 서서히 여인을 잊어 가던 즈음이었소. 어느 날인가 신바람이 나서 입궁한 왕야가 여인을 찾아냈다며 혼담을 넣을 생각이라 말했지. 여인이 명망 높은 집안 출신임을 알게 된 황제 역시 마음이 동했으나, 제왕이라는 신분에 기대 친우가 연모하는 상대를 빼앗고 싶지는 않았기에 가까이서 시중드는 태감에게 명해 그녀의 집으로 진귀한 그림 한 점만을 보내도록 했소. 선제 시절 나라 으뜸이라 평가받던 화공의 작품, 〈설중무검도雪中舞劍圖〉였지. 무공에 일가견이 있는 여인이니 분명 그림이 마음에 들리라는 게 황제의 생각이었소. 보낸 이의 신분은 절대 밝히지 말되, 그저 '언젠가 답청 길에 가르침을 얻은 이후로 줄곧 소저를 잊지 못하다가 용기를 내 그림을 바치니 부디 아껴 주길 바란다.'라고만 전하라, 황제는 태감에게 그리 일렀소. 전해 받은 그림을 상세히 살펴본 여자가 태감에게 질문을 던졌소. '금을 뜯은 이인가, 아니면 검무를 춘 이인가?' 태감은 그녀가 화폭에 그려진 것이 무언지를 묻는 줄로만 알고 '검무를 추는 이오.'라고 답했다오. 여인은 활짝 웃으며 '좋다.'라고 했소."

이야기를 듣던 맹부요가 말없이 팔을 뻗어 장손무극의 손을 잡자 희미하게 미소 지은 그가 가만히 그녀의 손등을 다독였다.

"여인이 단번에 마음을 정하자 황제는 매우 기뻐하며 즉시 전교를 내려 그녀를 비로 맞이했고, 여인은 입궁 이듬해에 아들을 낳았지. 그 세대 황가에 태어난 첫 번째이자 유일한 황자였소. 황제는 더할 나위 없이 흐뭇해하며 여인을 황후로 책봉했다오. 황후 책봉이 있던 해에 왕야 역시 왕비를 들였소. 상대는 임강왕의 장녀, 같은 황족 출신의 군주였지. 원칙대로라면 종씨 간의 혼인은 안 될 일이었지만, 응석받이로 자라 원하는 것은 무엇이든 가져야 했던 군주가 왕야가 아니면 출가하지 않겠다며 고집을 부려 결국은 일을 성사시켰던 것이오. 민풍이 개방적이었던 당시, 세인들의 눈에 비친 두 사람은 지극히 보기 좋은 한 쌍이었소."

장손무극은 고개를 들어 달빛이 가느다랗게 비쳐 드는 창을 올려다봤다. 아마도 밖에 보름달이 뜬 듯했다.

오래전 그날 밤, 언뜻 단란해 보이는 황족 부부 두 쌍의 신방 처마 위에도 오늘처럼 둥근 달이 걸려 있었을지?

그 달밤에 대관절 무슨 사연이 깃들었기에 뒤이은 세월은 하루하루가 증오라는 독에 잠식당해 종국에는 오늘날의 이지러진 결말로 이어졌는지?

"남들이 보기에는 아무런 문제도 없이, 그렇게 시간이 흘렀소. 수면 아래에서 들끓는 격랑은 오로지 당사자들만이 알고 있었지. 황후는 자신이 엉뚱한 사내와 혼인했다는 사실에 이어 병약한 황제가 이미 합방이 불가한 지경임을 알게 되었고, 황제 역시 황후의 마음속에 있는 낭군이 자신이 아니라는 것을 눈치챘소. 그런가 하면 왕야는 사랑하는 여인을 빼앗겼다는 생각에 치를 떨었고, 그의 왕비도 마침내 자신이 얻은 부군이 껍데기뿐이라는 현실을 깨달았지……. 가슴속에 종양처럼 자리 잡은 시름이 있는 한 네 사람은 단 하루도 평안할 수가 없었소. 그러던 중, 어느덧 세 살배기가 된 황자가 보름 동안 실종되는 일이 일어났다오. 실상은 실종이 아니라 왕비가 빼돌린 것이었지만."

맹부요가 '아.' 하고 짧은 신음을 뱉었다.

"왕비는 집착과 광기를 타고난 여자였다오. 그녀는 간 크게도 아이를 궁에서 은밀히 안고 나와 밀실에 가뒀소. 손찌검을 하거나 몹쓸 욕설을 퍼부은 것은 아니었으나, 대신 아이를 종일 거울 앞에 세워 뒀지. 그러고는 거울을 가리키며 말했소. '네 코를 보아라, 이마를 좀 보아라. 너는 그이의 아들이야! 그이의

아들이야! 더러운 것! 더러운 것, 더러운 것, 더러운 것…….'
하고. 쉬지 않고 쏘아붙이는 소리에 아이가 울음을 터뜨리려
하자 여자가 뚝 그치라며 아이를 꼬집고는 '웃음도, 눈물도, 세
상 사람들이 얼굴에 드러내는 표정은 전부 가짜에 불과하다.
오직 가슴속 괴로움만이 진짜다. 그 진짜 괴로움은 절대 남 앞
에 드러내서는 안 된다. 들키는 순간 끝장이다.'라 말했소. 한
치 앞도 보이지 않는 어둠 속에서 보름간 거울만 마주하고 있
던 아이는 나중에 가서는 눈이 다 빙빙 돌 지경이었고, 구출되
어 나왔을 때는 실명하기 직전인 상태였지. 그때부터 아이는
울지 않게 되었소."

벌떡 고개를 든 맹부요가 코를 훌쩍거리면서 목멘 소리를
냈다.

"잠시만 멈춰 줄래요? 감당할 시간이 필요해요."

눈을 뜬군 장손무극이 차갑게 얼어붙은 손으로 그녀의 손가
락을 어루만지며 달래듯이 말했다.

"다 지난 일이오……."

맹부요는 그의 앞섶 부근에서 동그랗게 젖은 얼룩을 발견했
다. 얼룩을 빤히 쳐다보던 그녀가 손을 뻗어 그 안에서 몰래 울
고 있던 녀석을 끄집어내서는 자기 이마에 갖다 댔다.

"쥐 새끼, 숨어서 그러지 말고 나랑 얼싸안고 같이 울어."

그러자 원보 대인이 아무 소리 없이 앞발을 내밀어 맹부요의
목에 매달렸다. 그 모습을 보고 장손무극이 빙긋 웃었다. 여전
한 웃음.

맹부요는 고개를 돌려 버렸다. 지금은 그의 웃는 얼굴을 보고 싶지 않았다.

항상 기품 있고 여유로운 그 미소 아래에는 원치 않는 탈바꿈을 강요당했던 한 아이의 몸부림이, 밖으로는 절대 드러내지도 말하지도 못했을 고통이, 유리처럼 광채를 발하는 무극 태자의 완벽함 뒤에 가려져 도저히 수습할 수 없게 산산이 부서진 파편이 숨겨져 있었다.

맹부요에게는 그 고통스러운 파편을 어찌해 줄 힘이 없었다. 해 줄 수 있는 일이라고는 그저 그의 손을 힘주어 감싸 쥐는 것뿐. 허황된 생각일지 모르지만, 그녀는 맞잡은 손의 온기가 그이 꽁꽁 얼어붙은 가슴까지 전해지기를 바랐다.

"아이를 구출한 사람은 왕야였소. 아이를 빤히 응시하던 그는 아이가 겁을 먹었을 때쯤에야 덥석 품에 안고는 미친 듯이 웃어 젖히며 '내 것이다, 내 것. 하하, 내 것이야! 이번에는 빼앗아 가지 못할 테지…….'라 말했소. 그러자 함께 있던 황후가 궁녀들을 물리고 출입문을 닫더니 돌연 왕야를 끌어안고 눈물을 쏟아 내며 '당신 아들, 우리 아들이에요! 이제 전부 우리 차지가 될 거예요…….'라 했지. 두 사람은 아이가 알아듣지 못하리라 여기고 말을 조심하지 않았지만, 아이는 대화의 의미를 전부 파악하고야 말았지. 열 살을 넘기면서 점차 남다른 두각을 드러내기 시작한 아이는 부황의 깊은 총애를 받았고, 황제는 아이가 마음껏 정치적 재능을 펼칠 수 있도록 일찌감치 군국대사를 다룰 권한을 넘겨줬소. 왕야와 황후는 기쁨을 감추지 못했지. 황제를 죽이고 왕야를 그 자리에 앉힐 계획을 짜던 참이었으니까. 계략을 눈치챈 아이는 몇 날 며칠을 밤낮으로 고뇌했지만, 마음을 정할 수가 없었소."

"……."

"그러던 어느 날, 저녁 문안을 여쭈러 들렀던 침궁에서 줄곧 병석을 벗어나지 못하던 황제가 그림 한 폭을 만지작거리고 있는 것을 보게 되었지. 아이를 발견한 황제는 그림을 숨기는 대신 가까이 와서 구경하라며 손짓을 보냈소. 아이가 모든 전후 사정을 알게 된 것은 그날 밤이었소. 특히 황후 이야기를 하며 황제가 내보이던 애틋한 눈빛, 왕야를 언급할 때 스치던 희미한 죄책감, 그리고 자신을 바라보던 따스한 눈은 아이에게 결코 지워지지 않을 기억으로 남았다오. 그날 침궁에서 아이는 깨달았소. 자신의 친부가 누구인지를 포함해, 황제는 모든 것을 알고 있음을! 아이는 자신의 처소로 돌아와 하룻밤을 꼬박 뜬눈으로 지새웠다오. 그러다 왕야와 황제의 성정을 꼼꼼히 돌이켜 보고 나서는 아버지로서든 제왕으로서든 후자가 절대적으로 낫다는 사실을 인정할 수밖에 없었소. 타고나길 성정이 편협했던 왕야는 긴 세월을 원한에 사로잡혀 살아오면서 심보가 뒤틀릴 대로 뒤틀린 상태였지. 반면, 황제는 쇠약한 몸 탓에 많은 것을 이루어 내지는 못했어도 어진 마음으로 노역과 세금을 줄여 주는 정책을 펼쳤기에 당시 백성들은 안온한 시절을 누리고 있었소. 백성들에게만이 아니라 아이에게 역시 박한 적이 없었지. 아이의 걸음마 연습을 봐준 것도, 작은 손을 붙잡고 글쓰기를 가르친 것도, 아이를 무릎에 올려놓고 함께 상소문을 검토한 것도…… 전부 황제였소."

"아……."

맹부요가 탄식을 흘렸다.

"그날 밤이 오기 전까지 황제는 단 한 번도 자신이 친부가 아니라는 사실을 아이 앞에서 표시 내지 않았소. 핏줄과 길러 준 정, 둘 중에 하나만을 택해야 하는 상황이었소. 밤새 머리카락이 하얗게 세도록 고민하던 아이는 새벽녘 햇살 아래, 흰 머리를 뽑아 내고 나서 황제 대신 국정을 돌보는 이의 권한으로 몇 가지 명을 내렸소. 왕야에게 더욱 존귀한 봉호와 넓은 영지를 주되, 병권을 박탈하는 것이 골자였지. 그때까지만 해도 아이는 기대를 품고 있었소. '왕야가 순순히 새 봉호를 받고 멀리 떠나 줄 수도 있다. 그리하면 세월 밑바닥에 가라앉은 오랜 은원도 서서히 희미해지리라.' 하고. 그러나 왕야는 왕비의 건강이 좋지 못하다는 이유로 새 봉호를 거절했고, 병권을 잃은 이후에도 호시탐탐 재기의 기회만을 노리며 암암리에 세력을 규합했소. 대외적으로는 공명정대하고 조정에 충성스러운 모습만을 내보였기에, 위로는 문무백관에서 아래로는 일반 백성들에 이르기까지 그의 충의와 너그러움, 용맹함을 찬양하지 않는 이가 없었소. 하지만 아이는 줄곧 차갑게 식은 눈으로 왕야를 지켜보고 있었소. '충신'에게 함부로 손을 대는 것은 힘들기도 했거니와 또 한편으로는 자신의 생부가 뒤늦게나마 뉘우쳤으면 하는 마음도 있었기에, 물밑 견제를 이어 가면서도 전격적인 공세를 펼치지는 않았지."

장손무극은 잠시 생각하는 듯 싶더니 이야기를 계속했다.

"한데, 왕야는 상상 이상으로 간이 큰 인물이었소. 숨죽여 지내는 세월을 얼마 견디지 못하고 황후와 함께 아이를 압박하기 시작한 것이오. 아이에게 출생의 비밀을 넌지시 흘리면서 제 정체성을 인정하도록 종용했지. 결론은 양부를 죽이고 그 자리에 친아버지를 올리라는 이야기였소. 아이는 황당하기 짝이 없는 요구를 그저 웃어넘기면서도 설마설마했건만, 분개한 왕야는 급기야 외적과 손을 잡아 경군에 남아 있는 옛 수하들을 부추겨 군란을 일으키려 했소. 그 사실을 알고 사태가 이미 돌이킬 수 없는 지경까지 와 버렸음을 절감한 아이는 결단을 내렸다오. 20만 대군을 줘 왕야를 변방으로 보내면서 반란군 토벌을 명한 것이오. 그것은 시험이자 마지막 기회였소. 왕야가 순순히 반란군을 진압했다면 아이는 절대로 자신의 생부를 모질게 대하지 않았을 터. 하지만 그는…… 역시나 반란을 일으켰소."

장손무극이 텅 빈 웃음을 지으며 말했다.

"이후 일은 그대도 알 것이오. 여기까지, 무극국 황족 장손 씨 일가의 이야기였소. 왕야는 덕왕, 황후는 나의 모후, 그 아이는 바로 나라오."

맹부요는 맞잡은 손에 힘을 꽉 준 채였다. 무슨 말을 해야 할지, 뭘 어떻게 해 줘야 좋을지 알 수가 없었다.

세상에는 뜻하지 않은 엇갈림이 어찌 이리도 뒤죽박죽 많아

죄 없는 이들의 행복을 앗아 간단 말인가. 이야기 속 누구에게도 잘못은 없었건만, 결말은 완전히 그들의 의도를 벗어난 방향으로 흘러가고 말았다.

"부요, 고라국의 침략은 사실이었소. 결코 그대를 기만한 것이 아니오."

장손무극이 나지막이 말했다.

"고라국 첩자 탁리가 나라 안에 숨어들었다가 발각된 일이 있었지. 그들을 경계하기 시작한 것은 오래전부터라오. 그 덕분에 내가 합류한 지 얼마 지나지 않아 전투가 마무리되었으나 그저 밖으로 그 사실을 알리지 않은 것뿐이었소. 그리고 또 하나, 그대에게 해명했어야 할 문제를 이제 비로소 명확히 밝힐 수 있을 것 같군."

눈물에 젖어 관자놀이에 달라붙은 맹부요의 귀밑머리를 가만가만 넘겨 가지런히 정리해 준 그가 말을 이었다.

"설마 요성을 포기하면서까지 내 목숨을 노릴 줄이야. 다른 일은 모두 내다보았으나 어리석게도 아버지가 나를 죽이려 하리라고는 미처 예견치 못하였소."

아버지가 나를 죽이려 하리라고는!

맹부요의 눈시울에서 굴러 내린 눈물방울이 피범벅인 바닥으로 떨어졌다. 자줏빛으로 굳었던 피가 눈물에 풀어지면서 지면에 다시금 옅은 적색이 퍼져 나갔다. 황천의 피안에서 망울을 터뜨린, 꽃과 잎이 영영 만나지 못한다는 꽃무릇과도 같은 모습이었다.

미동도 없는 장손무극의 어깨를 맹부요가 와락 끌어안았다. 살갗에 닿은 그녀의 뜨거운 눈물이 한 방울 한 방울 수은 같은 무게로 그의 몸속 깊숙이까지 파고들어 심장 한복판에 타는 듯한 통증을 피워 냈다.

장손무극은 천천히 눈을 들어 등불 아래 눈물을 그렁그렁하게 머금은 맹부요를 응시했다. 덧없는 세상사, 쓸쓸함으로 채워졌던 이야기가 어슴푸레한 불빛 속에 느릿느릿 흘러가고 난 지금, 지옥 같은 전장에서 죽음을 눈앞에 두고도 표정 한 번 찡그리지 않던 여인이 그의 사연에 뜨거운 눈물을 쏟아 내고 있었다.

원보 역시 두 사람 사이로 폴짝 뛰어들어 장손무극을 꼭 끌어안았다.

"제발 한 번만 울어요. 한 번만이라도……."

맹부요가 묵묵히 가부좌를 틀고 앉은 장손무극의 어깨를 흔들었다. 그녀의 손톱이 그의 옷 속으로 파고들었다.

"울어요! 그냥 울라고요……. 부탁이니까…… 울어 버리란 말이에요……."

그의 어깨에 얼굴을 묻은 맹부요가 울먹이는 소리로 몇 번이고 되뇌었다.

그런 맹부요를 바라보던 장손무극이 잠시 후 팔을 뻗어 그녀를 품에 안고서 가느다란 창문 틈으로 비쳐 드는 달빛을 올려다봤다.

과거와 현재를 초월해 수많은 슬픔과 기쁨, 만남과 이별의 역사가 기록되어 있을 달빛. 적막의 강 건너 인세의 화려함과는 동떨어진 곳에서 세간사의 고통을 모른 채 그저 서늘하게 아래를 비출 뿐인.

과거 그의 삶 또한 저 달빛과 마찬가지로 서늘하고 고원했다. 그는 화려한 등불의 바다에도, 별다를 것 없이 지나가는 나날에도, 사람 사는 세상의 온기에도 속하지 못했더랬다. 몇 차례 권모술수의 한복판에는 서 보았지만, 은원이란 손가락 사이로 빠져나가는 모래 알갱이만큼이나 덧없었고 꿈에서 깨고 나면 자신은 과객에 불과함을 깨닫게 될 따름이었다.

그는 왕조의 주인이자 세상의 행복을 스쳐 지나는 나그네였다. 그는 세상의 모든 사치를 누려 보았으나, 어떤 일들은 그에게 누릴 수 없는 사치였다.

그러나 이 순간, 그에게는 자신을 끌어안고 울어 줄 사람이 있었다. 뼛속까지 스며들어 온 그녀의 온기에 그간 얼어붙어 있던 내면이 속절없이 녹아내리는 소리가 들려왔다.

긴긴 시간이 지나, 고개를 젖힌 그가 눈을 감았다. 달빛이 그의 날렵한 턱 선을, 길게 뻗은 속눈썹 아래로 희미하게 반짝이며 흘러내리는 물방울을 비췄다.

양민을 능욕하다

피비린내 진동하는 감옥에서 장손무극과 맹부요가 빠져나왔다. 환하게 동이 튼 바깥세상에는 금빛 햇살이 구석구석 쏟아져 내리고 있었다.

하늘을 향해 고개를 든 맹부요가 눈부신 햇살을 손바닥으로 가렸다. 따스한 빛살이 가슴속까지 스며들자 굳어 있던 뼈마디가 살아나는 소리가 들렸다. 그녀는 기대에 차 고개를 돌렸다. 햇살을 가득 받은 장손무극을 보고 싶었다.

그의 무정한 부친은 최후의 일격으로 난공불락의 아들을 무너뜨리고자 했다. 하지만 맹부요는 장손무극이 오늘로 무거운 짐을 내려놓고 새로이 거듭나기를 바랐다.

모든 죄업은 죽은 이와 함께 흙에 묻히고 지난 일은 야사에 한 줄기 씁쓸한 먹물 자국으로나 남을 것이다. 산 사람에게는 아직 가야 할 길이 남아 있기 마련이다.

그녀가 아는 장손무극은 절대로 무너질 리 없는 사람이었다. 옹졸한 부친이 자신의 죽음으로 그를 지옥에 떨어뜨리려 한 순간, 승부는 정해졌다.

맹부요의 눈길을 느낀 장손무극이 희미하게 웃으며 그녀의 손을 잡았다. 그의 손바닥에는 체온이 되돌아와 있었다. 맹부요는 그 따스함에 안도했다.

그녀가 웃음 지었다. 눈물이 영롱하게 아른거리는, 진귀한 보석과도 같은 눈을 한 채.

그녀를 바라보던 장손무극의 눈길이 그녀의 어깨 너머, 저만치 앞쪽에 오도카니 서 있는 여인에게로 향했다.

복숭아나무 아래에 꼿꼿이 선 여인의 차림새는 찬란하게 반짝이는 금은주옥의 광채로 화려하기 짝이 없었다. 하지만 그녀의 눈빛은 불안과 초조에 짓눌려 있었다. 금빛 난새가 수놓인 넓은 소맷자락 아래로 멋대로 구겨진 손가락이 지금 그녀가 얼마나 마음을 졸이고 있는지를 보여 줬다.

원 황후.

어머니를 향했던 눈길을 장손무극은 금방 거둬들였다. 그가 맹부요와 함께 걸음을 옮겼다.

두 사람이 곁을 스쳐 지나는 찰나, 원 황후가 무언가 할 말이 있는 양 입술을 달싹거렸다. 하지만 장손무극은 그런 그녀를 완전히 무시했다.

원 황후는 멍하니 굳은 채로, 자신을 냉정히 지나치는 아들과 작은 단서 하나조차 읽히지 않는 그의 표정을 바라봤다. 부들부들 떨기 시작한 그녀가 등 뒤에 있던 복숭아나무를 붙들었다. 손톱이 나무줄기를 파고들자 나무의 눈물인 양, 진녹색 수액이 배어났다.

맹부요는 고개를 떨궜다. 장손무극이 그렇듯 그녀 역시 원 황후가 이로써 침묵해 주기를, 현명하게 아무것도 묻지도, 이야기하지도 말고 시간이 모든 상처를 덮도록 내버려 두기를 바랐다.

하지만 세상 사람 전부가 장손무극과 같을 수는 없었다. 두 사람이 10여 미터쯤 갔을까, 원 황후가 갈라진 소리로 외쳤다.

"그이는……, 그이는 어찌 되었느냐?"

이에 장손무극이 걸음을 멈추지도, 뒤를 돌아보지도 않고 답했다.

"가셨습니다."

휘청거리며 뒷걸음질을 치던 원 황후가 나무에 부딪혔다. 분홍빛 꽃잎이 우수수 머리 위로 쏟아져 내렸다. 비스듬히 기울어진 자세로, 그녀는 옷깃 위에 한 겹 분홍빛이 쌓이도록 날아내리는 꽃잎을 고스란히 맞고 있었다.

한시도 흐트러진 모습을 보일 줄 모르던 일국의 국모는 지금 이 순간 존귀한 황가의 일원으로서 응당 엄숙해야 할 몸가짐마저 까맣게 잊어버렸다. 표정 잃은 얼굴을 한 채 그저 곱디고운 벚꽃색에 묻혀 가고 있을 뿐이었다.

모후를 돌아보지 않고 계속 걸음을 옮기던 장손무극의 등 뒤에서 날카로운 외침이 터져 나왔다.

"내 눈으로 봐야겠다!"

치맛자락을 추켜잡은 원 황후가 두 사람이 나온 감옥 쪽으로 비틀거리며 달려가기 시작했다.

장손무극이 즉각 소리쳤다.

"막아라!"

돌연 땅 밑에서 솟아오른 야차처럼 수풀 뒤편과 지붕 아래에서 날렵한 잿빛 옷의 그림자들이 훌쩍 나타나 표정도, 망설임도 없이 원 황후 앞을 막아섰다.

이에 황후가 호통을 쳤다.

"네놈들 따위가 감히 누구 앞을!"

"존귀한 황후께서 그 불결한 곳에 친히 걸음을 하시다니요."

장손무극이 건조하게 말했다.

"하물며 시신도 아직 수습하기 전이니 이는 예에 어긋나는 일입니다."

원 황후가 흠칫 굳었다. 핏기가 하얗게 가셨다가 다시금 벌겋게 달아오르기 시작한 뺨 위로 싸늘한 새벽바람이 지나갔다. 잠시 후, 냉소를 흘리는가 싶던 그녀가 장손무극을 비스듬히 노려보며 읊조렸다.

"황후라……. 그렇단 말이지?"

천천히 머리 위로 손을 뻗은 원 황후가 황금 뒤꽂이를 뽑고, 봉황 관을 벗고, 옥비녀를 빼고, 줄줄이 이어진 구슬을 잡아 뜯었다. 황후로서 지니고 있던 모든 장식을 바닥에 내던진 뒤, 그녀가 앞쪽을 향해 가벼운 걸음을 내디뎠다.

진주알 박힌 신이 존귀과 영예를 상징하는 머리 장식을 천천히, 하나하나 짓밟아 부수며 지나갔다. 진주며 비취가 바스러지는 소리가 듣는 이들을 흠칫흠칫하게 했다.

장손무극의 눈썹꼬리가 꿈틀하는 걸 본 원 황후는 피식 코웃음을 치면서 금실로 아홉 마리 봉황이 수놓인 겉옷까지 벗기 시작했다. 지켜보기가 난처해진 은위들이 장손무극을 향해 허리를 굽힌 후 뒤로 돌아섰다. 그사이 원 황후는 눈 하나 깜짝하지 않고 발치 진창에 겉옷을 처박았다.

이제 몸에 걸친 것이라고는 담황색 홑옷이 전부. 허리춤을 내려다보던 그녀는 황족 신분을 나타내는 봉황 무늬 금실 허리띠마저 풀어 버렸다.

마지막으로 끌러 낸 것은 허리에 매달려 있던 봉황 옥패였다. 윤기 도는 최상품 옥석이 그녀의 잘 관리된 손안에서 반짝였다.

손바닥에 옥패를 받쳐 든 그녀가 장손무극 쪽으로 팔을 곧게 뻗었다. 장손무극의 눈빛이 삽시간에 싸늘하게 식자, 그를 향해 눈썹을 까딱 올리며 웃어 보인 황후가 아주 천천히 손바닥을 아래로 기울이다가, 다음 순간 단번에 뒤집었다.

쨍강!

옥패가 산산이 조각났다.

26년 전 황비로 입궁하면서 받았던 예물이, 무극국 황제의 반려로서 그 존엄을 상징하는 옥패가, 돌이킬 수 없이 박살 나 버렸다. 비취색 영롱한 옥 조각이 풀잎 사이로 튕겨 나가 눈물방울처럼 바닥을 굴렀다.

"이 나라의 황후는 내가 이미 폐하였느니라!"

원 황후가 냉소를 섞어 말했다.

"내가 내 오랜 벗을 보러 가겠다는데, 이래도 예를 운운할 셈이냐? 이제 너희 장손씨 가문에 누가 될 일은 없을 텐데도?"

담황색 홑옷 위로 흑발을 아무렇게나 풀어 헤친 채 복숭아나무 아래에 선 황후의 몸에는 이제 아무런 장신구도 남지 않았다. 그러나 타고난 미색은 26년이라는 세월도 어찌하지 못했다. 그녀는 여전히 한창때 소녀 같은 모습이었다.

고귀한 일국의 국모가 죽고 없어진 자리에 지난날의 영민한 소녀가 돌아왔다.

과거의 한때 사뿐한 자태로 옷자락을 나부끼며, 금을 타던 황제와 검무를 추던 친왕의 시야로 걸어 들어왔던 원씨 가문의 어린 아가씨.

시작은 26년 전의 늦봄, 그 끝은 26년 후의 이른 봄날이었다.

원 황후가 깔깔거렸다.

"황후 원 씨는 이제 없다! 남은 것은 원씨 가문의 여식 청의 淸漪뿐!"

치맛 자락을 들고 진주 신을 벗어 던진 그녀가 맨발로 차디찬 땅을 밟으면서 앞으로 향했다. 그녀가 한 걸음을 내디딜 때마다 은위들은 한 걸음 뒤로 물러날 수밖에 없었다. 장손무극의 명령이 떨어지기 전에 함부로 자리를 뜰 수는 없었다. 무표정한 은위들의 이마에 땀방울이 배어났다.

이때 장손무극이 나지막이 한숨을 뱉었다.

물러가라는 그의 손짓을 본 은위들이 대단한 사면이라도 얻은 양 황송해하며 자리를 떴다.

원 황후가 입가에 냉소를 걸고서 그를 돌아봤다.

"그럼 이제……."

갑작스레 황후가 휘청이며 허물어져 내렸다. 어느 틈에 장손무극이 황후의 혈도를 제압해 버렸던 것이다.

묵묵히 자세를 낮춘 그는 모친을 안아 올려 곧장 후원 황후의 처소로 향했다. 황후를 침상에 눕힌 뒤에도 그는 오랫동안 곁에 앉아 분기 어린 황후의 얼굴을 물끄러미 바라보았다.

한참 후, 그는 책상 앞으로 가서 서신 한 통을 작성한 후 뜰밖에 무릎을 꿇고 대기 중이던 강북도 총독을 불러들였다.

"당장 사람을 더 붙여 황후를 궁으로 모시게. 이 서찰은 반드시 친히 열어 보시라 폐하께 전하고."

한쪽에서 그가 하는 양을 가만히 지켜보던 맹부요는 총독이 나간 뒤에야 책상 쪽으로 다가가 그의 손을 가볍게 감아쥐었다.

"언젠가는 황후께서도 이해하실 날이 올 거예요……."

덕왕의 시신을 원 황후의 눈앞에 내놓는 것이야말로 진정 잔인한 짓일 터. 오늘 장손무극의 행동은 모후를 위한 최선이었다.

누가 감히 장손무극이 모친을 사랑하지 않는다 말할 수 있을까?

만약 그리 말하는 자가 있다면 맹부요는 주저 없이 침을 뱉어 줄 생각이었다.

가명조차도 무의식적으로 어머니의 성을 넣어 짓는 사람이었다. 그런 사람의 가슴속에서 어머니가 차지하는 비중이 과연 어느 정도겠는가. 또한 아들의 마음을 몰라주는 원 황후의 이기심은 그에게 얼마나 큰 상처였겠는가.

"인생이란 마주 불어오는 바람을 안고 걷는 여정, 그리 많은 이해를 구함은 지나친 욕심이 아니겠소?"

원 황후가 밖으로 옮겨져 나간 이후부터 줄곧 말없이 눈을 감고 있던 장손무극이 마침내 눈을 뜨고 맹부요의 머릿결을 어루만지며 미소 지었다.

"마음 알아주는 이 하나 만나는 것이 어찌 쉬운 일일까. 부요, 나는 그대의 이해로 족하오."

덕왕이 화주에서 자결로 생을 마감한 지 얼마 지나지 않아 중주에서 황명이 내려왔다. 덕왕의 봉호와 작위를 폐해 도성 근교에서 장사 지내되, 반란 행위에 직접 가담한 자를 제외하고는 친족들에게 연좌죄 적용은 없다는 내용이었다.

덧붙여 상하화목하던 과거 군신 관계를 언급한 교서에서는 황제의 애석함이 고스란히 묻어났다. 황궁 구중심처에 있을 병약한 황제도 아마 26년을 끈덕지게 이어져 온 애증이 맞은 결말에 심히 가슴이 아팠으리라.

그나저나 화주 관부는 맹부요가 지내기에는 불편한 곳이었다. 그런데 마침 종월이 화주 교외에 장원을 하나 가지고 있다는 것을 알게 되었다. 그길로 맹부요는 공짜 숙소를 향해 득달같이 달려갔다.

장원은 종월 덕에 병을 고친 현지 대부호가 선물한 것이라 했다. 도착하자마자 들은 이야기로는, 종월을 짝사랑하는 대부호의 딸이 온종일 문턱이 닳도록 드나드는 통에 종월은 아가씨를 피해 장원을 비울 때가 많다고 했다. 근래 일로 마음이 무거운 맹부요였지만, 그 이야기에만큼은 한참을 깔깔거리지 않을 수가 없었다.

종월과 장손무극의 대화로 미루어 보아 방유묵은 이미 화주에 당도한 듯했다. 하지만 워낙에 자취를 잘 남기지 않는 데다가 사람들 틈에 숨어드는 걸 즐기고, 역용술에까지 능해 정확한 위치를 찾아내자면 많은 인내심이 필요할 것 같았다.

한 번은 호기심에 종월에게 십대 강자에 관해 물어보았다. 그로써 십대 강자가 명성을 날리기 시작한 시기는 아주 오래전으로, 현재는 다들 어지간해서는 세상에 모습을 드러내지 않는다는 사실을 알게 되었다.

열 명의 서열은 최상위부터 차례로 천기天機, 성령聖靈, 뇌동雷動, 옥형玉衡, 대풍大風, 운혼雲魂, 월백月魄, 무은, 성휘, 연살烟殺 순이었다.

옥형은 성별이 불확실하고, 운혼과 무은은 여인이라 했다. 또한 십대 강자 중 서열 1위에서 5위까지는 근 30년간 오주 어디에서도 목격된 적이 없으며, 서열 9위인 성휘성수 방유묵만 해도 대륙 전역에서 거의 신급으로 떠받들어진다는 게 종월의 설명이었다.

그의 이야기에 완전히 마음을 빼앗긴 맹부요가 멋지다며 혀를 내둘렀다.

"나중에 나도 십대 강자 같은 거 해 봐야겠어요! 봐요. 그쪽, 나, 장손무극, 거기에 아쉬운 대로 전북야 그 인간도 더하고 아란주까지 끼워 넣으면, 오성자五聖者는 되겠잖아요!"

종월이 바로 대답했다.

"청컨대 나를 그쪽하고 한데 묶지는 말아 주시오. 이름 더럽히기 싫으니까."

역시 독설남이 한시라도 독설을 쉴 리가 있나.

이 때문에 종월은 맹부요에게 한바탕 쫓겨 다녀야 했다.

이날, 농담 섞인 대화를 나누던 두 사람은 전혀 생각지도 못했다. 운명이란 때때로 굳은 맹세보다 실없는 우스갯소리에 더 귀를 기울여 그걸 서서히 현실로 만들어 가기도 하는 법이라는 것을.

함께 지내는 동안 종월은 또다시 맹부요의 목구멍에 보약을 들이붓는 데 매진했다. 입에만 쓴 약은 그래도 참겠는데 어떤 약은 배탈로 이어지기도 했다. 최악이었던 날은 하룻밤에 변소 방문만 무려 일곱 차례였다.

통제 불능의 폭풍 설사로 초주검이 되다시피 한 맹부요는 이튿날 당장 원보 대인을 대동하고 종월의 처소 입구에서 농성에 들어갔다.

그놈의 파두[10] 한 번만 더 들이밀면 매일같이 출입문에 원보의 똥오줌을 치덕치덕 처발라 세상에서 제일 역겨운 냄새가 뭔지 체험시켜 주겠다고.

상대가 문틀을 짚고 서서 무심히 몇 마디 던졌다.

"독은 독을 낳는 법이오. 체내에 독이 잠복해 있던 10여 년간 몸 구석구석 독성 물질이 한 무더기는 쌓였을 텐데 밖으로 내보내기 싫은 건가? 좋소, 나중에 전신이 수포로 뒤덮여서 죽게 생겼어도 나한테 도와 달라는 소리는 마시오."

온몸이 물집투성이인 자기 모습을 상상해 본 맹부요는 그길로 원보를 챙겨 의기소침하게 돌아설 수밖에 없었다.

그런데 수모는 여기서 끝이 아니었다. 전북야가 날마다 철성을 쥐어 패고 나면 덤으로 그녀까지 끌어다가 매찜질을 해 대기 시작한 것이다.

처음에는 일방적으로 두들겨 맞기만 하던 그녀였지만, 시간이 지나면서 한 번씩 전북야에게 매운맛을 보여 줄 수 있게 되었다. 나중에는 얼추 대등하게 치고받기에 이르렀다.

콧잔등에는 시커멓게 멍이 들어 퉁퉁 부은 얼굴로 두 사람이 더는 손가락 하나 까딱할 기운도 없이 바닥에 널브러져 있노라면, 원보 대인이 슬그머니 다가와 각자 얼굴에 남은 상처의 개수를 세곤 했다.

전북야의 상처가 더 많으면 자기가 침 묻혀 놓은 잣알 하나

---

10 파두라는 식물의 씨앗은 설사약으로 쓰인다.

를 맹부요에게 상으로 주고, 반대로 맹부요의 상처가 많으면 전북야한테 방귀를 뿡 뀌는 게 원보 대인의 일이었다.

원보 대인은 아예 전용 공책을 만들어 두 사람의 치고받기 결과를 기록까지 했다. 게다가 매일같이 대련이 시작되기 직전 이면 혼자서 내기를 걸었는데, 물론 원보 대인이 예측한 승자 는 항상 맹부요였다.

내기 보상은 열매 한 알.

맹부요가 이기면 열매는 자연히 원보 대인의 배 속으로 들어 갔고, 혹여 지더라도 마찬가지로 배 속행이었다. 비분에 차서 벽에 머리를 처박고 나면 '상처받은 여린 영혼'을 위로해 줄 주 전부리가 필요했으므로.

영 알아먹기 힘들게 생긴 그 공책을 뒤적여 볼 때마다 맹부 요는 원보 대인의 괴이쩍은 기록 방식에 탄복을 금치 못했다.

분명 초반에는 열 판 붙으면 한 판을 이기기가 힘들었건만, 기록은 반반이라니? 나중에도 열 판 중에 절반밖에 못 이겼는 데, 이건 또 전승으로 적어 놨어?

그사이 장손무극은 덕왕의 후사를 마무리 짓기 위해 중주에 다녀왔다.

원 황후가 아무리 스스로를 폐했던들 장손씨 부자는 그녀를 자리에서 끌어내릴 생각이 전혀 없었기에, 원청의는 여전히 무 극국의 지고지상한 황후였다.

다만 맹부요가 전해 듣기로 건강이 악화된 원 황후는 궁중에 따로 만들어 둔 불당에서 외부와 일절 접촉하지 않고 지낸다고 했다. 불단 앞에 앉아 적막한 세월 속에서 언제까지고 지난날을 추억하겠다는 것인지, 아니면 다른 생각이 있는 것인지, 이제는 누구도 알 길이 없었다.

시간의 밑바닥에 묻혀 버린 첫 만남의 강렬함과 이후의 엇갈림도, 소리 없이 흘러간 그날의 검광과 소녀의 꽃 같던 용모도, 이로써 모두 단조로운 목탁 소리, 그 애끊는 울림 안에 새겨질 터였다.

맹부요는 원 황후가 이미 정해진 결말을 맞이했을 뿐이라 생각했다. 어쩌면 그녀에게는 이게 가장 좋은 결말일 수 있었다.

덕왕과 원 황후는 편벽하고 이기적인 부모였다. 처음에야 그들도 둘 사이의 유일한 결실인 장손무극을 무척 사랑했을 터. 그러나 아들이 정치에 재능을 드러냄에 따라 딴마음이 들기 시작했을 것이다.

아들의 도움으로 옥좌를 빼앗을 꿈을 꿨던 둘의 기대가 무색하게도 장손무극에게는 본인만의 생각과 계획이 있었다. 그는 친부모를 돕기는커녕 번번이 '남'의 편에 서서 그들을 견제하고 대립각을 세웠다. 그리고 끝내는 둘의 재결합에 훼방만 놓고 말았다. 그 과정에서 처음의 사랑은 차츰차츰 증오로 변질되어 갔을 것이다.

그러한 증오는 덕왕을 맹목적인 반역의 길로 이끌었다. 또한 원 황후가 친아들을 원망하고 냉대하도록 만들었다. 대사를 그르친 덕왕이 다 끝장이라는 절망에 사로잡혀 '친아버지를 모질게 외면한 불효자'를 죽음으로써 규탄하게까지 되었다.

그는 알지 못했다. 만약 장손무극이 친아버지를 외면할 생각이었다면 덕왕이라는 인물은 이미 한참 전에 세상에서 사라졌으리란 것을.

그는 아마 영원히 모르리라. 장손무극은 절대 아버지를 죽일 마음이 없었음을.

덕왕의 황위를 향한 집착적인 성정은 비극을 초래했고, 이제 남은 것은 탄식뿐이었다.

또 한 가지, 맹부요를 불안하게 한 소식이 있었다. 바로 덕왕의 실성한 왕비가 온데간데없이 모습을 감췄다는 점이었다. 관례대로 덕왕부를 봉쇄하러 갔던 어전 시위가 이주를 독촉하기 위해 왕비의 원락에 들어섰을 때 그곳은 이미 텅 빈 채였다고 했다.

온 방 안에 얼룩덜룩하던 오물은 흔적도 없었고, 두껍게 쌓인 먼지조차도 인위적으로 방바닥에 붙여 놓은 가짜로 밝혀졌다. 또한 지저분한 짚 멍석 뒤편에는 알고 보니 기관이 숨겨져 있었는데, 그 아래 깔끔하게 정돈된 밀실에서 사람이 살던 흔적이 발견되었다는 것이다.

소식을 듣고 순간적으로 돌이 됐던 맹부요는 한참 만에야 어렴풋한 기억을 떠올렸다. 왕비의 처소에 뛰어들었던 당시, 상당히 과격한 움직임이 있었음에도 방 밖으로 나오기 직전까지 그 두꺼운 먼지가 날아오르거나 바닥에 발자국이 찍히는 걸 보지 못했었다.

그저 미친 척만 했던 것인지, 아니면 숨겨진 게 더 있는지 지

금은 알 방법이 없었다. 세월의 흐름이 언젠가는 진상을 드러
내 주길 기대하는 수밖에.

※

중주에서 돌아온 장손무극은 곧장 '맹부요 학대하기' 대열에
합류했다. 전북야와는 정반대 성향의 소유자답게 그의 학대 방
식은 매찜질이 아니라 날마다 '서책 달달 외우게 시키기'였다.

물론 강요는 없었다. 심지어 이리 와 보라며 부른 적도 전무
했다. 그저 미소 띤 얼굴로 괴상망측한 책들을 꺼내 펼쳐 놓고
원보 대인을 잡아다가 함께 들여다보고 있었을 뿐.

주인 옆에서라면 뭘 하든 좋아 죽는 원보 대인은 아무것도
못 알아보면서 '찍찍깍깍' 신바람이 났다.

궁금한 거라면 못 참는 맹부요는 번번이 둘의 낚시질에 걸려
들어 운공 설명서, 진법도, 오행술 서책을 눈이 빙빙 돌도록 탐
독해야만 했다. 심지어 어떤 때는 풍수지리며 저주술까지 독서
목록에 포함되었다.

그녀는 결국 할 말을 잃었다.

지금 만능 무속인 하나 키워 보겠다는 건가.

서로 약속이나 한 듯 조련에 박차를 가하는 세 남자를 보고
있자면 혹시 자신의 심산을 알아챈 건 아닐까, 의심이 들 때도
있었다.

하지만 그 이야기는 누구한테도 털어놓은 적이 없는데?

한 번은 전북야 앞에서 은근슬쩍 에둘러 질문을 흘려 보기도 했다. 의뭉스러운 나머지 둘과는 달리 전북야는 솔직하고 시원시원했다. 그러니 뭔가 반대할 게 뻔한 사항을 요청한다거나 비밀 같은 걸 캐낼 때는 항상 전북야를 공략하기 마련이었다.

그녀의 질문을 들은 전북야가 호쾌하게 웃어 젖혔다.

"다 네가 사고뭉치인 탓 아니냐. 말 안 듣지, 혼자 여기저기 들쑤시고 다니는 거 좋아하지. 자칫 간수 못 했다가 혼자서는 감당 불가한 일이라도 저지르면? 근본적인 해결책은 능력을 키워 주는 것밖에 없다, 이거다."

맹부요는 아무 대답도 하지 못했다. 가슴이 찡한 한편, 이걸 운이 좋다고 해야 하나, 나쁘다고 해야 하나 고뇌가 밀려들었다.

맹부요 본인이 사고를 꽤 치고 다니는 건 사실이지만, 그중 상당수는 세 남자와 밀접한 관련이 있었다. 문제 있는 3인만 아니었어도 자신은 주변에 잡음 하나 없는 천사표였을 수도 있단 뜻이다. 사실상 이건 닭이 먼저냐, 달걀이 먼저냐와 마찬가지로 애초에 답이 없는 문제였다.

그러니 어쩌겠는가. 날마다 세 미남자에게 각종 방식으로 조련당하는 이 신세를 마지못해 받아들이는 수밖에.

서로를 눈엣가시로 여기는 세 남자는 줄기차게 티격태격하면서도 맹부요에 관한 문제만큼은 굳건한 공감대를 형성하고 있었다. 그들은 실력 향상을 구실로 그녀만 핍박하는 게 아니라 그녀의 수하들까지 살뜰하게 괴롭혔다.

우선 종월은 휘하의 일류 밀정을 요신에게 붙여 정탐, 잠복,

첩보 전달 기술을 가르쳤다.

요신이 잔뜩 흥분해 맹부요에게 보고한 계획에 따르면, 그는 신장방 구성원들을 한데 모아 소매치기 특유의 민첩성을 적극 활용해 장손무극의 암위, 은위와 같은 조직을 만들 생각이라 했다.

이를 들은 맹부요는 피식 코웃음을 치고는 알아서 열심히 해 보라며 그저 손만 휘휘 내젓고 말았다.

한편, 흑풍기는 요성에서 휴식 겸 전열 정비 중인 가운데, 그 대장만은 전북야를 따라 화주에 와 있었다. 그가 맡은 일은 철성이 늘씬하게 얻어터지는 중간중간 진법과 기마술, 병법 등등을 가르치는 것이었다.

맹부요는 이제 본인의 저택과 가신을 가질 수 있는 신분이었고, 요성과 수수의 기존 백정군 5천을 통솔하는 동시에 본인만의 호위 부대도 따로 거느릴 수가 있었다. 전북야는 철성을 향후 맹부요가 거느리게 될 호위 부대의 대장으로 키울 생각이었다. 백전불패의 흑풍기를 원형으로 삼아 탄생할 맹부요의 첫 번째 호위부대. 그 기세가 얼마나 위풍당당할지는 벌써 능히 짐작하고도 남으리라.

그간 맹부요 본인의 능력과 인간적 매력을 바탕으로 얻은 지원군들이 선견지명 있는 세 고수의 가르침하에 드디어 초기 형태의 진용을 갖추어 나갔다. 그런데도 맹부요는 현 상황을 전혀 눈치채지 못하고 있었다.

그녀가 마음을 둔 곳은 오주대륙이 아니었기 때문이다. 지금껏 세웠던 몇 가지 목표도 본질적으로는 이곳을 떠나기 위한 수단에 불과했다.

어차피 떠날 사람이 그 많은 일은 다 벌여서 무엇할까? 그보다는 노잣돈 마련이 훨씬 급하지.

이런 이유로, 한 치 앞을 내다볼 줄 모르는 맹 소저는 조금의 여유만 생겼다 하면 돈 벌 궁리에 온 정력을 들이부었다.

그녀의 무도장 사업은 전쟁이 끝난 후부터 다시금 세를 넓혀 가고 있었다. 신분 자체가 달라진 덕에 앞으로는 사업 확장이 한결 수월할 것이었다.

다음 목표는 무도장의 등급을 세분화해 일반 백성들에게까지 널리 보급하는 것이었다. 서민들이야말로 가장 덩어리가 큰 소비 계층 아니겠는가. 그녀는 무도장 덕에 덩달아 호황기를 맞게 될 포목업, 의류업, 방직업, 면과 마의 생산 등에도 이미 한 발을 걸쳐 둔 상태였다.

수전노 맹부요는 틈날 때마다 괜스레 장부를 뒤적거리며 조만간 돈벼락을 맞을 생각에 음흉한 미소를 짓곤 했다.

✿

바야흐로 화주 첫 번째 무도장의 개업 날이었다.

개업식에 사장이 빠질 수야 없는 노릇이었다. 그간 장원에 갇혀 학대당하느라 바깥출입이란 걸 거의 하지 못한 맹부요는 작업이라든가, 남자 후리기라든가, 뉴 페이스 영접 따위가 고파 몸이 근질근질한 참이었다.

거기다가 성안 국화[11] 길에는 남자 기생이 나오는 기루가 있었다. 화주 밖까지 이름이 났을 정도로 하나같이 절색인 사내들만 모여 있다는 소문을 듣지 않았겠는가. 전생에 아마추어 동인녀 정도는 되었던 내공으로 BL 소설을 즐겼던 자에게는 더없이 유혹적인 소식이었다. 맹부요는 반드시 현장 견학을 가고야 말겠노라, 다짐 또 다짐을 했더랬다.

그나저나 웅대한 계획을 실행하려 하는데 혹이 줄줄이 따라붙는 건 곤란했다. 특히 그게 예의 표독스러운 세 마리라면 더더욱이 그러했다. 따라서 그녀는 셋 중 누구에게도 동행을 제안하지 않을 생각이었다.

혼자 조용히 갔다 오면 너희들이 무슨 재주로 알겠냐.

맹부요는 아침 일찍 일어나 옷을 챙겨 입었다.

근래 껌딱지처럼 그녀의 곁에서 떨어질 줄 모르는 원보 대인은 본인의 옷상자 앞에 앉아서 오늘처럼 중요한 날 입을 의상으로는 무엇이 적당할지를 고심 중이었다. 영원불변의 주인공이라면 무릇 완벽하게 빼입은 모습으로 대중 앞에 나서는 것이 그들에 대한 예의라는 게 원보 대인의 생각이었다.

결단을 내리지 못하고 상자만 뒤적이는 원보 대인을 지켜보며 실실거리던 맹부요가 주머니 안에서 *끄집어낸* 것은…… 치

---

11 중국에서 국화는 항문을 가리키는 은어로 쓰이며, 흔히 남성 사이의 성관계를 묘사할 때도 이 단어를 사용한다.

마였다. 격분한 원보 대인이 자신의 성별을 모욕한 맹부요에게 거센 항의를 표명했다.

그러자 맹부요가 씩 웃으며 얼굴을 가까이 들이대고 말하기를.

"그거 알아? 네 주인이 딱 한 번 나한테 예쁘다고 한 게 바로 이런 치마 입었을 때였지? 요렇게 생긴 치마라면 아주 그냥 껌뻑 죽는다니까. 주인을 네 거로 만들고 싶으면 어느 정도 희생은 감수해야지. 게다가 어엿한 '수'라면 여장으로 색다른 분위기도 내 볼 수 있는 거 아니겠어?"

구미가 당기는지 원보 대인이 눈을 반짝였다. 맹부요는 양심 팔아먹은 소리를 이어 갔다.

"이런 치마는 너 같은 몸매가 입어 줘야 된다니까. 가냘픈 허리에 풍만한 엉덩이, 물결치는 굴곡, 죽여주네! 뇌쇄적이야……."

이에 원보 대인이 뇌쇄적으로다가 무도회용 치마를 주워 입자, 맹부요가 감탄사를 날렸다.

"진정한 '개미허리'로다, 저 물동이 같은 곡선……."

곧이어 그녀는 원보 대인을 소매 안에 집어넣고서 살금살금 방을 나섰다. 문밖에는…… 아무도 없고, 뜰 바깥에도…… 없었다.

화원에는 종월이 약초를 살피고 있군.

하얀 도포에 하얀 헝겊신, 집에서 입는 편한 차림으로 자색과 녹색이 어우러진 약초밭 사이를 구름처럼 누비던 종월이 그녀를 발견하고는 무성의한 인사를 던졌다.

"이리 이른 시각에?"

찔끔한 맹부요가 외출을 정당화할 핑곗거리를 미처 찾기도 전에 종월이 먼저 입을 열었다.

"이른 아침에는 천지간의 탁한 기운이 위로 오르고 맑은 기운은 아래로 가라앉으니, 산책을 나서기에 퍽 좋은 때라 하겠소. 나날이 미련해지던데 나가서 천지의 영기라도 듬뿍 마시고 오시오."

기가 막힌다만, 시작은 온화하되 끝은 항상 독설로 맺는 종월의 화법이야 어디 하루 이틀 일이랴. 오늘은 여기서 입씨름이나 벌이고 있을 날이 아니기에 맹부요는 그저 히죽 웃으며 한마디만 했다.

"예, 예, 종宗 형 하는 꼬락서니는 왜 날이 갈수록 이해 불능일까 했더니, 아무래도 천지의 영기를 과하게 흡입하셨나 봅니다요."

종월은 힐끗 눈길만 한 번 던진 후 자기 일로 돌아갔다.

후닥닥 화원을 벗어난 맹부요는 중간채 마당에서 전북야와 맞닥뜨렸다. 철성을 잡아다가 훈련 중이던 전 왕야가 그녀의 출현에 눈을 번뜩 빛내더니 손짓을 보냈다.

"여기, 이리 와. 좀 맞자!"

저자 또한 무지몽매한 중생이라는 생각이 들자 새삼 기운이 난 맹부요가 발끝으로 땅바닥에 동그라미를 그렸다.

"우리 오늘은 새로운 거 해요!"

전북야가 고개를 까딱 기울이면서 웃음 지었다.

"새로운 거, 뭐?"

"맷집 대결요."

맹부요가 히죽였다.

"원 밖으로는 못 피하는 거예요. 동그라미 벗어나면 그거로 패배."

"그래."

"남자인 왕야가 먼저 들어가요."

"알겠다."

전북야가 얌전히 원 안에 서자 맹부요가 싱긋 입꼬리를 올렸다.

"밖으로 나오면 안 돼요! 나오면 집니다! 지면 사흘간 입 열기 금지예요!"

전북야가 눈을 흘겼다.

"내가 질 것 같으냐?"

곧장 맹부요가 주먹을 내질렀다.

"받아라!"

시큰둥하게 눈을 빗뜨고 있는 전북야를 향해 주먹이 바람을 가르며 날아들었다. 다음 찰나, 맹부요가 돌연 팔을 되돌려 자기 아랫배를 부여잡고는 전북야의 눈치를 봤다.

"아이고, 갑자기 배가 왜 이러지? 잠깐 큰일 좀……."

쏜살같이 내빼는 와중에도, 그녀는 팔을 흔들며 당부를 잊지 않았다.

"원 밖으로 나오지 말고 기다려요!"

"고상하지 못하기는……."

고개를 절레절레 저은 전북야는 착실하게도 원 안에서 대기에 들어갔다.

한편, 변소 쪽으로 달려간 맹부요는 뒤편 담장을 훌쩍 뛰어넘으며 전 왕야의 과도한 우직함에 애도를 표했다.

화장실 핑계가 처음도 아닌데 또 속으면 어쩌냐.

담을 넘자 드디어 바깥채 대문이 눈에 들어왔다. 맹부요가 어깨춤을 추던 그때, 가림벽[12] 뒤에서 홀연 등장한 인물이 담박하니 여유로운 미소를 보냈다.

"부요, 잘 잤소?"

맹부요의 가슴속에 그득 찼던 설렘을 한 방에 날려 버린 아침 인사였다. 그녀가 뚱한 표정으로 팔을 휘휘 저으며 대꾸했다.

"예에, 그쪽도요?"

"아리땁게도 차려입었군."

장손무극이 웃음기 어린 눈빛을 보냈다.

"짙은 자색 도포에 커다란 국화 송이라, 절묘한 조화요."

이에 맹부요가 어색하게 입꼬리를 끌어 올렸다.

"그러게요……. 그쪽 옷도 예쁘네요……. 와아, 색깔이 참 어여쁘다……."

장손무극이 미소 지었다.

"그간 줄곧 입던 색이건만, 이제야 알아주는군."

---

12 밖에서 대문 안이 바로 들여다보이지 않도록 병풍처럼 세워 두는 벽을 이른다.

이어서 그가 마당 안쪽을 넘어다보며 물었다.

"종 선생은 기침했소? 의술상의 문제로 가르침을 청할 것이 있는데."

"네?"

눈을 빛낸 맹부요가 기쁨을 숨기지 못하고 연거푸 말했다.

"일어났죠! 일어났다마다! 화원에서 약초 심고 있어요!"

그녀는 장손무극의 옷소매를 잡아끌며 성심성의껏 방향까지 가리켰다.

"저기, 제일 안쪽이요. 알죠?"

"알겠소."

장손무극이 두말없이 걸음을 옮기자 맹부요의 입에서 '하아' 하고 안도의 한숨이 새어 나왔다. 이때다 하고 얼른 내빼려 발을 내딛는데, 갑자기 뒤로 홱 돌아선 장손무극이 물었다.

"그걸 안 물어봤군. 아침부터 어디 가는 길이오?"

"에?"

들어 올렸던 발을 슬그머니 도로 내려놓은 맹부요가 눈동자를 데구루루 굴렸다.

"매일 장원에서 주는 아침만 먹었더니 질려서요. 밖에 순두부 야들야들하게 잘하는 집이 있다길래 사 와서 다 같이 먹을까 하고."

"웬일로 한턱 낼 생각을 다하고. 알고 지낸 이래로 처음인 것 같소."

얼굴빛 하나 변하지 않고 어느 분의 쪼잔함을 꼬집은 장손무극이 마저 걸음을 옮기며 말했다.

"그럼 얼른 다녀오시오."

맹부요는 신이 난 나머지 한 소리 들은 것도 잊고 낭랑히,

"네!"

하고는 발걸음도 가볍게 자리를 떴다.

마침내 대문을 빠져나온 후, 그녀는 긴 한숨을 뱉었다.

젠장! 날마다 그 개고생을 하다가 겨우 벗어났는데, 오늘 하루는 끝장나게 놀고야 말 테다!

아직 이른 시각, 우선 국화 길에 가서 국화 감상이나 하고 있어야겠다 마음먹고 우쭐우쭐 말에 오른 그녀가 소맷부리 속에다 대고 말했다.

"원보, 저쪽에 있는 깨꽃 말이야. 단맛 나는데 먹어 볼래?"

먹을거리 소리에 원보 대인이 득달같이 고개를 내밀더니 맹부요가 가리키는 방향으로 냅다 튀어 나갔다.

"야옹!"

그때 수풀을 헤치고 고양이 한 마리가 등장했다.

깨꽃에 매달린 원보 대인이 흠칫 굳더니 꽃잎을 붙든 채로 천천히 아래를 봤다. 고양이가 호기심 어린 눈으로 원보 대인을 훑어보며, 괴상망측하게 치장한 저 동물이 원수 같은 쥐인지 아니면 그 친척뻘인 토끼인지를 심각하게 고민하고 있었다.

맹부요가 말 위에서 히죽 웃었다. 오늘처럼 목적이 불순한 외출 길에 원보가 따라붙어서야 안 될 일이었다. 워낙 눈치가 빠한 놈인 데다가 주인하고 영적 교감까지 가능하다지 않던가.

그렇다고 덜렁 놓고 갔다가 만에 하나 제 주인한테 뭔가 신호를 보내 장손무극이 쫓아오기라도 해 봐라, 간만에 재미 볼 계획은 와장창 작살나는 거다.

그렇다면 주인을 부를 짬이 아예 안 날 만큼 바쁘게 만들어 주는 게 제일이렷다.

맹부요가 깨꽃 아래 파인 구덩이에서 새끼 고양이를 봐 둔 것은 며칠 전의 일. 그 덕분에 과연 세상에 고양이를 안 무서워하는 쥐가 있는지를 직접 검증해 볼 기회가 생긴 것이다.

밑에 있는 노란색 물체가 고양이라 불리는 짐승임을 확인한 원보 대인이 꽥 비명을 지르며 꽃에서 뛰어내려 줄행랑을 놓으려 했다. 그러나 애석하게도 그가 잊은 것이 있었으니, 바로 맹부요가 다분히 악의적으로 갖다 바친 치마의 존재였다.

바닥에 질질 끌리는 치맛자락 탓에 몇 걸음을 채 못 가 뒹굴 엎어진 원보 대인은 일어나서 다시 뛰려다가 또 데굴데굴 나동그라졌다.

궁지에 몰리고 만 그는 급기야 바닥에서 가느다란 나뭇가지 하나를 집어 들고 자세를 잡았다. 뒤로 물린 한쪽 뒷발과 쭉 뻗은 앞발, 장손무극이 맹부요를 갓 만났을 때 진법을 멋지게 파하면서 보여 준 검세였다.

'무림 고수 원보 대인'의 휘황찬란한 기수식에 새끼 고양이가 화들짝 놀라 물러서는 모습을 보이자, 원보 대인이 즉각 나뭇가지를 겨누며 제2식 '평사낙안平沙落雁'을 시전했으니, 그 자세가 참으로 멋들어졌다.

군이 아쉬운 부분을 꼽자면 새하얀 궁둥이 털이 흥건하게 젖어 가고 있던 점이랄까.

그걸 보고 깔깔 웃어 젖힌 맹부요는 양심도 없이 말을 달려 자리를 떴다. 가련한 원보 대인 혼자서 분홍치마를 질질 끌며 고양이를 상대하도록 내버려 둔 채.

모퉁이를 한 번, 또 한 번 돌고 나자 의욕 넘치는 그녀 앞에 저만치 골목에서 삐죽 고개를 내민 자수 깃발이 나타났다. 깃발에 수놓인 것은 바람에 한들거리는 한 송이 풍성한 황금빛 국화.

실로 남다른 그 자태를 보며 눈망울을 반짝이던 맹부요가 소리쳤다.

"국화야, 내가 왔다!"

말에 박차를 가해 골목으로 뛰어든 지 1분 후. 맹부요는 필사적으로 말의 엉덩이를 때리고 있었다.

"뒤로 돌아! 돌아 나가라고!"

하지만 그러기에는 골목이 너무 좁은지라 말은 고개만 이리저리 돌릴 뿐이었다.

결국, 도주를 포기하고 말 잔등에 쪼그려 앉은 맹부요가 골목을 틀어막고 있는 두 미남자에게 인사를 건넸다.

"이런 데서 다 보고, 반갑네요!"

골목 안에 핀 독특한 모양새의 꽃을 살피던 종월이 고개도 안 돌리고 말했다.

"천지의 영기가 많이 모이는 곳이긴 한 것 같소. 무슨 산책을 성 반대편까지 나오나 했더니, 의욕이 가상하구려."

팔짱을 낀 채 눈을 빗뜬 전북야의 발밑에는 동그라미가 그려져 있었다. 맹부요가 먹구름 낀 얼굴로 자신을 쳐다보자 그가 치사하게도 발치의 원을 가리켰다.

"나 지금 동그라미 안이다."

그러고는 말을 이었다.

"아직 안 끝났으니까 이리 튀어 와! 변소 한번 멀리, 오래도 다녀오는군!"

공황 상태에 빠진 맹부요는 차라리 고삐를 내던지고 뒤쪽으로 냅다 몸을 날리는 길을 택했다.

"여기까지 와 놓고 그냥 가다니?"

포탄처럼 튀어 나가던 그녀를 정확히 잡아챈 이가 미소 지으며 뺨을 꼬집었다.

"순두부가 참 야들야들하기는 하오."

이에 배시시 웃은 맹부요가 절구질하듯 고개를 주억거렸다.

"뭐, 그럭저럭요."

❀

세상에 남기男妓 나오는 기루에 출입하면서 미남을 대동하고 오는 사람도 있나?

세상에 미인이랑 재미 보러 가면서 옆구리에 미인을 끼고 다니는 사람도 있나?

맹부요는 본인이 유사 이래 전무후무한 새 기록을 쓰고 있다고 확신했다. 하물며 옆에 붙은 미남자가 하나도 아니고 셋이라니. 이건 그야말로 인생 최고의…… 비극이다.

얌전히 집에 가려던 그녀를 저지한 건 망할 작자 셋이었다. 어차피 여기까지 온 거 다 같이 구경이나 해 보자는 둥, 맹 소저가 사기극도 불사할 만큼 만나고 싶었던 사내가 대체 어떤 자인지 보고 배울 점이 있다면 스승으로 모셔 재주를 전수받는 것도 좋겠다는 둥 하는 소리를 지껄여 가며.

맹부요는 중간에 끼여 도망가기도, 한바탕 해 대기도 여의치 않았다.

어차피 망한 거, 에라 모르겠다.

왼손으로는 장손무극의 얼굴을, 오른손으로는 종월의 얼굴을 꼬집으며 그녀가 짐짓 음흉한 웃음을 지었다.

"둘 다 아주 반반하게 생겼는데, 어디 이 어르신한테 입 한번 맞춰 보려무나!"

맹부요는 콧대 높고 까칠한 둘이 한시라도 빨리 폭발해 이대로 집에 갈 수 있길 기대하며 눈치를 슬슬 봤지만, 돌아온 것은 장손무극의 미소였다.

"어르신, 뺨 한 번 만지는 데 3천 냥에 모십지요. 감사합니다!"

곧이어 종월도 무심히 한마디를 던졌다.

"어르신, 제 얼굴에는 독이 있어 종일 손이 가려우실 겝니다."

"……."

결국 기루 안까지 질질 끌려 들어가고 나자 남자 기생 어미가 얼른 영접을 나왔다.

일행을 쓱 훑어본 그는 다소 의아하다는 표정 사이로 흥분한 기색을 드러냈다. 무릇 포주 된 자들이란 미인을 만나노라면 어떻게든 자기 사업장으로 끌어들여 돈벌이에 활용할 궁리부터 하기 마련. 장손무극을 비롯한 3인의 미색은 기생 어미에게 전율을 선사했다.

물론, 남장에 역용까지 했어도 수려한 윤곽은 감출 수 없었던 맹부요 역시 마음에 쏙 들기는 마찬가지였다.

잇새를 쑤시던 맹부요는 기생 어미의 눈빛을 보고 순간적으로 혈압이 올랐지만, 짐짓 아무렇지 않은 척 말했다.

"이 집에서 제일 예쁘장하고 파릇파릇한 애들로 넷."

그녀의 손가락이 전북야를 가리켰다.

"계산은 이쪽에서 할 거니까 값은 마음껏 부르고."

사람 읽는 데는 선수인 기생 어미는 전북야를 보자마자 일행이 단순한 손님이 아니라는 걸 알아차렸다.

이때, 콧방귀를 뀐 전북야가 손을 휘휘 내저었다.

"가서 제일 괜찮은 애들로 데려와라. 본……, 내가 누구 취향을 좀 확인할 일이 있으니."

맹부요는 우울한 표정으로 하늘을 올려다봤다.

당신네들이 동인녀의 순수한 설렘을 어찌 알겠냐마는…….

❀

"예쁜아……. 오빠는 이렇게 너를 만나는 행운을 얻어…….

우욱……."

자못 애틋하게 남기의 손을 잡고 대사를 치던 맹부요가 도중에 한쪽으로 달려가 속을 게워 내고는 분개해 소리쳤다.

"저게 '수'라고? 저러고도 '수' 역할을 해? 허리 굵기가 코끼리랑 맞장 뜨겠구먼!"

이에 전북야가 손을 내저으며 말했다.

"다음!"

느긋하게 바둑이나 두면서 가끔씩 고개를 들어 눈길을 보내던 나머지 두 사람 중 장손무극이 입을 열었다.

"내 보기에는 괜찮소만. 그래도 조금 전에 들어왔던 곰보보다야 낫지 않소. 아쉬운 대로 타협하지 그러오."

그러자 '탁' 하고 바둑돌을 내려놓은 종월도 건조하게 한마디를 보탰다.

"이번은 그나마 깔끔한 편이오. 아까 그자는 귀 뒤에 땟국물이 끼었던데."

맹부요가 다 죽어 가는 소리로 대꾸했다.

"이만하면 됐다고요. 이제 집에 갑시다, 네?"

"아니."

말을 받은 건 전북야였다.

"아직 네 취향을 확인하지 못했다."

이때, 주인 덕에 고양이한테서 목숨을 건진 원보 대인이 장손무극의 소매 안에서 기어 나왔다. 자기 한을 대신 풀어 주는 주인을 보며 원보 대인은 깨고소하다는 얼굴이었지만, 맹부요가 앙칼지게 '야옹' 소리를 내는 통에 금방 다시 소매 안으로 사라져야만 했다.

"예쁜아……. 오빠는 이렇게 너를 만나……. 우욱……."

"예쁜아……. 오빠는 이렇게 너를……. 우욱……."

"예쁜아……. 오빠……. 우욱……."

"때려치워!"

쓸개즙까지 게워 낸 맹부요가 결국 자리를 박차고 일어났다.

"국화고 나발이고 이러다가 사람 잡겠네! 죽이든 살리든 어디 마음대로 해 보든가! 하나도 겁 안 나니……."

그때였다.

"풍맥風陌이 인사 올립니다."

청아하고도 차분한 음성, 파르르 미묘하게 떨리는 말꼬리. 출입문 쪽에서 들려온 목소리는 긴 꼬리를 끌고 하늘가를 미끄러져 가는 별빛, 혹은 바람 속에 연약하게 피어난 꽃 한 송이를 연상케 했다.

화들짝 놀라 고개를 돌린 맹부요가 열린 장지문 앞에 곱디고운 자태로 서 있는 붉은 옷의 남자를 발견했다.

먹물 같은 머리카락, 눈보다도 새하얀 피부, 기다랗게 뻗은 눈매와 별처럼 반짝이는 눈동자.

보기 드문 미남이로다!

맹부요의 입이 떡 벌어졌다.

저런 미남이 어디서 갑자기 튀어나왔지? 길이라도 잘못 든 건가?

"침 닦으시오."

등 뒤에서 들려온 종월의 싸늘한 목소리에 그제야 퍼뜩 정신이 든 듯, 맹부요가 후닥닥 앞으로 달려 나갔다.

"예쁜아……. 오빠……."

이미 운을 떼고 나서야 맹부요는 미남이 결코 어린 나이가 아님을 알아챘다. 눈가에 얕게 잡힌 주름만으로 정확한 연령대를 가늠할 길이야 없었지만, 그 주름이 남자의 미모에 한층 원숙미를 더해 주고 있는 것만은 분명했다. 미남의 붉은 입술을 응시하는 맹부요의 눈이 반짝반짝 빛을 발했다.

한편, 전북야는 까슬까슬한 아래턱을 만지작거리면서 생각에 잠겨 있었다.

이제 보니 삭은 게 취향이었나?

바둑을 두던 손길을 멈춘 장손무극이 자칭 풍맥이라는 남기를 보며 눈썹을 살짝 찌푸렸을 즈음, 맹부요가 자리를 권하기도 전에 여유롭게 방 안으로 걸어 들어와 주위를 둘러본 남자가 미소를 머금었다.

"어느 분을 모시면 되겠는지요?"

맹부요가 잽싸게 남자 앞으로 달려갔다.

"나랑 단란하게 담소 좀 나눠요, 단란하게……."

세 남자의 살벌한 눈빛이 한꺼번에 꽂히자 등에 식은땀이 흘렀지만, 그녀는 어금니를 꽉 깨문 채 미남을 붙잡은 손을 놓지 않았다.

내 이대로 포기할쏘냐. 현장 참관 기회가 아무 때나 있는 것

도 아니고, 나중에 현대로 돌아갔을 때 어디 가서 입 털기 딱
좋은 소재인데.

맹부요는 매서운 눈초리 공세에 결사적으로 저항하면서 미
남 풍맥을 꼭 붙들고 오만 이야기를 나눴다. 그런데 어째 대화
가 길어질수록 상대의 언변을 따라잡기가 힘에 부친다는 느낌
이었다.

예상외로 남자는 대단히 박학다식한 인물이었다. 문학, 역
사, 유가 경전에서부터 의약, 천문, 온갖 학파별 사상이며 음
률, 바둑, 서예, 그림에 이르기까지 무엇 하나 통달하지 않은
것이 없었다. 본인 말로 문외한이라는 무공 외에는 무슨 화제
가 나오든 해박한 배경지식을 자랑하며 막힘없이 이야기를 풀
었다.

맹부요는 탄복해 마지않았다.

과연 '수' 중에서도 극상품인지고! 에효, 저런 분위기와 학문
을 가지고서 노류장화 신세라니, 안타깝도다.

그녀는 반짝반짝 빛나는 눈을 풍맥에게 고정한 채로, 어떻게
한번 기생 어미한테 값 치르고 여기서 빼내 볼까 머리를 굴리
느라 바빴다.

그사이 장손무극과 종월은 바둑판을 물리고 각자 방 모퉁이
벽에 기대 대화에 귀를 기울이는 중이었고, 전북야는 아무 말
없이 느릿느릿한 동작으로 자신의 검을 닦고 있었다.

이야기를 듣다 말고 문득 방 안을 둘러본 맹부요의 눈에 제
각각 벽에 기대거나 바닥에 앉은 자세로 있는 자, 백, 흑, 홍,

네 가지 색 도포의 미남자들이 들어왔다. 고귀하거나, 온화하거나, 영준하거나, 수려하거나, 하나같이 세상에 다시 없으리만치 빼어난 풍채.

맹부요는 잠시 넋을 잃었다. 순간적으로 눈앞이 어질어질해지면서 지금 자기가 있는 곳이 어딘지 혼란스러워졌다.

그녀는 서서히 침묵에 빠져들었다.

이 세계로 넘어와서 저토록 비범한 사내들과의 만남을 얻은 것은 과연 인연일까, 아니면 불운일까?

맹부요가 조용해지자 눈치 빠른 풍맥도 따라서 이야기를 멈추고는, 우아한 자세로 탁자 위 술 주전자를 들어 올리며 미소 지었다.

"오늘 이리 만난 것도 인연, 네 분 공자께 술 한 잔씩 올리겠습니다."

맹부요는 싱글벙글해 술을 받는 즉시 입에 털어 넣었고, 전북야 또한 콧방귀를 뀌면서도 순순히 잔을 비웠으나, 종월은 엷게 웃으며 술잔을 거절했다.

"죄송합니다만 저는 술을 입에 대지 않는지라."

이때 장손무극이 느린 걸음으로 다가와 풍맥 앞에 잔을 내밀었다.

"풍 공자의 영명함에 크게 감탄하였으니 오늘은 제가 한 잔 따르겠습니다."

"당치 않습니다."

웃음기를 거둔 풍맥이 다소곳이 눈을 내리깔았다.

"천한 신분인 제게 어찌 그리 황송한 말씀을 하십니까."

그가 두 손으로 고이 받든 술잔과 미소 띤 표정의 장손무극이 한 손으로 내민 잔이 살짝 맞부딪쳤다. 장손무극의 잔이 순간 기우뚱하면서 말간 술이 풍맥에게 주르륵 쏟아지고 말았다.

"아앗, 이런 결례를!"

장손무극이 허겁지겁 손수건을 꺼내자 풍맥이 뒤로 물러서며 미소를 머금었다.

"괜찮습니다. 그럼 소생은 옷을 갈아입어야겠기에 이만 물러가 보겠습니다."

예를 갖춰 인사를 올린 그가 밖으로 사라진 후, 생각에 잠긴 기색으로 술잔을 천천히 내려놓는 장손무극을 향해 종월이 물었다.

"무공을 익힌 자가 아니었습니까?"

장손무극의 대답은 잠시 간격을 두고 나왔다.

"음, 공연한 우려였던 듯하오. 그나저나 화주에 언제부터 저렇게 비범한 인물이 있었던 것인지, 뭔가 석연치 않군."

그러자 맹부요가 깔깔거렸다.

"태자 전하, 당신은 태자지, 밀정이 아니라고요. 그 넓은 땅을 다스리면서 어느 주, 어느 기루에 새 미인이 들어왔는지까지 속속들이 꿰고 있으려면 피곤해 돌아가시지 않겠어요?"

"그 눈에는 오로지 미인밖에 안 들어오는가 보오."

장손무극이 그녀에게 힐긋 눈길을 던졌다.

"정작 봐야 할 것은 못 보고 항상 쓸데없는 것에만 눈이 번쩍 뜨이지."

문득 종월이 창밖 하늘을 올려다보더니 말했다.

"오시로군요. 이만 쉬러 가 봐야겠습니다. 이곳은 제 수하를 붙여 지켜보도록 하지요."

"으아아, 오시야! 망할!"

느닷없이 펄쩍 뛰어오른 맹부요가 부랴부랴 밖으로 뛰쳐나갔다.

"개업식 테이프 커팅!"

❀

화주 '천상인간天上人間 무도장'의 위치는 번화가 한복판이었다. 맹부요가 도착했을 때는 이미 주변이 백성들로 인산인해였다.

무도장 앞에는 그녀의 지시대로 관람석이 가설되어 있었다. 구경꾼들을 위해 요성 무희들이 그녀에게서 배운 현대식 춤을 선보이는 중이었다. 또한, 현장에서는 무작위로 디저트까지 나눠 주고 있었다.

전생의 맹부요는 팍팍한 삶이 탄생시킨 요리 고수였고, 대학 때 제과 제빵 기술도 배웠다. 가장 자신 있는 종목은 에그타르트로, 그녀가 만든 타르트는 입에 넣자마자 사르르 녹아 없어질 만큼 보드라운 식감을 자랑했다.

기술 뒀다가 뭐 하랴, 돈 버는 데 써야지.

사람들의 뜨거운 반응을 눈으로 확인한 맹부요가 헤벌쭉 웃는 참인데, 인파 사이의 비좁은 틈바구니를 뚫고 땀에 흠뻑 젖은 요신이 등장했다.

　"멀뚱히 서서 뭐 해요? 얼른 가서 가위질 준비 안 하고!"

　그가 이어서 물었다.

　"나머지 사람들은요?"

　"아."

　하고 맹부요가 말했다.

　"일이 좀 있어서 늦게 올 것 같아."

　요신을 따라 단상 위로 올라가자 탁자에 놓인 황금 가위 두 개가 보였다. 그런데 맹부요가 막 팔을 뻗자마자 별안간 끼어든 손이 그녀가 집으려던 가위를 홱 채 가는 게 아닌가.

　일순 멈칫한 맹부요가 눈을 들었다. 상대는 부잣집 도련님 차림새였다. 그냥저냥 봐 줄 만한 얼굴이었지만 치켜세워진 눈꼬리 탓에 시종일관 눈을 흘기고 다니는 사람처럼 보였다.

　고개를 갸웃한 맹부요가 이내 요신에게 소곤소곤 물었다.

　"저 얼간이는 뭔데?"

　요신이 대꾸했다.

　"그거 허락했잖아요, 그 뭐더라……, 조조? 무도장에 출자한 강북도 이 총독 아들이에요."

　맹부요가 웃음을 터뜨렸다.

　"주주? 옳거니!"

　자신을 노골적으로 노려보며 이유 모를 적의를 뿜어 대고 있

는 이 공자를 향해 싱긋 웃은 맹부요가 다른 가위를 집어 들려
던 때였다.

웬걸, 돌연 끼어든 이 공자라는 놈이 가위를 툭 쳐서 탁자 아
래로 떨어뜨리는 게 아니겠나.

아슬아슬하게 신발 앞코를 비껴간 가위를 내려다보던 맹부요
가 천천히 눈을 들었다. 입가에는 여전히 웃음기를 머금은 채.

"이 공자?"

이 공자라는 자는 콧구멍이 들여다보이도록 고개를 치켜들
고 '음?' 한마디를 했을 뿐이었다.

"코털 깎을 가위가 필요하신가?"

맹부요가 미소 지었다.

"그런 용도라면 다른 게 낫지."

실내로 들어가 후당의 무기 선반에서 거대한 도끼를 들고나
온 맹부요가 물건을 휘휘 흔들며 웃어 보였다.

"튼튼하고, 오래가고."

"건방진!"

이 공자가 발끈했다.

"허울뿐인 3품 무관 따위가 감히 이 몸 앞에서 그따위로 혀
를 놀려?"

"오호?"

맹부요가 더할 나위 없이 깍듯하게 물었다.

"하면, 귀하께서는 벼슬이 몇 품이신지? 소관이 존경을 담아
제대로 된 예를 올릴 수 있도록 속히 일러 주시지요."

"우리 아버지는 조정 실무를 보는 종1품 총독, 근방 전체의 군정을 쥐락펴락하는 분이시니라!"

이 공자의 얼굴에 시뻘겋게 피가 몰렸다.

"이 몸의 털 한 가닥도 네놈 허리보다 굵거늘!"

"아, 그러셔?"

빙긋 웃은 맹부요가 번개처럼 팔을 뻗어 이 공자의 머리털을 한 움큼 잡아 뜯었다. 이 공자가 돼지 멱 따는 소리를 내지르는 사이, 머리털을 자기 허리 앞에 가져다 대본 맹부요가 고개를 절레절레 저었다.

"이거면 백 가닥은 될 텐데도 내 허리가 더 굵잖아? 이 공자, 사람이 정직하게 살아야지!"

그러더니 자못 엄격한 얼굴을 하고서 이 공자의 어깨를 툭툭 쳤다.

"아니면, 그 몸뚱이 어딘가에 내 허리보다 굵은 털이 있긴 있는 건가? 그럼 한번 뽑아서 보여 줘 봐. 객관적이고 과학적인 자세로 현실을 직시하자는 것뿐이니까 쑥스러워하지 말고."

"이게 쳐돌았네! 야, 이 미친놈아!"

이 공자가 땜빵이 커다랗게 난 머리통을 부여잡고 길길이 날뛰며 말을 이었다.

"요성에 있을 때도 만사 독단적으로 권세를 휘두르고 거들먹거리고 다니면서 연약한 여인이나 괴롭혔다더니, 역시나 그 말이 맞았구나! 여봐라, 뭣들 하느냐!"

우르르 병사들이 들이닥쳤다. 다들 무기를 갖추고 족쇄며 수

갑까지 든 것을 보아 하니 아마 한참 전부터 대기 중이었던 듯했다.

"다른 상인들을 핍박해 시장을 독점하고, 양민을 능욕하고, 온갖 극악무도한 짓을 저지르다 못해 길바닥에서 남의 머리채까지 뜯은 이 파렴치한을!"

폐활량도 참 좋은 이 공자가 맹부요를 가리키며 숨도 안 쉬고 소리쳤다.

"잡아들여라!"

이 순간의 따스함

차르랑차르랑.

안정된 궤적을 그리며 날아온 쇠사슬이 맹부요를 휘감았다.

백성들은 왁자지껄 흩어지는 와중에도 지지리 운도 없는 무도장 주인을 생각하며 한숨을 내쉬었다. 경사스러운 개업 날에 저런 횡액을 당하는 걸 보면 총독 아들한테 뭔가 밉보여도 단단히 밉보인 게 있지 싶었다.

맹부요는 쇠사슬을 손바닥에 올려놓고 무게를 가늠하는 것처럼 보였다. 그러다가 고개를 갸웃하면서 진짜 궁금하다는 양 물었다.

"양민을 능욕해? 내가 양민 누구를 어떻게 능욕했는데?"

"네가 요성에서 힘없는 이들에게 무슨 짓을 했는지 다 알고 있다!"

이 공자가 비릿한 웃음을 보냈다.

"연약한 여인을 길바닥으로 내몰아, 더우나 추우나 고된 노동에 시달리게 만들어 놓고 어마어마한 돈을 뜯어내고 있지 않더냐!"

호상?

맹부요의 눈썹이 꿈틀했다. 이번에는 제대로 화가 뻗쳤다.

망할 계집애, 기껏 봐줬더니 고마운 줄도 모르고 저딴 놈을 꼬드겨서 칼을 꽂으려 해?

이놈은 십중팔구 호상의 미모에 홀려 무턱대고 정의의 사도랍시고 나선 것이리라.

밥 처먹고 참 할 일도 없다!

모자란 놈, 법도 같은 건 하나도 모르지? 아비가 총독이면 네놈도 총독이냐? 저잣거리에서 3품 장군을 포박해?

호상, 이것아. 아무리 보는 눈이 없어도 그렇지, 뒷배랍시고 저런 걸 골라잡냐?

입꼬리를 음험하게 비틀어 올린 맹부요가 이 공자인지 나발인지 하는 개잡놈을 어떻게 손봐 줄지 고민하고 있던 찰나, 그가 병사들에게 분부를 내리는 소리가 들렸다.

"소장을 준비해라. 호 소저 대신 내가 친히 이 작자를 고발할 것이니 일단 관아 뇌옥에 처넣어!"

병사들의 우두머리에게 바짝 다가간 그가 목소리를 낮춰 속닥거렸다.

"그 방方가라는 늙은이와 같은 칸에 넣어. 그자 가까이에 갔던 사람들이 족족 다 죽어 나자빠졌다 하지 않았느냐? 맛 좀 보라지…….”

아주 작은 속삭임이었으나 맹부요의 귀는 그 소리를 놓치지 않았다. 그녀가 내지르려던 주먹을 멈칫 뒤로 물렸다.

방씨? 늙은이? 가까이 가면 죽는다고? 어째 들으면 들을수록 내가 찾던 사람 같은데…….

출현 장소가 살짝 애매하긴 했다. 하지만 본래 동에 번쩍 서에 번쩍 돌아다니며 인생을 놀이 삼아 사는 인물에게 상식적인 행보만 기대할 수는 없는 일이다. 갑자기 뇌옥에 흥미가 생겨서 며칠 놀러 들어갔을 가능성도 다분했다.

맹부요는 곰곰이 생각했다.

그래, 호랑이를 잡으려면 호랑이 굴에 들어가라는데 한번 가 봐? 어차피 방유묵이랑 얼굴 튼 사이도 아니니 위험할 것도 없고, 잠깐 들여다만 보고 나오면 되지.

'한번 가 봐?'가 '한번 가 보자!'로 바뀐 건 금방이었다.

맹부요가 허겁지겁 달려오는 요신에게 눈짓으로 끼어들지 말라는 신호를 보냈다. 그녀는 얌전히 관졸들을 따라 걸음을 옮겼다.

한쪽에서는 이 공자가 비뚜름하게 웃고 있었다. 자신의 압도적인 위엄이 과연 상대를 단번에 무릎 꿇렸구나 하는 생각에 어깨에 힘이 우쭐 들어가는 느낌이었다.

그러다가 자신의 휑한 머리 꼭대기에 손이 닿자 순간적으로 부아가 치밀어 올랐다. 이 공자는 그대로 팔을 휘둘러 상대의 빰따귀를 후려갈기려 했다.

"이 천것, 버릇을 단단히 고쳐 주마!"

그가 젖 먹던 힘까지 끌어모아 휘두른 손바닥이 바람을 가르며 날아가다가 말고, 별안간 기묘한 각도로 꺾였다.

까득.

뼈가 부러지는 소리와 함께 이 공자가 하늘에 머리를 박을 듯 펄쩍 뛰어올랐다. 그가 팔을 부여잡고 울부짖기 시작했다. 그의 손목은 180도 뒤로 꺾여 팔뚝과 평행선을 이루고 있었다.

그 꼴을 보고 싱글거리던 맹부요가 입 안에서 해바라기 씨 껍질을 뱉어 내며 말했다.

"국화 길은 해바라기 씨도 일품이구먼! 고소하고! 바삭하고! 뼈 부러뜨리는 데 쓰기도 좋고!"

고통으로 일그러진 이 공자의 얼굴 앞에 바짝 고개를 들이밀고, 그녀가 나지막이 속삭였다.

"오늘은 내가 기분 좋은 김에 체면 세워 준다. 괜히 개망신당하지 말고 협조해 줄 때 빨리 하옥시켜. 네놈들이 말한 방가 노인네 방에 처넣으라고. 아, 빨리! 안 들려?"

부르르 진저리를 친 이 공자가 공포와 고통에 짓눌려 눈을 부릅떴다.

뭐 이런 작자가 다 있나. 관졸들쯤이야 얼마든지 제압할 수 있으면서도 굳이 감방에 잡혀 들어가겠다니.

건들건들 관아 뇌옥으로 향하는 맹부요의 입에서는 흥에 겨운 노랫가락이 흘러나왔다.

"찾자, 찾자, 친구를 찾자, 감옥 안에서……."

❀

화주 관부 뇌옥은 무릇 감옥이란 게 다 그렇듯 음산하고 어두컴컴했으나, 피비린내 나는 세상 가장 끔찍한 감옥을 이미 목도한 바 있는 맹부요에게 이쯤이야. 그녀의 관심사는 오로지 '방가 늙은이' 뿐이었다.

문제의 인물은 현재 맹부요와 석 자 정도 거리를 두고 앉아 있었다. 머리부터 발끝까지 상당히 난해한 모습이었다.

1각 정도 관찰해 본 결과 상대는 퍽 심오하면서도 날카로운 분위기의 소유자이면서 도저히 간과할 수 없는 후줄근함을 풍기고 있었다. 비렁뱅이와 절대 고수의 딱 중간이랄까, 어느 쪽이고 가능성은 반반이었다.

맹부요는 상대방의 봉두난발 너머에서 어떻게든 '고수의 면모'를 찾아보고자 눈을 요리조리 굴리며, 뭐라고 운을 떼야 좋을지를 고민 중이었다. '저기, 혹시 방유묵이세요?'는 너무 모양 빠지지 않는가!

"저기 혹시……."

별안간 상대가 벌렁 드러누워 잠을 청했다. 땟국물이 흐르다 못해 원래 색깔을 알아볼 수조차 없는 발바닥을 떡하니 맹부요의 코앞에 들이밀고서.

맹부요가 시커먼 발바닥을 뚫어져라 노려보며 이건 '성휘성

수'처럼 귀에 확 꽂히게 예쁜 호칭과 거리가 멀어도 너무 멀다는 생각을 하고 있는데, 다음 순간 발바닥에 커다랗게 난 점과 그 점의 정중앙에서 살랑거리는 털이 눈에 들어오질 않겠는가.

혹시 별똥별 꼬리 같은 이것 때문에 별빛이라는 뜻의 호칭이 붙었나?

발바닥 분석에 열중하기를 한참, 돌연 뭔가 이상하다는 느낌이 들었다.

털이 왜 살랑거리지? 바람? 갑자기 웬? 창문 하나 없이 꽉 막힌 감옥 어디서 바람이 불어 드는데?

바람이 사방에서 불어오고 있었다!

쐐액!

바람 한 줄기가 빠르고도 날카롭게 그녀의 머리 위를 스치고 지나갔다.

맹부요는 지면을 박차면서 몸을 둥글게 말아 한쪽 구석으로 피신했다. 그녀의 발이 내려앉는 순간, 그녀와 함께 바닥으로 날아내린 것은 검은 구름 같은 머리카락 한 가닥이었다.

아연실색해 머리카락을 쳐다보는 그녀의 등을 따라 식은땀이 흘러내렸다. 상황 판단도 아직 못하고 있는데, 뒤쪽에서 또 한 번 예리한 바람이 몰아쳐 왔다.

이번에는 정확히 등 정중앙을 겨냥한 공격이었다. 맞았다가는 그 자리에서 절명할 게 분명하리만치 맹렬한 기세였다!

피할 여유가 없었다. 맹부요는 '쿵' 하고 그대로 바닥에 엎어지는 쪽을 택했다.

바람이 등을 스치고 지나가는 찰나, '촤앗' 소리와 함께 의복의 등판 부분이 선뜩하게 갈라졌다. 한발만 늦었어도 등이 반으로 갈렸을 것이다.

번개처럼 빠른 바람 한 줄기 한 줄기가 가늘고 투명하며, 소리 없는 칼날이 되어 비좁은 공간 안을 어지러이 헤집고 다녔다. 대자연에서라면 차분하고 온화했을 바람이 꽉 막힌 감방 안에서는 순식간에 목숨을 앗아 갈 수 있는 무기로 변한 것이다.

신의 권능과도 같은 힘이 바람을 조종해 맹부요를 찌르고, 찍고, 쑤시고, 내리치며 사지로 몰아가고 있었다. 그것도 번번이 기묘하고도 악랄하기 짝이 없는 각도로만 파고들면서.

보이지 않는 천신의 손이 바람이라는 자연의 힘을 소환해, 천하에 당해 낼 자가 없는 신비의 검법을 시전하고 있는 것 같았다.

맹부요는 그 기이한 힘에 맞서 자신의 역량을 한계치까지 발휘해 내고 있었다. 짙은 자색의 그림자로 변해 구르고, 피하고, 도약하며 비좁은 공간 안을 번개처럼 누비고 다녔다.

극도로 신속하고 날렵한 움직임이 나중에 가서는 인지의 범위를 벗어나 순수한 본능의 경지로 올라섰다. 희미한 잔영을 남기며 날아다니는 자색 그림자는 지켜보는 이의 눈에 잠시 포착됐다가도 삽시간에 다시 시야 안에서 위치를 바꾸고는 했다.

쐐액!

또다시 바람. 이번에 노리는 것은 바닥에 엎드려 있는 맹부요의 미간이었다!

"좀 막아 주쇼!"

거칠게 욕설을 뱉은 그녀가 서슴없이 팔을 뻗어 더러운 발바닥을 붙잡았다. 꼼짝 않고 있던 상대의 발을 끌어당기자, 상상을 초월할 만큼 가벼운 몸이 통째로 딸려 와 허공에 곧추섰다.

즉시 바람 소리가 멈췄다.

공중을 헤집던 바람의 칼날이 잠잠해지자 주위가 금세 정적에 휩싸였다. 손에 잡힌 발을 멍하니 내려다보던 맹부요가 잠시 후 한마디를 씹어뱉었다.

"이럴 줄 알았으면 진작 갖다 쓸걸!"

이때, 발이 느닷없이 맹부요를 걷어찼다.

퍽!

무지막지하게 걷어차여 감방 창살에 처박힌 맹부요는 온몸의 뼈마디가 조각나는 것 같은 기분이었다. 허우적거리며 몸을 일으킨 그녀가 분통을 터뜨렸다.

"누구한테 발길질이야!"

그녀가 잡아먹을 기세로 상대에게 덤벼들었다.

그 순간, 산발한 머리카락 안에서 상대가 눈을 번쩍 떴다. 거대한 추[13]같이 묵직한 눈빛이 맹부요를 강타했다. 그의 심원한 눈동자는 마치 소용돌이가 끊임없이 휘도는 무저갱처럼, 강력하고도 신비로운 힘을 가지고 있었다. 맹부요는 순간적으로 제자리에 굳어 버리고 말았다.

---

13 긴 자루 끝에 원형 쇳덩이가 달린 병장기를 이른다.

그러나 그녀가 어디 호락호락한 인물이던가. 멈칫한 것도 잠시, 다시금 몸을 날린 그녀는 상대의 복부를 향해 가공할 힘이 실린 주먹을 내질렀다.

"네놈 덕분에 내가 당한 게 얼마인데! 제자랍시고 어디서 그런 개차반 같은 곽씨 놈을 키워 놔서!"

맹부요는 눈앞에 있는 사람이 방유묵이 틀림없다고 확신했다. 그자가 아니고서야 대체 누가 감히 자연의 힘을 무기 삼아 휘두를 수 있겠는가?

어차피 외나무다리에서 맞닥뜨린 것, 처음부터 죽일 작정으로 덤비는 걸 보면 상대도 이미 자신의 정체를 눈치챘다는 뜻이었다.

이렇게 된 이상 더 주저할 게 뭐 있나? 선수 치는 쪽이 절대적으로 유리할 터.

이판사판이다!

상대를 향해 돌진한 맹부요는 빌어먹을 바람 칼날을 일으킬 틈도 주지 않고 들이받기, 할퀴기, 걷어차기, 깨물기 등으로 구성된 '억척 18식'을 시전했다. 그러면서 은근슬쩍 동작에 파구소의 초식과 공력을 실었다.

그 결과, 상대를 들이받는 그녀의 머리는 쇳덩어리와 다름없을 지경이 되었다. 바짝 세운 손톱은 상대의 심장을 후벼 파낼 기세였고, 발차기는 정확히 사타구니를 향했으며, 송곳니는 목을 노리고 쇄도했다.

우리를 나온 호랑이처럼 살기등등하게 덤벼드는 그녀와는

사뭇 달리 상대는 눈을 감으면서 숨을 한 번 '후' 하고 내쉬었을 따름이건만, 맹부요는 마치 쇠망치에 가슴팍을 얻어맞은 양 눈앞이 캄캄해졌다. 그와 동시에 그녀는 끈 떨어진 연처럼 날아가 쇠창살에 처박혔다. 정확히 아까 부딪혔던 바로 그 위치에.

격차가 이 정도라니……. 나, 그래도 나름 오주대륙에서 일류 고수 아니었니? 어떻게 숨 한 번 불었다고 목숨이 왔다 갔다 할 수가 있어?

"퉤!"

피를 뱉어 낸 맹부요가 엉망으로 헝클어진 머리를 뒤로 홱 넘긴 후, 바닥을 짚고 일어나 다시금 몸을 날렸다.

퍽!

이번에도 같은 지점에 처박혔다.

일어나서 재공격!

퍽!

바닥이 피로 흥건했다. 일어나는 속도가 점차 느려지고, 몸을 날리는 동작에서는 점점 힘이 빠졌지만, 맹부요는 아무런 감각도 느끼지 못하는 것처럼 매번 비틀거리며 몸을 일으켰다.

힘이 들어가지 않는 다리를 억지로 한 걸음 한 걸음 옮기며, 그녀는 생각했다.

차라리 싸우다 죽으리라. 자진 따위는 이번 생에 두 번 다시 없다!

또다시 도약.

퍽!

퍽!

"······."

이것으로 열 번째.

피 묻은 입가를 훔쳐 내고서 주춤주춤 일어난 그녀가 휘청거리는 몸을 겨우 가누며 헐떡이기를 잠시, 곧 벽을 짚고 한 발 한 발 위태로운 걸음을 옮기기 시작했다.

흐릿하게 번진 시야에 힘이 풀린 팔다리는 들어 올리는 것조차 쉽지 않았다. 걷는 와중에도 입가에서는 계속 피가 흘러내리고 있었다.

그녀는 고개를 틀어 의복 어깨에 피를 문질러 닦고는 상대를 향해 일그러진 웃음을 지었다.

갑자기 노인이 한숨을 내쉬었다. 눈앞이 아찔해진 맹부요는 곧 쇠창살에 처박히면서 겪게 될 격통을 각오했다.

그러나 어찌 된 것인지 이번엔 아무런 일도 일어나지 않았다.

자세를 바꿔 가부좌를 틀고 앉은 노인이 이채를 띤 눈으로 그녀를 지긋이 훑어보더니 드디어 입을 열었다.

"이제야 나타났구나."

비쩍 마른 체구와 달리 그의 음성은 깜짝 놀랄 정도로 우렁찼다. 귓가를 응응 울리는 말소리에 눈이 휘둥그레진 맹부요가 더듬더듬 물었다.

"어어? 내가 올 줄 미리 알았다고?"

"13년을 기다렸느니라!"

"엥?"

놀란 나머지 침이 다 튀었다.

에이, 설마?

13년 전부터 자기 제자랑 나 사이에 생길 일도 알고, 내가 쇄정의 해독약을 얻기 위해 자기를 찾을 것도 알고, 여기 붙들려 와 자기하고 만날 것까지 알고 있었다고?

너무 신기한 거 아니야?

"13년 전, 그 늙다리에게 물었지. 나의 격세 제자는 어디 있는가, 만나기 전에 내가 먼저 죽기라도 하면 어쩌나. 그러자 그자가 이곳을 지목하면서 기다리다 보면 언젠가는 만날 수 있을 거라고 했다. 그 '언젠가'가 무려 13년 후가 될 줄이야 어찌 알았을꼬."

뭔 소리래? 왜 하나도 못 알아듣겠냐.

"어젯밤 생각했지. 네가 결국 나타나지 않는다면 피를 볼 수밖에 없겠다고."

노인의 말에는 영 설명이 부족했다.

"남은 시간은 하루뿐. 네가 오지 않아 계승자를 남기지 못하거든 이 나라의 황제를 죽일 작정이었다."

"어음……, 그건 어째서인지?"

맹부요가 버벅거리며 물었다.

내가 안 왔는데 장손무극의 아빠는 왜 죽인다는 거야?

"자신의 감옥에 잡아들여야 할 자를 잡아들이지 않았으니."

노인이 당연하지 않냐는 듯 대꾸했다.

그 소리에 얼굴빛이 시커멓게 뜬 맹부요가 잠시 후 조심스럽게 입을 열었다.

"그럼, 방유묵…… 아니세요?"

"방유묵?"

옛 생각에 젖은 어투였다. 아주 오래된 기억 속의 이름이 어지러운 천하를 소요하던 시절을 떠올리게 했는지, 그가 아련한 투로 말했다.

"30년 전의 싸움에서 목숨을 건졌던가?"

"안 죽었습죠, 안 죽었다마다요……."

원통해 죽겠다는 표정으로 대답한 맹부요가 알랑알랑 노인에게 달라붙어 그의 발바닥을 꼭 붙들었다.

"사부님……, 제가 바로 이제나저제나 기다리시던 제자 맞죠? 사부면 제자 뒷배도 되어 주고 그래야 하는 거죠? 방유묵이 자기 제자 놈 시켜서 저 막 괴롭혔다니까요……."

공짜로 주운 사부, 아껴 봐야 똥밖에 더 되리! 아까 유통 기한 하루밖에 안 남았다고 그러더만.

알랑방귀의 달인, 맹부요가 눈물을 흩뿌리는 모양새를 내려다보던 노인이 곤혹스러운 기색을 내보였다.

"굳세고 용감하기 이를 데 없는 천하제일의 강골이라더니, 지금 이게 내 제자라고?"

"아."

하고 한마디를 흘린 맹부요가 머쓱한 양 말했다.

"현상 너머 본질을 봐 주시길 믿습니다요……."

"어차피 더는 시간이 없지……."

눈을 감은 노인이 맹부요의 정수리를 쓰다듬었다.

"보기 드문 골격을 가졌으니 아마도 네가 맞겠지. 아니거든 다시 돌아와 숨통을 끊어 놓으면 그만⋯⋯."

"아."

맹부요가 또 소리를 흘렸다.

인생이란 이토록 드라마틱하고도 위험천만한 것이던가.

별안간 정수리가 '웅' 하고 울리면서 따스한 기운이 울컥울컥 흘러들어 왔다. 거센 바람이 휘몰아치듯 몸속을 변화무쌍하게 옮겨 다니며 뭉쳐 있던 어혈과 독 찌꺼기를 깨끗이 씻어 낸 기운은, 곧이어 경맥을 차츰차츰 채워 나갔다. 불안정하던 진기가 서서히 평온을 되찾아 이내 위로 솟구치기 시작했다.

맹부요가 눈을 빛냈다.

무협지에서나 보던 기연이 진정 나한테도 찾아왔단 말인가?

기묘한 장소에서 기다리고 있던 고수를 만나 필생의 공력을 전해 받음으로써 무공이 일취월장하고, 무림의 독보적인 강자로 군림하면서 죽이고 싶은 놈 마음껏 죽이고, 썰어 버리고 싶은 놈도 마음껏 썰고⋯⋯.

맹부요는 단꿈에 젖어 침을 흘리느라 알지 못했으나, 체내에서 폭풍처럼 휘몰아치던 기운은 이제 그녀의 진기와 경맥이 감당할 수 있는 한계를 넘어 오장육부 안쪽을 침범해 가는 중이었다.

"멈추십시오!"

이건 종월 목소리가 아닌가.

번쩍 눈을 뜬 맹부요가 뒤를 돌아보려 했지만, 어째서인지 몸이 꿈쩍도 하지 않았다. 목소리 역시 안 나오기는 마찬가지였다.

한편, 통제 불능의 세찬 기운은 그녀의 감당 능력과는 관계없이 계속해서 체내로 쏟아져 들어오고 있었다. 맹부요는 누군가 끝없이 바람을 불어 넣는 풍선처럼 부풀어 가는 중이었다.

혈맥이 팽창되고, 머리가 어질어질하고, 태양혈이 펄떡펄떡 경련했다. 지금 입을 벌린다면 아마도 말이 아니라 내장이 쏟아져 나오리라.

역시 공짜로 주는 건 덥석 받는 게 아닌데…….

"선배님, 그만두십시오!"

항상 차분하던 독설남답지 않게 머리 위에서 울리는 종월의 목소리에서는 무척이나 다급한 기색이 느껴졌다. 시야 가장자리에 새하얀 옷자락이 잡히는 걸 보니 벌써 그가 감방 문 앞까지 와 있는 듯했다.

"멈추십시오! 이 여인은 선배님과 상충되는 공력을 가져 진력을 받아들이지 못합니다!"

"그게 무슨 상관이냐?"

노인이 껄껄거렸다.

"본래 있던 비루한 무공이야 폐해 버리면 그만이다!"

순간 눈앞이 아찔해져 맹부요는 기절하는 줄 알았다.

파구소를 폐하겠다고? 13년 동안 갖은 개고생이란 개고생은 다 하면서 익힌 신공을 하루아침에 잃으란 거냐?

차라리 날 죽여…….

"선배님, 자비를 베풀어 주십시오!"

종월이 절박하게 말했다.

"기존 무공을 폐할 필요는 없습니다. 비록 경맥의 근본을 어느 정도 단단히 굳히기는 하였으나, 선배님의 기운을 견뎌 내기에는 아직 역부족입니다. 부디 시간을 주십시오!"

"시간? 줄 시간이 어디 있다더냐? 내게 남은 날은 하루뿐이다. 내 염원은 이제 이 아이가 이루어야 한단 말이다. 반드시 이 아이여야만 해!"

노인이 느릿느릿 말을 이었다.

"그러게 왜 이제야 와서는……. 내공을 주겠다는 것만으로도 고마운 줄 알아야지."

'쾅' 소리와 함께 옥문이 열리면서 새하얀 옷자락이 날아 들어왔다. 안으로 들어온 종월은 두말없이 맹부요의 정수리를 향해 손부터 뻗었다.

"방자한 놈 같으니!"

콧방귀를 뀐 노인이 옷소매를 떨치자 종월이 팔뚝을 들어올렸다. 금속이 서로 맞부딪치는 듯 '쩡' 하는 소리가 울렸다. 붉게 달아올랐던 종월의 얼굴이 순식간에 하얗게 질리더니 점차 색을 잃어 가다가, 나중에는 파리한 빛을 띠었다.

"지병이 있는 몸으로 진력을 분별없이 사용함은 수명을 깎아 먹는 짓, 아직 좋은 세월이 창창히 남았을진대 새파랗게 젊은 놈이 어찌 제 무덤을 파는가?"

노인이 냉담하게 말했다.

"비켜라! 세상천지에 이 몸이 하고자 하는 바를 막을 자는 없으니!"

고마움이 담긴 눈으로 종월을 올려다보던 맹부요가 그에게 저리 빠지라는 눈짓을 보냈다.

에효, 어차피 나야 재수 옴 붙은 신세니 하고 싶은 대로 하라고 두십시다. 그쪽까지 희생할 필요 뭐 있나.

그러나 종월은 제자리에 굳은 채로 맹부요에게 눈길도 주지 않았다. 꼿꼿하던 그의 자세가, 홀연 미세하게 굽어져 가지 위에 백설을 한 아름 인 소나무처럼 됐다. 극도의 정적 속에 망설임과 불안이 흐르고 있었다.

한참이 지나 종월이 뒤로 한 걸음, 다시 한 걸음을 물러섰다.

맹부요는 눈을 내리깔았다. 괜히 쳐다봐서 그를 난감하게 만들고 싶지 않았다. 종월은 절대로 저 노인의 적수가 되지 못했다. 자리를 피하는 건 옳은 선택이었다.

"의선의 제자 종월이 선배님을 뵙습니다!"

등 뒤에서 돌연 누군가의 무릎이 바닥에 털썩 내려앉는 소리가 들렸다.

"30년 전 스승님께서 목숨을 구해 주신 일을 생각해서라도 이 여인을 살려 주십시오!"

맹부요가 흠칫 어깨를 떨었다. 바닥에 넓게 퍼진 흰색 옷자락이 시야 가장자리에 잡혔다.

종월이 무릎을 꿇었어? 나 때문에? 뒤로 물러선 건 저 모습을 나한테 보이고 싶지 않아서였다고?

비할 데 없이 오만한 독설남이, 흰 눈 같은 기질만큼이나 입에서 나오는 말 역시 결벽적인 남자가, 나 때문에 낯선 이에게 애원을 해? 감방 바닥, 불결한 진창에 무릎을 꿇어?

가슴이 욱신 조여들면서 뜨거운 피가 치받아 올라 눈앞이 어질어질해졌다. 차라리 몸이 터져 나가 죽을지언정 종월이 저렇게까지 하는 모습은 보고 싶지 않았다.

옛말에 사내가 무릎을 꿇음은 황금만큼 귀한 일이라 했다. 나 같은 멍청이를 위해 그 귀한 무릎을 꿇다니…….

"곡일질의 제자였더냐?"

노인이 다소 놀란 모양새로 종월을 향해 눈길을 돌렸다.

"그래서 나와 이 아이의 진력이 상충되는 것을 알아볼 수 있었군…….""

"무릎은 뭐 하러 꿇고 앉았어!"

포탄이 떨어지는 듯한 호통과 동시에 누군가가 역시나 포탄 같은 기세로 쇄도해 왔다. 검은 직선을 그리며 무시무시한 기세로 쏘아져 들어오는 인물의 궤적을 따라, 거센 바람이 일어 주변 사물을 뒤흔들었다. 옥문은 인물이 당도하기에 앞서 이미 강풍에 박살 난 뒤였다.

"받아라!"

전북야의 등장이었다.

노인이 덥수룩한 눈썹을 꿈틀 치켜세웠다. 그가 자유로운 한쪽 팔을 들어 허공에서 손가락을 튕기자 엄청난 한기와 함께 공기 중에 칼날 같은 바람이 일었다.

촤촤촷!

전북야의 머리카락이 마치 개가 파먹은 양 뭉텅뭉텅 잘려 사방으로 흩어졌다. 그의 검은색 의복에도 삽시간에 무수한 칼집이 났다. 그러나 전북야는 옷에 구멍이 나든 피가 튀든 전혀 신경 쓰지 않고 곧장 노인을 향해 짓쳐들어왔다.

찌푸린 미간 아래 노인의 눈동자에 놀란 기색이 스쳤다. 그가 연속해서 손가락을 튕겼다. 손동작이 이루어질 때마다 전북야의 몸은 거대한 통나무에 얻어맞은 것처럼 덜컥덜컥 뒤로 밀렸다.

도합 세 차례의 충격과 세 차례의 덜컥거림. 그럼에도 전북야가 돌진해 오는 기세는 조금도 꺾이지 않았다.

그가 호탕하게 웃어 젖히며 등 뒤에 있던 금강저를 휘두르자 맹렬한 파공음이 뒤따랐다.

"죽어라!"

감탄한 기색이 더 짙어진 얼굴로, 노인이 껄껄거렸다.

"요즘 젊은것들은 다 이렇게 위아래를 모르는 겐가?"

그가 결연히 팔을 뻗었을 때였다. 바로 앞쪽에 꿇어앉아 있던 종월이 별안간 고개를 들어 미소 지었다.

"맞습니다."

종월이 기민하게 들어 올린 손가락 사이에는 윤기 나는 검은색 구슬 하나가 끼워져 있었다.

그와 노인 사이의 거리는 지척. 종월의 손에서 튕겨 나간 구슬이 웃어 젖히느라 쩍 벌어져 있던 노인의 입을 향해 날아갔다. 노인이 급하게 입을 다물었다.

구슬이 공중에서 폭발하면서 자욱하게 흩날린 가루가 일부는 노인의 옷섶 위로 내려앉고, 나머지는 콧속으로 빨려 들어갔다.

"이게 뭐……, 에취!"

재채기 탓에 노인의 손에서 힘이 빠진 찰나, 자색 그림자가 나부꼈다.

지극히도 엷은 그것은 너무도 희미하여 사람 그림자라기보다는 벽에 걸린 등잔불이 드리운 음영처럼 보였으나, 출현과 동시에 공간 안의 모든 빛을 집어삼켰다. 옥석으로 빚어낸 손가락이 흡사 꽃을 꺾는 듯한 자태로 노인의 미간을 향해 뻗어왔다.

그저 가벼이 뻗었을 뿐인 손가락. 그것에는 달을 가리는 먹구름인 양, 바람결에 흐르는 뜬구름인 양, 가물가물 어렴풋하면서도 공간 전체를 지배하는 존재감이 깃들어 있었다. 찰나에 그 은근하고도 찬란한 손짓이 감방 안을 오롯이 채웠다.

마침내 노인의 눈빛이 달라졌다.

종월이 쓴 정체불명의 독 탓에 바람의 칼날을 뱉어 낼 수도 없고, 전북야가 맹렬히 휘두르는 금강저를 상대해야 하는 탓에 자유롭던 한 손마저 바빠진 상황.

그 와중에 등장한 자색 그림자의 공격은 악랄함으로 보나, 예리함으로 보나, 앞의 두 명보다 한 수 위였다. 자색 그림자가 노린 부위가 바로 그의 유일한 약점이었기 때문이다. 결국 노인은 맹부요의 정수리에 올려 뒀던 손을 거둘 수밖에 없었다.

바로 그 찰나, 세 사내의 눈이 동시에 번뜩 빛났다. 종월은 몸을 날리면서 검은 구슬을 연이어 쏘아 댔고, 전북야가 현란하게 휘두른 금강저는 노인의 코앞에 칼날로도 뚫지 못할 빛의 장벽을 만들어 냈다. 한편 조금 전 허초를 날렸던 그림자, 장손무극은 곧바로 손을 틀어 맹부요를 잡아챘다.

다음 순간, 속았다는 걸 깨닫고 홱 고개를 돌린 노인이 허공에 손가락을 퉁겼다.

'콰직' 하고 아주 미세하게 뼈가 빠개지는 소리가 울렸다.

맹부요는 그 소리에 화들짝 고개를 틀었으나, 장손무극은 아무렇지 않은 듯 몸을 날리면서 그녀를 향해 싱긋 웃어 보이기까지 했다.

"사고뭉치 같으니!"

맹부요는 마주 웃고 싶었지만, 미소가 채 완성되기도 전에 찡그린 표정이 먼저 나오는 바람에 퍽 우스운 꼴이 되고 말았다.

맹부요를 자기 등 뒤로 숨긴 장손무극이 분개한 눈빛의 노인에게 말했다.

"어찌하여 손아랫사람들을 난처하게 만드십니까?"

"밑천은 꽤 가진 듯하다만, 요즘 오주대륙 젊은것들은 다 너희처럼 건방진 것이냐?"

노인이 냉랭히 쏘아붙였다.

"내가 세상사에 간여하지 않은 동안 세상의 도리가 이 꼴이 되었을 줄이야!"

비록 일행을 차갑게 노려보고 있었으나, 노인의 눈빛에서는 어렴풋하게나마 대견함과 경탄 또한 배어났다. 저만한 나이였던 당시, 그의 성취는 저들에게 훨씬 못 미치는 수준이었다. 한때 천하를 주름잡았던 노인의 가슴에 소슬한 한기가 스몄다.

다만 그는 자기 앞에 있는 이들이 오주대륙 젊은 세대를 통틀어서도 최정상급 실력자에 속하며, 엄청난 확률을 뚫고 하필 만나게 된 것이 저들일 뿐, 일반화해서는 곤란하다는 사실을 알지 못했다.

"물론 천하를 호령하던 대풍 선배님 앞에서 저희가 입을 여는 것은 외람된 일이겠으나."

장손무극은 변함없이 깍듯한 태도였다.

"더 좋은 해결 방법이 있다면 굳이 희생자를 낼 필요는 없지 않을는지요?"

대풍!

맹부요가 경악한 눈으로 노인을 쳐다봤다.

성휘가 아니라 대풍이었을 줄이야.

십대 강자 중 서열 5위에 빛나는 최절정급 고수, 세상에 모습을 드러내지 않은 지 오래인 전설적 인물이 무극국 화주의 일개 감방에서 13년이나 자신을 기다렸다니.

"더 좋은 방법이라?"

대풍이 코웃음을 쳤다.

"죽음이 코앞이거늘, 성령과의 약속은 무덤에 가지고 들어가라는 것이냐? 일생 한 번을 이겨 보지 못한 자한테 이 판국에 또 패배하라고? 그럴 수는 없다!"

"성령 대인과의 약속은 먼저 죽는 쪽이 패배이되, 만약 공력을 온전히 물려받은 제자가 있다면 삶이 계속되는 것으로 친다는 내용이었지요. 성령 대인은 진작 제자를 두었으나 선배님께서는 줄곧 적당한 계승인을 찾지 못하였고, 마지막에 이르러서는 이 여인에게 필생의 진력을 쏟아부어 '불사체'를 만들고자 하신 것, 맞습니까?"

"그걸 네가 어찌? 내 심산은 또 어떻게 알고?"

거친 바람과도 같은 대풍의 눈빛이 헝클어진 머리카락 사이로 몰아쳐 나와 장손무극을 덮쳤다.

그저 웃음 짓던 장손무극이 답했다.

"불사체가 된 이는 세상에 적수가 없을 강력한 신체를 얻지만, 대신 자아를 완전히 잃고 말지요. 선배님, 이는 하늘의 이치를 정면으로 거스르는 일이니 실로 바람직하지 못합니다."

"이기기만 하면 그만이다."

대풍이 싸늘하게 웃었다.

"성령이 아까운 자기 제자를 불사체로 만들지 않는 이상, 내가 반드시 이기게 되어 있지."

"그럴 기회는 없을 것입니다."

여전히 입가에 미소를 건 채 장손무극이 느긋하게 소맷자락을 털었다.

"조금 전에 보아 하니 기껏해야 반 시진이면 천수를 다하실 듯하기에 일부러 말을 길게 끌었습니다. 이제 그 반 시진마저도 거의 지났겠다, 저희 셋이 힘을 합친다면 남은 시간 동안 선배님의 손발을 묶는 일쯤은 그리 어렵지 않을 것 같군요."

전북야가 말을 이어받으며 의기양양하게 웃어 젖혔다.

"'더 좋은 방법' 같은 건 없다. 잘도 속아 넘어갔다는 말이다!"

"애송이 놈이 죽고 싶은 게로구나!"

대풍이 포효와 함께 몸을 날렸다. 둔하고 왜소하던 신체가 몸을 일으키는 즉시 가볍고도 민첩하게 변모했다. 진기의 흐름이 휘몰아치면서 건초가 감방 안을 어지러이 날아다니고, 모두의 머리카락과 옷자락이 격렬하게 펄럭였다.

기민하기로도, 맹렬하기로도, 그는 과연 바람 그 자체였다.

그러나 정작 대풍 본인은 자리에서 일어서자마자 자신이 이미 생의 막바지에 이르렀음을 직감한 참이었다. 그의 민첩함은 뿌리 없는 부평초와 같았고, 그의 맹렬함은 덧없이 흩어질 뜬 구름에 불과했다.

반면, 눈앞의 세 청년은 진중한 깊이와 비범한 기개를 가졌는가 하면, 종잡을 수 없이 별나면서도 한편으로는 용맹하기 이를 데 없고, 흡사 천신인 양 표일하기까지 했다.

저들이 합심해 덤벼든다면 필시 그의 전성기 실력으로도 방심하지 못할 위력을 발휘할 터였다. 거기에 조금 전 그의 진력 일부를 받아들이다가 죽을 뻔한 일로 이를 빠득빠득 갈고 있는 맹부요까지 합세한다 치면, 승산은 아예 없다고 봐야 옳았다.

고작 세 초식을 전개한 후, 대풍이 홀연 공격을 접었다.

"너희를 죽인들 무슨 의미가 있겠느냐……."

삽시간에 몰라보게 노쇠한 그가 나지막이 탄식을 흘렸다.

"마지막 순간이 왔구나……."

그의 품 안에서 책자 한 권이 나와 맹부요의 발치에 던져졌다.

"당신이 주는 무공 비급 같은 거 필요 없……."

맹부요가 단호하게 소리를 지르는데, 대풍이 타박을 놨다.

"꿈도 크구나! 비급은 무슨, 그건 지도다. 언젠가 부풍국에 갈 일이 생기거든 악해 나찰도 바다 밑에 내가 떨군 물건들이 있으니 건지거라."

"웃기시네! 이 영감탱이가 사람 잡으려고 할 때는 언제고."

"이러니저러니 해도 목숨은 붙어 있지 않느냐. 진력이 크게 상승했으니 잘 운용만 한다면 전화위복 격으로 평생 덕을 볼 것이다."

가부좌를 틀고 앉은 대풍이 그녀에게서 눈길을 거뒀다.

"너 자신을 은혜도 모르는 소인으로 여긴다면야, 고인의 마지막 부탁 정도는 무시해도 그만이겠지."

"당연히 무시하지 그럼! 나 소인 맞으니까 허튼수작 부리지 말고……."

한참 쏘아붙이다 말고 고개를 갸웃한 맹부요가 눈을 감은 채 아무 소리가 없는 대풍의 코 밑에 손을 갖다 대 보고는 말했다.

"뭐야, 죽었어?"

세 남자가 웃는 듯 마는 듯 한 표정으로 그녀를 바라보는 사이, 맹부요가 '흥' 하고 턱을 치켜들며 외쳤다.

"집에 갑시다들!"

그러나 세 사람은 그저 은근한 미소만 머금고서 꼼짝도 하지 않고 맹부요를 지켜보고 있었다.

쿵쿵거리는 걸음으로 몇 발자국을 가던 그녀는 옥문 앞에 이르자 온몸이 근질거리는 양 꿈지럭대고 있다가, 얼마 못 가 방향을 틀어 제자리로 돌아왔다.

"어음……. 뭐, 되게 좋은 물건일지도 모르니까 그냥 주워 두는 것도……."

어느 분이 혼잣말을 꿍얼대며 주섬주섬 책자를 집어 드는 광경은 세 남자의 눈앞에 빤히 생중계됐다.

책자를 품에 챙겨 넣고서 눈동자를 굴려 셋의 표정을 살핀 맹부요는 당장 자리를 박차고 나가고픈 충동에 휩싸였으나, 곧이어 그들의 몸을 쭉 훑어보고 나서는 그 자리에 못 박히고 말았다.

세 명 모두…… 다친 모습.

종월은 눈서리를 맞은 양 창백한 얼굴이었고, 전북야는 칼날 바람에 베인 자리가 온통 핏자국이었으며, 장손무극은…….

아까 뼈가 빠개지던 소리는 필시 그에게서 난 것이었으리라.

이것이 바로 십대 강자의 위엄이란 말인가.

숨이 끊어지기 직전이었음에도 상대는 실로 놀라운 위용을 떨쳤다. 지금껏 그녀가 오주대륙에서 만났던 고수들 중 최강으로 꼽는 세 명이 힘을 합치고도, 다 죽어 가는 노인에게서 그녀 하나를 구해 내는 데 이 정도 부상을 감수해야만 했다니.

맹부요가 비감에 젖어 하늘을 올려다봤다.

역시 나는 재수 옴 붙은 자가 분명하구나. 어떻게 가는 데마다 번번이 사고냐, 그것도 대형으로만 골라서.

심기가 불편한 채로 걸음을 옮긴 그녀가 세 남자 앞에 쭈그리고 앉았다. 그러자 전북야가 대번에 눈총을 줬다.

"어쩌자고? 업어 주기라도 하랴?"

"아니거든요!"

맹부요가 시무룩하게 대꾸했다.

"속죄의 의미로 내가 업고 나가려고 그래요. 셋이 가위바위보 해요. 누가 먼저 업힐래요?"

"됐다!"

성큼성큼 다가와 그녀를 달랑 집어 든 전북야가 나머지 둘을 향해 씩 웃더니 의기양양하게 말했다.

"하나는 내상이고 하나는 팔이 나갔으니, 이거 두들겨 팰 사람은 나밖에 없겠군. 이의 있소이까?"

두 남자가 한목소리로 답했다.

"사양 말고 편히 하시지요!"

❋

때는 밤, 모 장원의 어느 방 안에서 누군가 죽는다고 소리를 내지르고 있었다.

뿌연 창호지 너머로 어렴풋이 들여다보이는 것은 완력에 짓눌려 침상 위에서 옴짝달싹 못 하는 여인의 모습……

오해하지 마시라, 맹부요가 치료를 받고 있는 것뿐이니.

쇠창살에 처박히면서 입은 내상은 대풍에게서 공력을 주입받을 때 엉겁결에 회복됐다. 하지만 얼굴에 남은 멍 자국은 한 방에 사라질 수 있는 게 아니었다.

지금은 전북야가 그녀를 침대에 억지로 눕혀 놓고 고약을 발라 주는 중이었다.

사실 맹부요는 내심 장손무극이 그 역할을 맡기를 바랐다. 사악하거나 혹은 우악스러운 나머지 두 사람은 치료를 빙자해 보복을 가할 가능성이 상당히 높은데 반해, 장손무극은 마음이 넓은 편이었으니까.

그러나 애석하게도 그는 나머지 둘과 짜기라도 한 양, 자신의 팔을 붙들고.

"아아, 골절은 처음이거늘 이리 고통스러울 줄이야."

하고는 홱 돌아서서 자러 들어가 버렸다.

결국 맹부요는 고약이 덕지덕지 붙어 퉁퉁 부어터져 보이는 얼굴이 완성되기까지, 울며 겨자 먹기로 전북야의 학대를 견뎌 내야 했다. 그녀는 도무지 풀 길 없는 울분을 가슴 한가득 안고서 '흐흐흐' 하고 원한 맺힌 웃음을 지으며 장원 입구, 이 공자께서 꿇어앉아 계실 그곳으로 향했다.

세 남자에게 붙들려 관아 뇌옥에서 나오던 당시, 맹부요는 마침 부하들을 잔뜩 끌고 살기등등하게 등장한 이 공자와 딱 마주쳤더랬다. 채찍, 물동이, 소금 등등 손에 들린 물품을 보니 고문으로 자백을 받아 낼 생각이었던 모양이었다.

놈의 낯짝이 눈에 들어오자 부아가 울컥 치밀었다.

애초에 저놈이 시비만 안 걸었어도 자기가 황천길 중간까지 갔다 올 일이 있었겠는가? 세 남자가 줄줄이 다칠 일이 있었겠느냐는 말이다.

기껏 장원에서 빠져나왔건만, 저놈 때문에 또 붙들려 들어가 지긋지긋한 학대에 직면하게 생기지 않았나.

맹부요가 비릿한 웃음을 흘리며 멍청이 놈을 손봐 주러 가려던 때였다. 그녀의 심산을 꿰뚫어 본 장손무극이 작심한 기세로 걸어오는 이 공자의 면전에다 '파앗' 하고 옥패를 내던졌다.

옥패 표면에서 빛나는 '장손', 두 글자를 보고 이 공자는 멍하니 넋이 빠져 버렸다.

이 공자가 사리 판단이 안 되고 있는 사이, 헐레벌떡 달려온 이 총독이 땅바닥에 털썩 꿇어앉아 연신 머리를 조아려 대기 시작했다. 장손무극은 건조하게 한마디를 던졌다.

'공무에만 엄정한 줄 알았더니, 이 총독은 자식 농사에도 일가견이 있군.'

새하얗게 질린 이 총독이 그길로 아들의 뺨따귀를 후려갈겼다. 그때까지 장손무극의 정체를 명확히 파악하지 못한 이 공자는 뺨을 부여잡고 뭔가 항변하려 했지만, 아버지의 호통에 가로막혔다.

'돼먹지 못한 놈! 겁도 없이 태자 전하 앞에서 무례를 범해!'

가엾게도, 이 공자는 그 자리에서 오줌을 지리고 말았다. 미인의 억울함을 풀어 주겠노라는 명분으로 기세등등하게 나섰던 것이 건드려서는 안 될 인물을 건드리는 결과로 이어질 줄이야.

이 공자는 눈물 콧물을 줄줄 쏟았고, 한풀이에 성공한 소인 맹부요는 전북야한테 잡혀가면서도 깔깔 배를 잡았다.

이 총독은 그 이후에도 마음이 놓이지를 않았는지, 아들을 사죄차 장원 앞까지 데려다 났다. 하지만 애지중지 자란 총독가의 공자가 아침부터 저녁까지 한자리에 꿇어앉아 있는 게 어디 쉬운 일이겠는가. 이 공자는 꿇어앉았다기보다는 엎어졌다고 칭해야 옳을 자세로 꾸벅꾸벅 졸던 참이었다.

촤앗, 정수리에 느닷없는 물벼락이 쏟아졌다. 갑자기 웬 폭우인가 하고 벌떡 일어나 위를 올려다본 이 공자가 달빛 휘영청한 데다 별까지 총총히 뜬 밤하늘을 발견했다.

저게 어딜 봐서 비가 올 하늘인가?

고개를 옆쪽으로 돌리자 그제야 담벼락 위에 쭈그려 앉아 사악하게 웃고 있는, 퉁퉁 부어터진 얼굴의 맹부요가 눈에 들어왔다. 이쑤시개를 꼬나문 그녀가 씩 웃으며 이죽거렸다.

"이 공자, 자세가 너무 편했지? 그럴 것 같아서 인공 강우를 준비해 봤어."

때가 어느 때인데 그녀 앞에서 감히 성깔을 부릴 수 있겠는가. 이 공자가 물이 뚝뚝 떨어지는 옷자락을 펄럭이며 쿵, 쿵, 쿵, 바닥에 머리를 조아렸다.

"장군, 용서해 주십시오. 용서해 주십시오……."

"하나만 묻자."

맹부요가 던진 이쑤시개가 '쐐액' 하고 날아가 이 공자의 바짓가랑이에 꽂혔다. 이 공자가 꼼짝 못 하고 이쑤시개를 응시하며 땀을 비 오듯 흘리는 사이, 그녀가 입을 열었다.

"호상에 관해서는 어디서 듣고 와서 시비였지? 호상 본인이 시켰나?"

"어어……, 예, 아, 아니요, 제가 멋대로……."

"흐음?"

"요성을 지나다가 호상 소저가 길에서 바느질품을 파는 걸 봤습니다요. 중주 규수들은 어지간해서는 얼굴 내놓고 돈벌이에 나서지 않는지라 순간적으로 짠한 마음에 무슨 사연이 있는지 물었더니, 아무 말 없이 울면서 짐을 정리해 자리를 뜨더라고요. 주변 행인들한테 듣고서야 알게 된 것이……, 장군께 밉보이는 바람에라고……."

"짠한 거 좋아하네, 미색에 눈이 뒤집혔겠지. 길바닥에서 바느질품 파는 규수야 널리고 널렸는데 하나하나 다 사연 묻고 다니나?"

맹부요가 코웃음을 쳤다. 대충 어찌 된 일인지 알 것 같았다.

고 계집애가 뒤에서 장난질을 쳤다면 살려 두지 않을 생각이었다만, 그건 아니로군.

"맞습니다요, 맞아요. 제가 미색에 눈이 뒤집혀서 그만 쓸데없는 짓을……."

연신 머리를 조아리던 이 공자가 쭈뼛쭈뼛 일어나 뒤편에 잔뜩 쌓여 있던 물건을 가져왔다.

"변변치 못한 물건이오나 사죄의 마음을 담았으니 아무쪼록 제 입장을 생각해서라도 받아 주십사……."

그가 내민 강장제며 비단, 제비집, 인삼 따위를 쓱 쳐다본 맹부요가 질색을 하고 손사래를 쳤다. 그녀가 이 공자의 얼굴에서 핏기가 싹 가신 것을 즐겁게 바라보다가 한마디 던졌다.

"어이, 돼지 뼈나 세 근 대령해, 제일 좋은 거로. 그리고 신선한 지황 한 냥이랑 팥하고 율무 각각 두 냥씩. 당귀, 당삼, 구기자, 천마, 황기, 산약, 두충, 육종용, 소갈비, 산사나무 열매도. 전부 최고로 좋은 물건으로만 골라 와야 한다. 준비해 오는 거 봐서 용서해 주든지 하지."

"예, 예!"

돼지 뼈하고 지황 같은 거야 구하기 쉽다. 사람 해골만 아니면 감지덕지다.

맹부요가 손을 휘휘 내저으매 이 공자가 황송해 어쩔 줄 모르며 물건을 챙겨 돌아서는데, 등 뒤에서 그녀의 목소리가 다시 울렸다.

"잠깐."

창백한 얼굴로 뒤를 돌아본 이 공자는 곧 뻔뻔하기 짝이 없는 소리를 들을 수 있었다.

"어차피 들고 온 선물, 그냥 거절하자니 준 사람 성의를 너무 무시하는 것 같아서 말인데……. 팔아서 돈으로 가져와."

"예……."

"꼭 하늘에 떠다니는 구름 표시가 있는 집으로 가라. 딴 데다 팔아넘기면 확 다리몽둥이를 분질러 버릴라니까."

맹부요가 천연덕스러운 표정으로 말했다.

하늘에 떠다니는 구름은 그녀가 소유한 상점들에 붙은 표시였다. 이따가 요신을 시켜서 상점 주인들에게 전하길, 혹시 이 총독 아들이 물건을 팔러 오거든 값을 최대한 쩨쩨하게 쳐주라고 할 계획이었다. 손에 쥔 물건의 값이 얼마 안 되면 이 공자는 자연히 제 주머니를 털어 부족한 금액을 채울 테고, 그녀 소유의 상점은 또 상점대로 한몫 단단히 잡게 되는 것이다.

으하하!

"그리고."

배경 **빵빵**한 총독가 도련님에, 성격도 꽤 융통성이 있고 말이지.

맹부요가 이 공자를 보며 흡족하게 고개를 끄덕였다.

"천상인간 무도장은 앞으로 너한테 맡기마. 손해가 나면 알아서 채우고, 이익금은 8 대 2로 나누는 거다. 내가 8, 너는 2."

"예."

맹부요가 마침내 손사래를 치자 이 공자가 거의 구르다시피 내뺐다. 얼마 지나지 않아 이 공자가 그녀가 요구한 재료를 보내왔고, 맹부요는 뿌듯한 표정으로 확인한 물건을 들고서 주방으로 사라졌다.

이날 저녁, 잡인의 출입이 엄금된 주방에서는 대대적인 칼부림이 일었다.

소식을 들은 전북야는 맹부요가 주방을 폭파할지도 모르니

대비한다는 명목으로 걸상을 가져다가 주방 입구에 떡하니 자리를 잡았다. 원보 대인은 창문 틈으로 주방을 열심히 들락거리며 최신 동향을 물어 날라 주인을 싱긋싱긋 웃게 했다.

장손무극은 내내 침상 머리맡에 기대 넋 놓고 주방 쪽만 쳐다보고 있었다. 봄밤, 달그림자 어슷하게 비치는 가운데 푸르스름한 창호지에 걸린 영춘화 가지가 그의 눈동자에 몽롱한 음영을 드리웠다.

한참 만에 그가 입술을 달싹였다.

"원보야, 때로는 부요가 사고를 치는 것이 반갑구나."

원보 대인은 분개했다.

콩깍지가 씌어도 이렇게 단단히 씐 건 또 처음 보네!

저녁상은 장원 안 청파각清波閣에 차려졌다. 그에 앞서 맹부요는 세 남자 각자에게 쪽지가 붙은 단검을 날렸다.

후줄근한 종이에 그보다 더 후줄근한 행서체로 적힌 것은 이러했다.

식사 장소는 청파각. 음식에 독이 들었거나, 맛이 끔찍하거나, 정체불명의 물질이 함유되었을 수 있음. 시간은 칼같이 신시[14], 올 테면 오고 싫으면 관두든가.

퍽 범상치 않은 초대장이었으나, 겨우 그 정도로 놀라기에는

---

14   오후 5시에서 7시 사이.

초대객 역시 지나치게 범상치 못한 자들이었다. 세 남자는 신시가 되기 전에 일찌감치 청파각에 집결했다.

부엌데기 맹부요가 음식을 내오자 젓가락을 든 세 남자가 접시에 고개를 들이밀었다.

으음……. 때깔 좋고.

전북야는 목을 쭉 빼고 코를 킁킁거렸다.

음, 냄새도 합격.

독에 겁이 없는 종월은 색이 가장 알록달록한 요리를 한 젓가락 집어 먹어 보고는 눈을 반짝 빛냈다.

도도하게 팔짱을 낀 부엌데기 맹부요의 콧대가 하늘 높은 줄 모르고 치솟았다.

뭘 몰랐나 본데 내가 음식 솜씨 끝내주는 사람이다, 이거야. 엄마가 오래 아파서 약선 요리[15]에는 특히 도사고.

세 남자가 드디어 마음 놓고 젓가락을 놀리는 가운데, 맹부요가 쪼그리고 앉아 색색의 음식 이름을 신나게 설명했다.

"지황뼈다귀탕이랑, 십전보양갈비찜, 율무팥밥, 넉줄고사리산사죽……."

환하게 웃음꽃이 핀 그녀의 얼굴에서 초롱초롱한 눈동자가 반짝이고 있었다.

홋, 오주대륙에 약선 요리가 있다는 이야기는 들어 본 적이 없으니, 종월을 제외한 나머지 둘은 오늘 밥상에 뼈와 기혈을

---

15 몸에 좋은 약이 되는 음식을 이른다.

보하고 어혈을 풀어 주는 효능이 있다는 걸 아마 모를 테지?

그녀가 다른 생각을 하는 사이, 신들린 젓가락질과 함께 음식을 흡입하던 전북야는 십전보양갈비찜을 뜯으며 까만 눈동자를 빛냈고, 엷은 미소를 머금은 종월은 율무팥밥을 느긋하게 음미했으며, 탕기와 사기 수저를 손에 든 장손무극은 식기 부딪치는 소리 한 번 내지 않고 우아하게 국물을 떠먹다가 가끔 원보 대인의 그릇에 국물이나 죽을 한 숟가락씩 덜어 주며 이야기를 건넸다.

"많이 먹어 두어라. 다음 끼니는 어느 세월에 다시 얻어먹을 수 있을지 기약이 없으니."

그러자 맹부요가 낯빛 하나 바꾸지 않고 받아쳤다.

"당연하죠. 내가 장군이지 식모냐고요. 이 무한한 능력을 좁아터진 부뚜막에다 낭비해서야 쓰나."

젓가락을 챙겨 제대로 자리를 잡은 그녀가 갈빗대 하나를 집어 장손무극의 그릇에 올려 주고는, 턱을 괴고 방싯거렸다.

"국물만 가지고서 배가 차겠어요, 고기를 먹어야죠. 먹어 봐요, 얼른!"

어디 고귀한 태자 전하가 뼈다귀 뜯는 모양새 좀 감상해 보실까나.

갈빗대를 쓱 쳐다본 장손무극이 미소 지었다.

"고맙소."

그가 가볍게 젓가락을 가져다 대자 무식하게 큰 뼈다귀가 소리 없이 부서졌다. 장손무극은 여유롭게 뼛조각을 골라낸 뒤

살코기만 쏙쏙 입에 넣었다.

　간계가 실패로 돌아가자 원통함을 금치 못하던 맹부요는 타깃을 바꿔 전북야에게 쇠심줄을 들이밀었다.

　"왕야, 이게 쫄깃하니 씹는 맛이 있더라니까요!"

　젓가락을 뻗어 공중에서 쇠심줄을 낚아챈 전북야가 싱긋 웃었다.

　"그야 나도 동의하지만, 맛있는 걸 혼자만 먹을 수야 없지. 고생해서 준비한 사람 몫도 반은 있어야 할 터."

　전북야가 젓가락을 놀려 쇠심줄을 가뿐히 두 토막 내더니 살뜰하게도 맹부요에게 내밀었다.

　"자, 사양하지 말고!"

　"……."

　잠시 후, 맹부요가 뻐근한 턱관절을 감싸 쥔 채 종월에게 당귀를 골라 줬다.

　"자, 자, '고기 먹는 사람은 졸보기눈[16]'이라고 했어요. 의원께서는 고기보다 약초를 좀 잡수셔야죠."

　그러자 종월이 답례로 한 점을 돌려주며 말했다.

　"약초 먹는 자라고 고기 먹는 자보다 딱히 나을까. 그쪽한테는 이게 잘 맞을 것 같소. 해독과 땀 배출에 좋거든."

　그가 건넨 것은 큼지막한 생강이었다……

16　여기서 '고기 먹는 사람'은 고관대작을 뜻하며, 본래는 '지체 높은 권력자들은 식견이 얕다'라는 뜻을 가진 말이다.

밤이 깊어 가면서 하늘 높이 밝은 달이 걸렸다. 청파각 위에는 휘황한 등불이, 아래 수면에는 맑은 물결이 넘실거리고, 저만치 호숫가 화단에는 서향, 동백, 목련, 해당, 작약이 저마다 화려한 색을 뽐내며 한 아름으로 모여 그윽한 향기를 날려 보내고 있었다.

하지만 그 꽃내음마저도 정자에 차려진 주안상의 먹음직스러운 냄새와 주위에 모인 이들이 피워 낸 웃음꽃의 향기로움에는 미치지 못했다.

맹부요는 탑처럼 반찬이 잔뜩 쌓인 밥그릇 밑바닥에서 찔끔찔끔 쌀알을 찾는 중이었다. 그녀를 골려 줄 때는 손발이 척척 맞던 세 남자가 뒤늦게 양심의 가책을 느낀 결과였다.

제일 먼저 전북야가 집어 준 한 젓가락을 시작으로 그녀의 밥그릇 위에 순식간에 산이 생겼다. 남들 먹이겠답시고 음식을 해 놓고는, 정작 본인이 제일 많이 먹게 생긴 것이다.

마지막에 이르러 그녀가 불룩 나온 배를 부여잡고 의자에 축 늘어졌을 즈음, 장손무극이 미소 지으며 찻잔을 건넸다. 찻잔을 들고 의자에 비스듬히 기대 있는 동안 곁에서는 전북야가 하인이 대령한 종이와 붓을 신나게 식탁에 펼쳐 놓고 원보 대인을 모델로 '폭풍 과식도'를 그리기 시작했다. 이후 원보 대인은 완성된 작품에 못마땅한 기색을 표하며 다시 그려 달라 요구하다가 전북야에게 홀랑 붙잡혀 앞발로 낙관까지 찍고 말았다.

하녀들이 정자에 드리워진 휘장을 말아 올리고 금박 장식이 된 사초롱을 밝히자, 가물거리는 불빛이 달빛과 어우러져 청록

색 수면 위에 무수한 반짝임을 흩뿌렸다.

등불 아래 바둑판을 펼쳐 놓고 마주 앉은 장손무극과 종월의 긴 손가락이 바둑돌을 톡톡 건드리는 소리가 여유롭게 울리고, 흰옷과 자색 도포 자락이 바람결에 나부꼈다. 저 멀리 수면에는 분홍과 보라가 섞인 꽃비가 흩날리고 있었다.

미소를 머금고 그 광경을 지켜보던 맹부요의 눈빛이 점차 아련하게 풀어졌다. 수면을 수놓은 그림자와 어둠 속에 흩날리는 꽃잎도, 아리따운 얼굴들과 나지막이 웃음 섞인 말소리도, 넓게 펼쳐진 화폭과 희미한 조잘거림도, 모두가 허공을 선회하는 웃음기로 화해 보조개가 얕게 팬 그녀의 입가에 새겨졌다.

맹부요의 일생에서 가장 평온한 순간이었다.

당혹스러운 만남

맹부요는 근래 국화 길에서 거의 살다시피 하고 있었다. 딱히 마음 가는 남기가 있어서라기보다는 풍맥이라는 자의 처지가 영 안타까워서였다.

그렇게 고상하고 박식한 인물이라면 응당 서책과 붓을 벗 삼아 살아야 할 것을, 품격에 안 맞게 기루에 묶인 신세가 어인 말인가.

돈도 있겠다, 맹부요는 화끈하게 기생 어미를 겁박해 그를 자유의 몸으로 만들어 주고자 했다. 그러나 당혹스럽게도 풍맥 본인이 한사코 기루를 떠나려 하질 않았다.

좋은 마음으로 나섰다가 꼴이 우습게 된 맹부요는 약이 이만저만 오르는 게 아니었다. 자신은 오지랖에 전혀 취미가 없었지만, 지난 생을 지식인으로 살아 본 몸으로서 같은 지식인이 곤란에 빠진 모습을 도저히 모른 척할 수가 없어 나섰을 뿐이었다. 그런데 세상에 자기가 좋아서 몸 파는 사람도 있을 줄이야.

도무지 이해 불가라는 빛을 띤 그녀의 눈을 마주 보며, 풍맥이 은은한 미소를 머금었다. 연한 붉은빛 소맷자락이 흑목 탁자 위를 스치더니 그녀의 잔에 향기 그윽한 국화차가 채워졌다.

국화 향이 은근하게 퍼져 나가는 가운데, 그가 입을 열었다.

"기다리는 이가 있습니다."

맹부요가 의혹에 찬 눈빛을 보냈다.

"아주 오래전에, 여기서 기다리겠다는 그녀를 남겨 두고 홀로 유랑 길에 올랐지요. 긴 세월이 지나 돌아와 보니 그녀는 이미 이곳에 없었습니다. 원래 있던 집은 허물어지고 이 건물이 들어섰더군요. 풍경 대부분이 몰라볼 만큼 변해 버렸지만, 그래도 정원에는 예전 흔적이 남아 있었습니다. 그녀가 후원에 심었던 자운영도 아직 그대로이기에, 저는 차마 이곳을 떠나지 못합니다."

그의 웃음에서는 나이를 먹을수록 농익은 매력을 발하는, 극소수 남자들에게만 볼 수 있는 특유의 풍치가 묻어났다. 눈가에 희미하게 자리 잡은 주름이 보기 좋은 곡선을 그려 내고 있었다.

"이곳이 기루라는 사실이야…… 무에 그리 중요하겠습니까?"

맹부요는 묵묵히 초록빛 찻잔 속에서 노랗게 피어나고 있는 국화 꽃잎을 응시했다. 영혼 깊숙이에서 뻗어 나간 한 줄기 선이 그간 건드리지 않으려 애쓰던 과거의 기억을 건드려 버린 듯했다.

그녀 역시 지난 생에 자신을 기다리는 사람을 두고 왔다. 누구에게나 자신을 기다려 주는 사람이 있고, 자신이 기다리는 사람 역시 있지 않던가.

하지만 조급한 인생길을 걷는 동안 다들 어쩔 수 없이 앞으로 나아가고, 본래의 궤적을 틀어 버리고 만다. 언제까지고 한자리를 지키고 서 있기 위해서는, 과연 얼마나 굳건한 의지가 필요할 것인가.

이슬이 촉촉하게 가슴속을 적셨다. 비로소 같은 감정을 공유하는 상대를 찾아냈음이 감격스러워서였다. 풍맥의 꼿꼿한 모습에 그녀는 진정 마음이 통하는 벗을 만났다고 느꼈다.

풍맥은 확실히 마음이 통하는 친구로 삼기에 적당한 인물이었다. 끈적하게 들러붙는 일 없고, 사생활에 끼어드는 법도 없고, 바둑이며 금 타는 솜씨 또한 일품이었다.

무엇보다 마음에 드는 것은 어지간한 고수들이 삼류 초짜를 만났을 때 보이는 반응과는 다르게, 그는 바둑 두는 솜씨로든 악기 다루는 재주로든 맹부요에게 짜증을 내거나 비웃음을 보내지 않는다는 점이었다.

바둑판 위에서 맹부요가 아무리 멍청한 행보를 보여도 그저 너그러운 미소를 지으며 잘못된 점을 세세하게 알려 줄 뿐이었다. 아침 일찍 시작해서 오후가 되기까지 한 판을 채 못 끝내더라도 그는 바둑판에 딱 붙어 고심에 고심을 거듭하는 맹부요를 웃는 얼굴로 기다려 주면서, 때때로 원목 회랑 너머 정원 한가득 깔린 자운영에 눈길을 던지곤 했다.

맹부요는 그의 곁에서 18년 인생에 처음으로 마음의 평화를 찾았다. 그녀를 끈질기게 괴롭히던 의무감과 고난마저도 그의 간드러지게 뻗은 눈매에서 배어나는 웃음기 앞에서는 차츰차츰 희미해져, 그녀는 어렵사리 얻은 평온에 흠뻑 빠져들었다.

자신의 형편없는 바둑 실력을 지켜보면서 풍맥이 내보이는 체념 섞인 너그러움이 좋았다. 기억 속에 진주알처럼 흩어진 꿈을 고이 받쳐 들듯, 바람결에 날려 온 자운영 꽃잎을 부드럽게 어루만지는 그의 손짓이 좋았다. 가만가만 꽃잎을 집어 들 때의 옅은 그리움과 추억에 젖은 눈빛도.

얼마 지나지 않아 풍맥의 생일이 다가왔다.

그가 일러 줬을 리야 만무한 일. 언젠가 한담 중에 어린 시절 양친이 챙겨 줬던 생일 이야기가 나왔는데, 맹부요가 그때 들은 정보를 기억해 뒀던 것이다.

그날 오후에도 두 사람은 국화차를 마시면서 시와 서에 관한 대화를 나눴다. 그렇게 저녁녘이 되어 잠시 자리를 비웠던 풍맥이 다시 탁자 앞에 앉았을 때, 상에 올라온 것은 바둑판이 아닌 정성스럽게 준비된 한 상이었다.

방 입구에 팔짱을 끼고 서 있던 맹부요가 눈썹을 까딱하며 말했다.

"생일 축하해요!"

풍맥은 아무 말도 없이 그녀를 바라보기만 했다. 어찌나 빤히 보는지, 맹부요는 얼굴에 밥풀이 붙었는지 혹은 옷에 고기 부스러기를 흘렸는지 의심하기에 이르렀다.

잠시 후, 온몸을 구석구석 확인하고 난 그녀가 어리둥절한 표정으로 풍맥을 쳐다보다 말고 씩 웃음 지었다.

"혹시 감동했어요?"

풍맥은 그저 미소 지으며 그녀에게 가까이 오라는 손짓을 보냈다. 그 옆에 가서 앉은 맹부요가 천연덕스럽게 눈을 끔뻑거리며 말했다.

"어휴, 겨우 이걸로 감동이에요? 선물도 있는데, 그거까지 꺼냈다가는 나 부둥켜안고 통곡하는 거 아닌지 몰라?"

"어떠할지 한번 꺼내 보시지요."

불그스름한 팔각등 그림자 아래, 풍맥의 눈빛이 수면에 이는 물결을 품은 양 아스라하게 반짝였다.

맹부요가 엄청난 비밀이라도 내놓는 사람처럼 상자를 꺼내 들었다. 풍맥이 웃으면서 상자를 건네받기 무섭게, 그녀가 재촉을 시작했다.

"열어 봐요, 열어 봐요!"

은은한 향이 배어나는 흑단목 상자 뚜껑이 열리고, 찬란한 광채가 뿜어져 나오는 순간, 풍맥의 눈빛이 아까와는 사뭇 달라졌다.

그것은 극도로 정교하게 제작된 수정 모형이었다. 일日 자 형태로 지어진 원락에 야트막하게 무늬가 들어간 담장, 중정에는 작은 우물, 본채 입구 앞 계단은 세 칸, 처마 아래에는 손가락만 한 물레가 놓여 있고, 후원에는 자잘한 자운영이 빼곡하게 심긴 모양.

현재의 기루가 아닌, 아주 오래전 그녀가 그를 기다리던 농가 원락이었다. 대화 도중 풍맥이 무심결에 흘린 것들 하나하나를 맹부요가 세심하게 마음에 오롯이 남겼다가 바로 이날, 추억의 윤곽을 뛰어넘어 눈앞에 있는 수정 원락으로 만든 것이었다.

지난 세월 속에 단단히 엉겨 붙은 옛일이, 가슴에 피를 내며 나날이 날카롭게 갈리던 추억이, 이토록 아름다운 물건으로 다시 태어나 감히 손도 대기 망설여질 만큼 찬란한 광채를 뿜을 수도 있다니.

풍맥이 수정 모형에서 눈을 떼지 못하는 사이 맹부요는 살짝 불안감을 느끼고 있었다. 이야기의 결말까지는 들은 적이 없기 때문이었다.

혹시라도 비극으로 끝났다면?

기껏 정성 들여 준비한 선물이 받는 사람의 상처를 건드리는 건 아닐까, 걱정이 됐다.

하지만 풍맥은 이내 희미한 미소를 지었다. 그의 길고도 매혹적인 눈매가 웃음기를 머금고 가늘어지는 모습은 가슴이 덜컥할 정도로 황홀했다.

곧이어 상자를 조심스럽게 갈무리해 넣은 그가 말했다.

"이래서야 아까워지는군……."

"뭐가 아까워요?"

맹부요가 탁자에 나른하게 엎드려 물었다.

"너무 귀한 선물이라서 말입니다."

조금 전 그의 말투에서 묻어나던 아쉬움은 이미 모습을 감춘 뒤였다.

"누군가와 이리 가까이 지내 본 것도, 이런 선물을 받아 본 것도 아주 오랜만의 일입니다."

"비싼 거 아니니까 비웃지나 말아요."

손사래를 친 맹부요가 풍맥의 잔에 술을 따랐다.

"자, 좋은 날에 술이 빠지면 섭하죠."

허공에서 잔이 맞부딪쳤다. 질 좋은 자기가 내는 낭랑한 소리에 바깥 저 멀리서 밤새가 놀라 꾸꾹거렸다.

일단 마셨다 하면 백발백중 만취인 맹 소저는 금세 해롱해롱해져 혀꼬부랑 소리를 냈다.

"그 여자분은 안 돌아올 것 같아요?"

"그건 이미 중요하지 않을 듯하군요."

맞은편에 앉은 풍맥의 눈길이 묘하게 다정했다. 어딘지 치명적인 다정함.

손을 뻗어 맹부요의 윤기 흐르는 머리카락을 어루만지다가, 정원 가득 한들거리는 자운영을 넋 놓고 바라보던 그가 잠시 후 나지막하게 말했다.

"맹 소저."

"네?"

맹부요가 술잔을 부여잡고 멍하니 눈길을 틀었다. 풍맥의 얇은 입술이 우아하고도 깨끗한 미소를 그렸다.

"한 가지 여쭙겠습니다. 제가…… 좋은지요?"

"으음?"

맹부요가 술기운에 눈이 가물가물한 채로 고개를 들었다. 자꾸 꿀렁꿀렁 사물이 겹쳐 보이는 시야 속에서 빨간 옷자락이 하늘거리고 있었다.

오늘따라 어째 술기운이 빨리 도는 것 같았다. 맞은편에 앉은 풍맥은 또 왜 이리 어여뻐 보이는지. 사람 혼을 홀딱 빼 놓는 저 눈빛이라니. 장손무극 셋을 합쳐 놔도 저렇게 애간장을 녹이지는 못할 터인데.

탁자에 엎어져 침을 주르륵 흘리던 맹부요가 눈꺼풀이 감기기 직전 웅얼웅얼 답했다.

"좋아⋯⋯."

풍맥이 피식 웃음을 흘렸다. 오색빛깔 몽롱한 봄날의 꿈을 안고 가지에서 날아내린 복숭아 꽃잎처럼, 연한 붉은빛 소맷자락이 탁자 위를 느리게 스치고 지났다. 웃음이 터져 나오는 통에 어깨가 살짝 흔들리자 긴 흑발이 쏟아져 내려 맹부요의 머리카락과 한데 섞였다.

손을 뻗어 머리카락을 걷어 낸 그가 맹부요를 안아 들면서 읊조렸다.

"여인이란, 결국 다 똑같은 것인가⋯⋯."

홀연 그가 움직임을 멈췄다. 고요한 봄밤, 밤새의 작은 울음에 섞여 멀리서 졸졸 흐르는 시냇물 소리가 들려오고 있었다.

맹부요를 내려놓고 돌아선 풍맥이 순식간에 평정을 회복한 듯 말했다.

362

"누구인지 모습을 드러내라."

목소리는 여전했으나 말투는 지금까지와 딴판이었다. 조금 전까지만 해도 기루에서 손님을 받는 남기답게 나긋나긋하고 공손했었으나, 이 순간 그의 말투에서 뿜어져 나오는 것은 중생을 발아래 두고 천하를 호령하는 자의 냉엄함이었다.

어둠을 뚫고 연보라색의 사람 그림자가 서서히 모습을 드러냈다.

"역시 너였군."

다시금 입가에 미소를 머금은 풍맥이 인사불성으로 취한 맹부요를 가리켰다.

"어이, 아까 들었느냐? 네가 은애하는 여인이 날 보고 좋다더구나."

"선배님."

장손무극은 마치 상대의 도발을 아예 듣지도 못한 듯 차분한 말투였다.

"그만한 세월이면 광대놀음은 할 만큼 한 것 같은데 질릴 때도 되지 않았습니까?"

"질리다니? 나를 거부할 수 있는 여인을 만나기 전까지는 어림도 없지."

풍맥이 냉소했다.

"보아라, 여자는 다 똑같다. 변덕스럽고, 지조라고는 없고. 사내가 곁을 비우는 즉시 딴생각을 하는 것들이다. 예외란 없어."

우아한 자태로 턱을 괴고서 맹부요를 바라보며, 그가 몹시

아쉽다는 양 탄식을 뱉었다.

"드디어 예외를 만났나 했더니……."

"내공에서부터 한참 밀리는 여인들이 천하 제일가는 선배님의 '섭혼술攝魂術'을 정녕 당해 낼 수 있으리라 여기시는 것입니까?"

장손무극이 피식 웃었다.

"세상에 죽이지 못할 사람이 없는 분께서 어찌 그런 핑계를 대 가며 한낱 무고한 여인들을 괴롭히시는지요?"

"자기 애인한테 뒤통수 맞고 맛이 가서는, 분풀이 삼아 온 세상 여자들을 갖고 노는 색마 노인네라니까!"

회랑 밖 나무 위에서 알록달록한 사람 그림자가 쑥 내려오더니, 장난감 북이 땅땅거리듯 경쾌하고도 낭랑한 음성으로 맹부요한테서 배운 저렴한 소리를 지껄여 댔다.

"이봐, 양심 없는 색마 노인네. 부풍국 삼대 고술[17] '조고鳥蠱' 맛 좀 볼 테냐?"

풍맥이 아란주를 흘깃 쳐다보더니 코웃음을 쳤다.

"네 아비가 직접 온다면야 한번 거들떠봐 줄지도 모르겠다만, 네 주제에?"

말도 아깝다는 양 아란주를 외면한 그가 손가락으로 어둠 속을 가리켰다.

"거기 둘도 한꺼번에 나오너라. 하나하나 해치우자면 이 어

---

17 蠱術. 특별한 과정을 거쳐 길러 낸 독충을 주술로 조종해 적을 해하는 행위를 가리킨다.

르신이 귀찮아지니."

한창나이에 옥 같은 용모로 자칭 '어르신'이라니, 언뜻 우습게 들리는 소리였지만 듣던 이들은 웃지 못했다.

상대는 지난 30년간 천하에 이름을 떨치던 절정 고수. 그 앞에서는 장손무극조차도 신경을 바짝 곤두세우고 한 걸음 물러서는 수밖에 없었다.

그는 바로 '성휘성수' 방유묵이었다.

담장을 훌쩍 뛰어넘어 전북야가 등장한 데 이어 종월 역시 정문을 열고 들어왔다. 나무 위에서 아란주가 소리쳤다.

"가라!"

'푸드덕' 소리와 함께 온갖 새들이 날아올라 하늘을 뒤덮었다. 새 떼가 지나는 궤적을 따라서 시커먼 연무가 뭉텅이로 일어났다. 날갯짓을 할 때마다 깃털이 쓸리면서 나는 귀곡성은 듣는 이의 의식을 어지럽혀 환각에 빠뜨렸다. 그중 선두에서 무리를 이끌던, 오색찬란한 깃털에 붉은 눈을 가진 새가 공중에 화려한 색실로 수놓은 듯한 반원을 그리며 방유묵을 향해 돌진했다.

이에 방유묵이 껄껄 웃어 젖히며 옷소매를 떨치자 회랑 위쪽 꽃 시렁이 무너져 내리면서 등나무 덩굴이 그물처럼 새 떼를 덮쳤다. 새들 대부분이 덩굴에 걸려 날개를 퍼덕대며 몸부림쳤다. 그러나 선두를 이끌던 놈은 칼날 같은 부리를 휘둘러 단번에 그물을 찢은 뒤, 매가 먹잇감을 노리듯 다시금 방유묵에게로 쇄도했다.

새가 공격해 들어가는 찰나, 장손무극을 비롯한 세 사람도 방유묵의 코앞에 당도했다.

명주 필같이 매끄럽게 움직이는 자색 광채, 질풍처럼 몰아치는 흑색 그림자, 시야에 포착되었다 싶은 순간 모습을 감춰 버리는 백색의 몸짓이 마치 안개인 양 천지 사방에 흩날렸다. 자그만 원락 안에서 자, 흑, 백, 적 네 가지 색이 뒤엉켜 번뜩번뜩 휘돌면서 매서운 바람을 일으켰다. 격렬하게 들끓으며 끊임없이 형태를 바꾸는 무지개 같은 모습이었다.

방유묵은 현재 오주의 젊은 세대 중 최고로 꼽히는 고수들의 사이를 가뿐하게 누비고 있었다. 언뜻 여유롭기만 한 동작 같아 보였으나, 그의 공격에는 매번 혀를 내두를 수밖에 없는 정확성과 파괴력이 뒤따랐다.

그가 초식을 시전할 때마다 분출되는 은빛 광휘가 어지러운 색채 속을 헤집고 다니면서 봉황의 꼬리와도 같이 찬란한 궤적을 남겼다. 등불 하나 없이 어두컴컴하던 원락에 은하수가 내려앉은 듯 눈부신 광채가 넘실거리고 있었다.

이것이야말로 진정한 별빛, 성휘.

독문 무기에 기대야만 비로소 별빛을 만들어 낼 수 있었던 그의 제자 곽평용과는 달리, 방유묵은 손 자체에서 화려하고도 찬란한 광휘를 뿜어냈다. 그 광휘는 한순간도 뒤처짐 없이 그의 움직임을 따라붙었다.

팔을 들고, 걸음을 내디디고, 소매를 떨치며 돌아설 때마다 눈부신 별빛이 흩뿌려졌다. 아득히 먼 곳에서 쏘아져 와 영원을 향해 내닫는, 자연의 섭리와 마찬가지로 거부할 수 없는 별빛.

그는 자신이 가진 별빛의 무한한 공간 장악력을 바탕으로 전장을 지배하고 싸움을 본인이 원하는 방향으로 이끌어 가고 있었다.

극치에 달한 정교함과 민첩함, 방유묵은 이미 그 자체로 영원히 지지 않을 별빛이었다. 깨기에는 너무도 아름다운 꿈결과 같은 별빛.

사백 초식째.

새 떼 중에 마지막으로 남은 우두머리가 흐느끼듯 울부짖으면서 방유묵의 면전으로 끈질기게 돌진하고 있었다. 공중을 가로지르는 새의 몸에서 어지러이 날아내린 솜털은 바닥에 닿는 즉시 풀이며 꽃송이를 말려 죽였다. 온 사방이 그런 솜털이다 보니 방유묵도 흠칫 몸을 뒤로 물릴 수밖에 없었다.

바로 그 물러섬 때문에, 지금껏 그가 지배하던 공간에 틈이 만들어졌다.

전북야의 금강저에서 뿜어져 나오던 은빛이 삽시간에 금빛 광채로 바뀌면서 방유묵의 머리 위에 한 겹 빛의 장벽을 덧씌웠다.

장손무극의 손에는 어느새 은색 여의[18]가 들려 있었다. 여의의 머리 부분은 차갑게 빛났고, 그 표면에는 미세하게 솟아오

---

18 如意. 상서로움을 상징하는 장식품의 한 종류. 보통 길쭉한 막대 형태에 머리 부분에는 둥그스름한 장식이 달려 있다.

른 문양이 새겨져 있었다. 그는 금빛 장벽에 존재하는 단 한 군데의 균열로 뛰어들었다. 싸늘한 인광이 번쩍하더니 여의의 머리 부분이 방유묵의 목을 향해 쏘아져 나갔다.

그사이 지면에 몸을 눕히며 날아간 종월의 팔꿈치 아래에서 아주 가늘고 긴, 괴이한 형태의 검이 모습을 드러냈다. 종월은 자세를 눕혀 번개처럼 방유묵의 앞을 스쳐 지났다.

그가 방유묵의 몸을 지나치는 바로 그 찰나, 팔뚝에 바짝 붙어 있던 검이 방유묵의 무릎을 파고들었다!

자칫 발을 들었다가는 다리가 날아가고, 팔을 휘둘렀다가는 독에 당할 판이었다. 호흡조차 자유롭지 못한 처지에 내몰린 방유묵은 하는 수 없이 뒤로, 뒤로 물러났다.

적들은 득달같이 그를 따라붙었다.

그의 발끝이 막 마루를 디뎠을 때, 세찬 바람도 벌써 그곳까지 따라붙었다. 방유묵이 손가락을 튕기자 그의 등 뒤에 있던 병풍이 무지막지한 기세로 날아올라 한창 공세를 펼치던 3인을 들이덮쳤다.

방유묵이 싸늘하게 웃으며 말했다.

"네놈들이 죽고 싶어서……."

그러나 다음 순간, 그가 흠칫 얼어붙고 말았다. 누군가 등에 손을 올리는 게 느껴졌기 때문이었다. 도무지 고쳐지지 않는 껄렁함이 밴 웃음소리가 낭랑하게 귓가를 울렸다.

"누구 마음대로 여자는 다 그렇대? 이 몸이 당신처럼 그 짓에 미친 줄 알아?"

바람 소리가 뚝 그치는 동시에 방유묵을 제외한 모두가 입꼬리를 끌어 올렸다.

그중 가장 의기양양한 웃음을 짓고 있는 이를 꼽으라면 단연한 손으로는 방유묵의 등을 짚고, 다른 손으로는 병풍을 붙잡고 있는 맹부요였다.

"실내로 들어와서 뭔가를 무기 삼아 집어 던지기만 기다렸지. 그냥은 도저히 접근할 수가 없겠더라고."

숨을 깊게 들이마신 방유묵 또한 입가에 미소를 띠었다.

"훌륭해, 훌륭하군!"

특유의 매혹적인 눈길을 뒤쪽으로 던지며, 그가 오랜 친구에게 하듯 다정한 투로 물었다.

"독에 당하지 않았던가?"

"처음에도, 나중에도 전혀."

맹부요가 웃음 지었다.

"국화차부터 시작해서 말이지."

"처음부터 방비를 하고 있었군."

방유묵의 입가에 미소가 맺혔다.

"내 너를 과소평가했구나."

"솔직히 믿기 힘들었어. 십대 강자씩이나 되는 인물이 기생 노릇이라니. 그런데 매사 마음 내키는 대로라는 소문이 진짜였더군. 설마 사람 찾아 나서면서 기본적인 과거사도 조사 안 해 봤겠어?"

맹부요가 말했다.

"여기가 당신의 옛집이라는 것도, 남들은 몰라도 우리는 알아낼 재주가 있었지. 나한테 해 준 이야기 속에서는 정인이 당신을 기다리던 장소였지만, 실은 정반대로 당신이 여기서 다른 놈이랑 야반도주한 여자를 기다렸잖아?"

어깨를 움찔 떤 방유묵이 급격히 차가워진 목소리를 내뱉었다.

"한 마디만 더 하면 죽여 버리겠다."

입을 다무는가 싶던 맹부요가 잠시 후 말했다.

"여기까지만 하는 건 당신 손에 죽는 게 무서워서가 아니라 괜한 상처를 들추고 싶지 않아서라는 거 잊지 마."

그녀가 손바닥을 내밀었다.

"쇄정 해독약."

"너도 잊지 말아라. 내가 요구를 들어주는 건 지금 너한테 붙잡혀 있어서가 아니라 오늘의 선물이 흡족해서임을."

잠깐 뜸을 들이던 그가 품 안에서 종이 한 장을 꺼내 종월의 발치에 던졌다.

"약까지 만드는 수고는 하지 않았다. 어차피 구해 줄 만한 가치가 있는 자도 없으니 해독제를 만들어서 무엇하겠느냐? 약방문을 줄 테니 어디 재주껏 해결해 보아라."

그의 미소에서 얼핏 교활함이 묻어났다.

"정반대의 약성을 가진 데다 극독이나 다름없는 구호화九狐花와 만사초萬蛇草를 배합하고도 네가 과연 사약이 아닌 걸 만들어 낼 수 있을지, 퍽 궁금하구나."

약방문을 집어 들어 쓱 훑어본 것만으로도 미간에 주름이 잡힌 종월이 말했다.

"세상에 풀지 못할 마음은 있을지언정 풀지 못할 약방문은 없습니다."

냉소로 답을 대신한 방유묵이 맹부요를 향해 눈을 돌렸다.

"이 정도 경지에 오르면 체내의 진기가 자연히 방어막이 되어 주니 네가 나를 죽이기는 불가능하다. 기껏해야 중상 정도일 터, 정녕 나와 원수를 지고 싶은 게냐?"

"지금까지는 뭐 원수 아니었나?"

맹부요가 거참 궁금하다는 양 물었다.

"그럼 국화차랑 술에 탔던 건 독이 아니라 설탕이었고? 아, 화주에는 나랑 흉금 터놓고 담소나 나누자고 오셨어요?"

"너를 한 번은 죽이되, 한 번은 구해 주겠노라 약속하면 어떠냐?"

방유묵이 건조하게 말했다.

"잘 생각해라."

"수지가 안 맞는데."

생각이고 뭐고 맹부요가 즉답했다.

"당신은 결국 날 죽이려 할 거고, 나야 실력으로 상대가 안 되니까 어차피 죽은 목숨인데, 한 번 구해 주면 뭐?"

"그렇게 생각하나?"

방유묵이 미소 지으며 장손무극을 비롯한 네 사람을 쳐다봤다.

"오늘 밤 저들 역시 나와 원수가 되리란 걸 명심해라. 네가 일격에 내 목숨을 끊지 못하고 저들 또한 나를 붙잡지 못한다면 이후 내 복수 명단에 몇 줄이 추가될 것임을."

"일 장에 반 죽여 놓을 건데 설마 놓치겠어? 자기가 되게 대단한 줄 아나 봐?"

맹부요는 콧방귀를 뀌면서도 속으로는 열심히 계산기를 두드리고 있었다. 절정 고수가 죽음의 위기에서 발휘할 위력이란 과연 어느 정도일지, 감히 짐작하기도 어려웠다.

하아, 나야 상관없지만, 다른 사람까지 위험에 끌어들일 수는 없지 않은가?

그녀의 표정을 본 장손무극이 툭 내뱉었다.

"부요, 그대가 할 일을 하시오."

전북야도 말했다.

"네가 미리 초주검으로 만들어 놓은 자 하나를 내 설마 못 밟아 죽일까? 자, 맹부요, 어디 한번 해보자고!"

빙긋이 웃은 맹부요가 홀연 팔을 거두면서 방유묵을 밖으로 밀쳐 냈다.

"이 또한 그저 상처받은 사람일 뿐."

그녀가 말했다.

"당신은 과거에 사는 사람이야. 수정 원락 백 개가 있은들 그 어두운 마음을 밝혀 줄 수는 없겠지."

"음식과 선물에 독을 쓰지 않은 건 고맙게 생각한다."

방유묵이 훌쩍 지붕 위로 올라갔다. 수정 원락을 손에 쥔 채

연한 붉은색 옷자락을 휘날리는 그의 모습은 하늘에 새로이 뜬 연홍빛 달인 듯했다.

"내게 순수하고 진실 된 것들을 남겨 주었구나. 처음으로 손에 닿는 따스함이란 걸 얻은 기분이었다."

"나야 원래가 당신보다는 진실 되니까. 그래서 당신보다 행복한 거고."

맹부요가 휘휘 손을 저었다.

"방 선생, 그쪽 심기를 거스른 여자는 하나니까 죄 없는 사람들한테 화풀이하지 마셔."

"그건 내 문제다."

방유묵이 그녀를 지긋이 응시했다.

"제자의 원수는 반드시 갚겠노라 이미 맹세한 바 있다. 하니, 너를 한 번은 구해 주더라도 한 번은 죽일 수밖에 없느니라. 만약 그때 목숨을 앗지 못한다면 우리 사이의 은원은 그날부로 깨끗이 정리된 셈 치겠다."

"은원이야 다 본인 생각이 만들어 낸 거고."

맹부요가 한숨을 내쉬었다.

"좋을 대로 하시든가."

이에 싱긋 웃은 방유묵이 말했다.

"다음번에 만났을 때 널 구하게 될지, 죽이게 될지는…… 네 운에 달렸겠지."

소맷자락이 펄럭하더니 그의 몸이 공중으로 솟구쳤다. 하늘 저 끝을 향해 쏘아져 나가는 모습은 과연 눈부신 광휘를 흩뿌리는 영원불멸의 별빛과도 같았다.

턱을 괸 채로 그 모습을 지켜보던 맹부요가 중얼거렸다.

"변태야 해마다 난다지만 올해는 유난히 풍년일세."

저만치서 전북야가 짐짓 과장되게 기지개를 켜며 히죽거렸다.

"너도나도 속고 속이고, 엄청나게 큰 판이었는데 결국은 사냥에 성공했군."

맞은편에서 걸어오는 장손무극을 보며, 맹부요 역시 살며시 웃음 지었다.

해독 약방문도 손에 넣었겠다, 진무대회도 코앞이겠다, 맹부요는 길을 나설 준비에 들어갔다.

장손무극에게 이야기를 꺼내자, 그는 잠시 고심하던 끝에 이렇게 말했다.

"기어코 가고야 말겠지. 대신 무극국 영의장군의 신분으로 참가한다고만 약속해 주시오. 비무는 적당히 몸을 아껴 가면서 하고."

무극국을 뒤에 업은 신분이 보호막 역할을 해 주길 기대하는 것이리라.

맹부요가 방긋 웃었다.

"흐음? 잘난 척할 절호의 기회를 설마 안 써먹겠어요? 아무렴 그냥 백성보다야 장군이 근사하죠! 걱정하지 말아요, 내가 얼마나 허영덩어리인데."

그러자 장손무극이 그녀의 머리카락을 쓰다듬으며 말했다.

"사실 나는 그대가 지금보다 훨씬 더 허영덩어리였으면 하오."

맹부요는 아무것도 못 들은 척, 먼 산에 눈길을 던졌다.

세상에 무극국 태자비보다 더 허영심 충족에 좋은 자리가 있을까. 장손무극과의 대화에서 방심은 금물이었다.

"나 역시 자리를 비운 지가 너무 오래인지라 잠시 중주에 다녀와야 할 것 같소."

장손무극이 원보를 그녀의 품에 떠안겼다.

"시일을 맞출 수 있거든 반도로 그대를 만나러 갈 테니 그때까지 원보 대인을 부탁하오. 우물 안 쥐가 되지 않도록 세상 구경도 좀 시켜 주고."

우물 안 생쥐 원보 대인은 장손무극의 손바닥 위에서 시큰둥한 눈을 한 채, 이리저리 내돌림당하는 본인 신세에 침묵으로 불만을 표명하고 있었다.

생쥐 녀석을 받아 든 맹부요가 호기심 가득한 투로 물었다.

"둘이 영적으로 엄청난 교감이 있고 그런 거 아니었어요? 막 핸드폰 같은 건가? '뚜뚜' 소리만 나도 이 녀석 위치가 딱 뜨고 그래요?"

"그리 신기한 수준은 아니오."

장손무극이 웃었다.

"녀석이 살아 있는지, 대충 어느 방위에 있는지 정도만 알 수 있소. 그러니 원보를 절대 곁에서 떼어 놓지 마시오."

"그냥 당신이 데리고 있어요. 당신 애완동물이잖아요."

곰곰이 생각에 잠겼던 맹부요가 원보 대인을 도로 내밀었다.

"무극……."

"음?"

"매번 하는 말이지만, 나한테 너무 잘해 주지 말아요."

맹부요가 마음을 독하게 먹고 말을 다다다 빠르게 내뱉었다.

"나 이제 실력도 꽤 되잖아요. 대풍한테서 받은 공력을 온전히 내 거로 만들고 나면 더 높은 경지로 올라설 테고, 진무대회가 끝나면 아마 북쪽으로 먼 길을 떠날 거예요. 얼마나 오래 걸릴지도 모르고, 중간에 엄청난 상대를 만나서 꼴까닥할 수도 있는 거고……."

"나도 매번 하던 말을 하겠소."

장손무극은 이제 막 경사 났다고 덩실거리기 시작한 원보 대인을 다시 맹부요에게 떠안겼다. 그러고는 맹부요를 가까이 끌어와서 자신의 이마를 그녀의 이마에 살며시 가져다 댔다.

"내 마음을 그대가 이래라저래라할 수는 없소."

맹부요가 쓴웃음을 지었다. 전북야에게 은근슬쩍 같은 취지의 말을 흘렸을 때도 딱 이런 식의 답이 돌아왔다.

어찌 됐건, 잠시나마 떨어져 지낼 수 있는 것만도 다행이랄까. 어쩌면 서로 간의 거리가 감정을 희석해 줄지도 모르니.

맹부요는 금번 여정을 계기로 이들과 멀어질 수 있기를 기대했다. 이들에게도, 자신에게도, 홀가분한 일이 되리라 믿으며.

종월은 한발 앞서 화주를 떠났다. 약재를 찾아 대륙 곳곳을 돌아보는 것이 목적이었다. 방유묵의 괴상야릇한 약방문이 그에게는 엄청난 보물쯤 됐는지, 떠나기 전까지 밤낮없이 그것만 파고들다 못해 식탁 앞에서조차 혼잣말을 중얼댔을 정도였다.

'분량을 줄여? 묵련엽墨蓮葉을 더해? 아니야…….'

그런 그의 옆에서 땅땅 밥그릇을 두드린 사람은 맹부요.

'밥이 코로 들어가고 있다고요.'

종월을 좋아하는 대부호의 딸은 그를 만나러 왔다가 허탕을 치고 돌아가는 길에, 눈물이 그렁그렁해서는 맹부요에게 쌈지 하나를 건넸다.

그 안에 든 부적은 무극국 변경 청주青州에 위치한 대덕사大德寺의 '평안부'였다. 주지 스님의 축원이 깃들었으니 분명 영험하리라며 종월에게 꼭 전해 달라 했다.

맹부요는 부탁을 거절하고 싶었으나 눈물을 글썽이는 아가씨의 모양새가 퍽 짠한지라 결국 쌈지를 넘겨받고 말았다.

어느 평범한 저녁 식사 자리, 맹부요는 전북야에게는 내일 축구를 가르쳐 주마, 아란주에게는 내일 시장 구경을 같이 가자꾸나 하고 약속했다. 그렇게 안심을 시켜 놓고 그녀는 달도 없이 바람만 불던 그날 밤에 틈을 타 보따리 하나 달랑 둘러메고, 전북야에게 신호라도 보내면 곤란하니 나무 열매로 원보 대인 입을 틀어막고서, 장손무극 휘하 은위들의 눈을 피해 창문으로 훌쩍 탈출했다. 그러고는 곧장 그길로 화주를 빠져나갔다.

요성에 이르자 호위병 한 무리를 이끌고 대기 중이던 철성이 합류했다. 일행은 누구의 눈에도 띄지 않게 무극국 변경으로 향했다.

말을 급히 달린 덕에 딱 하루 만에 청주에 당도할 수 있었다. 청주 첩취산疊翠山을 지나던 도중 맹부요는 종월을 쫓아다니는 아가씨가 말했던 대덕사가 바로 그 산중에 있다는 걸 기억해 냈다. 구경이나 한번 해 보자는 생각에 철성을 데리고 산을 오르기 시작했다.

산기슭 중턱쯤이나 갔을 때였다. 도검이 부딪치는 소리와 함께 여인의 비명이 들려왔다.

맹부요의 미간에 주름이 잡혔다.

내 알 바인가? 자고로 오지랖 넓은 인간은 끝이 안 좋기 마련이거늘, 이걸 어쩐다.

잠시 고민하던 그녀가 양손을 앞으로 내밀며 중얼거렸다.

"가위바위보 해서 이기면 오지랖 한번 떠는 거고……."

그런데 미처 꼼수를 써 보기도 전에 철성이 먼저 튀어 나갔다. 얼마 안 있어 우렁찬 기합에 이어 쿠당탕거리는 소리가 울려 퍼졌다.

하는 수 없이 소리가 나는 쪽으로 걸음을 옮긴 맹부요는 곧 산허리 숲 한구석에 발이 묶여 있는 마차 행렬을 발견했다.

중앙에 있는 마차는 기우뚱하게 넘어진 상태였고, 주변에서는 호위병인 듯한 사내들이 넝마를 걸친 무리와 싸움을 벌이는 중이었다. 호위병들은 대부분 피를 흘리고 있었고, 기울어진 마차 앞에서는 시녀 몇몇이 몸을 잔뜩 웅송그린 채 벌벌 떨고 있었다. 어느 부잣집 식구들이 절에 들렀다가 강도를 만난 모양이었다.

주위를 천천히 둘러보던 맹부요의 눈이 넘어진 마차에 붙박였다. 망가진 앞문 반쪽이 비뚜름하게 겨우 매달려 있는 입구 안쪽, 단아한 자세로 눈을 내리깔고 있는 여인의 자태가 보였다. 월백색 치맛자락을 물결처럼 굽이굽이 늘어뜨린 채 미동도 없는 모습. 멀리서 보자니 꼭 사람이 아니라 신상 하나가 놓여 있는 것 같았다.

피가 튀는 싸움판 한가운데, 넘어진 마차 안에서 곧 죽게 생긴 사람이 저렇게 일말의 동요도 없을 수 있다니. 대체 뭐 하는 여자지?

호기심이 동한 맹부요가 성큼 앞으로 나서며 소리쳤다.

"이런 쌍, 거기 딱 못 멈추냐!"

그런다고 누가 멈추겠나.

비쩍 마른 소년에게는 아무도 신경도 안 쓰는 가운데, 오직 철성만이 멀뚱히 그 자리에 굳은 모습으로 서 있었다. 그 틈을 노려 상대가 칼을 내지르자, 철성이 허겁지겁 공격을 피했다.

그 순간 맹부요가 살벌하게 일갈했다.

"감히 내 밑에 있는 애를 건드려?"

장포 밑자락을 허리에 묶고 우다다 달려간 그녀가 멋들어진 초식이고 뭐고 철성의 허리춤에서 여분의 검을 뽑아 횡으로 냅다 휘둘렀다.

팔뚝 세 개가 피를 뿌리며 날아오르는 동시에 풀밭이 한 꺼풀 벗겨져 나갔다. 개중에 팔뚝 한 개는 마차로 떨어졌다가 아까 그 여인의 앞으로 데구루루 굴러 들어갔다.

맹부요가 슬쩍 곁눈질을 해 보았다. 그때야 비로소 눈을 뜬 여인이 잘린 팔을 고이 들어다가 앞쪽 풀밭에 내려놓았다. 이어서 눈을 감고 뭔가 중얼중얼하는 것이, 염불이라도 외는 모양새였다.

이에 맹부요는 한층 더 여자가 궁금해졌다.

거참 특이한 애 아닌가. 자기를 덮친 강도가 팔이 잘렸다고 염불까지 외워 주다니. 비구니쯤 되나?

형형한 눈빛을 여인에게 고정한 맹부요가 기습을 노리던 놈 하나를 단번에 때려눕힌 뒤 마차를 향해 걸어갔다.

가는 길에 걷어차 날려 버린 놈들만도 족히 일고여덟. 바닥에 널브러져 죽는다고 비명을 지르던 강도들은 뒤늦게야 현격한 실력 차를 깨닫고 '우와악' 하며 뿔뿔이 줄행랑을 쳤다.

한편, 놈들을 거들떠보지도 않고 마차 앞에 쪼그리고 앉은 맹부요가 다 찌그러진 출입문을 짐짓 점잖게 두드린 뒤 상대에게 미소를 섞어 말을 건넸다.

"소저, 실례가 많았습니다."

마차 안의 여인이 눈꺼풀을 들어 올리는 순간, 맹부요는 움찔하고 말았다. 그녀가 마주한 것은 깊고도 고요한 호수였다. 단순한 검정색이 아니라 미미한 갈색이 섞인, 심원한 색채의 눈동자.

아득히 멀리에 진하게 그려진 해안선을 바라보는, 또는 겹겹 산맥 너머 만 리 밖에 떠오른 별빛을 보는 느낌이었다. 언뜻 묵직한 고요인 듯싶으나 가까이 달려가 보면 너울거리는 움직임인 것을 발견하게 되는, 그런.

지극히 특별한 눈동자가 아닐 수 없었다. 너무 특별하다 못해 어렴풋한 기시감이 들기까지 했다. 어디선가 질주해 온 이미지 한 토막이 기억의 틀에 '착' 하고 붙는 것 같았다. 들뜬 이음매 하나 남기지 않고 찰떡같이.

바로 저런 눈이었는데……. 대체 누구였지?

갑자기 머리가 지끈거렸다. 도끼날에 빠개진 머리에서 피와 살이 쏟아지는 기분이었다. 맹부요는 망연히 여인을 주시하며 손을 뻗어 마차 문을 붙들었다.

이때 여인이 가볍게 허리를 숙였다.

"공자께 목숨을 빚졌습니다."

초승달 같은 눈썹이 고상했다. 보기 좋게 바닥으로 쏟아져 내린 월백색 치맛자락에서는 은은한 연꽃 자수가 바람결에 한들거리며 고아함을 풍기고 있었다. 온화하고도 평온한 여인의 눈길 속에서 세속의 때 따위는 한 점도 찾아볼 수 없었다.

종월과 비슷한 분위기였다. 둘 다 보는 이에게 정결한 느낌을 주는 사람들이었다.

물론 명확한 차이는 있었다. 종월의 정결함은 어딘지 요원한 서늘함과 날카로움을 품은 반면, 적당한 온기가 배어 있는 여인의 정결함은 친근감을 줬다.

그런 여인을 앞에 두고 있자니, 맹부요는 핏자국과 흙먼지를 덕지덕지 뒤집어쓴 자신이 문득 비루하게 느껴졌다. 한 걸음 뒤로 물러선 그녀가 최대한 우아해 보이는 각도로 입꼬리를 끌어 올리려 노력하며 답했다.

"별말씀을 다 하십니다."

말을 마친 그녀는 곧장 마차 곁에서 돌아섰다. 귀찮은 일에 더 얽히고 싶지 않아서였다.

꽤 지체 높은 가문 사람들 같고, 도움이야 대덕사에 가서 청하면 될 테니 자신까지 끼어들 필요는 없으리라.

이때 뒤에서 누군가 그녀를 만류했다. 어린 아가씨의 목소리였다.

"공자……. 도와주려면 끝까지 도와줘야죠!"

마차 안의 여인이 나지막하게 나무라는 소리가 이어졌다.

"명약明若, 무슨 말버릇이니!"

내가 왜 끝까지 도와줘야 하는데? 너랑 나랑 무슨 사이나 돼?

시녀 아이를 향해 돌아선 맹부요가 만면에 웃음을 띠고서 말했다.

"소저, 어머니가 밥상을 차려 놨다고 부르셔서, 이만 실례하겠습니다."

"그놈들이 또 나타나면 어떡해요! 값은 치를 테니까 우리 좀 지켜 줘요!"

시녀 아이가 다짜고짜 뛰어와 맹부요의 소매를 붙잡고 늘어졌다.

"돈은 얼마든지 준다고요!"

남 덕 보는 데 재미 들려서는. 돈이면 다 되는 줄 아니?

고개를 절레절레 젓던 맹부요가 이내 싱긋 웃으면서 은표 한 뭉치를 꺼내 시녀의 손에 쥐어 줬다.

"돈이라면 이쪽도 얼마든지 내놓을 수 있으니 소맷부리는 놔 줍시다."

"명약, 물러가렴."

여인이 다시 입을 열었다. 속세 사람 같지 않은 고고함이 흐르는 목소리였다.

피식 웃은 맹부요가 성큼성큼 걸음을 옮기는데, 분에 받쳐 눈시울이 다 붉어진 시녀가 발을 동동 구르더니 금세 또 뒤를 쫓아와 말했다.

"무극국 사람이면 당연히 우리를 중주까지 모셔야지! 이분이 누구신데! 당신네 태자 전하의 약혼녀, 선기국 불련佛蓮 공주시란 말이야!"

누구의 연꽃이려나

태자 전하의…… 약혼녀?

우뚝 멈춰 선 맹부요가 당혹스러워 눈을 끔뻑였다.

그 의미의…… 약혼녀?

뒤숭숭한 무언가가 가슴팍을 꽉 틀어막는 것 같았다. 홧홧한 작열감이 일도록 오장육부를 까슬까슬하게 찔러 대는 게 불편하기 이를 데 없었다.

목구멍도 무언가에 틀어막혔기는 마찬가지였다. 중간에 딱 걸려서 삼켜지지도 않고 토해지지도 않는 그 무엇.

맹부요가 어떻게든 목을 뚫어 보고자 연신 캑캑거리며 기침을 뱉었다.

약혼녀……. 태자의…….

그녀가 망연히 고개를 들었다. 어느 때보다도 시야가 또렷했다. 열 장 밖 나무 꼭대기 잎사귀 뒷면에 붙어 있는 송충이까지 보일 정도로.

색이 참 별로였다. 가슴속이 쿡쿡 찔리는 감각은 십중팔구 저 녀석이 들어앉은 탓일 터였다.

맹부요는 멍하니 선 채 몸을 어떻게 가눠야 할지를 모르고 있었다. 손도 그렇고 발도 그렇고 영 어색한 위치에 있다 싶은 게, 제 몸이 제 몸이 아닌 것 같았다.

무쇠솥을 엎어 놓은 것 같은 하늘은 또 왜 이리 무겁게 머리 위를 내리누르는지.

철컹.

철성의 검이 땅바닥에 떨어졌다. 갑자기 벙어리라도 된 양 어버버거리던 철성이 겨우 더듬더듬 말을 뱉었다.

"저 여자……. 너……."

"저 여자 뭐? 나 뭐?"

철성 덕분에 살았지 뭔가.

그가 입을 여는 동시에 머리 위에 엎어져 있던 무쇠솥이 '쩡' 하고 쪼개지면서 비로소 암흑에서 구출된 기분이었다.

도둑이 제 발 저린다고, 그녀는 즉시 죄 없는 철성에게 타박을 났다.

"말을 하려면 똑바로 하든가!"

그녀의 눈초리에 말문이 막힌 철성은 시뻘겋게 피가 몰린 얼굴로 괜히 하늘만 노려보다가 검을 땅바닥에 퍽 내리꽂았다.

이때 소매 안에서 꿈틀대는 움직임이 느껴졌다. 원보 대인이 나오겠다고 발버둥인 모양이었다.

맹부요는 웬만해서는 쥐 새끼를 앞섶에 넣고 다니지 않았다. 가슴이 세 개 달린 것처럼 보일까 봐서. 그런 탓에 원보 대인은 밖으로 나오고 싶을 때마다 딱히 디딜 곳도 마땅치 않은 공간에서 몸부림을 쳐야만 했다.

안 그래도 심란한 참인 맹부요는 소매 안에 달린 주머니 입구를 꽉 졸라매 버렸다.

쥐 새끼 녀석이 나와서 떽떽거려 봤자 사람 말로 바꿔 들을 재주도 없고.

느릿느릿 뒤로 돌아선 그녀가 여전히 상냥하게 미소 짓고 있는 불련 공주를 훑어봤다.

이 여자가…… 그 사람의 약혼녀라고? 완전 기품 넘치는 게, 진짜…… 둘이 잘 어울리네.

"불련 공주라 하셨는지요?"

상대의 눈을 들여다보며 마침내 평정을 되찾은 맹부요가 허리를 살짝 굽혔다.

"조금 전에는 무례를 범했습니다."

어린 시녀가 의기양양하게 콧방귀를 뀌더니 작은 소리로 꿍얼거렸다.

"공주님이라는 소리를 듣고 나면 얌전해질 줄 알았지."

불련 공주가 가볍게 핀잔을 줬다.

"명약!"

맹부요를 향해 돌아선 그녀가 미소와 함께 허리를 마주 굽혔다.

"시녀 아이가 아는 것이 없습니다. 개의치 마세요."

초승달 같은 눈썹 아래 고상한 미소. 부처의 자비를 타고난 양 성결하고 자애로우면서도 한편으로는 소녀 같은 나긋함이 흐르는 그 자태를 멍하니 쳐다보며, 맹부요는 생각했다.

저런 게 바로 여인이구나. 저런 걸 기품이라 하는구나! 공주로다, 과연 공주야…….

맹부요가 입꼬리를 당겨 올리며 대꾸했다.

"시녀가 무식해서 그런다는데야, 물론 개의치 말아야지요."

불련 공주가 흠칫 굳었다. 설마 이런 식의 대답이 돌아올 줄은 예상치 못했으리라. 시녀 명약은 진작에 얼굴이 새빨갛게 달아올라 맹부요를 잡아먹을 듯 노려보고 있었다.

"철성."

누구와도 눈을 마주치지 않고 위를 보며 뭔가 곰곰이 생각하던 맹부요가 철성을 불렀다.

"호위병들하고 같이 공주님을 중주까지 모셔다드려. 태자 전하를 뵙고 나거든 다시 내 쪽으로 오고."

"내가 가라고?"

철성이 눈을 부릅뜨고 자기 얼굴을 가리켰다. 맹부요의 눈빛에서 긍정을 읽어 낸 그가 버럭 성을 내면서 앞쪽에 있던 나무 한 그루를 썩둑 베어 내고는 그루터기에 주저앉아 분연히 선언했다.

"안 가!"

"부탁이 아니라 명령이야!"

맹부요가 발끈했다.

"안 가? 안 간다 이거지? 그럼 고향 집으로 꺼지든가! 너 같은 놈을 어떻게 믿고 밑에 두냐!"

"나는……."

입만 뻐끔거리고 정작 말은 뱉지 못하던 철성이 맹부요가 매몰차게 등을 보이고 나서야 마지못해 투덜거렸다.

"간다, 가……. 가면 될 거 아니냐고!"

생각할수록 화가 뻗치는지, 그가 마지막으로 몇 마디를 내뱉으면서 휘두른 칼에 나무 한 그루가 또 유명을 달리했다.

은은한 미소를 머금고서 두 사람을 지켜보던 불련 공주가 가까이 다가와 감사 인사를 전했다.

"저분이 찬 요패를 보아 하니 공자께서는 아마도 무극국 조정 관료이신 듯한데, 혹여 성함과 직책을 여쭈어도 될는지요. 태자 전하께 부탁드려 후일 친히 사례하시라 하겠습니다."

장손무극한테 사례를 시키겠다고?

참 웃기는 소리인데 맹부요는 웃을 수가 없었다.

그사이를 못 참고 총애받는 시녀, 명약 양께서 냉큼 끼어들어 말했다.

"몇 품인데요? 몇 품 더 올려 줬으면 좋겠어요? 우리 공주님 도와준 걸 알면 태자 전하께서 분명 후한 상을 내리실걸요? 뭐든 원하는 건 다 들어주실 거라고요!"

어린 계집애가 슬슬 움츠러들 때까지 빤히 눈길을 보낸 맹부요가 잠시 후 싱긋 웃으며 말했다.

"그렇습니까? 듣던 중 반가운 소리군요. 혹시 무극국 황제 자리에도 앉혀 주실 수 있을는지 모르겠습니다."

아연실색한 명약이 입술을 파르르 떨었다.

"이……, 이……, 이……, 이런 대역무도한……."

곁에서 일순 눈을 가늘게 좁히던 불련 공주가 이내 얼굴에 미소를 띠고는 시녀를 넌지시 꾸짖었다.

"우스갯소리에 어찌 그리 정색을 하니."

보고 있기 괴로운 그 얼굴에 마지막으로 한 번 흘깃 눈길을 던진 맹부요가 한 걸음 비켜서며 말했다.

"공주님, 무극국 내에는 본디 강도가 흔치 않습니다. 운이 나빴던 것 같은데, 제 호위병이 곁을 지키는 이상 남은 여정은 근심치 않으셔도 될 것입니다. 그럼 소생은 따로 중한 일이 있어 먼저 가 보겠습니다."

"편히 가서 일 보시지요, 친절에 감사드립니다."

불련 공주가 두 손을 허리께에 모으고 살포시 자세를 낮췄다. 그런데 몇 걸음을 가던 맹부요가 홀연 고개를 돌리더니 무심하게 물었다.

"국혼을 위해 오신 길입니까? 공주께서 행차하셨다면 중주에 알려 조정에서 영접을 나오도록 함이 마땅할진대, 어찌 한낱 강도의 표적이 될 정도로 행렬이 간소한지요?"

"국혼이라니요."

불련 공주가 부끄러운 듯 고개를 떨군 모습은 서늘한 바람에 수줍어하는 연꽃 그 자체였다.

"어려서부터 세상을 돌며 불도를 닦는 데 힘쓰던 몸, 세속의 영예에는 미련이 없답니다. 그보다는 청신녀[19]로서 천하의 명산 고찰을 두루 둘러보고자 하는 꿈이 있어 헌원국 명광사明光寺에 좌화[20]하신 대사님을 뵈러 가는 길이었습니다만, 무극국을 지나던 차에 문득…… 오랜 지인이 생각난지라."

어느덧 얼굴이 살짝 상기된 그녀가 아랫입술을 지그시 깨물었다.

"우리 공주님은 전생에 깨달음을 얻은 성녀셨다고요. 오주 대륙을 싹 다 통틀어도 연꽃을 머금고 태어난 우리 공주님만큼 불심 깊고 고결한 황녀는 없다, 이거예요. 그래서 봉호도 불련인 거고. 다들 얼굴 한 번이라도 뵙고 싶어서 난리인 분을 이리 떡하니 만났으니 크나큰 행운인 줄이나 아시죠."

명약이 우쭐한 표정으로 맹부요를 흘겨봤다.

"그러게나 말입니다."

맹부요가 웃음과 함께 또랑또랑하게 말했다.

"크나큰 행운을 누렸습니다. 참으로 얻은 것이 많은 여정이지 뭡니까."

가볍게 허리를 굽히고 나서, 그녀는 돌아서자마자 성큼성큼 자리를 떴다.

---

19 출가하지 않고 속세에 머물면서 부처의 가르침을 따르는 불교 여신도를 가리킨다.

20 높은 수행을 쌓은 승려가 꼿꼿하게 앉은 자세로 입적하는 일을 말한다.

불심이 깊어? 고결해?

오냐, 호위병들은 저 살리겠다고 목숨 내놓고 피를 철철 흘리는데 본인은 멀쩡한 얼굴로 앉아서 염불이나 외는 그 불심이 자못 깊기도 하구나! 자기 호위병을 수도 없이 죽인 강도 놈의 팔뚝에다 대고 극락왕생 빌어 주는 그 정성이 퍽이나 고결하다!

맹부요가 고개를 위로 젖혔다. 조금 전 불련의 뺨을 물들이던 홍조가 눈앞을 스치고 지나갔다.

하, 불심 깊고 고결하신 청신녀라더니 남자 이야기 나오니까 교태만 좔좔 흐르더라!

짙은 비췻빛 숲을 넓은 보폭으로 가로지르는 동안, 맹부요의 마음속에는 어렴풋한 상념들이 떠다녔다.

깨달은 자의 환생, 연꽃을 머금고 태어난…….

연꽃……, 장손무극의 손바닥에 있는 연꽃!

그런 의미였던가. 연꽃을 머금고 태어나 구중궁궐 심처에서 자라난, 비할 데 없이 고결하고 불심 깊은 불련화가 바로 그가 남에게 드러내길 꺼린 비밀이었던가!

연꽃을 손바닥 안에 꼭꼭 숨겨 놓고서 누군가 언급하거나 건드리는 것조차 꺼렸던 것은 자신의 가장 성스러운 보물이 더럽혀지는 것을 용납할 수 없기 때문일 터.

세상의 시시콜콜한 호기심이 불련을 모독하게 두지는 않겠다, 이건가?

하! 하나는 손바닥에 연꽃을 품었고, 하나는 연꽃을 물고 태어났으니 하늘이 내린 한 쌍이 아니면 무엇이겠나?

성큼성큼 산 아래로 향한 맹부요가 기슭에 묶어 놓은 말을 찾아내 올라타자마자 고삐를 채면서 박차로 말의 배를 찼다. 말은 그 즉시 미친 듯이 내달리기 시작했다. 불련의 목적지와 정반대 방향으로.

맹부요의 계속되는 채찍질에 못 이긴 말은 뒤에서 수만 대군이 쫓아오기라도 하는 양 정신없이 달음박질을 쳤다. 날 듯이 질주하는 말 위에서는 가느다란 노랫소리가 끊어졌다 이어졌다 하며 울려 퍼지고 있었다.

"하나는 선계의 꽃, 하나는 티 없는 옥석, 하나는 거울 속의 달, 하나는 물 속의 꽃송이……."[21]

※

날이 흐려지면서 먹구름이 층층이 피어올랐다. 새카만 하늘가에 어스름하게 붙은 달은 먼지 쌓인 불투명한 유리 조각, 혹은 가장자리의 실밥이 풀린 후줄근한 천 조각처럼 보였다.

맹부요는 고개를 들어 멍하니 주위를 둘러봤다.

여기가 어디쯤이지? 무극국 변경은 벌써 빠져나온 건가?

한참 기억을 더듬고서야 자신이 하루 밤낮을 꼬박 달렸다는 사실이 어렴풋이 떠올랐다. 청주를 지나 무극과 천살의 접경지대를 가로지르던 중이었으니 숲이 우거진 이 산은 두 나라 사

---

21 청나라 소설 《홍루몽紅樓夢》에 등장하는 문장의 변형이다.

이에 걸쳐져 있는 것이리라.

하늘은 금방이라도 비를 뿌릴 태세였다. 묵을 만한 곳들을 다 지나쳐 온 탓에 오늘 밤은 산속 동굴 같은 데에 몸을 뉘어야만 할 듯했다.

말을 기슭에 묶어 두고 산에 오르던 그녀는 산허리 부근에서 운 좋게도 오두막을 발견했다. 방 세 개에 마당이 딸린 초가는 다소 황폐한 모양새였다. 벽에 다 썩어 가는 짐승의 가죽이 걸려 있는 것으로 보아, 과거에는 사냥꾼이 살던 곳인 듯했다.

방 안을 대충 정리하고 불을 피운 맹부요는 불가에 자리를 잡고 나서야 원보 대인을 기억해 냈다.

내내 왜 이렇게 얌전하지?

허둥지둥 소매 안에서 끄집어낸 원보는 눈이 뱅글뱅글 돌고 있는 상태였다. 바람도 안 통하는 옷 속에 갇혀서 위아래로 들까불리다가 까무러치고 만 것이다.

바닥에 한참 웅크리고 앉아 있고서야 기운을 되찾은 원보 대인은 그 즉시 발끈해 떽떽거리기 시작했다. 맹부요는 쥐 새끼한테 욕바가지가 되는 것이 영 마뜩잖았다.

그러고 보니 아까 길바닥에 잣송이가 굴러다니던데 그거나 몇 개 주워 와서 저 입을 틀어막아?

맹부요가 일어나 걸음을 옮기자 문간까지 쫓아 나와 욕에 욕을 해 대던 원보 대인이 어느 순간 울음을 뚝 그치더니 수염을 쫑긋거렸다. 미심쩍다는 양 고개를 길게 빼고 주위를 살피다가 제자리에서 한 바퀴를 쪼르르 돌고는 코를 킁킁거리던 끝에,

원보 대인이 질겁을 해 펄쩍 뛰어올랐다.

맹부요의 모습 같은 건 이미 사라지고 없는 문간에서, 원보는 빽빽 하염없이 소리를 질렀다. 하지만 텅 빈 산에는 그저 적막뿐이었다. 밖으로 맹부요를 찾아 나서자니 그녀의 곁을 절대 떠나지 말라던 주인님의 당부가 마음에 걸렸다.

나갔다가 이 넓은 산에서 서로 엇갈리기라도 하면? 맹부요와는 영적 교감도 안 되었다.

원보 대인은 결국 방 귀퉁이에 찌그러져 맹부요가 돌아오기만을 기다리는 수밖에 없었다.

한편, 맹부요는 원보 대인의 애타는 부름을 똑똑히 들었다. 다만 그녀의 귀에는 그 소리가 조금 전의 쌍욕과 별반 다르지 않았을 뿐이었다.

미련 없이 걸음을 옮기던 그녀는 앞쪽 건너편에 있는 가파른 절벽을 보았다. 절벽 아래는 아까 그녀가 지나온 길이었다. 살짝 돌출된 낭떠러지 끄트머리가 마치 우산처럼 아래쪽 골짜기를 덮고 있고, 암벽은 수직에 가까운 각도였으며, 골짜기는 지면으로 내려갈수록 폭이 좁아지는 형태였다.

걸음을 멈추고 골짜기를 내려다보던 맹부요는 문득 장손무극이 죽었다는 소식을 들었던 때를 떠올렸다.

호아구에서 변을 당했다고 했던가.

호아, 범의 이빨. 거기도 이렇게 험한 산속이었을까?

장손무극을 떠올리자 재깍 그 연꽃이 뇌리를 파고들었다. 갑자기 또 머리가, 아니, 정확히는 머리인지 가슴인지 불분명한 어딘가가 아팠다.

맹부요가 자기 뺨을 매섭게 후려쳤다.

마누라 있으면 차라리 잘된 일 아니야? 어차피 얽히기 싫었잖아? 드디어 한 방에 걷어차 버릴 구실이, 딱 잘라 거절할 이유가 생긴 거라고. 어디 또 사랑의 맹세고 뭐고 지껄여 봐라. 귀싸대기를 갈겨 준 다음에 경고할 테다.

네 마누라 만나 봤다, 유부남 주제에 어딜 넘보냐. 유부남한테 얻어걸린 전 우주의 처녀들을 대표해 확 그냥 마, 죽여 버리라니까!

통쾌하게 따귀를 날릴 생각을 하며 소리 없이 파안대소하길 잠시. 미소를 띠며 둥글게 말려 있던 입꼬리가 점점 아래로 처지더니, 그녀가 배를 끌어안고 천천히 쭈그려 앉았다.

그런데……, 그런데……, 왜 속인 거야…….

볼썽사나운 자세였다. 무언가를 힘겹게 몸 밖으로 밀어내려는 듯한 모양새. 하지만 바람결에 실려 들어와 부지불식간에 폐부까지 스며든 것을 단숨에 '뻥' 하고 밀어내기란 불가능에 가까운 일이었다.

하늘가에 휘몰아치는 바람을 따라 한데 뭉치고 흩어지기를 반복하던 먹구름이 느닷없이 '쏴아아' 하고 비를 뿌렸다. 가느다랗던 빗발이 눈 깜짝할 사이 묵직하게 몸집을 키워 내리꽂히자 땅바닥에 물거품이 일었다.

빗속에 앉아 멍하니 고개를 든 맹부요가 굼뜬 동작으로 눈가에 흐르는 빗물을 훔쳐 냈다. 바로 그 순간, 맞은편 절벽에서 수상한 낌새가 있었다. 뭔가가 움직이고 있었다.

아무리 봐도 나무가 빗발에 휘청이는 모습과는 거리가 먼 움직임. 하물며 맞은편 절벽은 민둥산이었다. 풀 한 포기 없는 벼랑 위의 그 윤곽은, 사람의 형상과 닮아 있었다!

맹부요가 눈을 가늘게 뜨고 맞은편을 샅샅이 살핀 결과, 절벽 위는 온통 매복병 천지였다. 시커먼 바위도, 암벽을 오르내리는 선도, 전부 사람이었다. 거대한 암석처럼 보이는 덩어리들은 아마 통나무와 돌덩이를 담아 놓은 틀이리라.

검은 그림자들의 손에서는 칼 또는 활로 짐작되는 물체들이 싸늘한 반사광을 번뜩이고 있었다. 고도의 훈련을 받은 부대가 극한의 인내력을 바탕으로 비바람 속에 몸을 숨기고 있는 모습이었다. 깊은 밤 비 내리는 산중에서 피비린내 나는 사냥을 준비하며.

누굴 기다리는 거지?

이곳은 서쪽에 천살, 동쪽에 무극을 둔 접경지대. 여기서 누군가 죽어 나간다면 두 나라 사이에는 꽤 살벌한 설전이 벌어질 게 뻔했다.

맹부요는 그저 피식 웃고 말았다. 지금은 남 일에 기웃거릴 기분이 아니었다.

그러나 바로 직후, 몸을 일으켜 자리를 뜨려던 그녀가 걸음을 멈췄다.

끄응, 일단 누군지나 볼까.

밤새처럼 팔을 펼쳐 날아오른 맹부요가 근처 암벽에 붙어 저만치 앞쪽, 협곡으로 통하는 진입로를 내다봤다. 아까보다 더 거세진 빗줄기가 산골짜기 안을 휘돌면서 사방을 후려쳐 거대한 울림을 만들어 내고 있었다.

전방의 어둠을 뚫고 새카만 준마가 달려 나왔다. 하늘로 솟구쳐 오를 듯 발굽을 차는 기세만 봐도 대단히 훌륭한 말이었다. 말 위에 탄 인물의 의복 역시 검은색. 바람에 휘날리는 옷자락의 가장자리에 언뜻언뜻 붉은 테두리가 드러나 보였다.

검은 말 뒤로 먹장구름이 몰아닥치는 양 한 무리의 군사들이 모습을 드러냈다. 칼같이 각 잡힌 진용과 일사불란한 발굽 소리. 폭우를 헤치면서 달리는 중인 데다가 아직 상당한 거리 밖에 있음에도 무시무시한 살기가 피부로 고스란히 느껴졌다.

전북야, 흑풍기!

맹부요의 가슴이 덜컥 내려앉았다.

전북야가 목표였을 줄이야!

이곳은 천살국 내륙으로 진입하기 위해 반드시 거쳐야만 하는 길목이었다. 전북야는 아마도 그녀를 쫓아오고 있을 것이다.

전북야의 큰형님이라는 작자가 결국에는 그를 제거할 마음을 먹은 것인가!

십중팔구는 장손무극의 호아구 사건에서 영감을 얻었으리라. 전북야를 죽인 후 장손무극을 배후로 지목하려는 속셈이 분명했다.

훌쩍 몸을 날려 산꼭대기로 향하며, 그녀가 크게 외쳤다.

"멈춰요! 멈추라고!"

내공이 실린 목소리는 충분히 우렁찼으나 빗줄기가 지나치게 세찼다. 게다가 거친 산바람에 요란한 천둥소리까지 울리고 있었다. 맹부요와 전북야 사이에는 산 하나에 달하는 거리만이 아니라 높이 차이까지 존재했다.

지금 전북야는 흑풍기와 함께 달려오고 있었다. 기마대의 말발굽 소리는 주위의 여타 모든 음향을 묻어 버리고도 남았다.

"멈춰요! 매복이 있어!"

그러나 검은 옷의 기마대는 고개 한 번 돌릴 줄 모르고 앞을 향해 맹렬히 돌진할 뿐이었다. 이제 조금만 더 가면 협곡 입구였다.

험한 소리를 내뱉은 맹부요가 맞은편을 쳐다봤다. 맞은편 절벽은 마치 누군가 칼로 중간을 내리친 양 좁은 틈을 두고 두 개의 벼랑이 마주 보고 있는 형세였다. 그 양쪽 모두에 매복이 있었다.

지금 그녀가 서 있는 산꼭대기는 맞은편 절벽보다 약간 더 높은 위치였다. 정상에서 저쪽으로 넘어가기에는 간격이 너무 넓었다. 하지만 아래쪽으로 조금만 내려가면 양쪽 산세가 서로 가까워지고 판판하게 디딜 만한 바위까지 있었다.

한번 모험을 해 볼 만도 했다. 비록 인간의 한계를 시험하는 거리기는 해도 지금은 거기까지 신경 쓸 상황이 아니었다.

맹부요가 낭떠러지 가장자리로 달려갔을 즈음에는 맞은편에서도 이미 낌새를 챈 뒤였다. 다만 화살의 사정거리 밖인 탓에 하는 수 없이 손을 놓고 있을 뿐이었다.

상대 진영에서 병사 하나가 몸을 일으켰다. 그가 건너편 산봉우리를 훌쩍훌쩍 뛰어다니는 그림자를 노려보았다.

돌연 그림자가 낭떠러지 아래로 뛰어내리자, 병사는 놀라서 굳어 버렸다.

"어어?"

설마 자살?

맹부요가 낭떠러지 밑으로 뛰어내리긴 했지만 그래 봐야 시간이 얼마 없었다. 전북야에게 위험을 알리려면 일단 두 산이 가까워지는 지점의 판판한 바위에 도달해야 했다. 그것도 고작 몇 초 안에. 기어 내려가서는 어림도 없는 일이었다.

맹부요의 입에서 기합이 터져 나왔다. 흡사 벼락이 지면을 향해 내리꽂히듯, 그녀는 깎아지른 절벽을 평지 삼아 박차며 아래쪽을 향해 내달렸다.

'훅' 하는 소리와 함께 엄청난 충격이 포탄처럼 몸을 때렸다. 심장이 다 덜컥하는 느낌이었다. 정면에서 불어닥치는 바람이 마치 신이 날린 따귀인 양 얼굴을 갈겨 대는 통에 숨 쉬는 것조차 힘들었다.

지구 중력이라는 천신의 손이 그녀를 단단히 움켜쥐었다. 감히 인체의 본능과 한계에 도전하는 자를 절벽 밑으로 처박아 짓뭉개기 위해.

숨을 크게 내쉰 맹부요가 체내에 본래 가지고 있던 진력을 비롯해 대풍이 단전에 심어 줬던 진기까지 모조리 끌어올려 자연의 힘에 대항했다.

극한 이상으로 끌어올린 진기를 금종조[22]를 시전하듯 전신으로 흘려 보냈다. 얼마 되지도 않아 과도하게 발출된 진기가 용암처럼 부글부글 끓어오르며 몸을 찢고 튀어나오려 했다.

맹부요는 금방이라도 폭발할 것 같은 체내의 압력을 견뎌 내기 위해 이를 악문 채, 폭풍우를 뚫고 점점 더 속력을 냈다. 한없이 맹렬해지는 질주 끝에 그녀는 마침내 절벽을 타고 수직 하강하는 암청색 직선으로 화했다. 무서운 기세로 아래를 향해 내리꽂히다가 암벽을 디디던 다리가 통제력을 잃기 직전, 제자리에 우뚝 멈춰 섰다.

쿨럭!

입에서 뿜어져 나온 선혈이 비의 장막 위에 붉은 꽃을 피워냈다. 중력에 정면으로 맞서 급제동을 거는 찰나, 맹부요는 가슴을 쇳덩이로 얻어맞는 것 같은 충격을 느꼈다. 그러나 결국 자연에게 도전해 목숨을 걸었던 대결에서 승리를 거뒀다.

순간, 말발굽 소리가 귓가를 울렸다.

기마대가 협곡을 목전에 두고 있지 않은가!

맹부요는 옆으로 빠르게 회전하면서 판판한 바위 위에 올라섰다. 그녀가 사선으로 고개를 핵 젖히면서 곧장 자세를 뒤집어 표범처럼 도약했다. 그녀의 잇새에는 어느덧 화살 한 대가 물려 있었다.

---

22 **金鐘罩**. 신체를 단단하게 만들어 외부 충격을 막아 내는 무술로 외공의 일종이다.

고개를 든 그녀가 매처럼 날카로운 눈으로 맞은편을 노려봤다. 그곳에는 바위 뒤에 숨어 활을 쥔 채 굳어 버린 검은 옷의 병사가 있었다.

어디서도 들어 보지 못한 광란의 암벽 질주. 가녀린 몸매가 자연법칙을 완전히 무시하고 절벽을 달려 내려오는 걸 보면서 넋이 빠졌던 병사는 그녀가 바위를 향해 몸을 날렸을 때에야 의도한 바가 무엇인지를 알아채고 반사적으로 화살을 쏘았다.

목숨이 왔다 갔다 하는 판국에도 맹부요의 예리한 동체 시력과 순발력이 고스란히 살아 있을 줄 병사가 설마 짐작이나 했겠는가.

한편, 아래쪽에서는 검은 구름이 맹렬하게 몰려오고 있었다. 전북야 일행과 협곡 사이에는 이제 말 두세 마리가 들어갈 간격 정도만 남은 상황이었다. 오로지 맹부요를 찾아야 한다는 생각에 폭우가 내리는 한밤중까지도 말을 달리고 있는 그에게 전방을 미리 탐색하거나, 주위를 경계하며 천천히 행군할 여유 따위가 있을 리 없었다.

전북야는 전혀 알지 못했다. 깊은 산속, 머리 위 벼랑에서 수많은 눈이 그가 그물에 걸릴 순간만을 기다리고 있다는 것을. 고작 몇백 장 위쪽 절벽에서 맹부요가 그와 흑풍기를 살리기 위해 귀를 찢는 천둥과 억수 같이 내리는 장대비를 무릅쓰고, 자연법칙과의 대결도 불사한 데 이어 완전 무장한 군대와 소리 없는 사투를 벌이고 있다는 사실 역시도.

날 듯이 몰아쳐 오는 기마대의 선두, 전북야와 협곡 사이의 거리는 이제 한 장! 그 한 장이 전북야의 생사를 가를 터였다.

고개를 들면서 입에 물고 있던 화살을 '퉤' 하고 뱉어 낸 맹부요가 옆에 있던 허벅지 굵기의 나무를 뽑아 크게 휘둘러 집어던졌다.

마치 거대한 화살이 쏘아져 나가는 것처럼, 나무가 매서운 바람 소리와 함께 공기를 가르고 날아갔다. 맞은편 절벽 위 적들을 향해 천지를 쪼갤 기세로 쇄도하는 동안, 엄청난 공기 저항을 못 이기고 잔가지와 이파리는 모조리 가루로 부스러졌다.

닥치고 내 투창이나 받아라!

쿵!

나무에 강타당해 고꾸라진 매복병은 열 명 이상. 붉은 피와 내장이 하늘 가득 흩날리는 가운데 개중 몇의 시신이 절벽 아래로 추락했다.

철퍽!

나무에 관통당해 가슴팍에 커다랗게 구멍이 뚫린 시체가 전북야의 말 앞에 처박히면서 그의 신발에 핏물을 뿌렸다.

시체가 떨어진 지점은 정확히 협곡 입구. 말이 한 발자국만 더 앞으로 갔어도 매복에 당하고 말았을 상황이었다.

전북야가 즉시 위를 올려다봤다. 빗줄기와 어둠 탓에 불분명한 시야 속에서 시커먼 벼랑이 검은 빗발과 함께 그를 짓눌러 왔다.

곧이어 저 건너 절벽 위에서 연신 회전과 도약을 반복하고 있는 그림자가 눈에 들어왔다. 움직임을 보니 빽빽하게 쏟아지는 화살을 피하는 중인 듯했다.

"맹부요!"

쩌렁쩌렁하게 일갈한 전북야가 말 위에서 몸을 날려 도움닫기 두세 번 만에 절벽을 타고 올랐다. 허공에 남은 것은 우렁찬 외침뿐이었다.

"기우紀羽! 뭘 해야 하는지는 알고 있겠지?"

"예!"

얼굴에 흐르는 빗물을 훔쳐 낸 흑풍기 대장, 기우가 한쪽 팔을 들어 부하들에게 후퇴 신호를 보냈다. 그 와중에도 기우의 커다랗게 확장된 동공은 저 건너 절벽 위, 비처럼 쏟아지는 화살 사이를 빛의 속도로 누비는 그림자에서 떼어지질 않았다.

드디어 기우의 눈길이 나무에 관통당해 추락한 시신에게로 옮겨 갔다. 이 시신이 경고해 주지 않았더라면 천여 명에 달하는 흑풍기는 비 오는 밤, 악랄한 매복에 당해 전멸하고 말았을 터였다.

기우가 그다음으로 쳐다본 것은 협곡 입구였다. 기억이 정확하다면 본래 이곳 절벽에는 이처럼 매복에 최적화된 균열이 존재하지 않았다.

애초에 경계란 걸 하지 않았던 데다가, 하필 폭풍우가 몰아치는 밤에 급하게 길을 재촉하던 중이었다. 아무리 전장 경험이 풍부한 열왕 전하와 자신이라도 지형 변화를 알아채기가 쉽지 않았고, 그 탓에 하마터면 사지로 뛰어들 뻔한 것이다.

저 위쪽 절벽을 향해 감사의 눈빛을 보낸 기우가 팔을 흔들었다.

"후퇴하라!"

숲은 기병이 전투하기에 적당한 장소가 아니었다. 작심을 하고 진작부터 놓아 둔 덫이라면 앞쪽에는 분명 구덩이 등 다른 함정도 있을 터, 즉각 후퇴야말로 현명한 처사였다.

그사이 전북야는 절벽 상단부까지 솟구쳐 올라가 있었다. 비안개를 뚫고 날아올라 궁수들이 포진하고 있는 절벽 꼭대기에 착지한 찰나, 지금껏 맹부요에게 쏟아졌던 것보다 훨씬 빽빽한 화살 비가 그를 노리고 쇄도해 왔다. 그러나 전북야는 전혀 피할 생각이 없는 모양새로 눈썹을 한 번 꿈틀했을 뿐이었다.

"하압!"

그가 공중으로 뛰어오르며 금강저를 내리쳤다. 분노가 깃든 황금빛의 장막이 무시무시한 기세로 절벽에 내리꽂혔다.

쿠르릉!

우산 모양으로 돌출되어 있던 낭떠러지 끄트머리가 전북야의 힘에 잘려 나갔다. 어마어마한 양의 돌멩이가 적의 몸뚱이와 함께 아래로 쏟아져 내렸다.

공포와 공황에 찬 비명이 울창한 숲을 뚫고 저 멀리까지 번져 나가고, 바위가 무너지면서 나는 굉음이 천지를 멸할 듯 산 전체를 뒤흔들었다.

인간의 힘으로 이런 일이 가능하다니!

절벽 끝을 쪼개 버린 찰나 몸을 날려 암벽에 바싹 붙었던 전북야는 낙석이 잠잠해진 직후 다시 위쪽으로 날아올랐다. 조금 전까지만 해도 태산 같은 무게감을 자랑했던 사내가 과연 맞는가 싶게도, 절벽 윗면으로 올라서는 그의 동작은 깃털만큼이나 가벼웠다.

그가 절벽에 올라선 순간, 그 위 병사들의 목숨은 이미 끝났다고 봐야 했다. 비명과 피 보라가 동시에 허공을 가르고, 궁수의 활과 잘린 팔이 함께 공중을 날았다.

곧장 적진 한복판으로 돌진해 들어간 전북야는 날렵한 동작으로 무기를 빼앗고, 상대를 후려치고, 발로 짓밟고, 마지막으로는 걷어차 날려 버리는 일련의 절차를 차근차근 수행했다.

건너편 절벽에 있던 병사들도 전북야가 위로 올라오는 걸 보고 미친 듯이 화살을 쏴 댔으나, 어둠과 빗줄기 탓에 조준이 쉽지 않았다. 그들은 되레 전북야가 중간중간 집어 던지는 팔 한 쪽이나 반토막 난 다리에 맞아 우르르 쓰러지곤 했다.

공간이 협소한 절벽 위에 매복할 수 있는 인원은 기껏해야 백 명가량. 전북야가 고작 몇 회합 만에 적을 모조리 해치운 직후, 지금껏 괴괴하기만 하던 나무와 수풀 사이에서 우렁찬 함성과 함께 군사들이 떼로 몰려나왔다. 전북야와 그의 흑풍기가 그물에 걸리기만을 기다리며, 적군이 온 산을 채우고 있었던 것이다.

매복이 실패로 돌아갔으니 다음 단계는 포위 공격이었다.

벼랑 위에 우뚝 선 전북야의 흑발과 검은 장포가 산바람을 타고 휘날렸다. 폭우 속에서 고개를 비스듬히 튼 그가 적군을 내려다봤다. 칼로 깎아 놓은 듯한 옆 선. 그의 옆모습에는 천신의 위엄이 깃들어 있었다.

"날 죽이겠다? 꿈 한번 크군!"

구중천을 때리는 천둥이 바로 이러할까. 전북야의 벽력같은 호통에 놀라 하늘이 쪼개지면서 번뜩 내리친 번개가 그 순간 갑자기 공중으로 날아오르는 그의 모습을 비췄다. 육중한 금강저를 내던진 전북야는 수직 절벽 위를 달리던 맹부요보다도 더 웅혼한 기세로 건너편 절벽을 향해 몸을 날렸다.

일곱 장 거리, 맹부요가 그랬듯 그 역시 인간의 한계에 도전장을 낸 참이었다. 흑색 장포가 성난 먹구름처럼 폭우 속에 나부끼는 사이로 언뜻 옷자락의 붉은빛이 스쳤다. 그는 어느덧 허공 한복판에 떠 있었다.

맹부요가 고개를 들었다. 물이 뚝뚝 떨어지는 의복과 젖은 머리카락이 엉겨 붙은 이마 때문일까, 이 순간의 그녀는 유독 창백해 보였다. 기세도 좋게 절벽 사이를 뛰어넘으려는 전북야를 본 그녀가 무기 삼아 들고 있던 가느다란 나무줄기를 땅에 푹 꽂아 넣더니 허리를 짚고 깔깔거렸다.

"전북야, 그대로 추락하면 실컷 비웃어 줄 줄 알아요!"

펑!

전북야의 뒤쪽에서 불꽃이 터졌다. 비와 어둠으로도 감출 수 없으리만치 강렬한 섬광에 이어 새빨간 핵에 테두리는 노랗게 타오르는 불덩어리가 전북야의 등을 노리고 달려들었다!

"비겁하게!"

분개해 바닥을 걷어찬 맹부요가 가지고 있던 나무줄기를 집어 던졌다. 불덩어리와 충돌한 나무는 '쾅' 소리와 함께 새카맣게 변해 두 토막이 났고, 순간적으로 전북야에게까지 튄 불티가 그의 옷자락을 '치지직' 하고 태웠다. 그 잠깐 사이 전북야와 건너편 절벽 간의 거리는 사람 키 정도로 줄어들어 있었다.

맹부요가 막 숨을 돌렸을 때였다. 또 '펑펑' 소리가 나더니 아까보다 훨씬 빠르고 맹렬한 기세로 허공을 가르며 나타난 불덩이가 하나는 전북야에게로, 하나는 그녀에게로 돌진해 왔다. 문제는 이제 곁에 불덩이를 튕겨 낼 만한 나무가 없다는 사실이었다.

"우라질!"

거칠게 한마디를 내뱉은 그녀가 별안간 전북야를 향해 포탄처럼 몸을 날렸다. 젖 먹던 힘까지 다해 일직선으로 쏘아져 나간 그녀가 허공에서 온몸으로 전북야를 들이받았다.

맞은편 절벽에 발을 디디기 직전이자 뒤에서 날아온 불덩이에 적중당하기 일보 직전이었던 전북야는 맹부요에게 받혀 원래 궤적 밖으로 튕겨 나갔다. 허공에서 맞부닥친 두 사람은 엎치락뒤치락 돌면서 아래로 곤두박질치기 시작했다.

고개를 들어 이미 한참 멀어진 암벽을 확인한 전북야는 일말의 망설임도 없이 맹부요를 붙잡아 자신의 몸 위에 올렸다. 자신이 충격을 흡수한다면 설사 이대로 땅에 처박히더라도 맹부요는 살 가망이 있으리라 생각하며.

바로 그 찰나, 맹부요가 이를 드러내고 씩 웃어 보였다.

"정지!"

맹부요의 손이 뭔가를 잡아채자 두 사람의 몸이 허공에 멈쳤다. 그녀가 곧장 전북야를 절벽 위로 던져 올리려는데, 전북야가 한발 앞서 팔을 휘둘러 맹부요를 사뿐하게 위쪽으로 올려 보냈다.

"먼저 가서 화승총 쏜 자식부터 손봐 줘라!"

"알았어요!"

어깨가 암벽에 닿는 순간 반발력을 이용해 절벽 위로 튀어 오른 그녀가 양팔을 활짝 펼치면서 웃어 젖혔다.

"천녀산화침天女散花針 맛이나 봐라!"

절벽 꼭대기에 있던 자는 그 말에 반사적으로 비켜섰지만, 날아온 암기는 없었다. 격분해 화승총을 든 그는 홀연 맞은편 절벽에서 싸늘하게 불타오르는 눈이 자신을 노려보고 있음을 깨달았다.

보통 사람보다 훨씬 새카만 눈동자는 깊은 바닷속의 유창목[23]처럼, 금속에 가까운 무게감과 오랜 세월 바닷물을 견뎌 내며 얻은 흑색 광택을 지니고 있었다. 그런 눈으로 차갑게 상대편을 쏘아보면, 상대는 거대한 통나무에 가슴팍을 얻어맞은 양 심장이 덜컥 내려앉고 마는 것이었다.

낭떠러지 끄트머리에 뒷짐을 지고 선 전북야의 옷자락이 바람에 나부꼈다. 건너편에서 화승총을 겨누고 있는 비단옷의 사내를 비스듬히 내려다보던 그가 말했다.

"역시 네가 나섰군."

---

23 매우 단단한 목재로, 해수에 견디는 성질을 지니고 있다.

"너 하나 처리하는 것쯤은 나로 충분하다!"

가소롭다는 양 웃음을 흘린 사내가 총부리를 쳐들어 전북야를 겨냥했다.

"몸이 달 대로 달았나 보지?"

전북야가 코웃음을 쳤다.

"화승총 부대 전체를 달고 왔어도 모자랄 판에, 달랑 혼자서? 어림도 없다."

"과연 어림이 있을지 없을지, 어디 네 목숨으로 확인해 보지 그러느냐?"

껄껄 웃으며 총구 위치를 잡던 사내가 다음 순간 흠칫 어깨를 굳혔다. 맞은편 절벽에 서 있던 전북야와 낯선 소년이 눈 깜짝할 새에 사라져 버린 것이다.

사내는 경악해 눈이 휘둥그레졌다. 뭔가 잘못 봤나 싶은 생각에 이마에 흐르는 빗물을 허겁지겁 훔쳐 냈다. 그런데 손을 내리던 찰나, 어째 싸한 느낌이 엄습했다.

곧이어 그의 코앞에 불쑥 모습을 드러낸 것은 맹부요의 멋들어지게 뻗어 올라간 눈썹과 별처럼 빛나는 눈동자였다.

어떻게 이럴 수가?

빗속에 너무 오래 있느라 헛것이 보이나 싶었다.

분명 조금 전까지만 해도 저 건너에 있었던 자가 갑자기 총구 앞에 나타나다니?

등에 날개가 돋쳤대도 사람이 이렇게 빨리 움직이는 건 불가능했다.

섬뜩하도록 새하얀 이를 드러내며 웃은 맹부요가 '탓' 하고 손가락을 튕겼다. 자그마한 돌멩이가 탄창부로 날아 들어가 '철컥' 하는 소리를 냈다. 오주대륙 최고 수준의 무기, 그 구하기 어렵다는 화승총이 고철로 거듭나는 소리였다.

맹부요가 자못 살갑게 웃으며 말했다.

"전북야 외조부께서 그쪽이 잘 지내는지 궁금해하신다는데."

검은 섬광이 번뜩했다. 놀란 눈을 부릅뜨고 맹부요를 노려보던 사내는 명치에 선뜩한 감각을 느꼈다. 곧이어 온몸에서 힘이 쭉 빠졌다.

목구멍 깊숙이에서 '꺽꺽' 소리를 끓으며, 사내는 힘겹게 고개를 숙여 자신의 가슴팍을 내려다봤다. 가슴에 커다랗게 뚫린 구멍에서 피가 울컥울컥 쏟아져 나오고 있었다.

일순 번뜩이는 날을 드러냈던 맹부요의 칼, 시천이 곧장 심장이 펄떡펄떡 뛰는 가슴팍으로 꽂혀 들어갔다가 핏방울을 후드득 뿌리며 뽑혀 나왔다. 사내의 얼굴에 시천을 문질러 닦은 맹부요가 중얼거렸다.

"전북야 외할아버지가 왜 당신한테 안부를 묻는지는 몰라도."

그녀가 히죽 웃더니 돌이 되어 버린 절벽 위 병사들을 향해 손을 흔들었다.

"다들 욕보는구먼!"

'쐐액' 소리와 함께 반원을 그리며 떠오른 그녀의 몸이 이내 절벽 위에서 사라졌다. 이때, 건너편에서 등나무 덩굴과 연결된 채찍을 끌어당기던 전북야가 한마디를 내씹었다.

"제정신이 아닌 여자라니까."

한참 전, 맞은편 절벽에서 매복병들이 몰려나오는 것을 본 맹부요는 암벽에 늘어져 있던 등나무 덩굴 여러 줄을 길게 연결해 자기 채찍에 묶어 뒀었다. 그 덕분에 전북야를 들이받고도 추락을 면할 수 있었다. 둘 다 위로 올라온 후에는 전북야가 덩굴을 몸에 묶은 그녀를 건너편까지 던져서 신출귀몰하게 양편을 오가며 비단옷의 사내를 함께 제거할 수 있었던 것이다.

전북야 옆으로 돌아온 맹부요가 손을 탁탁 털면서 물었다.

"그런데 누구예요?"

대답은 짧은 침묵을 거친 후에야 나왔다.

"셋째 형님."

맹부요가 아연실색하는 사이 전북야의 눈이 숲 안쪽으로 향했다. 그곳에는 셀 수 없이 많은 머리통이 시커멓게 솟아 나와 있었다.

전북야의 음성이 비를 뿌리기 직전의 먹장구름처럼 싸늘하게 가라앉았다.

"부요."

"네?"

"도망쳐야 될 것 같다."

〈부요황후〉 4권에서 계속